11. Jh

Zu diesem Buch

«Harper Lee beschwört das Paradies der Kindheit. Doch während in vielen Romanen die Kindheit als Reservat für die betrogenen Hoffnungen der Erwachsenen herhalten muß, in dem sich Ideale glaubwürdig restaurieren lassen, erhärtet sich die kindliche Zuversicht der Geschwister Scout und Jem immer wieder an der Paradoxie, daß die Welt nicht so ist wie ihr in Träumen gespiegeltes Bild. Die Resignation, mit der die Älteren als die Anwärter auf ein geordnetes Leben sich in der Welt einrichten, wird durch die Naivität ihrer Empfindungsweise nicht beschönigt, obwohl jedes Baum- und Flußpiratenidyll die Kinder zu Verkündern des heilen Lebens adeln könnte. Doch Harper Lee vermeidet in ihren Schilderungen die Perspektive der Bitterkeit... Sie beschreibt mit dem Staunen und mit der Furchtsamkeit, die der erste Zusammenstoß mit der Wirklichkeit auslöst, Liebe und Obhut eines Vaters, der die Auseinandersetzungen mit dem rätselhaften Dasein der Erwachsenen lenkt. Dem Wissensdurst, der Scout und Jem dazu antreibt, unter dem Tribut der Entzauberung die Geheimnisse ihrer Umwelt zu enträtseln, wird von Harper Lee der gleiche Ernst zugemessen wie den mühsamen Versuchen der Erwachsenen, den Zauber zurückzugewinnen. Der Vater, der einen Justizmord an einem Schwarzen nicht verhindern kann: Ob wirklich alle Menschen gleich sind und ob es eine Gerechtigkeit gibt unter ihnen? ... Harper Lee stellt die Kinder in diesen Bewährungsproben dar mit der Beobachtungsschärfe des Unwissenden, dem die Erfahrung noch nicht den Blick verstellt hat. Die bilderreiche Wirklichkeit, die auf diese Weise entsteht, gewinnt ihren Zauber gerade dadurch, daß nichts hinzugedacht ist, daß Wiese, Strauch oder Baum mit ihren wechselnden Bedeutungen nichts weiter sind als konkrete Welt, in der die Kinder freimütig ihre Beziehungen knüpfen. Erst später, wenn die Kindheit vorbei ist, werden die wichtigen Dinge zu Chiffren erstarren, zur Symbolik eines verlorenen Zauberparks. Doch gegen Heimweh werden die Geschwister gefeit sein. Von Ereignis zu Ereignis reifen Scout und Jem zu tolerant denkenden Zukunftsmenschen heran, ausgestattet mit humaner Gesinnung und mustergültiger Lebensfreude...» («Deutsche Zeitung»)

Harper Lee, geboren 1926 in Monroeville, studierte Jura an der Universität von Alabama. Sie arbeitete dann bei einer internationalen Luftverkehrsgesellschaft. Für den vorliegenden Roman erhielt sie 1961 den Pulitzer-Preis. Harper Lee lebt in New York.

Nicolaus Schröder, geboren 1958, lebt als freier Journalist in Hamburg.

Harper Lee

WER DIE NACHTIGALL STÖRT

Roman

Das Buch zum Film

rororo

Rowohlt

Deutsch von Claire Malignon
Mit einem Nachwort von Nicolaus Schröder

Einmalige Sonderausgabe Februar 1995

Veröffentlicht im Rowohlt Taschenbuch Verlag GmbH,
Reinbek bei Hamburg, November 1978

Die amerikanische Originalausgabe erschien unter dem Titel
«To Kill a Mockingbird»
bei J. B. Lippincott Company, Philadelphia und New York

Umschlaggestaltung Walter Hellmann
(Foto: Kinoarchiv Peter W. Engelmeier)
Gesamtherstellung Clausen & Bosse, Leck
1000-ISBN 3 499 12093 3

Mr. Lee und Alice
als Dank für Liebe und Zuneigung

Auch Rechtsanwälte,
glaube ich, waren einst Kinder.

Charles Lamb

Erster Teil

1. Kapitel

Das Unglück mit dem Arm passierte kurz vor Jems dreizehntem Geburtstag. Als der komplizierte Ellbogenbruch verheilt war und die Sorge, nie mehr *football* spielen zu können, hinfällig wurde, kümmerte sich mein Bruder kaum noch um seine Behinderung. Der linke Arm war etwas kürzer als der rechte; im Stehen und beim Gehen knickte der Handrücken rechtwinklig zum Körper ab, während der Daumen nach unten wies. Das störte Jem jedoch nicht im geringsten, solange er nur den Ball annehmen und zuspielen konnte.

Als so viel Zeit vergangen war, daß wir gelassen auf die Ereignisse zurückblicken konnten, sprachen wir bisweilen über die Umstände, die zu dem Unfall geführt hatten. Ich behauptete, die Ewells seien an allem schuld gewesen; aber Jem, vier Jahre älter als ich, meinte, es habe schon früher begonnen, nämlich in jenem Sommer, als Dill zu uns kam und uns auf den Gedanken brachte, Boo Radley herauszulocken.

Wenn er der Sache auf den Grund gehen wolle, sagte ich, müsse er eigentlich bei Andrew Jackson anfangen. Denn hätte General Jackson nicht die Creek-Indianer stromaufwärts getrieben, so wäre Simon Fink nie den Alabama-Fluß hinaufgepaddelt, und wo wären wir dann? Wir waren schon zu alt, einen solchen Streit im Faustkampf auszutragen, und zogen daher Atticus zu Rate. Vater entschied, wir hätten beide recht.

Als Südstaatler fanden es einige in unserer Familie beschämend, daß keiner unserer Vorfahren auf der einen oder auf der anderen Seite an der Schlacht von Hastings teilgenommen hatte. Alles, was wir bieten konnten, war der Pelztrapper Simon Fink, ein Apotheker aus Cornwall, dessen Geiz nur noch von seiner Frömmigkeit übertroffen wurde. In England wurden damals die Methodisten von ihren liberaler gesinnten Brüdern verfolgt, und da Simon zu den Methodisten gehörte, machte er sich auf den Weg über den Atlantik nach Philadelphia, von da aus nach Jamaika, dann weiter nach Mobile und den Saint-Stephens-Fluß hinauf. Eingedenk der Weisungen John Wesleys, bei Kauf und Verkauf nicht viele Worte zu machen, scheffelte Simon als Heilkundiger ansehnliche Summen. Bei dieser Tätigkeit quälte ihn jedoch unaufhörlich die Furcht, er könne sich zu Dingen verleiten lassen, von denen er wußte, daß sie Gott nicht zum Ruhm gereichten, wie etwa das Prunken mit Gold und kostbaren Gewändern. Da er seines Meisters Worte über den Besitz von Gütern in Menschengestalt vergessen hatte, kaufte er sich drei Sklaven und errichtete mit ihrer Hilfe eine Behausung am Ufer des Alabama, etwa vierzig Meilen flußabwärts von Saint Stephens. Er kehrte nur noch einmal nach Saint Stephens zurück, um sich eine Frau zu suchen; mit ihr zeugte er ein Geschlecht, in dem die Töchter überwogen. Simon erreichte ein hohes Alter und starb als wohlhabender Mann.

Es wurde Brauch, daß die Männer der Familie auf Simons Besitz, Finks Landing, blieben und von der Baumwolle lebten. Das Anwesen trug sich selbst. Wenn auch die Landing im Vergleich zu den benachbarten Gütern nur klein war, so brachte sie doch alles hervor, was man zum Lebensunterhalt benötigte, Eis, Weizenmehl und Kleidung ausgenommen. Diese Dinge kamen auf Flußbooten aus Mobile.

Die Wirren zwischen den Staaten des Nordens und denen des Südens hätten Simon in ohnmächtige Wut versetzt, denn seine Nachkommen verloren in ihnen alles, außer den Ländereien. Trotzdem hielten die Finks bis ins 20. Jahrhundert hinein an der Tradition fest und nährten sich von den Erzeugnissen des Landes. Erst mein Vater, Atticus Fink, entschloß sich, in Montgomery Jura zu studieren, und sein jüngerer Bruder ging zum Studium der Medizin nach Boston. Auf Finks Landing blieb nur Alexandra zurück, die Schwester der beiden. Sie heiratete einen wortkargen Mann, der den größten Teil des Tages in einer Hängematte am Flußufer lag und darüber nachsann, wie viele Fische wohl schon an seinen Legangeln zappelten.

Als mein Vater bei Gericht zugelassen wurde, zog er nach Maycomb, das etwa zwanzig Meilen von Finks Landing entfernt war, und eröffnete dort seine Praxis. Atticus Finks Büro im Rathaus enthielt kaum mehr als einen Kleiderständer, einen Spucknapf, ein Schachbrett und ein jungfräuliches Gesetzbuch von Alabama. Seine ersten Klienten waren die beiden letzten Leute, die im Gefängnis von Maycomb County gehängt wurden. Atticus hatte dringend geraten, sie sollten von der Großmut des Staates Gebrauch machen und auf Totschlag im Affekt plädieren, um mit dem Leben davonzukommen. Aber sie waren Haverfords, ein Name, der in Maycomb County als Synonym für Maulesel galt. Bei einem Streit um eine Stute – angeblich wurde ihnen das Tier widerrechtlich vorenthalten – hatten die Haverfords den ersten Schmied von Maycomb ins Jenseits befördert. Sie waren unvorsichtig genug gewesen, das in Gegenwart von drei Zeugen zu tun, und bestanden darauf, daß dieser Hundesohn nichts Besseres verdient habe, eine Rechtfertigung, die sie für völlig ausreichend hielten. Da sie sich beharrlich weigerten, mildernde Umstände anzuführen, konnte Atticus nicht viel mehr für seine Klienten tun, als ihrem Hinscheiden beizuwohnen – ein Anlaß, dem vermutlich der heftige Abscheu meines Vaters vor Strafrechtsverfahren entsprang.

Während der ersten fünf Jahre in Maycomb lebte Atticus so sparsam wie möglich. Alles, was er erübrigen konnte, kam der Ausbildung seines Bruders zugute. John Hale Fink war zehn Jahre jünger als mein Vater und hatte sein Medizinstudium in einer Zeit begonnen, als der Anbau von Baumwolle nicht mehr lohnte. Sobald Onkel Jack aber auf eigenen Füßen stand, hatte Atticus durch seine Anwaltstätigkeit ein ganz ordentliches Einkommen. Ihm gefiel es in Maycomb. Er war in Maycomb County geboren und aufgewachsen, er kannte die Menschen hier, sie kannten ihn, und dank Simon Finks Regsamkeit war Atticus entweder in gerader Linie oder durch Heirat mit nahezu jeder Familie der Stadt verwandt.

Maycomb war eine alte Stadt, und in meiner Kindheit war es eine müde alte Stadt. Bei Regenwetter verwandelten sich die Straßen in rötliche Schmutzlachen; auf den Gehsteigen wuchs Gras, und das Rathaus sackte in den Boden des Marktplatzes ein. Bestimmt war es damals heißer als heutzutage, und ein schwarzer Hund hatte an einem Sommertag viel auszustehen. Im schwülen Schatten der Eichen auf dem Marktplatz verscheuchten abgemagerte, vor Karren gespannte Maulesel die Fliegen. Die steifen Kragen der Männer waren schon um neun Uhr morgens durchgeweicht. Die Damen badeten am Vormittag und noch einmal nach ihrem Drei-Uhr-Schläfchen, aber gegen Abend sahen sie aus wie weiche Teekuchen mit einem Zuckerguß aus Schweiß und Puder.

Die Menschen bewegten sich damals langsam. Sie schritten gemächlich über den Platz, schlenderten durch die umliegenden Läden und ließen sich bei allem Zeit. Ihr Tag hatte zwar auch nur vierundzwanzig Stunden, schien aber länger zu sein. Niemand beeilte sich, denn man konnte nirgends hingehen, es gab nichts zu kaufen, zumal man kein Geld hatte, und außerhalb von Maycomb war ebensowenig los. Einige Leute huldigten jedoch einem vagen Optimismus: Kürzlich war den Bewohnern von Maycomb County mitgeteilt worden, daß sie nichts zu fürchten brauchten als die Furcht selbst.

Atticus, Jem und ich, sowie Calpurnia, unsere Köchin, lebten in der Hauptstraße des Wohnviertels. Jem und ich waren mit unserem Vater zufrieden: Er spielte mit uns, las uns vor und behandelte uns im übrigen mit höflicher Zurückhaltung.

Bei Calpurnia lagen die Dinge anders. Sie war eckig und knorrig, sie war kurzsichtig, und sie schielte. Ihre Hand war so breit wie eine Bettlatte und doppelt so hart. Sie jagte mich immer aus der Küche und fragte, warum ich mich nicht so gut benehmen könnte wie Jem, obwohl sie doch genau wußte, daß er älter war. Und sie rief mich unweigerlich gerade dann ins Haus, wenn ich keine Lust hatte, hereinzukommen. Die Schlachten, die wir uns lieferten, waren heldenhaft, die Siege einseitig. Calpurnia triumphierte jedesmal – hauptsächlich deshalb, weil Atticus ihre Partei ergriff. Sie war seit Jems Geburt bei uns, und so weit ich zurückdenken konnte, hatte ich ihre tyrannische Gegenwart erdulden müssen.

Unsere Mutter war bald nach meinem zweiten Geburtstag gestorben, so daß ich mir ihrer Abwesenheit nie bewußt wurde. Atticus hatte sie, eine geborene Graham aus Montgomery, kennengelernt, als man ihn zum erstenmal in die Volksvertretung wählte. Sie war fünfzehn Jahre jünger als er, der sich damals den Vierzigern näherte. Jem war das Produkt ihres ersten Ehejahres. Vier Jahre später kam ich auf die Welt, und zwei Jahre danach starb unsere Mutter plötzlich an einem Herzanfall. Es handelte sich um ein Leiden, das in ihrer Familie erblich gewesen sein soll. Mir fehlte sie nicht, aber ich glaube, daß Jem sie vermißte. Er erinnerte sich deutlich an sie, und manchmal stieß er mitten im Spiel einen tiefen Seufzer aus, ging weg und verkroch sich hinter dem Schuppen. Wenn er in dieser Stimmung war, hütete ich mich, ihn zu stören.

Als ich fast sechs Jahre und Jem fast zehn Jahre alt war, lag unser Sommerrevier – in Rufweite von Calpurnia – zwischen dem Haus von Mrs. Henry Lafayette Dubose, zwei Türen nördlich von uns, und dem Radley-Grundstück, drei Türen südlich. Wir kamen nie in Versuchung, diese Grenzen zu überschreiten. Das Haus der Radleys war von einem unbekannten Wesen bewohnt, dessen bloße Beschreibung genügte, uns für viele Tage im Zaum zu halten. Und was Mrs. Dubose betraf, so war sie schlichtweg die Hölle.

In jenem Sommer kam Dill zu uns.

Eines frühen Morgens, als Jem und ich auf dem Gesindehof spielten, hörten wir, daß nebenan in Miss Rachel Haverfords Grünkohlbeet etwas raschelte. Wir liefen an den Drahtzaun, um zu sehen, ob es ein Hündchen sei, denn Miss Rachels Terrier erwartete Junge. Aber nein, da hockte jemand auf der Erde und schaute zu uns herüber. Im Sitzen war er kaum höher als die Grünkohlstauden. Wir starrten ihn an, bis er zu sprechen anfing.

«Hallo!»

«Selber hallo», antwortete Jem freundlich.

«Ich bin Charles Baker Harris», sagte er. «Ich kann lesen.»

«Na, und?» sagte ich.

«Ich dachte nur, ihr würdet vielleicht gern wissen, daß ich lesen kann. Wenn ihr was habt, was gelesen werden muß, kann ich's machen.»

«Wie alt bist du denn?» fragte Jem. «Viereinhalb?»

«Bald sieben!»

«Dann brauchst du dir nichts drauf einzubilden», meinte Jem und zeigte mit dem Daumen auf mich. «Scout hier liest schon, seit sie geboren ist, und dabei geht sie noch nicht mal zur Schule. Dafür, daß du bald sieben wirst, siehst du aber ziemlich knirpsig aus.»

«Ich bin klein, aber alt», sagte er.

Jem strich sich eine Haarsträhne aus dem Gesicht, um ihn genauer betrachten zu können. «Warum kommst du nicht rüber zu uns, Charles Baker Harris? Meine Güte, was für ein Name!»

«Nicht komischer als deiner. Tante Rachel sagt, du heißt Jeremy Atticus Fink.»

Jem runzelte die Stirn. «Bei mir ist das was anderes, weil ich groß genug für so einen Namen bin, aber deiner ist ja länger als du selber. Sogar ein ganzes Ende länger.»

«Alle Leute nennen mich Dill», erklärte Dill und zwängte sich unter dem Zaun durch.

«Drüberweg geht's besser als drunterdurch», sagte ich. «Wo bist du denn her?»

Dill war aus Meridian, Mississippi, und verbrachte die Ferien bei seiner Tante, Miss Rachel. Von nun an sollte er jeden Sommer in unsere Stadt kommen. Seine Mutter stammte aus Maycomb County und arbeitete in einem Fotoatelier in Meridian. Bei einem Wettbewerb «Das schöne Kinderbild» hatte sie sein Foto eingesandt und fünf Dollar gewonnen. Dill berichtete, sie habe ihm das Geld geschenkt und er sei dafür zwanzigmal ins Kino gegangen.

«Hier gibt's keine Filme, nur im Rathaus spielen sie manchmal so biblische mit Jesus», sagte Jem. «Hast du schon mal 'nen interessanten gesehen?»

Dill hatte *Dracula* gesehen, eine Offenbarung, die Jem bewog, ihn mit einigem Respekt zu betrachten. «Erzähl mal davon», forderte er.

Ein merkwürdiger Bursche, dieser Dill. Er trug blaue Leinenshorts, die ans Hemd geknöpft waren, und er hatte schneeweißes Haar, das wie Entenflaum an seinem Kopf klebte. Er war ein Jahr älter, aber sehr viel kleiner als ich. Während er uns die alte Geschichte erzählte, erhellten und verdunkelten sich seine Augen, er lachte laut und fröhlich und zupfte unentwegt an einem Haarbüschel, das ihm in die Stirn hing.

Nachdem Dill *Dracula* in Staub verwandelt und mein Bruder erklärt hatte, der Film scheine besser zu sein als das Buch, fragte ich Dill nach seinem Vater. «Von dem hast du noch gar nicht gesprochen.»

«Weil ich keinen habe.»

«Ist er tot?»

«Nein . . .»

«Wenn er nicht tot ist, dann hast du doch einen, nicht wahr?»

Dill wurde rot, und Jem befahl mir, den Mund zu halten – ein Zeichen, daß er Dill geprüft und für würdig befunden hatte. Von nun an verlief der Sommer nach unserem bewährten Schema. Bewährtes Schema hieß: unser Baumhaus zwischen den beiden riesigen zusammengewachsenen Chinabäumen auf dem Gesindehof verschönern, sich zanken oder unser Theaterrepertoire durchspielen – frei nach den Werken von Oliver Optic, Victor Appleton und Edgar Rice Burroughs. In dieser Hinsicht war es ein Glück, daß wir Dill hatten. Er übernahm nun die Charakterrollen, die vorher mir zugefallen waren, zum Beispiel den Affen in *Tarzan*, Mr. Crabtree in den *Rover Boys* und Mr. Damon in *Tom Swift*. Wir lernten ihn dabei als einen Merlin im Taschenformat kennen, dessen Kopf von exzentrischen Plänen, seltsamen Gelüsten und wunderlichen Ideen überquoll.

Gegen Ende August aber hatten wir das Theaterspielen nach unzähligen Reprisen so satt, daß Dill auf den Gedanken verfiel, Boo Radley herauszulocken.

Das Haus der Radleys hatte es Dill angetan. Trotz unserer Warnungen und Erklärungen zog es ihn an wie der Mond das Wasser. Allerdings wagte er sich nur bis zur Laterne an der Ecke. Dort stand er oft in sicherer Entfernung vom Tor, den Arm um den dicken Pfahl geschlungen, und starrte neugierig hinüber.

Das Radley-Grundstück lag südlich von dem unseren, dort, wo die Straße einen scharfen Knick machte. Man ging geradeaus, auf die Veranda zu; dann bog der Weg ab und führte an dem Grundstück entlang. Das niedrige, ehemals weiße Haus mit der breiten Vorderveranda und den grünen Fensterladen war im Laufe der Zeit ebenso schiefergrau geworden wie der Hof, der es umgab. Morsche Schindeln hingen über das vorspringende Dach; dicke Eichbäume hielten die Sonne fern. Die Überreste eines betrunken schwankenden Lattenzauns schützten den verwahrlosten Vorplatz, der nie gefegt wurde und auf dem das Unkraut üppig wucherte.

In diesem Haus lebte ein bösartiges Gespenst. Man sagte, es existiere wirklich, aber Jem und ich hatten es noch nie erblickt. Angeblich kam es nur in mondlosen Nächten zum Vorschein und spähte durch die Fenster in fremde Häuser. Wenn bei einem Kälteeinbruch die Azaleen im Garten erfroren, dann hatte ‹er› sie behaucht. Jedes heimliche Vergehen in Maycomb wurde ihm zugeschrieben. Einmal versetzten eine Reihe makabrer nächtlicher Vorkommnisse die Stadt in Schrecken: Ein unbekannter Täter verstümmelte Hühner und Haustiere. Obgleich Addie der Schuldige war, ein Verrückter, der sich schließlich in Barkers Teich ertränkte, wollten die Leute ihren ursprünglichen Verdacht nicht aufgeben und beobachteten mißtrauisch das Radley-Haus. Kein Neger wagte nachts daran vorbeizugehen, jeder wechselte auf die andere Straßenseite hinüber und pfiff beim Gehen laut vor sich hin. Die Kinder rührten die Nüsse nicht an, die von den hohen Pecanbäumen der Radleys in den angrenzenden Schulhof fielen: Radley-Nüsse brachten den Tod. Flog ein Ball in den Radley-Hof, so galt er als unwiederbringlich verloren.

Der Unstern über diesem Haus war lange vor Jems und meiner Geburt aufgegangen. Die Radleys, überall in der Stadt wohlangesehen, lebten sehr zurückgezogen – ein Verhalten, das man in Maycomb nicht verzieh. Auch am Gottesdienst, der zu den wenigen Vergnügungen von Maycomb gehörte, nahmen sie nicht teil, sondern verrichteten ihre Andacht daheim. Mrs. Radley fand sich selten – wenn überhaupt jemals – zu einem morgendlichen Kaffeeschwätzchen bei ihren Nachbarinnen ein, und sie war nie einem Missionsverein beigetreten. Mr. Radley ging täglich um elf Uhr dreißig in die Stadt und kam Punkt zwölf Uhr zurück. Bisweilen trug er dann eine braune Tüte, von der die Nachbarschaft vermutete, daß sie Lebensmittel enthielt. Ich habe nie erfahren, womit Mr. Radley seinen Unterhalt verdiente. Jem meinte, er «kaufe Baumwolle» – ein höflicher Ausdrück für Müßiggang. Jedenfalls lebten Mr. und Mrs. Radley mit ihren beiden Söhnen seit Menschengedenken in unserer Stadt.

Die Fensterladen und Türen des Radley-Hauses blieben sonntags geschlossen – ein weiterer Verstoß gegen die Gepflogenheiten von Maycomb; verschlossene Türen gab es sonst nur bei Krankheit oder bei kalter Witterung. Der Sonntag war der Tag für formelle Nachmittagsbesuche: Die Damen trugen Korsetts, die Herren Jacketts, die Kinder Schuhe. Niemals aber wäre es den Nachbarn eingefallen, Sonntag nachmittags die Vordertreppe der Radleys hinaufzusteigen und mit einem fröhlichen «Hallo» Einlaß zu begehren. Das Haus hatte auch keine Fliegenfenster. Ich fragte Atticus einmal, ob es wohl früher welche gehabt hätte. Ja, sagte er, lange vor meiner Geburt.

Gerüchten zufolge hatte sich der jüngere Radley-Sohn als Halbwüchsiger mit den Cunninghams angefreundet, einer weitverzweigten Sippschaft aus Old Sarum im Norden von Maycomb County. Sie bildeten eine Art Bande und waren das Äußerste, was Maycomb in dieser Beziehung je erlebt hatte. Wenn sie auch nicht allzuviel anstellten, so reichte das wenige doch aus, daß die ganze Stadt über sie sprach und man sie von drei Kanzeln herab öffentlich ermahnte. Sie lungerten beim Friseur herum; sie fuhren sonntags mit dem Autobus nach Abbottsville und gingen dort ins Kino; sie besuchten die Tanzveranstaltungen in der Spielhölle am Fluß, der Dew-Drop Inn & Fishing Camp; sie experimentierten mit selbstgebranntem Whisky. Niemand in Maycomb hatte den Mut, Mr. Radley mitzuteilen, daß sein Sohn in schlechte Gesellschaft geraten war.

Eines Nachts kurvten die stark angeheiterten Burschen in einem geliehenen Wagen im Rückwärtsgang über den Marktplatz, widersetzten sich der Festnahme durch den alten Gerichtsdiener, Mr. Conner, und sperrten ihn schließlich in die Toilette des Rathauses ein. Die Stadt beschloß, daß etwas getan werden müsse. Mr. Conner erklärte, er kenne jeden einzelnen von ihnen genau und sei fest entschlossen, sie nicht ungestraft davonkommen zu lassen. Die Burschen wurden also vor den Jugendrichter gebracht. Die Anklage lautete auf unziemliches Betragen, ruhestörenden Lärm, schwere tätliche Beleidigung sowie Gebrauch unflätiger, lästerlicher Worte in Gegenwart weiblicher Personen. Auf die Frage des Richters, worauf sich die letzte Beschuldigung beziehe, antwortete Mr. Conner, die Angeklagten hätten so laut geflucht, daß jede Dame in Maycomb sie gehört haben müsse. Der Richter entschied, daß die Burschen in die staatliche Besserungsanstalt geschickt werden sollten, wohin man Jungen mitunter nur deshalb verfrachtete, um ihnen Nahrung und anständige Unterkunft zu sichern: Es war kein Gefängnis und der Aufenthalt dort keine Schmach. Aber Mr. Radley fand es entehrend. Er bat den Richter, seinen Sohn freizulassen und versprach, daß Arthur nie wieder Anstoß erregen würde. Da der Richter wußte, daß man auf Mr. Radleys Wort vertrauen konnte, erfüllte er ihm die Bitte.

Die anderen Jungen kamen in die Anstalt und erhielten dort die beste Mittelschulerziehung, die der Staat zu bieten hatte. Einer von ihnen absolvierte sogar die Ingenieurschule in Auburn. Die Türen des Radley-Hauses blieben nun sowohl wochentags als auch sonntags geschlossen, und der jüngere Sohn wurde fünfzehn Jahre lang nicht mehr gesehen.

Eines Tages aber – Jem konnte sich noch dunkel daran erinnern – machte Boo Radley von sich reden, und mehrere Leute hatten Gelegenheit, ihn zu sehen. Jem selbst war allerdings nicht dabeigewesen. Er sagte, Atticus habe nie viel über die Radleys geredet. Wenn Jem nach ihnen fragte, antwortete Atticus unweigerlich, er solle sich um seine eigenen Angelegenheiten kümmern, die Radleys hätten ein Recht darauf, zu tun, was sie wollten. In diesem besonderen Fall aber hatte Atticus den Kopf geschüttelt und «Hm, hm, hm» gemurmelt.

Den größten Teil seines Wissens verdankte Jem einer Klatschbase aus der Nachbarschaft, Miss Stephanie Crawford, die angeblich genauestens im Bilde war. Ihr zufolge hatte Boo im Wohnzimmer gesessen und aus der *Maycomb Tribune* Artikel ausgeschnitten, um sie in ein Album zu kleben. Dann war sein Vater hereingekommen, und als er an Boo vorbeiging, hatte der ihm die Schere ins Bein gestoßen, sie herausgezogen, an seiner Hose abgewischt und seine

Beschäftigung wiederaufgenommen. Mrs. Radley war auf die Straße gestürzt und hatte geschrien, Arthur wolle sie alle ermorden. Doch als der Sheriff kam, saß Boo noch immer im Wohnzimmer und schnippelte an der *Tribune* herum. Damals war er dreiunddreißig Jahre alt.

Laut Miss Stephanie hatte der alte Radley erklärt, kein Radley ginge in eine Irrenanstalt, als man ihm nahelegte, seinen Sohn für einige Zeit nach Tuscaloosa zu schicken. Er sagte, Boo sei nicht verrückt, er sei nur hin und wieder reizbar. Gewiß, man müsse ihn einsperren, aber man dürfe ihn nicht vor Gericht stellen, denn er sei kein Verbrecher. Dem Sheriff widerstrebte es, Boo mit Negern zusammenzubringen, und so wurde er im Keller des Rathauses eingeschlossen.

Boos Rückkehr aus diesem Keller in sein Vaterhaus war in Jems Gedächtnis verblaßt. Miss Stephanie wußte zu berichten, daß einige Stadträte Mr. Radley mitgeteilt hatten, wenn er seinen Sohn nicht zurückhole, werde Boo in dem feuchten Keller vermodern. Außerdem könne er nicht ewig den Steuerzahlern zur Last fallen.

Niemand wußte, welche Einschüchterungsmittel Mr. Radley anwandte, um Boo verborgen zu halten. Jem meinte, Mr. Radley habe ihn sicherlich mit Ketten ans Bett gefesselt. Atticus widersprach: So sei es wohl doch nicht, es gebe auch andere Möglichkeiten, einen Menschen in ein Gespenst zu verwandeln.

Von Mrs. Radley bewahre ich in meiner Erinnerung nur das Bild, wie sie manchmal die Vordertür öffnete, auf die Veranda heraustrat und ihre Cannastauden begoß. Mr. Radley dagegen sahen wir täglich in die Stadt gehen und zurückkommen. Er war ein dünner, lederhäutiger Mann und hatte farblose Augen – so farblos, daß sich nicht einmal das Licht in ihnen spiegelte. Seine Backenknochen sprangen scharf vor, und sein Mund war breit mit schmaler Oberlippe und wulstiger Unterlippe. Miss Stephanie sagte, er sei so rechtschaffen, daß er nur das Wort Gottes als Gesetz anerkenne. Das glaubten wir ihr gern, denn Mr. Radley hielt sich stets aufrecht, als hätte er einen Ladestock verschluckt.

Er sprach nie mit uns. Wir blickten zu Boden, wenn er an uns vorbeiging, und auf unser «Guten Morgen, Sir» hüstelte er nur. Sein ältester Sohn lebte in Pensacola und kam alljährlich zu Weihnachten nach Hause; er war einer der wenigen Menschen, die wir bei den Radleys ein und aus gehen sahen. An dem Tag, an dem Arthur von seinem Vater zurückgeholt wurde, sei das Haus gestorben, hieß es in der Stadt.

Doch dann kam ein anderer Tag, an dem Atticus drohte, er würde uns windelweich schlagen, wenn wir auch nur den geringsten Krach im Hof machten, und er beauftragte Calpurnia, in seiner Abwesenheit ein Gleiches zu tun, falls sie uns lärmen hörte. Mr. Radley lag im Sterben.

Er ließ sich Zeit dabei. Hölzerne Sägeböcke sperrten die Straße zu beiden Seiten des Radley-Grundstückes ab, der Bürgersteig wurde mit Stroh belegt und der Verkehr umgeleitet. Dr. Reynolds parkte bei seinen Besuchen den Wagen vor unserem Haus und ging dann zu Fuß weiter. Jem und ich schlichen tagelang im Hof herum. Endlich wurden die Sägeböcke weggenommen, und von der Veranda aus beobachteten wir, wie Mr. Radley seinen letzten Weg antrat.

«Da geht der schändlichste Mann, dem Gott je seinen Atem eingehaucht hat», knurrte Calpurnia und spuckte nachdenklich in den Hof. Wir sahen sie erstaunt an, denn kritische Bemerkungen über Weiße waren bei ihr selten.

Die Nachbarschaft erwartete, daß auf Mr. Radleys Verschwinden Boos Erscheinen folgen werde, doch es kam anders: Boos Bruder kehrte aus Pensacola zurück und nahm Mr. Radleys Platz ein. Der einzige Unterschied zwischen ihm und seinem Vater lag im Alter. Jem sagte, auch Mr. Nathan Radley «kaufe Baumwolle». Immerhin erwiderte Mr. Nathan unseren Gruß, und manchmal sahen wir ihn mit einer Zeitschrift unter dem Arm aus der Stadt kommen.

Je mehr wir Dill von den Radleys erzählten, desto mehr wollte er hören, desto länger stand er sinnend an der Ecke, den Arm um den Laternenpfahl geschlungen. «Möchte bloß wissen, was er da drin tut», murmelte er immer wieder. «Könnte doch wenigstens mal den Kopf aus der Tür stecken.»

«Der kommt schon raus», sagte Jem, «aber nur wenn's stockdunkel ist. Miss Stephanie hat mir erzählt, daß sie mal mitten in der Nacht aufgewacht ist, und da hat er sie durchs Fenster angestarrt. Als wenn einen ein Totenschädel anglotzt, sagt sie. Bist du denn noch nie nachts aufgewacht und hast ihn gehört, Dill? Er geht so . . .» Jem schlurfte mit den Füßen durch den Kies. «Was meinst du wohl, warum Miss Rachel abends alle Türen so fest verschließt? Ich hab morgens oft seine Fußstapfen bei uns auf dem Gesindehof gesehen, und einmal hat er nachts sogar an unserem Fliegenfenster gekratzt, aber als Atticus kam, war er schon wieder weg.»

«Wie er wohl aussieht?» fragte Dill.

Jem gab eine einleuchtende Beschreibung von Boo. Nach den Fußspuren zu urteilen, sei er mindestens zwei Meter groß; er ernähre sich von rohen Eichhörnchen und Katzen. Deshalb seien seine Hände immer mit Blut beschmiert, denn wer Tiere roh esse, könne das Blut nie mehr wegwaschen. Über sein Gesicht laufe eine lange Zickzacknarbe, und die paar Zähne, die er noch hätte, seien gelb und faul. Er habe Glotzaugen, und meist tropfe ihm Speichel aus dem Mund.

«Laß uns doch mal versuchen, ihn rauszulocken», schlug Dill vor. «Ich möchte so gern wissen, wie er aussieht.»

Wenn Dill umgebracht werden wolle, erwiderte Jem, dann brauche er nichts weiter zu tun, als an Radleys Haustür zu klopfen.

Unser erster Streifzug kam nur zustande, weil Dill gesagt hatte, er wette um zwei Bände *Tom Swift* gegen *Das graue Gespenst*, daß Jem sich nicht über das Gartentor der Radleys hinauswage.

Jem hatte noch nie eine Wette abgelehnt, aber diesmal überlegte er sich die Sache drei Tage lang. Ich glaube, seine Ehre war ihm lieber als sein Kopf, denn Dill wurde zuletzt doch mit ihm fertig. «Du hast Angst», sagte er am ersten Tag. «Angst nicht, bloß Respekt», antwortete Jem. Am nächsten Tag sagte Dill: «Du hast sogar Angst, deinen großen Zeh auf den Vorplatz zu setzen.» Jem bestritt das und meinte, er gehe ja schließlich jeden Tag am Radley-Grundstück vorbei zur Schule.

«Aber immer im Galopp», warf ich ein.

Am dritten Tag schaffte es Dill mit der Behauptung, in Meridian gebe es keine solchen Angsthasen wie in Maycomb. So ängstliche Leute wie hier hätte er noch nie gesehen.

Daraufhin marschierte Jem bis zur Ecke, wo er stehenblieb, sich an den Laternenpfahl lehnte und das Tor beobachtete, das schief in den selbstgefertigten Angeln hing.

«Hoffentlich ist dir klar, daß er uns allesamt umbringen wird, Dill Harris», sagte er, als wir ihm nachkamen. «Gib bloß mir nicht die Schuld, wenn er dir die Augen auskratzt. Du hast damit angefangen, vergiß das nicht.»

«Du hast immer noch Angst», stellte Dill gelassen fest.

Jem wollte ihm ein für allemal klarmachen, daß er vor nichts Angst hatte. «Ich würd's ja tun, wenn ich nur wüßte, wie wir ihn herauslokken können, ohne daß er uns erwischt. Außerdem muß ich auf meine kleine Schwester Rücksicht nehmen.»

Als er das sagte, wußte ich, daß er Angst hatte. Damals, als ich ihn aufforderte, vom Dach unseres Hauses herunterzuspringen, hatte er auch auf seine kleine Schwester Rücksicht nehmen müssen. «Und was wird aus dir, wenn ich dabei draufgehe?» hatte er gefragt. Dann war er gesprungen und unverletzt gelandet, und von da an war sein Verantwortungsgefühl nicht mehr in Erscheinung getreten – bis er sich jetzt dem Radley-Grundstück gegenübersah.

«Du willst dich wohl vor der Wette drücken?» fragte Dill spöttisch.

«Dill, so was muß man sich überlegen», sagte Jem. «Laß mich doch mal 'nen Augenblick nachdenken . . . Das ist so ähnlich, als wenn man eine Schildkröte rauslocken will . . .»

«Wie macht man denn das?» erkundigte sich Dill.

«Man zündet ein Streichholz drunter an.»

«Wenn du Radleys Haus in Brand steckst, sag ich's Atticus», drohte ich.

Dill fand es gemein, unter einer Schildkröte ein Streichholz anzuzünden.

«Gar nicht gemein. Soll sie nur rauslocken – ist ja nicht so, als wenn man sie ins Feuer schmeißt», brummte Jem.

«Und woher weißt du, daß ihr ein Streichholz nicht weh tut?»

«Schildkröten fühlen doch nichts, du Dummkopf», sagte Jem.

«Du bist wohl schon mal 'ne Schildkröte gewesen, was?»

«Quatsch! Laß mich doch nachdenken, Dill ... Wir kriegen die Sache schon hin ...»

Jem blieb so lange in Gedanken versunken, daß Dill ein kleines Zugeständnis machte. «Ich werde nicht sagen, daß du dich vor der Wette gedrückt hast, und du kriegst *Das graue Gespenst* auch dann, wenn du nur bis zum Haus gehst und die Wand berührst.»

Jems Gesicht leuchtete auf. «Bloß die Hauswand berühren, das ist alles?»

Dill nickte.

«Ist das auch wirklich alles? Nicht daß du mir nachher mit was anderem kommst, wenn ich zurück bin.»

«Ja, das ist alles», versicherte Dill. «Wahrscheinlich rennt er dir nach, wenn er dich im Hof sieht. Dann stürzen Scout und ich auf ihn los, halten ihn fest und sagen ihm, daß wir ihm nichts tun wollen.»

Wir überquerten die Straße und machten vor Radleys Gartentor halt.

«Na los», drängte Dill. «Scout und ich bleiben dicht hinter dir.»

«Ich geh ja schon», sagte Jem. «Hetz mich doch bloß nicht.»

Er ging bis zur Ecke des Grundstücks, kam zurück, prüfte stirnrunzelnd das Gelände, als überlege er, wie es am besten zu stürmen sei, und kratzte sich nachdenklich am Kopf.

Da lachte ich ihn aus.

Jem stieß die Pforte auf, rannte zur Hausmauer, schlug mit der flachen Hand an und sauste zurück, an uns vorbei, ohne sich darum zu kümmern, ob sein Überfall erfolgreich war. Dill und ich gaben ebenfalls Fersengeld. Erst als wir auf unserer Veranda in Sicherheit waren, sahen wir uns keuchend und atemlos um.

Das alte Haus stand unverändert da, brüchig und hinfällig. Plötzlich aber, während wir hinüberstarrten, war uns, als hätte sich drinnen ein Fensterladen bewegt. Eine winzige, fast unsichtbare Bewegung, und dann rührte sich nichts mehr.

2. Kapitel

Dill verließ uns Anfang September. Er fuhr nach Meridian zurück, und wir brachten ihn an den Fünf-Uhr-Bus. Ich war traurig, daß er fortging, bis mir einfiel, daß ich in einer Woche zur Schule käme. Noch nie in meinem Leben hatte ich mich so sehr auf etwas gefreut. Im Winter hatte ich oft im Baumhaus gehockt und mit einem primitiven Fernglas – einem Geschenk von Jem – zu den vielen Kindern auf dem Schulhof hinübergespäht. Ich lernte ihre Spiele, teilte insgeheim ihre Niederlagen und kleinen Siege, bemühte mich, im Hin und Her des Blindekuhspiels Jems rote Jacke im Auge zu behalten, und wünschte mir sehnlichst, dabeizusein.

Jem ließ sich herab, mich auf dem ersten Schulgang zu begleiten, eine Aufgabe, die für gewöhnlich Sache der Eltern ist. Atticus hatte gesagt, Jem lege Wert darauf, mir mein Klassenzimmer zu zeigen. Ich glaube jedoch, daß hier eine finanzielle Transaktion zwischen Vater und Sohn vorausgegangen war, denn als wir bei Radleys Haus um die Ecke rannten, hörte ich in Jems Tasche ein ungewohntes Klimpern. Kurz vor dem Schulhof verlangsamten wir unseren Schritt, und Jem setzte mir vorsorglich auseinander, daß ich ihn in der Schule nicht belästigen dürfe, etwa mit der Aufforderung, einen Akt aus *Tarzan und die Ameisenmenschen* aufzuführen. Er verbot mir auch, ihn mit Anspielungen auf sein Privatleben in Verlegenheit zu bringen oder ihm in den Pausen auf Schritt und Tritt nachzulaufen. Mein Platz sei bei der ersten Klasse, und seiner bei der fünften. Mit einem Wort, ich solle ihn in Ruhe lassen.

«Dann können wir also nie mehr spielen?» fragte ich.

«Zu Hause bleibt alles beim alten», sagte er. «Aber du wirst schon sehen – die Schule ist was anderes.»

Das stimmte zweifellos. Gleich am ersten Morgen zerrte mich unsere Lehrerin, Miss Caroline Fisher, nach vorn, schlug mir mit einem Lineal auf die ausgestreckte Handfläche und ließ mich dann bis Mittag in der Ecke stehen.

Miss Caroline war nicht älter als einundzwanzig. Sie hatte leuchtend rotbraunes Haar, rosige Wangen und knallrot lackierte Fingernägel, trug Schuhe mit hohen Absätzen und ein rot-weiß gestreiftes Kleid. Ich fand, daß sie wie ein Pfefferminzbonbon aussah und auch so roch. Sie wohnte schräg gegenüber von uns bei Miss Maudie Atkinson. Als sie das Vorderzimmer im ersten Stock bezog, hatte Miss Maudie uns vorgestellt, und Jem war noch Tage danach ganz benommen gewesen.

Miss Caroline malte ihren Namen in Blockschrift an die Wandtafel und erklärte: «Das bedeutet, daß ich Miss Caroline Fisher heiße. Ich bin aus Nordalabama, Winston County.» Ein Raunen lief durch die Klasse: Ob sie wohl auch die Eigenheiten hatte, die man ihren Landsleuten nachsagte? (Als sich nämlich Alabama am 11. Januar 1861 von der Union lossagte, fiel Winston County von Alabama ab, und das wußte jedes Kind in Maycomb County.) Nordalabama war voll von Schnapsbrennereien und Stahlwerken, von Republikanern, Professoren und anderen Leuten ohne jegliche Tradition.

Als erstes las uns Miss Caroline eine Katzengeschichte vor. Die Katzen führten darin lange Gespräche miteinander, trugen hübsche Kleidchen und wohnten in einem warmen Haus unter dem Küchenherd. An der Stelle, wo Frau Katze beim Kaufmann anrief und nach Schokoladenmäusen fragte, wurden die Kinder zapplig wie Würmer in einem Eimer.

Miss Caroline schien nicht zu ahnen, daß die zerlumpten Erstkläßler in Drillichhemdchen und Kleidern aus Mehlsäcken, die, seit sie laufen konnten, Baumwolle gepflückt und Schweine gefüttert hatten, gegen phantasievolle Literatur immun waren. «Ach, ist das nicht reizend?» sagte sie, als sie die Geschichte beendet hatte.

Dann ging sie zur Tafel und schrieb in riesigen Blockbuchstaben das Alphabet an.

«Weiß jemand, was das bedeutet?» fragte sie, zur Klasse gewandt.

Natürlich wußte das jeder, denn die meisten waren im vorigen Schuljahr sitzengeblieben.

Sie rief mich auf, vermutlich weil sie meinen Namen kannte. Während ich das Alphabet ablas, bildete sich zwischen ihren Augenbrauen eine leichte Falte. Nachdem ich auch noch den größten Teil der Fibel und die Börsenseite des *Mobile Register* zum besten gegeben hatte, entdeckte sie, daß ich schon lesen konnte. Sie sah mich mit unverhohlener Mißbilligung an und sagte, ich solle meinen Vater bitten, mich künftig nicht mehr zu unterrichten, denn das behindere mich nur.

«Unterrichten?» rief ich überrascht. «Aber er hat mich nie unterrichtet. Dazu hatte Atticus gar keine Zeit.» Und als sie lächelnd den Kopf schüttelte, fügte ich hinzu: «Er ist doch abends so müde, daß er bloß im Wohnzimmer sitzt und liest.»

«Wer hat's dir denn sonst beigebracht?» fragte Miss Caroline freundlich. «Jemand muß es doch getan haben. Oder bist du etwa Zeitung lesend zur Welt gekommen?»

«Jem sagt, ja. Er hat ein Buch gelesen, in dem ich ein Buchfink war und gar nicht Fink hieß. Jem sagt, mein richtiger Name ist Jean Louise Buchfink, und ich bin vertauscht worden, als ich geboren wurde. In Wirklichkeit bin ich ein . . .»

Miss Caroline glaubte offenbar, daß ich ihr etwas vorschwindelte.

«Wir wollen unserer Phantasie nicht gar zu freien Lauf lassen, mein Kind. Sage nur deinem Vater, er soll dir keinen Unterricht mehr geben: Das Lesen lernt man am besten mit unbelastetem Verstand. Sag ihm, das wäre jetzt meine Sache, und ich würde versuchen, den Schaden wiedergutzumachen.»

«Wie bitte?»

«Dein Vater weiß nicht, wie man unterrichtet. So, du kannst dich setzen.»

Ich murmelte eine Entschuldigung, setzte mich hin und grübelte über mein Verbrechen nach. Ich hatte nie die Absicht gehabt, lesen zu lernen, aber irgendwie war es eben passiert. Vielleicht beim Durchstöbern der Tageszeitungen? Oder während der langen Stunden in der Kirche? Soweit mein Gedächtnis zurückreichte, konnte ich Choräle lesen. Wenn ich's mir recht überlegte, war mir das Lesen einfach zugeflogen, genauso wie die Fähigkeit, meine Hosenklappe zuzuknöpfen, ohne den Kopf zu wenden, oder die Schnürsenkel zur Schleife zu binden. Ich wußte nicht mehr, wann sich die Zeilen über Atticus' wanderndem Zeigefinger in Wörter getrennt hatten, aber ich erinnerte mich an keinen Abend, an dem ich nicht darauf gestarrt und zugehört hatte: Tagesnachrichten, Gesetze, die in Kraft traten, die Memoiren von Lorenzo Dow – alles, was Atticus gerade las, wenn ich abends auf seinen Schoß geklettert war. Bis mich die Angst befiel, darauf verzichten zu müssen, hatte ich nie *gern* gelesen. Man atmet ja auch nicht *gern*.

Da mir klar war, daß ich Miss Caroline geärgert hatte, hüllte ich mich für den Rest der Stunde in Schweigen und starrte zum Fenster hinaus. In der Pause kam Jem und fragte, wie es mir ergangen sei. Ich erzählte ihm alles.

«Wenn ich nicht hierbleiben müßte, würde ich weglaufen, Jem. Das verdammte Fräulein sagt, Atticus hat mir das Lesen beigebracht und er soll damit aufhören und . . .»

«Reg dich nicht auf, Scout», tröstete er mich. «Unser Lehrer sagt, Miss Caroline führt 'ne neue Lehrmethode ein. Die hat sie im College gelernt, und sie wird bald in allen Klassen angewandt werden. Dann braucht man nicht mehr soviel aus Büchern zu lernen. Wenn du zum Beispiel etwas über Kühe lernen willst, gehst du einfach eine melken, verstehst du?»

«Ja-a-a . . . Aber ich will doch gar nichts über Kühe lernen, ich will . . .»

«Unsinn, du mußt unbedingt über Kühe Bescheid wissen, weil die für Maycomb County sehr wichtig sind.»

Ich begnügte mich damit, Jem zu fragen, ob er verrückt geworden sei.

«Ich versuche doch bloß, dir die neue Methode zu erklären, nach der sie die Anfänger unterrichtet, du Dummkopf. Sie heißt ‹Dewey-Dezimalsystem›.»

Da ich Jems Erläuterungen nie bezweifelte, sah ich keinen Grund, nun damit anzufangen. Das ‹Dewey-Dezimalsystem› bestand zum Teil darin, daß Miss Caroline vor unseren Augen Karten schwenkte, auf denen ‹die›, ‹Katze›, ‹Ratte›, ‹Mann› und ‹du› zu lesen war. Sie schien keinen Kommentar von uns zu erwarten, und die Klasse nahm diese impressionistischen Offenbarungen mit Schweigen auf. Ich langweilte mich und begann, einen Brief an Dill zu schreiben. Dabei ertappte mich Miss Caroline, und sie beauftragte mich, meinem Vater zu sagen, er solle jeden weiteren Unterricht einstellen. «Außerdem», fügte sie hinzu, «schreiben wir nicht in der Klasse. Wir drucken. Schreiben lernst du erst in der dritten Klasse.»

Diesmal lag die Schuld bei Calpurnia. Vermutlich hatte sie mich davon abhalten wollen, ihr an Regentagen auf die Nerven zu fallen. Sie kratzte als Schreibaufgabe mit fester Hand das Alphabet auf ein Blatt Papier, und darunter schrieb sie einen Bibelvers. Reproduzierte ich ihre Schreibkunst zur Zufriedenheit, so erhielt ich als Belohnung ein mit Zucker bestreutes Butterbrot. Calpurnias Unterricht war frei von Sentimentalitäten: Selten genügte ich ihren Ansprüchen, und selten belohnte sie mich.

Aus meinem neuen Groll gegen Calpurnia rissen mich Miss Carolines Worte: «Hand hoch, wer zum Essen nach Hause geht.»

Die Kinder aus der Stadt meldeten sich, und sie musterte uns der Reihe nach.

«Wer sein Frühstück mitgebracht hat, legt es auf sein Pult.»

Sirupbüchsen tauchten aus dem Nichts auf, und an der Decke tanzten metallische Lichter. Miss Caroline ging die Reihen entlang, steckte ihre Nase prüfend in die Essenbehälter, nickte, wenn der Inhalt ihr zusagte, runzelte bei einigen leicht die Stirn. Vor Walter Cunningham blieb sie stehen. «Wo ist deins?» fragte sie.

Alle in der ersten Klasse sahen es Walter Cunningham an, daß er Hakenwürmer hatte, und die fehlenden Schuhe verrieten uns auch, wie er dazu gekommen war. Hakenwürmer kriegte man, wenn man barfuß im Stall und im Schweinedreck herumlief. Hätte Walter Schuhe besessen, so hätte er sie bestimmt am ersten Schultag angezogen und sie dann bis in den Winter hinein geschont. Immerhin trug er ein reines Hemd und einen sorgsam geflickten Overall.

«Hast du dein Frühstück vergessen?» fragte Miss Caroline.

Walter starrte geradeaus. Ich sah, wie ein Muskel an seinem mageren Kinn zuckte.

«Hast du es vergessen?» wiederholte Miss Caroline.

Walters Kinn zuckte wieder. «Ja», murmelte er schließlich.

Miss Caroline ging zum Katheder und öffnete ihr Portemonnaie. «Hier hast du fünfundzwanzig Cent», sagte sie zu Walter. «Geh heute zum Essen in die Stadt. Du kannst es mir morgen zurückgeben.»

Walter schüttelte den Kopf. «Nein, danke», flüsterte er.

Aus ihrer Stimme klang Ungeduld. «Hier, Walter, nimm das Geld!»

Wieder schüttelte Walter den Kopf.

Als er ihn zum drittenmal geschüttelt hatte, zischelte jemand: «Los, Scout, sag's ihr doch!»

Ich wandte mich um und sah, daß die Augen der meisten Stadtkinder und sämtlicher Buskinder erwartungsvoll auf mich gerichtet waren. Miss Caroline und ich hatten ja schon zweimal miteinander verhandelt, und aus den Blicken der anderen sprach die arglose Zuversicht, daß persönlicher Kontakt gleichbedeutend mit Verständnis sei.

Ich erhob mich zu Walters Verteidigung. «Ach bitte, Miss Caroline ...»

«Was gibt's, Jean Louise?»

«Miss Caroline, er ist ein Cunningham», sagte ich und setzte mich wieder hin.

«Was soll das heißen, Jean Louise?»

Ich hatte gedacht, daß die Sache damit ausreichend geklärt wäre. Jedenfalls war es allen anderen in der Klasse klar: Walter Cunningham log das Blaue vom Himmel herunter. Er hatte sein Frühstück nicht vergessen, sondern er hatte keines und würde auch morgen und übermorgen keines haben. Wahrscheinlich hatte er noch nie in seinem Leben drei Fünfundzwanzigcentstücke beisammen gesehen.

Ich versuchte es noch einmal. «Walter ist doch ein Cunningham, Miss Caroline.»

«Wie bitte, Jean Louise?»

«Sie können's ja nicht wissen, aber mit der Zeit werden Sie schon alle Leute hier kennenlernen. Die Cunninghams nehmen nichts an, was sie nicht zurückzahlen können, keine Wohltätigkeitskörbe und auch keine Gutscheine. Sie haben noch nie was von anderen angenommen. Sie kommen mit dem aus, was sie haben. Sie haben zwar nicht viel, aber sie kommen damit aus.»

Diese genaue Kenntnis der Cunninghams – oder zumindest eines Zweiges der großen Familie – hatte ich mir im letzten Winter erworben. Walters Vater war ein Klient von Atticus. Eines Abends hatten die beiden in unserem Wohnzimmer ein trübsinniges Gespräch über Erbpacht geführt, und beim Abschied sagte Mr. Cunningham: «Ich weiß wirklich nicht, wann ich Sie bezahlen kann, Mr. Fink.»

«Das soll Ihre geringste Sorge sein, Walter», hatte Atticus geantwortet.

Ich erkundigte mich bei Jem, was das Wort Erbpacht bedeute, und wurde mit der Bemerkung abgespeist, das sei eine ganz verwickelte Angelegenheit.

Daraufhin fragte ich Atticus, ob Mr. Cunningham uns je bezahlen würde.

«In Bargeld nicht», erwiderte Atticus. «Aber paß nur auf, noch vor Jahresende hat er mich bezahlt.»

Wir paßten auf. Eines Morgens entdeckten Jem und ich eine Ladung Brennholz vor unserer Tür. Bald darauf lag ein Sack Nüsse auf der Hintertreppe. Weihnachten kam ein Korb mit Smilax und Stechpalmenzweigen. Als wir im Frühling noch einen Sack voll Weißrüben fanden, sagte Atticus, nun habe ihn Mr. Cunningham aber überreichlich bezahlt.

«Warum bezahlt er dich denn so?» fragte ich.

«Weil er's nur auf diese Art tun kann. Geld hat er ja nicht.»

«Sind wir arm, Atticus?»

Er nickte. «Ja, das sind wir.»

Jem zog die Nase kraus. «So arm wie die Cunninghams?»

«Nicht ganz. Die Cunninghams sind Landleute, Bauern, und die Krise hat sie am härtesten getroffen.»

Atticus erklärte, daß Leute wie er arm seien, weil die Bauern arm seien. In Maycomb County gebe es viel Landwirtschaft, deshalb hätten die Ärzte, Zahnärzte und Juristen es schwer, zu ihren Fünf- und Zehncentstücken zu kommen. Die Erbpacht sei nur eine von Mr. Cunninghams Plagen. Seine anderen Felder seien über und über mit Hypotheken belastet, und das bißchen Geld, das er verdiene, gehe für Zinsen drauf. Wenn er seinen Mantel nach dem Wind hängte, könnte er natürlich vom Arbeitsamt eine Stellung bekommen. Aber dann würden seine Äcker brachliegen und zugrunde gehen. Folglich hungere er lieber, um sein Land zu behalten, und fülle den Wahlzettel nach eigenem Gutdünken aus. Mr. Cunningham, fügte Atticus hinzu, stamme aus einem eigenwilligen Geschlecht.

Da die Cunninghams also kein Geld für einen Anwalt hatten, bezahlten sie uns einfach mit dem, was sie ernteten. «Wißt ihr, daß es bei Dr. Reynolds genauso ist?» sagte Atticus. «Er berechnet manchen Leuten für seine Geburtshilfe einen Scheffel Kartoffeln. Miss Scout, wenn Sie mir Ihre geschätzte Aufmerksamkeit schenken wollen, erkläre ich Ihnen, was eine Erbpacht ist. Jems Definition ist zwar zutreffend, aber ein bißchen dürftig.»

Wäre ich imstande gewesen, Miss Caroline diese Zusammenhänge klarzumachen, so hätte ich mir einige Unannehmlichkeiten und ihr eine Demütigung erspart, doch ich wußte mich nicht so gut wie Atticus auszudrücken, und so sagte ich nur: «Sie beschämen ihn, Miss Caroline. Walter hat zu Hause keine fünfundzwanzig Cent, die er Ihnen zurückzahlen könnte, und für Brennholz haben Sie ja wohl keine Verwendung.»

Miss Caroline stand wie erstarrt. Dann packte sie mich beim Kragen und schleppte mich wieder zum Katheder. «Jean Louise, für heute habe ich genug von dir», sagte sie. «Du bist in jeder Beziehung mit dem falschen Fuß zuerst aufgestanden, mein Kind. Streck die Hand aus!»

Ich glaubte, sie wolle hineinspucken – das war der einzige Grund, aus dem man in Maycomb die Hand ausstreckte. Nach altehrwürdigem Brauch wurden so mündliche Vereinbarungen besiegelt. Allerdings begriff ich nicht, was für einen Handel wir abgeschlossen haben sollten. Ich wandte mich hilfesuchend der Klasse zu, aber die anderen sahen mich ebenso verdutzt an. Miss Caroline ergriff ihr Lineal, verabfolgte mir damit ein halbes Dutzend kurzer kleiner Schläge und schickte mich in die Ecke. Als den Kindern aufging, daß Miss Caroline mich gezüchtigt hatte, brachen sie in stürmisches Gelächter aus.

Miss Caroline drohte ihnen mit dem gleichen Schicksal. Die Klasse grölte von neuem los und wurde erst stocknüchtern, als der Schatten von Miss Blount auf sie fiel. Miss Blount, eine in Maycomb geborene Lehrerin, die noch nicht in die Mysterien des ‹Dezimalsystems› eingeweiht war, riß die Tür auf, stemmte die Hände in die Hüften und verkündete: «Wenn ich noch einen einzigen Laut aus diesem Zimmer höre, verbrenne ich euch alle miteinander. Miss Caroline, die sechste Klasse kann sich bei so einem Radau unmöglich auf die Pyramiden konzentrieren!»

Mein Aufenthalt in der Ecke war nur von kurzer Dauer. Vom Klingelzeichen errettet, sah Miss Caroline zu, wie die Kinder im Gänsemarsch zur Mittagspause hinausgingen. Da ich das Klassenzimmer als letzte verließ, konnte ich sehen, wie sie auf ihren Stuhl sank und den Kopf in den Armen barg. Wäre sie mir gegenüber freundlicher gewesen, so hätte sie mir leid getan. Sie war ein hübsches kleines Ding.

3. Kapitel

Walter Cunningham auf dem Schulhof zu vertobacken war mir eine Genugtuung, doch als ich ihn gerade mit der Nase in den Dreck stieß, kam Jem angelaufen und befahl mir, aufzuhören. «Du bist ja größer als er», sagte er.

«Aber er ist beinahe so alt wie du», knurrte ich. «Wegen dem bin ich mit dem falschen Fuß zuerst aufgestanden.»

«Laß ihn los, Scout. Was ist denn passiert?»

«Er hatte kein Frühstück», sagte ich und erklärte, wie ich in Walters Nahrungssorgen verwickelt worden war.

Walter hatte sich aufgerappelt, stand da und hörte schweigend zu. Er hielt seine Fäuste noch in Bereitschaft, als rechne er mit einem plötzlichen Angriff von uns beiden. Ich stampfte mit dem Fuß auf, um ihn zu verjagen, aber Jem hielt mich zurück. Er schaute Walter forschend an. «Dein Papa ist doch Mr. Walter Cunningham aus Old Sarum?» fragte er, und Walter nickte.

Walter sah aus, als hätte man ihn mit Fischfutter großgezogen: Seine Augen, blau wie die von Dill Harris, waren rot umrandet und wässerig. Der einzige Farbfleck in seinem Gesicht war die blaßrosa Nasenspitze. Er fingerte nervös an den Trägern seines Overalls.

Plötzlich griente Jem ihn an. «Komm mit zum Essen, Walter», sagte er. «Wir würden uns alle sehr freuen.»

Walters Gesicht leuchtete auf, verdunkelte sich aber sofort wieder.

Jem sagte: «Unser Vater und deiner sind gute Freunde. Scout hier, die ist ja verrückt – sie tut dir bestimmt nichts mehr.»

«Sei da mal nicht so todsicher», sagte ich, weil es mich ärgerte, daß Jem so frei über mich verfügte. Dann aber lenkte ich ein, denn schließlich verloren wir hier kostbare Minuten der Mittagspause. «Na gut, Walter, ich werde nicht mehr auf dich losgehen. Ißt du gern Wachsbohnen? Unsere Cal ist 'ne prima Köchin.»

Walter nagte an seiner Unterlippe und rührte sich nicht von der Stelle. Jem und ich gaben es auf. Wir waren schon fast am Radley-Grundstück angelangt, als Walter uns nachrief: «He, ich komme mit.»

Er holte uns ein, und Jem unterhielt sich ganz ungezwungen mit ihm. «Da drin wohnt ein Gespenst», sagte er vertraulich und deutete auf Radleys Haus. «Schon mal was davon gehört?»

«Klar», erwiderte Walter. «Bin fast gestorben das erste Jahr, als ich in die Schule kam, weil ich von den Pecannüssen gegessen habe. Die Leute sagen, er vergiftet sie und wirft sie dann auf den Schulhof.»

In Walters und meiner Gesellschaft schien Jem keine Angst vor Boo Radley zu haben. Er fing sogar an zu prahlen. «Einmal bin ich bis ans Haus rangegangen», erzählte er voller Stolz.

«Jemand, der schon mal bis ans Haus rangegangen ist, sollte aber nicht jedesmal rennen, wenn er dran vorbeigeht», sagte ich zu den Wolken über mir.

«Wer rennt denn, Miss Neunmalklug?»

«Na du, wenn keiner dabei ist.»

Als wir zu Hause ankamen, hatte Walter ganz vergessen, daß er ein Cunningham war. Jem lief in die Küche und bat Calpurnia, noch ein Gedeck aufzulegen, wir hätten einen Gast. Atticus begrüßte Walter und begann mit ihm ein Gespräch über die Ernte, dem weder Jem noch ich folgen konnten.

«Mit meinem Sitzenbleiben ist es nämlich so, Mr. Fink, daß ich jedes Frühjahr meinem Papa beim Hacken helfen muß. Aber jetzt ist zu Hause ein anderer, der groß genug für die Feldarbeit ist.»

«Habt ihr für den einen Scheffel Kartoffeln bezahlt?» fragte ich, doch Atticus sah mich streng an und schüttelte den Kopf.

Während Walter seinen Teller mit Essen belud, sprachen er und Atticus zu unserer größten Verwunderung wie zwei Männer. Atticus verbreitete sich gerade über landwirtschaftliche Probleme, als Walter ihn unterbrach und fragte, ob wir Sirup im Hause hätten. Atticus rief nach Calpurnia, die mit dem Siruptopf kam und neben Walter stehenblieb, bis er sich bedient hatte. Er ließ großzügig Sirup über Gemüse und Fleisch fließen und hätte wohl auch noch eine Portion in sein Glas Milch gegeben, wenn ich nicht entsetzt gefragt hätte, was er um Himmels willen da mache.

Der silberne Untersatz klapperte. Walter hatte den Topf hastig abgestellt, legte die Hände in den Schoß und beugte sich tief über seinen Teller.

Wieder sah mich Atticus kopfschüttelnd an.

«Aber er hat ja sein ganzes Essen in Sirup ertränkt», protestierte ich. «Er hat ihn auf alles . . .»

Hier forderte Calpurnia mich auf, in die Küche zu kommen.

Sie war wütend, und wenn sie wütend war, geriet ihre Grammatik durcheinander. In ruhiger Verfassung sprach sie so korrekt wie nur irgendeiner in Maycomb. Atticus sagte oft, Calpurnia hätte mehr Bildung als die meisten Farbigen.

Während sie auf mich herabschielte, vertieften sich die Fältchen um ihre Augen. «Es gibt Leute, die essen anders wie wir», zischte sie. «Aber ist nicht deine Sache, sie bei Tisch zu belästigen, bloß wegen dem, daß sie anders essen. Der Junge ist Gast, und wenn er das Tischtuch aufessen will, laß ihn! Hast du verstanden?»

«Er ist doch kein Gast, Cal, er ist bloß 'n Cunningham . . .»

«Halt den Mund! Jeder, der hier ins Haus kommt, ist Gast von euch. Und daß ich dich nicht noch mal erwische bei Bemerkungen über Manieren, als wärst du was Besseres! Vielleicht seid ihr was Besseres wie die Cunninghams, aber das ist noch lange kein Grund, den Jungen zu kränken. Wenn du keinen Anstand hast, mußt du eben hier essen!»

Calpurnia stieß mich mit einem schmerzhaften Klaps durch die

Schwingtür ins Eßzimmer. Ich holte mir meinen Teller und aß in der Küche weiter. Immerhin war ich dankbar, daß mir die Demütigung erspart blieb, den anderen gegenübersitzen zu müssen. Ich sagte, Calpurnia würde noch was erleben. Eines schönen Tages, wenn sie es nicht sähe, würde ich weglaufen und mich in Barkers Teich ertränken. Und das geschähe ihr ganz recht. Außerdem wäre sie schuld daran, daß ich schreiben könnte, und deswegen hätte ich heute furchtbaren Ärger gehabt.

«Mach bloß nicht so ein Theater», sagte sie kühl.

Jem und Walter gingen vor mir fort. Ich hatte nämlich beschlossen, Atticus über Calpurnias Bosheiten aufzuklären, und das war es mir wert, allein am Radley-Haus vorbeizuflitzen. «Sie mag Jem sowieso lieber als mich», sagte ich abschließend und riet Atticus, sie unverzüglich davonzujagen.

«Hast du auch daran gedacht, daß Jem sie nicht halb soviel ärgert?» Atticus' Stimme klang hart. «Ich beabsichtige keineswegs, sie fortzuschicken, weder jetzt noch in Zukunft. Wir könnten nicht einen einzigen Tag ohne Cal zurechtkommen. Hast du dir das schon mal überlegt? Bedenke gefälligst, was sie alles für dich tut, und gehorch ihr! Verstanden?»

Ich kehrte in die Schule zurück und gab mich ganz dem Haß auf Calpurnia hin, bis mich plötzlich ein Kreischen aus meinem finsteren Brüten riß.

Miss Caroline stand mitten im Klassenzimmer, kaltes Entsetzen im Gesicht. Offenbar hatte sie sich so weit erholt, daß sie ihrem Beruf wieder nachgehen konnte.

«Sie ist lebendig!» schrie sie.

Die männliche Belegschaft der Klasse eilte ihr geschlossen zu Hilfe. Guter Gott, dachte ich, die hat ja Angst vor 'ner Maus!

«Wo ist sie denn hingelaufen?» fragte der kleine Chuck Klein, dessen Geduld mit allen Lebewesen grenzenlos war. «Sagen Sie doch, Miss Caroline, wo sie geblieben ist! Los, D. C.», wandte er sich an einen Jungen hinter ihm, «mach die Tür zu, wir wollen sie fangen. Schnell, Miss Caroline, wo ist sie hingelaufen?»

Miss Caroline deutete mit zitterndem Finger nicht etwa auf den Fußboden oder auf ein Pult, sondern auf einen ungeschlachten Burschen, den ich nicht kannte. Der kleine Chuck Klein runzelte die Stirn. «Meinen Sie den, Miss Caroline?» fragte er treuherzig. «Der lebt allerdings. Hat er sie irgendwie erschreckt?»

«Ich ging an ihm vorbei», sagte Miss Caroline verzweifelt, «und da kroch sie ihm aus dem Haar . . . Kroch einfach aus seinem Haar . . .»

Der kleine Chuck grinste breit. «Vor 'ner Laus braucht man doch keine Angst zu haben, Miss Caroline. Haben Sie noch nie eine gesehen? Die tut Ihnen nichts. Gehen Sie ruhig nach vorn und unterrichten Sie uns weiter.»

Der kleine Chuck Klein war auch so ein Mitglied der Bevölkerung, das nie wußte, wo die nächste Mahlzeit herkommen sollte, aber er benahm sich wie ein geborener Gentleman. Er schob seine Hand unter Miss Carolines Arm und geleitete sie zum Katheder. «Regen Sie sich nur nicht auf», sagte er. «Vor 'ner Laus brauchen Sie nicht bange zu sein. Ich hole Ihnen gleich 'nen Schluck frisches Wasser.»

Der Gastgeber der Laus bekundete nicht das geringste Interesse an dem Aufruhr, den er verursacht hatte. Er tastete die Kopfhaut über seiner Stirn ab, erwischte den ungebetenen Gast und zerknackte ihn zwischen Daumen und Zeigefinger.

Miss Caroline beobachtete diesen Vorgang mit entsetztem Interesse. Der kleine Chuck brachte ihr Wasser in einem Pappbecher, das sie dankbar trank. Endlich fand sie die Sprache wieder. «Wie heißt du, mein Junge?» fragte sie leise.

Der Bursche blinzelte. «Wer? Ich?»

Miss Caroline nickte.

«Burris Ewell.»

Sie überflog ihr Namenverzeichnis. «Hier steht ein Ewell, aber der Vorname fehlt . . . Würdest du mir deinen Vornamen buchstabieren?»

«Kann ich nicht. Daheim nennen sie mich Burris.»

«Schön, Burris», sagte Miss Caroline. «Ich denke, wir geben dir heute nachmittag frei. Ich möchte, daß du nach Hause gehst und dir die Haare wäschst.»

Sie nahm ein dickes Buch aus dem Katheder und blätterte darin, bis sie gefunden hatte, was sie suchte.

«Ein gutes Hausmittel gegen . . . Hör zu, Burris, du gehst jetzt und wäschst dir die Haare mit Schmierseife. Und hinterher reibst du deine Kopfhaut mit Petroleum ein.»

«Wozu, Miss?»

«Damit du die – äh, Läuse loswirst. Weißt du, Burris, die anderen Kinder könnten sie sonst auch bekommen, und das willst du doch nicht, oder?»

Der Junge erhob sich. Er war das schmutzigste Geschöpf, das ich je gesehen hatte. Sein Hals war dunkelgrau, die Handrücken schienen mit Rost bedeckt zu sein, und die Fingernägel hatten breite schwarze Ränder. Aus einem faustgroßen sauberen Fleck in seinem Gesicht glotzte er Miss Caroline an.

Er war bisher niemandem aufgefallen, vermutlich weil Miss Caroline und ich die Klasse fast den ganzen Vormittag unterhalten hatten.

«Und bitte, Burris», sagte Miss Caroline, «nimm ein Bad, bevor du morgen hierherkommst.»

Der Junge lachte frech heraus. «Ist gar nicht nötig, daß Sie mich nach Hause schicken. Ich wollte nämlich sowieso gehen. Für dies Jahr habe ich meine Zeit abgesessen.»

Miss Caroline sah ihn verdutzt an. «Was meinst du damit?»

Burris schwieg. Er schnaubte nur kurz und verächtlich.

Einer der älteren Schüler antwortete an seiner Stelle. «Das ist doch ein Ewell, Miss.» Ich fragte mich, ob er mit dieser Erklärung ebenso Schiffbruch erleiden würde wie ich bei meinem Versuch. Aber Miss Caroline hörte willig zu. «Die ganze Schule ist von denen voll. Sie kommen jedes Jahr am ersten Schultag. Das hat die Fürsorgerin durchgesetzt, weil sie ihnen mit dem Sheriff droht. Aber sie hat es aufgegeben, sie länger als einen Tag hier zu halten. Sie meint, nach dem Gesetz genügt es, wenn ihre Namen im Schülerverzeichnis stehen und sie am ersten Tag anwesend sind. Für den Rest des Jahres werden sie dann als fehlend eingetragen . . .»

«Aber was sagen denn ihre Eltern dazu?» fragte Miss Caroline ehrlich besorgt.

«Sie haben keine Mutter», war die Antwort, «und ihr Alter ist ein Krakeeler.»

Burris Ewell fühlte sich durch diesen Bericht geschmeichelt. «Drei Jahre komme ich nun schon zum ersten Schultag in die erste Klasse», sagte er wichtigtuerisch. «Und wenn ich's richtig anstelle, darf ich das nächste Mal bestimmt in die zweite . . .»

«Burris, setz dich bitte hin», unterbrach ihn Miss Caroline, und im gleichen Augenblick wußte ich, daß sie einen schweren Fehler gemacht hatte. Die Herablassung des Burschen schlug in Wut um.

«Versuchen Sie mal, mich zu zwingen!»

Der kleine Chuck Klein war aufgesprungen. «Lassen Sie ihn gehen, Miss!» rief er. «Das ist ein gemeiner, ein ganz gemeiner Kerl. Der ist imstande und fängt hier 'ne Rauferei an, und es sind doch ein paar Kleine hier.»

Er selbst war einer der allerkleinsten, doch als Burris sich nach ihm umdrehte, fuhr Chucks rechte Hand in die Hosentasche. «Nimm dich in acht, Burris», sagte er. «Sonst passiert nämlich was. Los, verschwinde!»

Burris schien sich vor diesem Kind zu fürchten, das halb so groß war wie er, und Miss Caroline nutzte seine Unentschlossenheit. «Geh nach Hause, Burris», befahl sie. «Wenn du es nicht tust, rufe ich den Direktor. Ich muß den Vorfall ohnehin melden.»

Der Bursche schnaubte und schlurfte langsam zur Tür.

In sicherer Entfernung wandte er sich um. «Melde, so viel du willst, und rutsch mir den Buckel lang!» schrie er. «Die rotznäsige Schlampe von Lehrerin ist noch nicht geboren, die mich rumkommandiert! Von Ihnen lasse ich mir nichts sagen, Miss, von Ihnen nicht! Mich können Sie nicht rumkommandieren!»

Er wartete, bis er die Gewißheit hatte, daß sie weinte, dann latschte er hinaus.

Wir drängten uns alle um das Katheder, und jeder versuchte, Miss Caroline auf seine Weise zu trösten. «Der ist wirklich gemein ...» – «So ein Schuft!» – «Mit solchem Pack dürfen Sie sich gar nicht einlassen ...» – «So was gibt's sonst in Maycomb nicht, Miss Caroline, bestimmt nicht.» – «Regen Sie sich bloß nicht auf!» – «Miss Caroline, warum lesen Sie uns nicht 'ne Geschichte vor? Die von heute morgen mit den Katzen war doch so schön ...»

Miss Caroline lächelte, putzte sich die Nase und schickte uns mit einem «Danke, Kinder» auf unsere Plätze. Dann öffnete sie ein Buch und verblüffte die erste Klasse mit einer langen Erzählung von einer Kröte, die in einem Schloß lebte.

Als ich an diesem Tag zum viertenmal am Radley-Grundstück vorbeikam – davon zweimal in vollem Galopp –, war meine Stimmung nicht weniger trübselig als das Haus. Wenn der Rest des Schuljahres ebenso dramatisch verlief wie der erste Tag, konnte es ja leidlich unterhaltsam werden, aber die Aussicht, neun Monate lang nicht lesen zu dürfen, brachte mich auf Fluchtgedanken.

Gegen Abend waren meine Reisepläne beinahe fertig. Als Jem und ich ein Wettrennen veranstalteten, um Atticus auf seinem Heimweg zum Büro entgegenzulaufen, gab ich mir keine Mühe, die erste zu sein. Wir liefen Atticus immer entgegen, sobald wir ihn in der Ferne am Postamt auftauchen sahen. Er schien mein schlechtes Benehmen bei Tisch vergessen zu haben und stellte mir eine Menge Fragen über die Schule. Meine Antworten waren jedoch einsilbig, und er drang nicht weiter in mich.

Calpurnia ahnte wohl, daß ich einen harten Tag hinter mir hatte; sie ließ mich beim Zubereiten des Abendessens zuschauen. «Mach die Augen zu und den Mund auf, dann gibt's 'ne Überraschung», sagte sie.

Knusperbrot war bei uns eine Seltenheit, weil das Backen zuviel Zeit erforderte. Aber Calpurnia meinte, heute, wo wir beide in der Schule waren, hätte sie einen leichten Tag gehabt. Sie wußte, wie gern ich Knusperbrot aß.

«Ich habe euch sehr vermißt», sagte sie. «Das Haus war so einsam, daß ich schon um zwei Uhr das Radio anstellen mußte.»

«Wieso? Jem und ich sind doch nie im Haus, wenn es nicht gerade regnet.»

«Das stimmt schon. Aber einer von euch ist immer in der Nähe. Ich möchte nur mal wissen, wieviel Zeit vom Tag ich allein damit vergeude, euch zu rufen. Mindestens so viel –» sie stand vom Küchenstuhl auf – «daß es ausreicht, eine Pfanne Knusperbrot zu backen. So, jetzt geh und laß mich das Abendbrot auftragen.»

Calpurnia beugte sich zu mir herab und gab mir einen Kuß. Ich lief ins Eßzimmer und fragte mich, was über sie gekommen sein mochte. Wahrscheinlich wollte sie sich mit mir aussöhnen – das war es. Sie hatte mich immer zu hart behandelt. Nun sah sie wohl endlich ein, wie unrecht es war, dauernd mit mir herumzuzanken, und sie war nur zu halsstarrig, es einzugestehen. Ich war müde von all den Aufregungen dieses Tages.

Nach dem Essen setzte sich Atticus mit der Zeitung hin und rief: «Scout, wie steht's mit dem Lesen?»

Der liebe Gott erlegte mir mehr auf, als ich tragen konnte, und ich flüchtete auf die Veranda.

Atticus kam mir nach. «Was hast du denn, Scout?»

Ich antwortete, daß ich mich nicht ganz wohl fühle, und wenn es ihm recht wäre, ginge ich nicht mehr in die Schule.

Atticus setzte sich auf die Schaukel und schlug die Beine übereinander. Seine Finger wanderten zur Uhrtasche. Nur so könne er nachdenken, behauptete er immer. Er wartete in wohlwollendem Schweigen, und ich suchte meine Stellung auszubauen. «Sieh mal, du bist nie zur Schule gegangen und doch was geworden. Warum sollte ich da nicht auch zu Hause bleiben? Du kannst mir ja Unterricht geben wie Großvater dir und Onkel Jack.»

«Nein, das kann ich nicht», sagte Atticus. «Ich muß unseren Lebensunterhalt verdienen, und außerdem würde man mich ins Gefängnis stecken, wenn ich dich zu Hause behielte. Du nimmst heute abend Bittersalz, und morgen früh geht's marsch in die Schule.»

«Mir fehlt ja nichts . . .»

«Das dachte ich mir. Was ist denn nun wirklich los?»

Eines nach dem anderen zählte ich ihm die Mißgeschicke des Tages auf. «. . . Und sie hat gesagt, du hast mich ganz falsch unterrichtet. Deshalb dürfen wir auch nicht mehr zusammen lesen, nie mehr. Bitte, schick mich nicht wieder hin, bitte, Vater!»

Atticus erhob sich und ging auf die andere Seite der Veranda. Nach einer gründlichen Untersuchung der Wistariaranken kehrte er zu mir zurück.

«Vor allem, Scout», sagte er, «mußt du einen ganz einfachen Trick lernen, dann wirst du viel besser mit Menschen aller Art auskommen. Man kann einen anderen nur richtig verstehen, wenn man die Dinge von seinem Gesichtspunkt aus betrachtet.»

«Wie bitte?»

«Ich meine, wenn man in seine Haut steigt und darin herumläuft.»

Ich hätte heute vieles gelernt, sagte Atticus, und auch Miss Caroline hätte mancherlei gelernt, zum Beispiel, daß sich ein Cunningham nichts schenken lasse. Aber wenn Walter und ich uns in sie hineinversetzt hätten, dann wäre uns klargeworden, daß sie nur aus Unkenntnis so gehandelt habe. Schließlich könnten wir nicht erwarten, daß sie schon am ersten Tag über alle Sitten und Gebräuche von Maycomb im Bilde sei, und wir dürften sie nicht für etwas verantwortlich machen, was sie nicht wisse.

«Na, da hört sich aber alles auf», entrüstete ich mich. «Ich konnte ja auch nicht wissen, daß ich ihr nicht vorlesen durfte, und trotzdem hat sie mich dafür verantwortlich gemacht.» Plötzlich kam mir ein Gedanke. «Hör mal, Atticus, das mit der Schule läßt sich auch anders einrichten. Kennst du Burris Ewell? Der geht immer nur am ersten Tag hin. Die Fürsorgerin hat gesagt, nach dem Gesetz genügt es, wenn sein Name im Schülerverzeichnis steht, und . . .»

«Schlag dir das aus dem Kopf», unterbrach mich Atticus. «In besonderen Fällen ist es manchmal besser, das Gesetz etwas zu beugen. In deinem Fall aber bleibt das Gesetz unbeugsam. Also mußt du in die Schule gehen.»

«Aber ich sehe wirklich nicht ein warum – wenn er nicht muß.»

«Dann hör mal zu.»

Die Ewells, sagte Atticus, seien seit drei Generationen die Schande von Maycomb. Soweit sein Gedächtnis zurückreiche, habe keiner von ihnen auch nur einen Tag ehrlich gearbeitet. Nach Weihnachten, wenn er den Christbaum fortbringe, wolle er mich mitnehmen und mir zeigen, wo und wie die Ewells hausten. Sie seien Menschen, aber sie lebten wie Tiere. «Sie können jederzeit die Schule besuchen, wenn sie irgendwie das Verlangen nach Bildung haben. Aber es hat keinen Sinn, sie zum Schulbesuch zu zwingen. Leute wie die Ewells lassen sich nun einmal nicht in eine neue Umgebung verpflanzen.»

«Wenn *ich* morgen nicht zur Schule ginge, würdest du mich sofort dazu zwingen.»

«Lassen wir das», sagte Atticus trocken. «Du, Miss Scout Fink, gehörst zu den gewöhnlichen Menschen und mußt dem Gesetz gehorchen.»

Die Ewells dagegen, erklärte er mir, seien Angehörige einer gesonderten Gesellschaftsschicht, die ausschließlich aus Ewells bestünde. Unter gewissen Umständen räumten ihnen die gewöhnlichen Menschen aus Vernunftgründen gewisse Vorrechte ein, indem sie sich einfach blind stellten. So brauchten die Ewells zum Beispiel nicht in die Schule zu gehen, ferner sei es Mr. Bob Ewell, dem Vater von Burris, gestattet, auch während der Schonzeit zu jagen und Fallen zu stellen.

«Das ist aber schlimm, Atticus», sagte ich. In Maycomb County galt das Jagen während der Schonzeit als Verstoß gegen das Gesetz, und in den Augen der Einwohner war es ein schweres Verbrechen.

«Natürlich ist es schlimm und obendrein ungesetzlich», erwiderte mein Vater. «Aber wenn ein Mann seine Unterstützung vertrinkt, dann weinen seine Kinder vor Hunger. Ich kenne keinen Grundbesitzer in unserer Gegend, der diesen Kindern das Wild mißgönnt, das ihrem Vater vor die Flinte läuft.»

«So was sollte Mr. Ewell aber nicht tun . . .»

«Gewiß sollte er das nicht, aber er wird sich nie ändern. Willst du nun deine Mißbilligung an seinen Kindern auslassen?»

«Nein, Vater», murmelte ich und wagte einen letzten Vorstoß. «Nur . . . wenn ich weiter zur Schule gehe, dürfen wir nie mehr zusammen lesen . . .»

«Aha, das ist der eigentliche Grund, nicht wahr?»

«Ja, Vater.»

Atticus blickte mich an, und sein Gesicht hatte jenen Ausdruck, der mir stets etwas ankündigte. «Weißt du, was ein Kompromiß ist?» fragte er.

«Das Gesetz beugen?»

«Nein. Ein Kompromiß ist ein Übereinkommen, das durch gegenseitige Zugeständnisse erreicht wird. In unserem Fall heißt das: Wenn du dich damit abfindest, zur Schule zu gehen, werden wir auch weiterhin jeden Abend miteinander lesen. Abgemacht?»

«Ja, Vater.»

«Ich glaube, wir können auf die üblichen Formalitäten verzichten», sagte Atticus, als er sah, daß ich mich zum Spucken anschickte. «Übrigens, Scout», fügte er hinzu, «erzähle in der Schule lieber nichts von unserer Abmachung.»

«Warum nicht?»

«Ich fürchte, wir würden uns den Unwillen erfahrener Pädagogen zuziehen.»

Jem und ich waren an die ‹Letzter-Wille-und-Testament-Sprache› von Atticus gewöhnt, und wenn sie über unser Begriffsvermögen hinausging, durften wir ihn jederzeit um eine Übersetzung bitten.

«Wie meinst du das?»

«Ich bin zwar nie zur Schule gegangen», sagte er, «aber ich habe das Gefühl, daß Miss Caroline hinter mir her sein wird, wenn sie hört, daß wir jeden Abend lesen. Und ich möchte nicht, daß sie gerade hinter mir her ist.»

Atticus hielt uns an jenem Abend in höchster Spannung: Er las uns einen langen Zeitungsartikel über einen Mann vor, der aus unerfindlichen Gründen auf einer Fahnenstange saß. Das bewog Jem, den ganzen nächsten Sonnabend in unserem Baumhaus zu verbringen. Er hockte dort von morgens nach dem Frühstück bis zum Sonnenuntergang und wäre wohl auch über Nacht oben geblieben, hätte ihm Atticus nicht den Nachschub gesperrt. Ich war unermüdlich hinauf- und hinabgeklettert, um ihn mit Lesestoff, Proviant und Wasser zu versorgen, und wollte ihm gerade Wolldecken für die Nacht bringen, als Atticus erklärte, Jem würde schon herunterkommen, wenn ich mich nicht weiter um ihn kümmerte. Und Atticus hatte recht.

4. Kapitel

Von all meinen Schultagen war auch nicht einer erfreulicher als der erste. Sie stellten so etwas wie ein nicht enden wollendes Bauprojekt dar, das nur ganz allmählich Form annahm und in das der Staat Alabama Meilen von Papier und unzählige Buntstifte investierte; dies in dem wohlgemeinten, aber erfolglosen Bestreben, mir Gruppendynamik beizubringen. Das, was Jem als ‹Dewey-Dezimalsystem› bezeichnete, wurde am Ende meines ersten Schuljahres bereits in allen Klassen angewandt, so daß ich keine Gelegenheit hatte, es mit anderen Lehrmethoden zu vergleichen. Ich konnte lediglich feststellen, daß Atticus und mein Onkel, die doch zu Hause unterrichtet worden waren, einfach alles wußten – und wenn etwa der eine versagte, so bekam man bestimmt von dem anderen Auskunft. Ebenso entdeckte ich, daß mein Vater seit Jahren in der Volksvertretung saß und jedesmal einstimmig wiedergewählt wurde, obgleich ihm nie die Belehrungen zuteil geworden waren, die meine Lehrer für die Aufzucht ‹guter Staatsbürger› als unerläßlich bezeichneten. Jem, dessen Erziehung halb auf dem Dezimalsystem und halb auf dem Kopfnußsystem basierte, schien sowohl allein als auch in einer Gruppe bestens zu funktionieren. Doch das wollte nicht viel besagen, denn kein von Menschen erdachtes pädagogisches System hätte ihn daran hindern können, sich Bücher zu verschaffen. Was mich anging, so wußte ich nicht mehr als das, was ich der Zeitschrift *Time* und dem anderen Lesestoff entnahm, der mir zu Hause in die Hände fiel. Während ich mich mühsam, Schritt für Schritt, durch die Tretmühle der Lehrmethode von Maycomb County schleppte, hatte ich ständig das Gefühl, um irgend etwas betrogen zu werden. Was man mir vorenthielt, wußte ich allerdings nicht, aber ich konnte einfach nicht glauben, daß zwölf Jahre ungemilderter Langeweile alles waren, was der Staat Alabama mir zugedacht hatte.

Im ersten Jahr kam ich dreißig Minuten früher aus der Schule als Jem, der bis drei Uhr bleiben mußte. Ich rannte dann so schnell wie möglich am Radley-Grundstück vorbei und machte erst halt, wenn ich mich auf unserer Veranda in Sicherheit wußte. Eines Nachmittags jedoch, als ich wieder einmal vorbeiraste, erregte etwas meine Aufmerksamkeit, und zwar so zwingend, daß ich jäh bremste, tief Luft holte, mich nach allen Seiten umschaute und dann zurückging. Dicht an Radleys Zaun standen zwei Eichen, deren Wurzeln bis auf die Straße reichten, so daß der Boden dort uneben war. Und an dem Baum war mir etwas aufgefallen.

Das Silberpapier, das in Scheitelhöhe in einem Astloch steckte, schien mir in der Nachmittagssonne zuzublinzeln. Ich stellte mich auf die Zehenspitzen, sah mich noch einmal hastig um, griff in das Loch und brachte zwei Plättchen Kaugummi ohne die übliche grüne Umhüllung zum Vorschein.

Meine erste Regung war, sie so rasch wie möglich in den Mund zu befördern, doch dann fiel mir ein, wo ich mich befand. Ich rannte nach Hause und prüfte auf der Veranda meine Beute. Der Kaugummi sah frisch aus. Ich beschnüffelte ihn und fand, daß er gut roch. Schließlich leckte ich daran, wartete eine Weile, ob ich etwa sterben würde, und stopfte ihn dann in den Mund: Wrigleys Doppelminz.

Als Jem nach Hause kam, erkundigte er sich, wo ich den dicken Klumpen her hätte.

«Den habe ich gefunden», sagte ich.

«Du sollst doch nichts essen, was du auf der Straße findest, Scout.»

«Das hier lag ja gar nicht auf der Straße, sondern in einem Astloch.»

Jem ließ ein ungläubiges Knurren hören.

«Wirklich wahr», beteuerte ich. «Es hat in dem Baum da drüben gesteckt, in dem auf unserem Schulweg.»

«Spuck das Zeug sofort aus!»

Ich gehorchte. Von dem Aroma war ohnehin nicht mehr viel übrig. «Ich hab's den ganzen Nachmittag gekaut und bin noch nicht tot, nicht mal krank.»

Jem stampfte mit dem Fuß auf. «Weißt du nicht, daß du die Bäume da drüben nicht anfassen darfst? Du stirbst, wenn du's doch tust!»

«Du hast ja sogar das Haus angefaßt!»

«Das ist ganz was anderes. Los, geh gurgeln, hörst du!»

«Nein, ich will den Geschmack im Mund behalten.»

«Wenn du nicht gurgelst, sage ich's Calpurnia.»

Ich fügte mich, denn eine Auseinandersetzung mit Calpurnia wollte ich nicht riskieren. Irgendwie hatte mein erstes Schuljahr unsere Beziehungen zueinander verändert. Calpurnias Tyrannei, ihre Ungerechtigkeit, ihre ständige Einmischung in meine Angelegenheiten waren einem gelinden Murren allgemeiner Mißbilligung gewichen, und was mich betraf, so gab ich mir manchmal große Mühe, sie nicht zu reizen.

Der Sommer rückte näher, Jem und ich erwarteten ihn mit Ungeduld. Der Sommer, unsere beste Jahreszeit, bedeutete, daß wir in Feldbetten auf der durch Fliegenfenster geschützten Hinterveranda schlafen und gelegentlich sogar versuchen durften, im Baumhaus zu übernachten. Der Sommer brachte alles, was gut schmeckte, er brachte Tausende von Farben in einer sonnenversengten Landschaft, und vor allem brachte er uns Dill.

Am letzten Schultag wurden wir frühzeitig entlassen, und Jem und ich gingen gemeinsam nach Hause.

«Bestimmt kommt morgen der alte Dill», sagte ich.

«Wahrscheinlich erst übermorgen. Mississippi macht einen Tag später Schluß.»

Als wir an Radleys Eichen vorbeikamen, hob ich zum hundertstenmal die Hand und zeigte auf das Astloch, in dem ich den Kaugummi gefunden hatte. Ich wollte nur glaubhaft machen, daß er tatsächlich dort gelegen hatte, aber zu meiner Überraschung deutete ich auf ein neues Silberpapier.

«Ich sehe es, Scout. Ich sehe es . . .»

Jem blickte sich um, langte hoch und steckte behutsam ein glänzendes Päckchen in seine Tasche. Wir rannten nach Hause und besichtigten auf der Veranda die kleine Schachtel, die mit Silberpapierstückchen von Kaugummipackungen beklebt war. Es war ein Kästchen wie für Eheringe – purpurner Samt und ein winziges Schnappschloß. Jem ließ es aufspringen. Drinnen lagen zwei blitzblanke Pennystücke, eines auf dem anderen. Jem untersuchte sie.

«Indianerköpfe», sagte er. «Neunzehnhundertsechs und – du, Scout, stell dir vor, der andere ist von neunzehnhundert. Die sind ja richtig alt.»

«Neunzehnhundert», wiederholte ich. «Hör mal . . .»

«Sei ruhig, ich muß nachdenken.»

«Jem, ob das ein Versteck von jemandem ist?»

«Nein. Außer uns kommt da ja keiner hin. Höchstens Erwachsene . . .»

«Erwachsene haben keine Verstecke. Meinst du, wir dürfen die Münzen behalten?»

«Ja, wenn ich das wüßte, Scout. Wem sollten wir sie denn zurückgeben? Ich weiß genau, daß da keiner vorbeigeht. Cecil macht doch immer den großen Umweg durch die Seitenstraße und dann durch die Stadt.»

Cecil Jacobs, der ganz am Ende unserer Straße neben dem Postamt wohnte, marschierte an jedem Schultag mehr als eine halbe Meile im Bogen um das Radley-Grundstück und das Haus der alten Mrs. Henry Lafayette Dubose herum. Mrs. Dubose wohnte zwei Türen von uns entfernt und war nach dem einstimmigen Urteil der Nachbarschaft das gemeinste alte Weib, das je gelebt hatte. Jem ging nur in Atticus' Begleitung an ihrer Wohnung vorbei.

«Was sollen wir denn bloß tun, Jem?»

Wer etwas fand, durfte es behalten, wenn sich der rechtmäßige Eigentümer nicht ermitteln ließ. Unser ethisches Bewußtsein vertrug sich auch durchaus mit gelegentlich gepflückten Kamelien, mit einem Strahl warmer Milch, den wir an heißen Sommertagen Miss Maudie Atkinsons Kuh entnahmen, und mit Weintrauben aus fremden Gärten. Aber Geld war etwas anderes.

«Weißt du was? Wir behalten sie, bis die Schule wieder anfängt», sagte Jem. «Dann gehen wir rum und fragen jeden, ob sie ihm gehören. Vielleicht hat eins von den Buskindern sie dort hingelegt und heute in der Aufregung nicht mehr dran gedacht. Irgendwem müssen sie gehören. Sieh nur, wie blankgeputzt sie sind. Die hat sich einer aufgespart.»

«Hm . . . Und wozu hat er den Kaugummi versteckt? Jeder weiß doch, daß der sich nicht hält.»

«Keine Ahnung, Scout. Aber die hier sind jemandem wichtig . . .»

«Wieso?»

«Na, Indianerköpfe – die kommen von den Indianern und haben ganz starke Zauberkraft. Sie bringen Glück. Nicht so, daß es abends Brathuhn gibt, wenn man's nicht erwartet, sondern solche Sachen wie langes Leben und Gesundheit und das Examen bestehen . . . Die Münzen sind für irgend jemand sehr wertvoll. Ich werde sie in meine Truhe tun.»

Bevor Jem in sein Zimmer ging, sah er noch einmal lange zum Radley-Grundstück hinüber. Er schien nachzudenken.

Zwei Tage später kam Dill an, umgeben von einem Glorienschein: Er war ganz allein von Meridian nach Maycomb-Station gereist (dieser Bahnhof lag in Abbott County, und Maycomb-Station war nur eine Höflichkeitsbezeichnung). Dort hatte ihn Miss Rachel in Maycombs einzigem Taxi abgeholt. Dill hatte im Speisewagen zu Mittag gegessen und in Bay St. Louis Zwillinge aussteigen sehen, die zusammengewachsen waren. An dieser Geschichte hielt er ungeachtet unserer Drohungen eisern fest. Die gräßlichen ans Hemd geknöpften Shorts hatte er abgelegt und trug nun eine richtige Kniehose mit Gürtel. Er war etwas dicker, aber nicht größer geworden. Er habe seinen Vater gesehen, erzählte er, und der sei größer als unser Vater und trage einen schwarzen Bart (spitz) und sei Präsident der Eisenbahn.

«Ich habe dem Lokomotivführer 'ne Zeitlang geholfen», fügte er gähnend hinzu.

«Gib doch nicht so an, Dill», wies Jem ihn zurecht. «Was wollen wir heute spielen?»

«Tom, Sam und Dick», schlug Dill vor. «Kommt, wir gehen auf den Vorderhof.»

Dill war für die *Rover Boys,* weil das ein Stück mit drei anständigen Rollen war. Er hatte es entschieden satt, immer nur die Charakterrollen zu spielen.

«Und ich habe die *Rover Boys* satt», erklärte ich. Es langweilte mich maßlos, den Tom Rover zu spielen, der mitten in einer Kinovorstellung das Gedächtnis verliert und erst ganz am Ende wieder auftritt, wenn er in Alaska gefunden wird.

«Denke dir doch mal was Neues aus, Jem», forderte ich.

«Ich hab's satt, mir dauernd was auszudenken.»

Die ersten Tage unserer Freiheit, und schon hatten wir alles satt. Ich fragte mich, was der Sommer uns da noch bescheren konnte.

Wir schlenderten zum Vorplatz, wo Dill stehenblieb und aufmerksam die trübselige Fassade des Radley-Hauses betrachtete. «Ich – rieche – rieche – Tod», sagte er. «Wirklich, ich rieche ihn», beteuerte er, als ich sagte, er solle den Mund halten.

«Bildest du dir etwa ein, man kann riechen, wenn einer stirbt?»

«Nein, aber ich kann an jemand riechen und sagen, ob er stirbt. Das hat mir eine alte Dame beigebracht.» Dill beugte sich vor und beschnüffelte mich. «Jean Louise Fink – in drei Tagen bist du tot!»

«Dill, wenn du jetzt nicht sofort still bist, schlage ich dich kurz und klein. Ganz im Ernst . . .»

«Sei du doch still», brummte Jem. «Du tust ja, als ob du an Dampfgeister glaubst.»

«Und du tust, als ob du nicht dran glaubst», versetzte ich.

«Was sind Dampfgeister?» erkundigte sich Dill.

«Bist du noch nie nachts auf einer einsamen Straße gegangen und auf 'ne heiße Stelle gestoßen?» fragte Jem. «Dampfgeister sind solche, die nicht in den Himmel kommen können und sich deshalb auf einsamen Straßen herumwälzen müssen. Und wenn du durch sie hindurchgehst, wirst du nach deinem Tod auch einer, und dann schleichst du nachts rum und saugst anderen Leuten den Atem aus.»

«Und wie kann man sie vermeiden?»

«Das kann man eben nicht», erklärte Jem. «Manchmal liegen sie quer über der Straße. Aber wenn du durch sie hindurchgehst, mußt du einfach sagen: Engel so hell, fahr in die Gruft, weich von der Stell, saug nicht meine Luft. Das hindert sie dann, sich um dich zu legen ...»

«Glaub ihm kein Wort, Dill», rief ich. «Calpurnia sagt, das ist Niggergeschwätz.»

Jem sah mich finster an, lenkte dann aber ein. «Na, spielen wir nun endlich was oder nicht?»

«Reifenrollen», schlug ich vor.

Jem seufzte. «Du weißt doch, daß ich zu groß dafür bin.»

«Du kannst uns ja rollen.»

Ich lief hinters Haus und zog unter der Veranda einen alten Autoreifen hervor, den ich auf den Vorderhof schaffte. «Ich bin erster», sagte ich.

Dill protestierte. Er sei soeben angekommen und müsse zur Feier des Tages der erste sein.

Jem entschied, daß ich die erste Tour haben sollte und Dill dafür eine längere. Ich zwängte mich in den Reifen.

Jem war mir wegen meines Widerspruchs bei den Dampfgeistern böse und hatte geduldig auf eine Gelegenheit gewartet, sich an mir zu rächen. Ich merkte das erst in dem Augenblick, als er den Reifen mit aller Kraft den Bürgersteig hinunterstieß. Erde, Himmel und Häuser verschwammen zu einer wahnwitzigen Farbenpalette, mir dröhnte der Kopf, ich erstickte fast. Und ich konnte die Hände nicht ausstrekken, um den Reifen anzuhalten, denn sie waren zwischen Brust und Knien eingeklemmt. Meine einzige Hoffnung war, daß Jem mich überholen oder daß eine Unebenheit auf dem Bürgersteig als Bremse wirken würde. Hinter mir hörte ich Jem laut schreien.

Der Reifen holperte über den Kies, schlitterte über die Straße, durchbrach einen Zaun und schleuderte mich schließlich wie einen Korken heraus. Benommen und dem Erbrechen nahe lag ich auf zementiertem Boden, schüttelte den Kopf hin und her, damit das Brausen in meinen Ohren nachließ, und vernahm dann Jems Stimme: «Scout, geh da weg! Komm schnell!»

Ich hob den Kopf und sah unmittelbar vor mir die Stufen, die zu Radleys Haus hinaufführten. Ich erstarrte vor Angst.

«Scout, bleib da um Gottes willen nicht liegen», brüllte Jem. «Los, los, steh auf!»

Ich gehorchte. Meine Betäubung wich, und ich begann heftig zu zittern.

«Hol den Reifen», schrie Jem gellend. «Bring ihn mit! Bist du denn nicht bei Trost?»

Als ich mich wieder bewegen konnte, lief ich zu den anderen zurück, so schnell meine schlotternden Knie mich trugen.

«Warum hast du ihn nicht mitgebracht?» zeterte Jem.

«Hol du ihn doch!» kreischte ich.

Jem schwieg.

«Geh nur, geh! Er liegt gleich hinterm Tor. Du hast ja sogar schon das Haus angefaßt. Weißt du noch?»

Jem sah mich wütend an. Aber er konnte sich nicht gut weigern, und so lief er denn bis zum Tor. Eine Weile trat er von einem Bein aufs andere, dann nahm er allen Mut zusammen, stürzte in den Hof und holte den Reifen.

«Na, siehst du?» triumphierte er und maß mich mit einem finsteren Blick. «Ist gar nichts dabei. Wirklich, Scout, manchmal benimmst du dich wie 'n Mädchen. Du solltest dich was schämen!»

Er ahnte nicht, daß bei mir mehr dahintersteckte, und ich beschloß, ihm nichts zu verraten.

Calpurnia erschien auf der Veranda und rief: «Limonadezeit! Kommt aus der heißen Sonne raus, bevor ihr lebendig gebraten seid.»

Die Vormittagslimonade gehörte zum Sommerritual. Calpurnia stellte den Krug und drei Gläser auf den Verandatisch und ging an ihre Arbeit zurück. Daß ich bei Jem in Ungnade gefallen war, machte mir wenig Sorgen. Die Limonade würde ihn schon wieder in gute Laune versetzen.

Jem goß sein zweites Glas hinunter und klopfte sich auf die Brust. «Jetzt weiß ich, was wir spielen», verkündete er. «Was ganz anderes.»

«Nämlich?» fragte Dill.

«Boo Radley.»

Manchmal war Jems Kopf für mich durchsichtig: Das hatte er sich nur ausgedacht, um mir zu zeigen, daß er vor den Radleys überhaupt keine Angst hatte. Er wollte meiner Feigheit seinen Mut gegenüberstellen.

«Boo Radley?» fragte Dill. «Wie denn?»

«Scout, du spielst Mrs. Radley . . .» bestimmte Jem.

«So siehst du aus. Ich denke nicht daran.»

«Nanu, immer noch Angst?» höhnte Dill.

«Er kann nachts rauskommen, wenn wir schlafen . . .» sagte ich.

Jem zischte verächtlich. «Scout, wie soll der denn wissen, was wir machen? Außerdem glaube ich gar nicht, daß er noch da ist. Der ist schon längst gestorben, und sie haben ihn in den Kamin gestopft.»

«Jem, laß doch uns beide spielen, und Scout kann zugucken, wenn sie Angst hat», meinte Dill.

Ich war ziemlich sicher, daß Boo Radley noch drüben im Haus war, aber da ich es nicht beweisen konnte, hielt ich lieber den Mund. Die Jungen hätten sonst noch behauptet, daß ich an Dampfgeister glaubte. Und das traf nicht zu, jedenfalls nicht am hellen Tag.

Jem verteilte die Rollen. Ich war Mrs. Radley und brauchte nichts weiter zu tun, als herauszukommen und den Vorplatz zu kehren. Dill war der alte Mr. Radley: Er ging auf und ab und hatte zu husten, wenn Jem ihn ansprach. Jem war natürlich Boo. Er kroch unter die Verandatreppe und schrie und heulte von Zeit zu Zeit.

Mit fortschreitendem Sommer machte auch unser Stück Fortschritte. Wir feilten daran herum, erweiterten die Handlung und fügten neue Dialoge hinzu, bis wir ein richtiges kleines Theaterstück zusammengebastelt hatten, das wir täglich veränderten.

Dill war der beste Schauspieler, den man sich vorstellen konnte. Er lebte sich in jede ihm zugeteilte Rolle ein, und wenn sie verlangte, daß er groß war, dann brachte er es tatsächlich fertig, groß zu erscheinen. Am besten aber verkörperte er Bösewichte, da war er direkt zum Fürchten. Ich spielte widerwillig die verschiedenen Damen, die im Verlauf des Stückes auftraten. *Tarzan* hatte mir viel mehr Spaß gemacht, und ich wurde bei unseren Aufführungen in jenem Sommer nie eine unbestimmte Angst los, obgleich Jem immer wieder versicherte, Boo Radley sei tot und mir könne gar nichts geschehen, denn tagsüber paßten ja er und Calpurnia auf und nachts Atticus.

Jem war eben der geborene Held.

Es war ein recht melancholisches kleines Drama, das wir uns da aus den Fetzen des nachbarlichen Klatsches zusammengeflickt hatten: Mrs. Radley war einmal schön gewesen, bevor sie Mr. Radley heiratete und all ihr Geld verlor. Sie hatte auch fast alle Zähne und Haare verloren, ja sogar ihren rechten Zeigefinger (das war eine Idee von Dill: Boo hatte den Finger eines Abends abgebissen, als er keine Eichhörnchen und Katzen zum Essen fand). Mrs. Radley saß in ihrem Wohnzimmer und weinte vor sich hin, während Boo nach und nach alle Möbel des Hauses anschnitzte.

Dann waren wir drei die Jungen, die vor Gericht kamen. Manchmal spielte ich zur Abwechslung den Jugendrichter. Dill führte Jem fort, schob ihn unter die Treppe und puffte ihn mit dem Besenstiel. Je nach Bedarf spielte Jem auch den Sheriff, verschiedene Stadtbewohner und Miss Stephanie Crawford, die mehr über die Radleys wußte als sonst jemand in Maycomb.

Bevor es zu Boos Hauptszene kam, schlich sich Jem ins Haus. Er stahl hinter Calpurnias Rücken die Schere aus der Nähmaschinenschublade, setzte sich damit auf die Schaukel und zerschnippelte Zeitungen. Dill ging dann hüstelnd an ihm vorbei, und Jem tat so, als stieße er ihm die Schere in den Oberschenkel. Von da, wo ich stand, sah das ganz echt aus.

Kam Mr. Nathan Radley auf seinem täglichen Gang in die Stadt an uns vorüber, so hielten wir im Spiel inne und schwiegen, bis er außer Sicht war. Hinterher überlegten wir, was er wohl mit uns anstellen würde, wenn er wüßte, was wir da trieben. Ebenso unterbrachen wir immer unser Spiel, sobald Nachbarn auftauchten. Einmal allerdings sah ich, wie Miss Maudie Atkinson, die Heckenschere in der erhobenen Hand, entgeistert zu uns herüberstarrte.

Eines Tages waren wir derartig in Teil II, Akt XXV der *Familie eines Mannes* vertieft, daß wir Atticus nicht bemerkten. Er lehnte am Zaun, schaute uns zu und klopfte dabei mit einer gerollten Zeitschrift gegen sein Knie. Die Sonne stand auf Mittagshöhe.

«Was spielt ihr denn da?» fragte er.

«Ach, nur so . . .» erwiderte Jem.

Seine ausweichende Antwort verriet mir, daß unser Spiel ein Geheimnis war. Daher verhielt ich mich still.

«Und was machst du da mit der Schere? Wenn das die Zeitung von heute ist, haue ich dich windelweich. Warum zerschneidest du sie?»

«Nur so . . .»

«*Wie* heißt das?»

«Nur so, Vater.»

«Gib die Schere her», befahl Atticus. «Eine Schere ist kein Spielzeug. Hat das etwa irgendwas mit den Radleys zu tun?»

Jem wurde rot. «Nein, Vater.»

«Das will ich auch hoffen», sagte Atticus und ging ins Haus.

«Je-mm . . .»

«Halt den Mund. Er ist ins Wohnzimmer gegangen und kann uns hören.»

Wir liefen auf den Gesindehof, und Dill fragte, ob wir nicht weiterspielen wollten. «Ich weiß nicht recht», meinte Jem. «Atticus hat's uns allerdings nicht verboten . . .»

«Jem», fiel ich ihm ins Wort, «ich glaube, Atticus weiß schon alles.»

«Nein, weiß er nicht. Wenn er's wüßte, hätte er was gesagt.»

Ich war da nicht so sicher, aber Jem erklärte, ich benähme mich wieder mal wie ein Mädchen, und Mädchen bildeten sich eben immer alle möglichen Dinge ein. Deshalb seien sie anderen Leuten auch so verhaßt. Und wenn ich anfangen wollte, mich wie ein Mädchen zu benehmen, sollte ich lieber verschwinden und mir ein paar Zierpuppen zum Spielen suchen.

«Na gut, mach nur weiter. Du wirst schon sehen», sagte ich.

Wenn ich das Spiel aufgeben wollte, dann nicht nur deshalb, weil Atticus uns erwischt hatte. Der eigentliche Grund ging zurück auf den Tag, als ich im Reifen vor Radleys Haus gerollt war.

Ich hatte nämlich trotz allem Kopfgeschüttel, trotz der aufsteigenden Übelkeit und trotz Jems Gebrüll ein Geräusch vernommen, ein so leises Geräusch, daß die beiden auf der Straße es nicht hören konnten: Im Haus hatte jemand gelacht.

5. Kapitel

Wie ich vorausgesehen hatte, gab Jem zu guter Letzt doch meinem Quengeln nach, und mit den Aufführungen war zu meiner Erleichterung zunächst einmal Schluß.

Jem behauptete zwar nach wie vor, Atticus habe uns nichts verboten, wir könnten also ruhig weiterspielen, und sollte Atticus je sagen, wir dürften nicht, dann habe er, Jem, schon einen Weg gefunden, das Verbot zu umgehen: Er würde einfach die Namen der Personen ändern, und dann könnte uns niemand vorwerfen, daß wir etwas Bestimmtes spielten.

Dill fand diesen Einfall großartig. Es wurde allmählich ein rechtes Kreuz mit ihm, denn er folgte Jem auf Schritt und Tritt. Anfangs der Sommerferien hatte er mir einen Heiratsantrag gemacht, bald danach aber die ganze Sache vergessen. Erst hatte er mich als sein Eigentum mit Beschlag belegt und erklärt, ich sei das einzige Mädchen, das er je lieben werde, und jetzt vernachlässigte er mich. Ich vertobackte ihn zweimal, aber umsonst – er schloß sich nur noch enger an Jem an. Die beiden verbrachten Stunden und Tage im Baumhaus, wo sie Pläne und Ränke schmiedeten. Mich zogen sie nur hinzu, wenn sie unbedingt einen Dritten brauchten. Aber ich hatte mit ihren tollkühnen Projekten nicht viel im Sinn und verbrachte – auf die Gefahr hin, wieder ein Mädchen genannt zu werden – die meisten Dämmerstunden jenes Spätsommers auf der Vorderveranda von Miss Maudie Atkinson.

Jem und ich hatten schon immer nach Belieben auf Miss Maudies Hof herumtoben dürfen, wenn wir nur ihre Azaleen verschonten. Trotzdem hatten wir bisher kaum Kontakt mit ihr gehabt. Bis Dill und Jem mich von ihren Plänen ausschlossen, war Miss Maudie für mich nicht mehr als eine unserer Nachbarinnen gewesen, allerdings eine verhältnismäßig angenehme.

Es bestand ein stillschweigendes Übereinkommen mit Miss Maudie, daß wir auf ihrem Rasen spielen und von ihren Trauben naschen durften, solange wir dabei nicht auf die Laube kletterten. Auch in dem weitläufigen Garten hinter dem Haus hatten wir freie Hand.

Diese Bedingungen waren so großzügig, daß wir selten mit ihr sprachen, aus Angst, das delikate Gleichgewicht unserer Beziehungen zu stören. Doch nun bewog mich Jems und Dills Verhalten, bei ihr Zuflucht zu suchen.

Miss Maudie haßte ihr Haus: Die Stunden, die sie im Zimmer verbrachte, waren verlorene Stunden. Sie war Witwe und eine Art weibliches Chamäleon. Wenn sie in ihren Blumenbeeten arbeitete, trug sie einen alten Strohhut und einen Overall; aber nach ihrem

Fünf-Uhr-Bad erschien sie auf der Veranda und dominierte in gebieterischer Schönheit über die ganze Straße.

Sie liebte alles, was auf Gottes Erde wuchs, sogar das Unkraut. Mit einer Ausnahme allerdings. Fand sie auf ihrem Hof einen Halm Nußgras, so veranstaltete sie eine Art zweiter Marne-Schlacht: Sie stülpte eine Blechschüssel über den Halm und feuerte von unten her eine Spritze voll Giftstoff ab. Das Mittel war, wie sie versicherte, so stark, daß es uns alle auf der Stelle töten würde, wenn wir uns nicht in angemessener Entfernung hielten.

«Warum rupfen Sie das Zeug nicht einfach aus?» fragte ich, nachdem ich einem langwierigen Feldzug gegen einen knapp zehn Zentimeter hohen Halm beigewohnt hatte.

«Ausrupfen, Kind?» Sie nahm die schlaffe Pflanze in die Hand und fuhr mit dem Daumennagel den Stiel entlang. Winzige Körnchen quollen daraus hervor. «Ein einziger Halm Nußgras kann einen ganzen Rasenplatz verseuchen. Wenn der Herbst kommt, trocknet das hier, und dann weht der Wind es weit über Maycomb County.» Miss Maudie machte ein Gesicht, als wäre Nußgras eine der sieben Plagen des Alten Testaments.

Für einen Bewohner von Maycomb County sprach sie ungewöhnlich scharf akzentuiert. Sie rief uns stets bei Vor- und Nachnamen, und beim Lachen entblößte sie zwei Goldklammern an ihren Augenzähnen. Als ich die einmal bewunderte und die Hoffnung äußerte, später auch so etwas zu tragen, sagte sie: «Sieh mal!» und schnickte mit einem Zungenschlag ihre Zahnbrücke heraus – eine vertrauliche Geste, die unsere Freundschaft festigte.

Miss Maudies Wohlwollen erstreckte sich auch auf Jem und Dill, wenn sie in ihrem Treiben einmal innehielten. Wir durften die Segnungen eines Talents genießen, das uns Miss Maudie bisher verheimlicht hatte: Sie war die beste Kuchenbäckerin in der Nachbarschaft. Nachdem wir ihr unser Vertrauen geschenkt hatten, buk sie jedesmal außer dem großen Kuchen auch noch drei kleine und rief dann über die Straße: «Jem Fink, Scout Fink, Charles Baker Harris, kommt her!» Unsere Eilfertigkeit wurde stets belohnt.

Im Sommer sind die Dämmerstunden lang und friedlich. Miss Maudie und ich saßen oft auf der Veranda und beobachteten schweigend, wie der Himmel bei Sonnenuntergang von Gelb zu Rosa hinüberwechselte oder wie die Schwalben im Tiefflug dahinschossen.

«Miss Maudie», sagte ich eines Abends, «lebt eigentlich Boo Radley noch?»

«Er heißt Arthur, und natürlich lebt er noch», erwiderte sie und wiegte sich gemächlich in ihrem großen eichenen Schaukelstuhl.

«Riechst du meine Mimosen? Sie duften heute abend wie der Atem von Engeln.»

«Ja, Miss Maudie . . . Aber woher wissen Sie das?»

«Was denn, Kind?»

«Daß B . . . ich meine, daß Mr. Arthur noch lebt?»

«Was für eine makabre Frage! Nun, es ist wohl auch ein makabres Thema. Ich weiß, daß er lebt, Jean Louise, weil ich nicht gesehen habe, daß man ihn herausgetragen hat.»

«Vielleicht ist er aber gestorben, und sie haben ihn in den Kamin gestopft.»

«Wie kommst du denn auf so einen Unsinn?»

«Jem sagt, das hätten sie mit ihm gemacht.»

«T-t-t. Der wird Jack Fink auch jeden Tag ähnlicher.»

Miss Maudie kannte Onkel Jack Fink, Atticus' Bruder, seit ihrer Kindheit. Fast gleichaltrig, waren sie zusammen auf Finks Landing groß geworden. Miss Maudie Atkinson war die Tochter von Dr. Frank Buford, einem benachbarten Landbesitzer. Er war Arzt von Beruf, aber besessen von allem, was auf Erden wuchs, und so blieb er arm. Onkel Jack Fink dagegen beschränkte seine Leidenschaft für Säen und Pflanzen auf seine Blumenkästen in Nashville und blieb reich. Er besuchte uns jedes Jahr zu Weihnachten – und jedes Jahr brüllte er über die Straße zu Miss Maudie hinüber, sie solle kommen und ihn heiraten.

«Schrei noch etwas lauter, Jack Fink», brüllte dann Miss Maudie zurück, «damit dich wenigstens die Leute im Postamt hören. Ich jedenfalls habe dich nicht gehört.»

Für Jem und mich war das eine sonderbare Art, um die Hand einer Dame anzuhalten. Aber Onkel Jack war nun einmal sonderbar. Er sagte, er wolle Miss Maudie nur auf die Palme bringen. Das versuche er nun schon seit Jahren ohne jeden Erfolg, und er sei wohl der letzte Mann auf der Welt, den sie heiraten würde, dafür aber der erste, den sie gern necke, und gegen so etwas verteidige man sich am besten mit kühnem Angriff. Dieses Argument leuchtete uns durchaus ein.

«Arthur Radley bleibt lieber zu Hause, das ist alles», sagte Miss Maudie. «Würdest du nicht auch zu Hause bleiben, wenn du keine Lust hättest, auszugehen?»

«Ja, schon, aber ich hätte eben doch Lust, auszugehen. Warum hat er denn keine?»

Miss Maudies Augen verengten sich. «Du kennst die Geschichte genauso gut wie ich.»

«Aber ich hab nie gehört, warum. Niemand hat mir erzählt, warum.»

Miss Maudie rückte ihre Zahnbrücke zurecht. «Du weißt doch, daß der alte Mr. Radley Fußwaschender Baptist war?»

«Sind Sie das nicht auch?»

«Ich bin nicht ganz so hartgesotten, Kind. Ich bin nur Baptistin.»

«Glaubt ihr denn nicht alle an Fußwaschen?»

«Doch. Aber wir erledigen das zu Hause in der Badewanne.»

«Und warum können wir nicht mit euch Baptisten das Abendmahl nehmen?»

Miss Maudie fand es offenbar leichter, mir das primitive Baptistentum zu erläutern als die Abendmahlsriten, denn sie überging meine Frage. «Die Fußwaschenden Baptisten halten jedes Vergnügen für Sünde. Stell dir vor, einmal sind einige von ihnen an einem Samstag aus den Wäldern gekommen, und als sie mich im Garten sahen, riefen sie mir zu, ich und meine Blumen, wir würden zusammen zur Hölle fahren.»

«Auch Ihre Blumen?»

«Jawohl, mein Kind. Sie würden zusammen mit mir verbrennen. Weil ich angeblich zuviel Zeit in Gottes freier Natur und zuwenig im Haus mit Bibellesen verbringe.»

Mein Vertrauen auf das von der Kanzel verkündete Evangelium wurde erheblich geschmälert, als vor meinem geistigen Auge das Bild einer Miss Maudie auftauchte, die auf ewig in den verschiedenen protestantischen Höllen schmoren mußte. Gewiß, sie hatte eine scharfe Zunge und ging auch nicht wie Miss Stephanie Crawford von Haus zu Haus, um Gutes zu tun. Doch während kein halbwegs normaler Mensch Miss Stephanie über den Weg traute, wußten Jem und ich, daß wir uns unbedingt auf Miss Maudie verlassen konnten. Sie hatte uns nie verpetzt, nie Katze und Maus mit uns gespielt und sich auch nie um unsere Privatangelegenheiten gekümmert. Sie war unsere Freundin. Wie ein so vernünftiges Geschöpf von ewigen Höllenqualen bedroht sein konnte, war mir unfaßbar.

«Das ist aber nicht recht, Miss Maudie. Sie sind doch die beste Dame, die ich kenne.»

Sie lächelte. «Vielen Dank, mein Kind. Die Sache ist die: Fußwaschende Baptisten betrachten Frauen als den Inbegriff der Sünde. Sie fassen die Bibel wörtlich auf, weißt du?»

«Bleibt Mr. Arthur zu Hause, weil er sich von den Frauen fernhalten will?»

«Da fragst du mich zuviel.»

«Ich kann das einfach nicht verstehen. Auch wenn Mr. Arthur unbedingt in den Himmel kommen will, könnte er doch wenigstens ab und zu auf die Veranda gehen, finde ich. Atticus sagt, Gott liebt die Menschen so, wie sie sich selbst lieben.»

Miss Maudie hörte auf zu schaukeln, und ihre Stimme klang hart, als sie erwiderte: «Du bist zu jung, um das zu verstehen, aber manchmal ist die Bibel in der Hand eines bestimmten Mannes schlimmer als eine Flasche Whisky in der Hand . . . na, sagen wir, in der Hand deines Vaters.»

Ich war empört. «Atticus trinkt keinen Whisky! Er hat noch nie in seinem Leben auch nur einen Tropfen getrunken. Oder doch – er sagt, einmal hat er welchen getrunken, und der hat scheußlich geschmeckt.»

Miss Maudie lachte. «Hier geht's ja gar nicht um deinen Vater. Ich habe nur gemeint, daß Atticus selbst in betrunkenem Zustand nicht so grausam sein könnte wie gewisse Leute in ihren besten Stunden. Es gibt nämlich Menschen, die . . . die sich so sehr um das Jenseits sorgen, daß sie nie gelernt haben, im Diesseits zu leben. Du brauchst nur die Straße runterzugucken, da siehst du das Resultat.»

«Ob das wohl wahr ist, was die Leute alles über B . . . über Mr. Arthur reden?»

«Was denn?»

Ich erzählte es ihr.

«Das stammt zu drei Vierteln von Farbigen und zu einem Viertel von Stephanie Crawford», sagte Miss Maudie grimmig. «Stephanie Crawford hat sogar mal behauptet, sie wäre in der Nacht aufgewacht und hätte ihn zum Fenster reinstarren sehen. Ich hab sie nur gefragt: ‹Na, und was hast du getan, Stephanie? Bist du im Bett auf die Seite gerückt, damit er neben dir Platz hätte?› Das hat sie 'ne Zeitlang mundtot gemacht.»

Davon war ich überzeugt. Miss Maudies Stimme reichte aus, jeden mundtot zu machen.

«Nein, Kind», sagte sie, «das ist ein trauriges Haus da drüben. Ich habe Arthur Radley schon gekannt, als er ein kleiner Junge war. Da hat er mich immer sehr nett und höflich gegrüßt. Ganz gleich, was die Leute ihm vorwerfen mögen, zu mir war er immer so nett wie nur möglich.»

«Glauben Sie, daß er verrückt ist?»

Miss Maudie schüttelte den Kopf. «Ich würde mich aber nicht wundern, wenn er's mittlerweile geworden wäre. Wir wissen ja nie genau, was mit den Menschen passiert. Was in den Häusern hinter verschlossenen Türen vorgeht, was für Geheimnisse . . .»

«Atticus tut Jem und mir nie was im Haus, was er nicht auch auf dem Hof tun würde», sagte ich hastig, da ich es für meine Pflicht hielt, meinen Vater zu verteidigen.

«Um Himmels willen, Kind! Ich spinne doch nur einen Faden, an deinen Vater habe ich dabei überhaupt nicht gedacht. Aber wenn wir schon von ihm reden, dann kann ich bloß sagen: Atticus Fink ist bei sich zu Hause der gleiche wie auf der Straße. Na, möchtest du dir vielleicht etwas frischen Rührkuchen mitnehmen?»

Und ob ich das mochte.

Als ich am nächsten Morgen aufwachte, hielten Jem und Dill bereits eine Konferenz auf dem Gesindehof ab. Ich lief zu ihnen hinaus und wurde wie üblich mit einem «Geh weg!» empfangen.

«Ich denke nicht dran. Dieser Hof gehört mir genauso wie dir, Jem Fink. Ich habe ebensoviel Recht, hier zu spielen, wie du.»

Nach einigem Getuschel hoben Jem und Dill den Kopf. «Wenn du hierbleiben willst, mußt du tun, was wir dir sagen», warnte Dill.

«Sonst geht's euch aber gut, ja?»

«Wenn du nicht sagst, daß du tust, was wir von dir verlangen, dann erzählen wir dir überhaupt nichts», fuhr Dill fort.

«Du gibst an, als wärest du über Nacht 'nen halben Meter gewachsen. Na schön, was soll ich denn?»

«Wir wollen Boo Radley einen Brief schicken», sagte Jem gelassen.

«Und wie wollt ihr das machen?»

Ich versuchte die Angst niederzukämpfen, die unwillkürlich in mir aufstieg. Miss Maudie hatte gut reden – sie war alt und saß in sicherer Behaglichkeit auf ihrer Veranda. Für uns war das etwas ganz anderes.

Jem erklärte, er würde den Zettel am Ende einer Angelrute befestigen und ihn durch einen Spalt im Fensterladen schieben. Wenn jemand käme, sollte Dill die Glocke läuten.

Dill hob die rechte Hand, in der er die silberne Tischglocke meiner Mutter hielt.

«Ich schleiche mich von der Seite ans Haus ran», sagte Jem. «Wir haben gestern von der Straße aus gesehen, daß da der eine Laden lose ist. Vielleicht kann ich den Zettel bis aufs Fenstersims kriegen.»

«Jem . . .»

«Jetzt bist du einmal dabei und kannst nicht mehr zurück. Du mußt einfach mitmachen, du Zimperliese.»

«Meinetwegen. Aber Wache halte ich keine. Jem, jemand hat . . .»

«Doch, du bewachst die Rückseite vom Grundstück und Dill die Vorderseite und die Straße, und wenn einer kommt, läutet er mit der Glocke. Verstanden?»

«Na gut. Was habt ihr ihm denn geschrieben?»

«Wir haben ihn sehr höflich gebeten, doch manchmal rauszukommen und uns zu erzählen, was er so den ganzen Tag macht. Wir würden ihm bestimmt nichts tun und ihm auch ein Eis kaufen.»

«Ihr seid ja verrückt. Der bringt uns doch um!»

«War meine Idee», erklärte Dill. «Ich glaube, wenn er rauskommt und 'ne Weile mit uns zusammensitzt, wird er sich wohler fühlen.»

«Woher weißt du, daß er sich nicht wohl fühlt?»

«Na, wie würdest du dich denn fühlen, wenn du seit hundert Jahren eingesperrt wärst und nichts zu essen hättest als Katzen? Wetten, daß er 'nen ganz langen Bart hat . . .»

«Wie dein Papa?»

«Der hat doch keinen. Er . . .» Dill hielt inne, als versuche er, sich zu erinnern.

«Ha! Ertappt!» rief ich. «Du warst kaum aus dem Zug gestiegen, da hast du erzählt, dein Vater hätte einen schwarzen Bart . . .»

«Wenn du nichts dagegen hast, er hat ihn inzwischen abrasiert! Genau! Ich hab noch den Brief, um's zu beweisen. Und zwei Dollar hat er mir auch geschickt!»

«Sonst noch was? Hat er nicht gleich 'ne Uniform von der berittenen Polizei mitgeschickt? Ist bloß nie angekommen, was? Mach nur so weiter, mein Sohn . . .»

Dill Harris konnte die dicksten Lügen auftischen, die ich je gehört habe. Unter anderem war er siebzehnmal in einem Postflugzeug geflogen, er war in Nova Scotia gewesen, er hatte einen Elefanten gesehen, und sein Großvater war General Joe Wheeler, der ihm seinen Säbel vererbt hatte.

«Haltet alle beide den Mund!» befahl Jem. Er kroch unter die Veranda und kam mit einer gelben Bambusrute zurück. «Meint ihr, daß die lang genug ist, um vom Bürgersteig rüberzureichen?»

«Wenn einer mutig genug ist, bis zum Haus zu gehen und es anzufassen, braucht er doch keine Angelrute», stichelte ich. «Warum schlägst du nicht einfach die Haustür ein?»

«Dies hier ist ganz was anderes», sagte Jem mit Nachdruck. «Wie oft soll ich dir das noch erklären?»

Dill nahm ein Stück Papier aus der Tasche und gab es Jem. Vorsichtig gingen wir drei auf das alte Haus zu. Dill blieb beim Laternenpfahl an der vorderen Ecke des Grundstücks stehen, während Jem und ich den Weg entlangschlichen, der seitlich am Haus entlangführte. Ich ging ein paar Schritte weiter als Jem und stellte mich so auf, daß ich sehen konnte, was hinter der Straßenbiegung geschah.

«Die Luft ist rein», sagte ich. «Kein Mensch weit und breit.»

Jem sah zu Dill hinüber. Der nickte.

Jem befestigte den Zettel an der Angelrute und schob die Stange quer über den Hof auf das Fenster zu, das er sich ausgesucht hatte. Die Stange war etwas kurz, und Jem beugte sich vor, so weit er nur konnte. Nachdem ich eine Weile zugesehen hatte, wie er da herumstocherte, verließ ich meinen Posten und trat zu ihm.

«Ich kann ihn nicht von der Stange loskriegen», brummte er. «Und wenn ich ihn loskriege, fällt er nicht nach innen. Paß auf, ob auch keiner kommt, Scout.»

Ich ging zurück und spähte um die Biegung auf die leere Straße. Von Zeit zu Zeit blickte ich mich nach Jem um, der geduldig versuchte, den Brief auf das Fenstersims zu bugsieren. Sooft der Zettel zu Boden flatterte, mußte Jem ihn von neuem aufspießen. Wenn Boo Radley ihn je in die Hand bekommt, wird er die Schrift nicht mehr lesen können, dachte ich.

Gerade hatte ich mich wieder der Straße zugewandt, als die Tischglocke läutete. Ich flog herum, auf Boo Radley und seine blutigen Krallen gefaßt. Statt dessen erblickte ich Dill, der aus Leibeskräften die Glocke vor Atticus' Gesicht hin und her schwenkte.

Jem schaute so erbärmlich drein, daß ich nicht den Mut hatte, ihn an meine Warnungen zu erinnern. Er schlich zur Ecke wie ein begossener Pudel und ließ die Angelrute hinter sich herschleifen.

«Hör mit dem Gebimmel auf», sagte Atticus.

Dill griff nach dem Klöppel. Die Stille, die daraufhin eintrat, war so quälend, daß ich wünschte, er finge wieder zu läuten an.

Atticus schob den Hut aus der Stirn und stemmte die Hände in die Seiten: «Jem, was soll das heißen?»

«Nichts weiter, Vater.»

«Keine Ausflüchte bitte. Antworte!»

«Ich habe – wir haben nur versucht, Mr. Radley was zu geben.»

«Und was wolltet ihr ihm geben?»

«Bloß einen Brief.»

«Zeig her.»

Jem hielt ihm den schmutzigen Papierfetzen hin. Atticus nahm ihn und versuchte ihn zu entziffern. «Warum soll Mr. Radley denn rauskommen?»

«Wir dachten, es würde ihm Spaß machen, mit uns . . .» begann Dill und verstummte, als ihn ein strenger Blick traf.

«Mein Sohn», sagte Atticus zu Jem, «ein für allemal, hör auf, diesen Mann zu quälen. Das gilt auch für euch, Scout und Dill.»

Mr. Radleys Angelegenheiten gingen niemanden etwas an. Wenn er herauskommen wollte, würde er es schon tun. Und wenn er in seinem Haus bleiben wollte, so hätte er das Recht dazu und könnte erwarten, von neugierigen Kindern – und das sei ein milder Ausdruck für unseresgleichen – verschont zu bleiben. Wie würde es uns denn gefallen, wenn Atticus, ohne anzuklopfen, nachts in unser Zimmer polterte? Genauso benähmen wir uns Mr. Radley gegenüber. Mr. Radleys Verhalten möge uns vielleicht seltsam erscheinen, ihm, Atticus, aber durchaus nicht. Außerdem, hätten wir uns eigentlich schon mal überlegt, daß der Anstand erfordert, sich mit einem anderen Menschen durch die Vordertür in Verbindung zu setzen, nicht durch ein Seitenfenster? Kurzum, wir sollten uns von jenem Haus fernhalten, bis wir dorthin eingeladen würden, und wir sollten uns ja nicht mehr bei diesem blöden Spiel von neulich erwischen lassen. Wenn wir uns noch einmal über irgend jemanden aus unserer Straße oder unserer Stadt lustig machten . . .

«Wir haben uns ja gar nicht über ihn lustig gemacht», rief Jem. «Wir haben ihn nicht ausgelacht, sondern nur . . .»

«Dann habt ihr's also doch getan.»

«Was? Uns über ihn lustig gemacht?»

«Nein, seine Lebensgeschichte zur Erbauung der Nachbarschaft aufgeführt.»

Jem schien etwas anzuschwellen. «Ich hab nicht gesagt, daß wir das getan haben, ich nicht!»

Atticus grinste. «Du hast mir's aber gerade verraten. Ihr hört sofort mit diesem Unsinn auf. Alle drei!»

Jem starrte ihn entgeistert an.

«Du willst doch Rechtsanwalt werden, nicht wahr?» Die Lippen unseres Vaters waren fest zusammengepreßt, als bemühe er sich, ein verräterisches Zucken zu unterdrücken.

Jem fand jeden weiteren Wortwechsel nutzlos und schwieg.

Es dauerte eine Weile – Atticus war inzwischen ins Haus gegangen, um ein Aktenstück zu holen, das er am Morgen vergessen hatte –, bis Jem begriff, daß er auf den ältesten aller altbewährten Advokatentricks hereingefallen war. Er wartete in respektvoller Entfernung, beobachtete, wie Atticus das Haus verließ und stadtwärts ging, und schrie ihm, als er außer Hörweite war, gellend nach: «Ich dachte, ich wollte Rechtsanwalt werden, aber jetzt bin ich nicht mehr so sicher!»

6. Kapitel

«Ja», sagte unser Vater, als Jem ihn fragte, ob wir zu Miss Rachel hinübergehen und mit Dill am Fischteich sitzen dürften, weil es doch sein letzter Abend in Maycomb sei. «Grüßt ihn schön von mir, und ich hoffe, ihn nächsten Sommer wiederzusehen.»

Wir sprangen über die niedrige Mauer, die Miss Rachels Hof von dem unseren trennte. Jem ahmte den Wachtelruf nach, und Dill antwortete aus der Dunkelheit.

«Kein Lüftchen rührt sich», sagte Jem. «Seht mal da drüben.» Er deutete nach Osten. Hinter Miss Maudies Pecanbäumen ging ein riesiger Mond auf. «Der läßt es einem noch heißer vorkommen.»

«Ist heute ein Kreuz drin?» fragte Dill, ohne aufzusehen. Er drehte sich gerade eine Zigarette aus Hanf und Zeitungspapier.

«Nein, nur die Frau. Zünde das Ding bloß nicht an, Dill, du verstänkerst ja die ganze Gegend.»

In Maycomb gab es eine Frau im Mond. Sie saß an einem Frisiertisch und kämmte ihr Haar.

«Du wirst uns fehlen, Junge», sagte ich. «Wie ist's, wollen wir nicht Mr. Avery beobachten?»

Mr. Avery wohnte gegenüber von Mrs. Henry Lafayette Dubose. Sonntags ging er in der Kirche mit dem Sammelteller herum, und im übrigen saß er jeden Abend bis neun Uhr auf der Veranda und nieste. Einmal waren wir Zeugen eines erstaunlichen Schauspiels geworden, vermutlich eine Art Abschiedsvorstellung, denn es wiederholte sich nie mehr, sooft wir auch auf der Lauer lagen. Eines Abends hatten Jem und ich uns gerade von Miss Rachels Haustreppe erhoben, um heimzugehen, als Dill uns zurückhielt. «Donnerwetter, seht euch das an!» Er zeigte auf die andere Straßenseite. Zunächst sahen wir nichts als eine belaubte Vorderveranda, doch bei näherer Betrachtung entdeckten wir einen Wasserstrahl, der in hohem Bogen aus dem Laub in den gelben Lichtkreis der Straßenlaterne spritzte. Die Entfernung von der Quelle bis zum Erdboden betrug schätzungsweise dreieinhalb Meter. Jem sagte, Mr. Avery müsse sich wohl vertan haben, und Dill meinte, daß er wohl mindestens vier Liter am Tag tränke. Die anschließende Diskussion, in der die beiden ihre jeweilige Reichweite und Kapazität zu bestimmen suchten, brachte mir erneut zum Bewußtsein, daß ich ausgeschlossen war, denn auf diesem Gebiet konnte ich nicht mithalten.

Dill reckte sich und gähnte. «Wißt ihr was, wir machen 'nen kleinen Spaziergang», sagte er ein wenig zu beiläufig.

Ich schöpfte sofort Verdacht. Kein Mensch in Maycomb ging nur zum Vergnügen spazieren. «Wohin, Dill?»

Dill deutete mit dem Kopf in südliche Richtung.

«Einverstanden», sagte Jem und fügte auf meinen Protest honigsüß hinzu: «Brauchst ja nicht mitzukommen, Unschuldsengel.»

«Und ihr braucht nicht hinzugehen. Du weißt doch . . .»

Jem gehörte nicht zu denen, die lange an ihren Niederlagen kranken. Man konnte glauben, Atticus hätte ihm lediglich einen Einblick in die Kunst des Kreuzverhörs gegeben. «Scout, wir tun ja gar nichts. Wir gehen bloß bis zur Laterne und wieder zurück.»

Wir schlenderten schweigend die Straße hinunter, lauschten dem sanften Nachtgemurmel der Erwachsenen auf den Veranden und dem Ächzen, das die Schaukelstühle unter dem Gewicht ihrer Besitzer ausstießen. Bisweilen erklang das Lachen von Miss Stephanie Crawford.

«Na?» fragte Dill.

«In Ordnung», sagte Jem und fügte hinzu: «Scout, warum gehst du nicht lieber nach Hause?»

«Was habt ihr denn vor?»

Dill und Jem wollten nur durch das Fenster mit dem losen Laden schauen, ob sie vielleicht Boo Radleys ansichtig würden. Und wenn mir das etwa nicht paßte, sollte ich mich nach Hause scheren und meinen dicken Schlabbermund halten, das wäre alles.

«Ja, um Himmels willen, warum habt ihr denn damit bis heute abend gewartet?»

Weil nachts niemand sie sehen könnte, weil Atticus so sehr in sein Buch vertieft wäre, daß er nicht mal die Posaunen des Jüngsten Gerichts hören würde, und weil sie es vorzögen, statt der Ferien die Schule zu versäumen, wenn Boo Radley sie umbrächte. Außerdem wäre es leichter, im Dunkeln in ein dunkles Haus zu sehen als bei Tageslicht. Verstanden?

«Jem, *bitte* . . .»

«Scout, ich sage dir zum letztenmal, halt die Klappe oder geh nach Hause. Meine Güte, du wirst aber auch täglich mehr wie ein Mädchen!»

Daraufhin blieb mir nichts anderes übrig, als mitzumachen. Wir beschlossen, unter dem hohen Drahtzaun hinter dem Radley-Grundstück durchzuschlüpfen – da war die Gefahr geringer, gesehen zu werden. Der Zaun grenzte den großen Garten ab, an dessen Ende ein Klohäuschen aus Holz stand.

Jem zog den untersten Draht hoch, und Dill kroch als erster hindurch. Ich folgte ihm und hielt den Draht für Jem, der um ein Haar steckengeblieben wäre. «Seid bloß leise», flüsterte er. «Und paßt auf, daß ihr nicht in den Grünkohl geratet, das Rascheln weckt Tote auf.»

Eingedenk dieser Warnung machte ich etwa einen Schritt je Minute und bewegte mich erst schneller, als ich Jem weit vorn im Mondlicht winken sah. Wir gelangten an das Tor, das den Garten vom Hinterhof trennte. Jem berührte es. Das Tor quietschte.

«Spuck drauf», flüsterte Dill.

«Da hast du uns was Schönes eingerührt, Jem», murrte ich. «Hier kommen wir nicht so leicht wieder raus.»

«Pst! Spuck drauf, Scout!»

Wir spuckten, bis wir nicht mehr konnten, dann stieß Jem das Tor langsam auf, hob es zur Seite und lehnte es an den Zaun. Wir waren im Hof.

Die Rückseite des Radley-Hauses war noch weniger einladend als die Vorderseite. Eine baufällige Veranda lief die ganze Breite entlang. Es gab zwei Türen und dazwischen zwei dunkle Fenster. Das Vordach ruhte auf der einen Seite statt auf einer Säule auf einem rohen Balken. In einer Ecke der Veranda stand ein alter Franklin-Ofen, daneben glitzerte der Spiegel einer Kleiderablage gespenstisch im Mondschein.

«Pfui Spinne!» zischte Jem und hob den Fuß.

«Was ist los?»

«Hühner», flüsterte er.

Daß wir auf Schritt und Tritt Unsichtbarem auszuweichen hatten, bestätigte sich, als Dill, der voranging, leise «G-o-t-t» buchstabierte. Wir schlichen uns an das Seitenfenster mit dem losen Laden heran. Das Sims befand sich eine Spanne über Jems Kopf.

«Wir heben dich hoch», raunte er Dill zu. «Wart mal!»

Jem packte sein linkes Handgelenk und mein rechtes, ich mein rechtes Handgelenk und sein linkes. Dann bückten wir uns, Dill stieg auf den ‹Sattel›, und wir stemmten ihn hoch. Er klammerte sich an das Sims.

«Beeil dich», keuchte Jem. «Wir können nicht mehr lange.»

Dill hielt sich an meiner Schulter fest, und wir ließen ihn herunter.

«Hast du was gesehen?»

«Nichts. Vorhänge. Aber irgendwo brennt da ein winziges Licht.»

«Weg von hier», hauchte Jem. «Wir gehen wieder durch den Zaun. Pst», warnte er mich, als ich protestieren wollte.

«Versuchen wir's doch mal am Hinterfenster.»

«*Nein*, Dill», flehte ich.

Dill blieb stehen und ließ Jem vorausgehen. Als Jem den Fuß auf die unterste Stufe der Verandatreppe setzte, knarrte sie. Er wich zurück und versuchte dann, sie nach und nach mit seinem Gewicht zu belasten – die Stufe gab keinen Laut mehr von sich. Über zwei Stufen hinweg schob Jem den Fuß auf den Verandaboden und schwang sich hinauf. Er schwankte einen Augenblick hin und her, fand sein Gleichgewicht wieder, ging in die Knie, kroch zum Fenster, richtete sich auf und schaute hinein.

Da sah ich den Schatten. Es war der Schatten eines Mannes mit Hut. Zuerst dachte ich, es sei ein Baum, aber die Nacht war windstill, und gehen konnten Baumstämme ja nicht. Die Hinterveranda war in Mondlicht getaucht, und der Schatten, scharfkantig wie eine Toastrinde, bewegte sich auf meinen Bruder zu.

Dill, der ihn als nächster sah, schlug die Hände vors Gesicht.

Als nun der Schatten über Jem glitt, sah der ihn auch. Er deckte seinen Kopf mit den Armen ab und stand wie erstarrt.

Der Schatten machte dicht vor Jem halt, hob den Arm, senkte ihn und verharrte dann unbeweglich. Nach einer Weile wandte er sich ab, glitt wieder über Jem hinweg, ging an der Veranda entlang und verschwand um die Ecke, so lautlos wie er gekommen war.

Jem sprang die Stufen hinunter und raste auf uns zu. Er stieß Dill und mich durch das Tor und scheuchte uns zwischen zwei Reihen raschelnder Kohlstauden. Mitten im Grünkohlbeet stolperte ich und fiel hin. Gleichzeitig zerriß der Knall einer Flinte die nächtliche Stille.

Dill und Jem warfen sich neben mir auf die Erde. Jems Atem ging stoßweise. «Durch den Zaun am Schulhof! Schnell, Scout!»

Er hielt den unteren Draht hoch, Dill und ich schoben uns hindurch. Wir waren schon beinahe im Schutz der einsamen Eiche auf dem Schulhof, als wir merkten, daß Jem fehlte. Wir stürmten zurück und fanden ihn wild strampelnd unter dem Zaun liegen. Er arbeitete sich aus seiner Hose heraus, die festhing, und rannte in der Unterhose zur Eiche.

In Sicherheit hinter dem Baum, standen Dill und ich völlig benommen da. Jems Gehirn aber lief auf vollen Touren. «Wir müssen nach Hause, sonst suchen sie uns.»

Wir rasten über den Schulhof, krochen durch den Zaun auf die Rehwiese, kletterten von dort in unseren Gesindehof und erreichten die Verandatreppe, ohne daß uns Jem eine Ruhepause gegönnt hätte.

Sobald wir wieder normal atmen konnten, schlenderten wir so unbefangen wie möglich zum Vorplatz, blickten die Straße entlang und sahen, daß sich vor Radleys Tor die Nachbarn drängten.

«Los, wir gehen auch hin», sagte Jem. «Die wundern sich doch, wenn wir uns nicht blicken lassen.»

Mr. Nathan Radley stand auf seinem Hof, dicht am Tor, und hatte das Gewehr über den Arm geknickt.

Atticus sprach mit Miss Maudie und Miss Stephanie Crawford. Miss Rachel und Mr. Avery waren auch da. Niemand sah uns kommen.

Wie von ungefähr stellten wir uns neben Miss Maudie. Sie drehte sich um. «Wo wart ihr eigentlich? Habt ihr den Schuß nicht gehört?»

«Was ist denn passiert?» fragte Jem.

«Mr. Radley hat auf einen Neger in seinem Grünkohlbeet geschossen.»

«Oh ... Hat er ihn getroffen?»

«Nein», mischte sich Miss Stephanie ein, «er hat ja in die Luft geschossen. Aber der Kerl ist vor Schreck blaß geworden. Mr. Radley sagt, wenn irgendwer einen weißen Neger sieht, dann ist der es gewesen. Und er sagt, sowie er im Garten was hört, schießt er wieder, aber diesmal nicht in die Luft. Ganz gleich, ob es ein Hund ist, ein Neger oder ... Jem *Fink*!»

«Ja bitte?» meldete sich Jem.

«Wo ist deine Hose, mein Sohn?» fragte Atticus.

«Hose, Vater?»

«Ja, Hose.»

Es war aus! Er stand in der Unterhose vor Gott und den Menschen! Ich seufzte.

«Ach – Mr. Fink . . .»

Im grellen Licht der Straßenlaterne konnte ich es Dill ansehen, daß er etwas ausheckte: Seine Augen weiteten sich, und sein pausbäckiges Cherubsgesicht wurde noch runder.

«Was ist denn, Dill?» fragte Atticus.

«Ich . . . ich hab sie ihm abgewonnen», sagte Dill.

«Abgewonnen? Wieso?»

Dill griff sich an den Hinterkopf und preßte dann die Hand auf seine Stirn. «Wir haben drüben am Fischteich Strip-Poker gespielt.»

Jem und ich atmeten auf. Die Nachbarn schienen sich damit zufriedenzugeben, denn keiner von ihnen sagte ein Wort. Aber was war eigentlich Strip-Poker?

Wir hatten keine Gelegenheit, es zu erfahren. Miss Rachel schrie plötzlich los wie die städtische Feuersirene: «Herr, du meine Güte! Glücksspiele an meinem Fischteich? Na warte, Dill Harris, dich werde ich strip-pokern, du Lausebengel!»

Atticus rettete Dill vor der sofortigen Zerstückelung. «Moment mal, Miss Rachel, das kenne ich gar nicht von den Kindern. Habt ihr denn richtig mit Karten gespielt?»

Jem fing Dills Ball mit geschlossenen Augen auf. «Nein, Vater, bloß mit Streichhölzern.»

Ich konnte meinen Bruder nur bewundern: Streichhölzer waren zwar gefährlich, aber Karten hätten uns glatt das Genick gebrochen.

«Jem und Scout», sagte Atticus, «mit dem Pokern ist ein für allemal Schluß, verstanden? Geh jetzt und laß dir von Dill deine Hose zurückgeben, Jem. Seht zu, wie ihr euch einig werdet.»

«Keine Angst, Dill», flüsterte Jem, als wir die Straße entlangtrotteten. «Sie tut dir bestimmt nichts. Er wird's ihr schon ausreden. Du hast aber wirklich schnell geschaltet, mein Sohn! Halt . . . hört mal!»

Wir blieben stehen und vernahmen die Stimme von Atticus: «. . . nicht ernst nehmen . . . schließlich sind es doch Kinder, Miss Rachel . . .»

Dill war beruhigt. Jem und ich dagegen standen vor dem Problem, wie wir bis zum Morgen eine Hose beschaffen sollten.

«Ich gebe dir eine von mir», erbot sich Dill, als wir Miss Rachels Treppe erreicht hatten. Jem sagte, da käme er nicht hinein, aber trotzdem vielen Dank.

Wir verabschiedeten uns, und Dill ging ins Haus. Dann erinnerte er sich wohl, daß er mit mir verlobt war, denn er kam zurück und küßte mich flink vor Jems Augen. «Und schreibt mir mal, hört ihr!» schrie er uns nach.

In dieser Nacht hätten wir auch dann schlecht geschlafen, wenn Jem im Besitz seiner Hose gewesen wäre. Jeder nächtliche Laut, den ich auf meinem Feldbett in der Hinterveranda vernahm, wurde zu einer Drohung. Knirschten draußen Schritte auf dem Kies, so war das Boo Radley, der auf Rache sann. Lachte ein Neger, der an unserem Haus vorbeiging, so war das der ausgebrochene Boo Radley, der uns suchte. Prallten Insekten gegen die Fliegenfenster, so waren das die wahnwitzigen Finger Boo Radleys, der den Draht in Stücke riß. Die Chinabäume waren herumgeisternde, bösartige Lebewesen. So schwebte ich zwischen Schlaf und Wachen, bis ich Jem flüstern hörte: «Schläfst du, Dreiäuglein?»

«Bist du verrückt?»

«Pst. Bei Atticus brennt kein Licht mehr.»

Im Mondschein sah ich Jem aus dem Bett steigen.

«Ich gehe rüber und hole die Hose», sagte er.

Ich fuhr hoch. «Nein, das darfst du nicht! Auf keinen Fall!»

Er zog schon sein Hemd über den Kopf. «Ich muß.»

«Wenn du das tust, wecke ich Atticus.»

«Versuch's mal, dann bring ich dich um.»

Ich zerrte ihn neben mich auf das Feldbett und redete ihm gut zu. «Leg dich wieder hin, Jem, bitte! Mr. Nathan wird sie eben morgen früh finden. Natürlich weiß er, wem sie gehört. Wenn er sie Atticus zeigt, wird's ziemlich schlimm, aber mehr passiert dann auch nicht.»

«Ich weiß, ich weiß», sagte Jem. «Deshalb will ich sie ja holen.»

Mir wurde schlecht bei dem Gedanken, daß er allein an den Zaun gehen wollte. Ich erinnerte mich an Miss Stephanies Worte: Mr. Nathan wartete nur auf das nächste Geräusch, und dann schoß er. Ganz gleich, ob es ein Neger war, ein Hund oder . . . Jem wußte das genauso gut wie ich.

«Sei vernünftig, Jem», flehte ich. «Es lohnt doch nicht. Eine Tracht Prügel tut weh, aber das geht vorbei. Der schießt dich tot, Jem. Bitte . . .»

Geduldig atmete er aus. «Ich . . . es ist so, Scout», murmelte er, «Atticus hat mich noch nie verhauen, so lange ich denken kann, und ich möchte, daß es dabei bleibt.»

Das stimmte allerdings, obgleich Atticus uns jeden zweiten Tag mit Prügeln drohte. «Du meinst, daß er dich nie bei etwas erwischt hat, nicht wahr?»

«Kann sein, aber . . . ich möchte eben, daß es dabei bleibt, Scout.

Wir hätten das heute abend nicht tun dürfen ...»

Ich glaube, in diesem Augenblick begann ich mich innerlich von Jem zu lösen. Schon manches Mal hatte ich ihn nicht verstanden, doch solche Perioden der Ratlosigkeit waren immer von kurzer Dauer gewesen. Dies dagegen überstieg einfach mein Begriffsvermögen. «Jem», bettelte ich, «überlege doch bloß mal ... du ganz allein da drüben ...»

«Halt den Mund!»

«Es ist ja nicht so, als ob Atticus nie wieder mit dir sprechen würde oder dich ... Ich geh und wecke ihn, Jem. Ich schwöre, daß ich ...»

Jem packte mich am Kragen meines Schlafanzugs und würgte mich.

«Dann gehe ich eben mit dir ...» keuchte ich halb erstickt.

«Kommt nicht in Frage. Du machst bloß Lärm.»

Er blieb hart. Ich riegelte die Hintertür auf und hielt sie offen, während er die Stufen hinunterschlich. Es mußte etwa zwei Uhr sein. Der Mond ging unter, und die Schatten des Gitterwerks verschwammen. Jems weißer Hemdzipfel wippte auf und nieder wie ein kleines Gespenst, das vor dem nahenden Morgen flieht. Ein leichter Wind kühlte den Schweiß, der meinen Körper entlangrieselte.

Jem war hintenherum gegangen. Ich nahm an, daß er sich über die Rehwiese und den Schulhof zum Zaun schleichen wollte – jedenfalls hatte er diese Richtung eingeschlagen. Der Weg war ziemlich lang, daher brauchte ich mich vorläufig noch nicht zu ängstigen. Ich wartete, bis es so weit war, daß ich mich ängstigen mußte, und horchte, ob drüben ein Schuß fiele. Plötzlich glaubte ich, an unserem Zaun ein Knarren zu hören. Aber das war nur ein Wunschtraum gewesen.

Auf einmal begann Atticus zu husten. Ich hielt den Atem an. Bisweilen, wenn wir eine mitternächtliche Pilgerfahrt ins Badezimmer unternahmen, fanden wir ihn in ein Buch vertieft. Er wachte oft in der Nacht auf, sagte er, sehe nach uns und lese sich dann wieder in Schlaf. Mit weit aufgerissenen Augen starrte ich auf seine Tür. Würde sie sich öffnen und ein Lichtstrahl den Flur erhellen? Nichts geschah, und ich atmete auf.

Das Nachtgetier hatte sich verkrochen, aber bei jedem Windstoß trommelten reife Chinabeeren auf das Dach. Fernes Hundegebell ließ die Finsternis noch trostloser erscheinen.

Endlich sah ich Jem zurückkommen. Sein weißes Hemd schwang sich über den Hinterzaun und wurde langsam größer. Er stieg die Verandatreppe hinauf, verriegelte die Tür und setzte sich auf den Bettrand. Wortlos hielt er seine Hose hoch. Er streckte sich aus, und eine Zeitlang hörte ich, wie sein Bett bebte. Dann lag er still und gab keinen Laut mehr von sich.

7. Kapitel

Jem blieb eine Woche lang mürrisch und schweigsam. Ich versuchte, wie Atticus mir einmal geraten hatte, in Jems Haut zu steigen und darin herumzulaufen: Wenn *ich* um zwei Uhr nachts allein zum Radley-Grundstück gegangen wäre, hätte am nächsten Tag meine Beerdigung stattgefunden. So ließ ich ihn denn in Ruhe und stellte keine Fragen.

Die Schule fing wieder an. Die zweite Klasse war ebenso schlimm wie die erste, wenn nicht noch schlimmer. Nach wie vor schwenkte man vor unseren Augen Karten, und wir durften weder lesen noch schreiben. An der Häufigkeit des Gelächters im Klassenzimmer nebenan konnte ich Miss Carolines Fortschritte ermessen. Immerhin sorgten die Stammgäste der ersten Klasse, die auch diesmal sitzengeblieben waren, tatkräftig für Ruhe und Ordnung. Das einzig Gute an der zweiten Klasse war, daß ich nun ebenso lange wie Jem Unterricht hatte. Wir gingen jeden Tag um drei Uhr zusammen nach Hause.

«Ich muß dir noch etwas erzählen», sagte Jem eines Nachmittags, als wir den Schulhof überquerten.

Da dies sein erster vollständiger Satz seit Tagen war, suchte ich ihn zu ermutigen. «Was denn?»

«Von der Nacht da.»

«Du tust, als hättest du überhaupt schon was davon erzählt.»

Jem wischte meine Worte weg, wie man Mücken verscheucht. Er schwieg eine Weile und sagte schließlich: «Als ich meine Hose holen ging . . . Weißt du, ich hatte sie ganz verknäult liegengelassen, weil ich sie nicht vom Zaun loskriegen konnte. Aber dann kam ich zurück –» Jem holte tief Luft – «und da hing sie sauber gefaltet über dem Zaun . . . Als ob sie auf mich gewartet hätte.»

«Über dem . . .»

«Und noch was.» Jems Stimme war tonlos. «Ich zeig dir's, wenn wir nach Hause kommen. Jemand hat sie geflickt. Nicht so, wie eine Frau sie flickt, sondern so, wie ich das tun würde, wenn ich's versuchte. Ganz kreuz und quer. Man könnte beinahe glauben . . .»

«. . . daß jemand gewußt hat, du kommst zurück und holst sie.»

Jem erschauerte. «Es ist, als ob jemand meine Gedanken lesen könnte . . . Als ob jemand wüßte, was ich tun werde. Aber wer mich nicht kennt, kann doch unmöglich wissen, was ich vorhabe, nicht wahr, Scout?»

Seine Frage klang wie ein Hilfeschrei. Ich beruhigte ihn. «Keiner kann wissen, was du vorhast, wenn er nicht mit dir zusammen lebt. Sogar ich kann's manchmal nicht erraten.»

Wir kamen an unserem Baum vorbei. In dem Astloch steckte ein graues Bindfadenknäuel.

«Nimm es nicht, Jem», sagte ich. «Das Versteck gehört jemandem.»

«Unsinn, Scout.»

«Doch, irgend jemand – so einer wie Walter Cunningham – läuft bestimmt in der Pause hierher und versteckt seine Sachen. Und wir kommen dann und nehmen sie ihm weg. Weißt du, wir wollen lieber ein paar Tage warten. Wenn das Knäuel dann noch da ist, nehmen wir's uns. Ja?»

«Na schön, vielleicht hast du recht. Es könnte das Versteck von einem Kind sein, das seine Sachen vor den größeren Jungen in Sicherheit bringen will. Wir haben ja immer nur was gefunden, wenn Schule ist.»

«Stimmt. Allerdings haben wir in den Ferien nie nachgesehen.»

Wir gingen nach Hause. Am nächsten Tag lag der Bindfaden an demselben Platz. Als er am dritten Tag noch immer da war, steckte Jem ihn ein. Von nun an betrachteten wir alles, was wir in dem Astloch fanden, als unser Eigentum.

Die zweite Klasse war schlimm, doch Jem versicherte mir, mit der Zeit würde die Schule immer besser werden. Zuerst sei es ihm ebenso ergangen wie mir, aber von der sechsten Klasse an lerne man dann recht nützliche Dinge. Die sechste Klasse schien ihm von Anfang an zu gefallen. Er machte eine kurze ägyptische Periode durch und verblüffte mich damit, daß er eifrig einen sonderbaren Schlurfgang probierte, wobei er den einen Arm nach vorn, den anderen nach hinten streckte und Fuß vor Fuß setzte. Er behauptete, so seien die alten Ägypter gegangen. Ich meinte, wenn das so sei, dann könnte ich mir nicht vorstellen, wie sie je etwas zustande gebracht hätten, aber Jem erklärte, sie hätten mehr zustande gebracht als die Amerikaner und großartige Sachen erfunden, zum Beispiel das Toilettenpapier und die ewige Einbalsamierung. Wo wären wir denn heute ohne das alles?

Atticus riet mir, statt Toilettenpapier einfach Papier zu sagen und das Adjektiv ewig zu streichen, dann wäre alles in Ordnung.

In Südalabama sind die jahreszeitlichen Unterschiede gering. Der Sommer geht unmerklich in den Herbst über, und bisweilen folgt kein Winter, sondern der Herbst verwandelt sich in einen kurzen Frühling, der wiederum in einen Sommer mündet. In jenem Jahr hatten wir einen langen Herbst, und es wurde kaum kühl genug für eine leichte Jacke. An einem milden Oktobernachmittag trabten Jem und ich auf gewohnter Bahn, als das Astloch erneut unsere Blicke anzog. Diesmal war etwas Weißes darin. Jem überließ es mir, zwei kleine aus Seife geschnitzte Figuren hervorzuholen. Die eine stellte einen Jungen dar, die andere ein Mädchen in einem groben Kleid.

Ich vergaß, daß es keine Alraunen gab, kreischte auf und ließ die Püppchen fallen.

Jem bückte sich hastig nach ihnen. «Was ist denn los mit dir?» brüllte er mich an. Er pustete den roten Staub von den Figuren. «Du, die sind gut», sagte er. «So gute hab ich noch nie gesehen.»

Er hielt sie mir hin: Zwei Kinder in Miniaturformat, nahezu vollendet nachgebildet. Der Junge trug kurze Hosen, und ein Büschel Seifenhaar fiel über die linke Augenbraue. Ich sah zu Jem auf: Eine braune Haarsträhne hing ihm vom Scheitel in die Stirn. Nie zuvor war mir das aufgefallen.

Jem blickte von der Mädchenfigur auf mich. Die Puppe hatte Ponyfransen – genau wie ich.

«Du, das sind wir», sagte Jem.

«Was meinst du wohl, wer die gemacht hat?»

«Wer schnitzt denn hier in der Nachbarschaft?» fragte er.

«Mr. Avery.»

«Der schnitzt doch keine Figuren. Er schnitzt bloß.»

Mr. Avery verbrauchte durchschnittlich einen Scheit Feuerholz in der Woche, um Zahnstocher herzustellen, auf denen er dann herumkaute.

«Da ist noch der Freund von der alten Miss Stephanie Crawford», sagte ich.

«Ja, der schnitzt, aber er lebt doch auf dem Lande. Wann soll denn der uns beobachten?»

«Vielleicht sitzt er auf der Veranda und sieht gar nicht nach Miss Stephanie, sondern nach uns. Ich an seiner Stelle würde das tun.»

Jem starrte mich so lange an, daß ich fragte, was los sei. Ich erhielt nur ein «Nichts, Scout» zurAntwort. Zu Hause legte er die Puppen in seine Truhe.

Knapp zwei Wochen später fanden wir eine ganze Packung Kaugummi, den wir uns gut schmecken ließen, da Jem völlig vergessen hatte, daß alles auf dem Radley-Grundstück vergiftet war.

In der folgenden Woche bescherte uns das Astloch eine alte Medaille. Jem zeigte sie Atticus, und der sagte, es sei eine Orthographiemedaille. Vor unserer Geburt hätten die Schulen in Maycomb County Rechtschreibungswettbewerbe abgehalten und die Sieger mit Medaillen belohnt. Die hier hätte bestimmt jemand verloren, und wir sollten uns mal in der Nachbarschaft erkundigen. Als ich erzählen wollte, woher sie stammte, gab mir Jem verstohlen einen Fußtritt. Er fragte, ob sich Atticus an irgendeinen Sieger erinnern könne, und Atticus sagte nein.

Das wertvollste Geschenk lag vier Tage später im Astloch: eine Taschenuhr, die nicht ging, mit einer Kette, an der ein Aluminiummesser befestigt war.

«Meinst du, die ist aus Weißgold, Jem?»

«Keine Ahnung. Ich werde sie mal Atticus zeigen.»

Atticus meinte, die Uhr mit Zubehör sei neu wohl zehn Dollar wert gewesen. «Habt ihr sie etwa gegen irgendwas eingetauscht?»

«O nein, Vater.» Jem zog die Uhr seines Großvaters hervor. Atticus hatte ihm erlaubt, sie einmal in der Woche zu tragen – schonende Behandlung vorausgesetzt. An den Tagen, an denen Jem die Uhr trug, ging er wie auf Eiern. «Wenn es dir recht ist, Atticus, möchte ich lieber die andere nehmen. Vielleicht kann ich sie reparieren.»

Großvaters Uhr hatte für Jem den Reiz der Neuheit eingebüßt. Sie zu tragen war ihm nur noch eine lästige Pflicht, und er verspürte nicht länger das Bedürfnis, alle fünf Minuten die genaue Zeit festzustellen.

Er leistete ganze Arbeit: Nur eine Feder und zwei winzige Teilchen blieben übrig. Aber die Uhr wollte trotzdem nicht gehen. «Oh», seufzte er, «ich kriege sie einfach nicht hin. Hör mal, Scout . . .»

«Ja?»

«Was hältst du davon, wenn wir einen Brief an den schreiben, der die Sachen für uns hinlegt?»

«Au fein. Wir könnten uns bedanken und . . . was ist los?»

Jem preßte die Fäuste an die Ohren und schüttelte heftig den Kopf. «Ich begreife das nicht, wirklich, ich begreife das nicht . . . Wenn ich nur wüßte warum, Scout . . .» Er sah zum Wohnzimmer hinüber. «Ich hätte Lust, es Atticus zu erzählen – oder nein, lieber doch nicht.»

«Ich kann's ja für dich tun.»

«Nein, laß das bleiben . . . Du, Scout?»

«Was denn?»

Schon den ganzen Abend war Jem drauf und dran gewesen, mir etwas zu sagen. Mehrmals hatte sich seine Miene aufgehellt, und er war näher an mich herangerückt, doch dann hatte er es sich offenbar anders überlegt. So auch diesmal. «Och, gar nichts.»

«Los, wir wollen den Brief schreiben.» Ich schob ihm einen linierten Bogen und einen Bleistift hin.

«Schön. Also: Lieber Mister . . .»

«Woher weißt du denn, daß es ein Mann ist? Ich wette, es ist Miss Maudie – auf die habe ich schon lange gewettet.»

«Ach was. Miss Maudie kann doch keinen Gummi kauen.» Jem grinste. «Weißt du, manchmal sagt sie richtig drollige Sachen. Ich habe ihr mal 'nen Kaugummi angeboten, und da hat sie gesagt, nein, danke, Kaugummi würde ihr am Gaumen kleben und sie sprachlos machen. Klingt das nicht nett?»

«Ja, manchmal drückt sie sich wirklich nett aus. Übrigens hat sie auch bestimmt keine Taschenuhr mit Kette.»

«Lieber Mister», wiederholte Jem. «Wir danken Ihnen vielmals für die – nein, wir danken Ihnen vielmals für alles, was Sie uns in das Astloch gesteckt haben. Hochachtungsvoll Jeremy Atticus Fink.»

«Wenn du so unterschreibst, weiß er vielleicht gar nicht, wer du bist.»

Jem radierte den Namen aus und schrieb dafür ‹Jem Fink› hin. Ich unterzeichnete mit ‹Jean Louise Fink (Scout)›, und Jem steckte das Blatt in einen Umschlag.

Am nächsten Morgen lief Jem auf dem Schulweg voraus. Vor dem Baum blieb er stehen, und ich sah, daß er kreideweiß wurde.

«Scout!»

Ich rannte zu ihm.

Jemand hatte unser Astloch mit Mörtel ausgefüllt.

«Weine doch nicht, Scout . . . Weine doch nicht. Sei nicht traurig . . .» tröstete er mich im Weitergehen unablässig.

Mittags schlang Jem sein Essen hinunter, stürzte auf die Veranda und bezog auf der Treppe Posten. Ich folgte ihm. «Er ist noch nicht vorbeigekommen», sagte er.

Am nächsten Tag stand Jem wiederum Wache, und diesmal wurde er belohnt.

«Guten Tag, Mr. Nathan», grüßte er.

«Tag, Jem und Scout», erwiderte Mr. Radley im Vorbeigehen.

«Mr. Radley», rief Jem.

Mr. Radley wandte sich um.

«Bitte, Mr. Radley, haben Sie – äh, haben Sie bei dem Baum da drüben das Astloch verstopft?»

«Ja», sagte er, «mit Mörtel.»

«Warum denn?»

«Der Baum stirbt ab. Wenn Bäume krank sind, füllt man sie mit Mörtel. Das solltest du doch wissen, Jem.»

Bis zum späten Nachmittag sprach Jem nicht mehr darüber. Auf dem Weg zur Schule machte er vor dem Baum halt und tätschelte nachdenklich die Mörtelstelle. Er schien sich mit irgendwelchen Problemen herumzuschlagen, denn seine Stimmung wurde immer trüber. Ich ließ ihn wohlweislich in Frieden.

Am Abend liefen wir wie üblich Atticus entgegen, der aus dem Büro zurückkehrte. Als wir drei unsere Treppe erreicht hatten, sagte Jem: «Du, Atticus, schau dir doch mal den Baum da drüben an.»

«Welchen Baum, mein Junge?»

«Den an der Ecke von Radleys Grundstück. Auf unserem Schulweg.»

«Ja, und?»

«Stirbt der Baum ab?»

«Nein, Jem, das glaube ich nicht. Sieh nur, das Laub ist ganz grün und dicht, es hat nirgends braune Flecke . . .»

«Aber vielleicht ist er krank?»

«Der Baum da ist so gesund wie du, Jem. Warum fragst du?»

«Mr. Nathan Radley sagt, der Baum stirbt ab.»

«Na, kann ja sein. Mr. Radley weiß sicherlich besser Bescheid über seine Bäume als wir.» Atticus ging ins Haus. Jem lehnte sich an einen Verandapfosten und rieb seine Schultern daran.

«Juckt es dich, Jem?» fragte ich so höflich, wie ich nur konnte. Er antwortete nicht. «Komm doch rein, Jem», bat ich.

«Nachher.»

Er stand draußen, bis es dunkel wurde, und ich blieb bei ihm. Als wir schließlich hineingingen, sah ich, daß er geweint hatte, denn sein Gesicht war an gewissen Stellen fleckig geworden. Ich fand es nur sonderbar, daß ich nichts gehört hatte.

8. Kapitel

Aus Gründen, die auch die erfahrensten Wetterpropheten in Maycomb County als unerforschlich bezeichneten, folgte in jenem Jahr auf den Herbst der Winter. Wir hatten zwei Wochen lang «die stärkste Kälte seit achtzehnhundertfünfundachtzig», wie Atticus sagte. Und Mr. Avery verkündete, auf dem Rosettastein stehe geschrieben, daß der normale Ablauf der Jahreszeiten gestört werde, wenn Kinder ihren Eltern nicht gehorchten, Zigaretten rauchten und sich herumbalgten. Jem und ich waren also mitschuldig an den Abirrungen der Natur und bereiteten damit unseren Nachbarn Sorgen und uns selbst Unbehagen.

In jenem Winter starb die alte Mrs. Radley, doch ihr Tod hinterließ keine Lücke. Man hatte sie selten gesehen, eigentlich nur, wenn sie ihre Cannastauden begoß.

Jem und ich waren fest überzeugt, daß Boo sie auf dem Gewissen hatte, aber als Atticus aus dem Radley-Haus zurückkehrte, erklärte er zu unserer Enttäuschung, sie sei eines natürlichen Todes gestorben.

«Frag du ihn», flüsterte Jem.

«Nein, du. Du bist der ältere.»

«Gerade deshalb sollst du ihn ja fragen.»

«Atticus», begann ich, «hast du Mr. Arthur gesehen?»

Über seine Zeitung hinweg warf mir Atticus einen finsteren Blick zu. «Nein, ich habe ihn nicht gesehen.»

Jem hielt mich von weiteren Fragen ab. Atticus, meinte er, sei eben noch immer mißtrauisch; er könne es nicht vertragen, wenn wir von den Radleys sprächen, und es habe keinen Sinn, ihn zu drängen. Jem zufolge war Atticus der Meinung, unser Treiben in jener Sommernacht hätte sich nicht allein auf Strip-Poker beschränkt. Allerdings konnte Jem diese Behauptung nicht beweisen. Er sagte, er habe nur so eine Ahnung.

Als ich am folgenden Morgen erwachte und aus dem Fenster schaute, starb ich beinah vor Angst. Mein Kreischen lockte den halbrasierten Atticus aus dem Badezimmer.

«Atticus, die Welt geht unter. Bitte tu was.» Ich zerrte ihn zum Fenster und zeigte hinaus.

«Ach wo, die geht nicht unter. Es schneit bloß.»

Jem fragte, ob das anhalten würde. Auch er hatte noch nie Schnee gesehen, kannte ihn aber vom Hörensagen. Atticus erwiderte, über Schnee wisse er leider nicht mehr als Jem. «Ich glaube aber, wenn die Flocken so wässerig sind wie diese, dann gibt's bald Regen.»

Das Telefon klingelte, und Atticus stand vom Frühstückstisch auf, um an den Apparat zu gehen. «Das war Eula May», sagte er, als er zurückkam. «Ich zitiere sie: ‹Da es in Maycomb County seit achtzehnhundertfünfundachtzig nicht geschneit hat, ist heute schulfrei.›»

Eula May war Maycombs Obertelefonistin. Zu ihrem Aufgabengebiet gehörte unter anderem die Durchsage von öffentlichen Bekanntmachungen und Einladungen zu Hochzeiten sowie das Auslösen der Feuersirene. Wenn Dr. Reynolds nicht zu erreichen war, gab sie auch Ratschläge für Erste Hilfe.

Atticus mußte schließlich ein Machtwort sprechen: Er ermahnte uns, auf unsere Teller zu schauen statt aus dem Fenster.

«Wie macht man eigentlich einen Schneemann?» erkundigte sich Jem.

«Keine Ahnung», antwortete Atticus. «Ich will euch nicht enttäuschen, aber ich fürchte, der Schnee wird nicht einmal für einen Schneeball reichen.»

Calpurnia kam herein und meldete, der Schnee scheine liegen zu bleiben.

Wir stürmten auf den Gesindehof, der mit einer dünnen, nassen Schneeschicht bedeckt war.

«Wir wollen lieber nicht drin rumlaufen», sagte Jem. «Sieh mal, jeder Schritt, den du machst, verdirbt ihn.»

Ich blickte auf meine matschigen Fußspuren zurück. Jem meinte, wenn wir warteten, bis es etwas mehr geschneit hätte, könnten wir vielleicht genug für einen Schneemann zusammenkratzen. Ich streckte die Zunge heraus und erhaschte eine dicke Flocke.

«Jem, der Schnee ist ja heiß!»

«Irrtum, er ist so kalt, daß er brennt. Du darfst ihn nicht essen, Scout, das ist Verschwendung. Laß ihn doch runterfallen.»

«Ich möchte so gern drin rumlaufen.»

«Aber nicht hier. Weißt du was, wir gehen zu Miss Maudie.»

Jem überquerte in großen Sprüngen den Vorderhof. Ich folgte in seinen Fußstapfen. Als wir auf dem Gehweg vor Miss Maudies Haus waren, sprach Mr. Avery uns an. Er hatte ein rotes Gesicht und unterhalb des Gürtels einen dicken Bauch.

«Da seht ihr, was ihr angerichtet habt», sagte er. «In Maycomb hat es seit der Schlacht von Appomattox nicht mehr geschneit. Wenn sich das Wetter derart verändert, liegt das immer an ungezogenen Kindern wie euch.»

Mr. Avery ahnte bestimmt nicht, wie ausdauernd wir im vergangenen Sommer darauf gewartet hatten, daß er seine Darbietung wiederholte. Ich sagte mir, wenn der Schnee unser Lohn dafür wäre, dann hätte die Sünde manches für sich. Über die Herkunft von Mr. Averys meteorologischen Kenntnissen war ich mir durchaus im klaren: Er bezog sie direkt vom Rosettastein.

«Jem Fink, he, Jem Fink!»

«Miss Maudie ruft dich, Jem.»

«Bleibt beide in der Mitte vom Hof. Neben der Veranda sind ein paar Nelkenstauden unter dem Schnee. Daß ihr mir nicht darauf tretet!»

«In Ordnung», rief Jem. «Ist das nicht herrlich, Miss Maudie?»

«Herrlich? Na, ich danke! Wenn es heute nacht friert, sind meine Azaleen hin.»

Auf Miss Maudies altem Sonnenhut glitzerten Schneekristalle. Sie stand über ein paar kleine Büsche gebeugt, die sie in Hanfsäcke hüllte. Jem erkundigte sich, warum sie das täte.

«Ich muß die Blumen warm halten», sagte sie.

«Wie kann man denn Blumen warm halten? Die haben doch keinen Blutkreislauf.»

«Da fragst du mich zuviel, Jem Fink. Ich weiß nur, daß diese Pflanzen erfrieren, wenn es heute nacht Frost gibt. Also muß ich sie zudecken. Ist das klar?»

«Jawohl. Miss Maudie . . .?»

«Sie wünschen, mein Herr?»

«Könnten wir uns wohl etwas von Ihrem Schnee borgen?»

«Du lieber Himmel, nehmt alles. Unter der Veranda steht ein alter Obstkorb, in dem könnt ihr ihn fortschleppen.» Ihre Augen verengten sich. «Jem Fink, was willst du denn mit meinem Schnee anfangen?»

«Sie werden schon sehen», erwiderte Jem, und wir beförderten so viel Schnee wie möglich aus Miss Maudies Hof in den unseren. Eine recht matschige Angelegenheit!

«Und wie geht's weiter, Jem?» fragte ich.

«Warte nur ab. Nimm erst mal den Korb und bringe allen Schnee her, den du auf dem Gesindehof zusammenfegen kannst. Aber geh in deinen Fußstapfen zurück.»

«Machen wir ein Schneebaby, Jem?»

«Nein, einen richtigen Schneemann. Das gibt eine Menge Arbeit.»

Jem rannte in den Gesindehof, holte den Spaten hervor und begann eifrig neben dem Holzhaufen zu buddeln. Wenn er auf Würmer stieß, legte er sie beiseite. Dann ging er ins Haus. Er kehrte mit einem Waschkorb zurück, schaufelte ihn voll Erde und trug ihn auf den Vorplatz.

Als wir fünf Ladungen Erde und zwei Ladungen Schnee herbeigeschafft hatten, erklärte Jem, nun könnten wir anfangen.

«Das sieht aber ziemlich dreckig aus, findest du nicht?» fragte ich.

«Dreckig sieht's jetzt aus, später nicht mehr.»

Jem schüttete einen Hügel auf, klopfte ihn rundherum fest, fügte eine weitere Portion Erde hinzu und dann noch eine, bis er einen Rumpf geformt hatte.

«Du, Jem, das wird ja ein Negerschneemann. Gibt's denn so was?»

«Der bleibt nicht lange schwarz.»

Von den Pfirsichbäumen auf dem Gesindehof beschaffte sich Jem ein paar Gerten. Er flocht sie zusammen und bog sie zu Armen, die er mit Erde polsterte.

«Er sieht aus wie Miss Stephanie Crawford, wenn sie die Arme in die Hüften stützt. Dick und rund in der Mitte, aber ganz dünne Arme.»

«Paß auf, gleich werden sie dicker.» Jem schwappte Wasser über den Matschmann und kleisterte noch mehr Erde darauf. Dann betrachtete er nachdenklich sein Werk und formte unter der Taillenlinie einen feisten Bauch. Er zwinkerte mir verschmitzt zu. «Mr. Avery hat ein bißchen 'ne Figur wie ein Schneemann, nicht?»

Nun ging er daran, den Schnee aufzutragen. Mir gestattete er nur, den Rücken zu bepflastern; die Vorderfront behielt er sich vor. Allmählich wurde Mr. Avery weiß. Für Augen, Nase, Mund und Knöpfe verwendete Jem kleine Holzstücke, und es gelang ihm, Mr. Avery ein erbostes Aussehen zu verleihen. Ein Holzscheit machte die Ähnlichkeit der Figur mit dem Modell vollkommen. Jem trat zurück und besichtigte seine Schöpfung.

«Wunderbar, Jem», sagte ich. «Der sieht fast aus, als ob er mit uns sprechen wollte.»

«Findest du wirklich?» fragte er geschmeichelt.

Wir konnten es kaum erwarten, daß Atticus zum Mittagessen nach Hause kam. In unserer Ungeduld riefen wir ihn an und sagten, wir hätten eine große Überraschung für ihn. Er schien in der Tat überrascht, als er den größten Teil des Gesindehofs auf dem Vorplatz fand, doch er gab zu, daß wir ein prächtiges Werk geschaffen hatten. «Mir war nicht klar, wie du die Sache anpacken wolltest», sagte er zu Jem, «aber von heute an werde ich mir um deine Zukunft keine Sorgen mehr machen, mein Junge. Du wirst dir stets irgendwie zu helfen wissen.»

Jems Ohren röteten sich bei diesem Kompliment. Gleich darauf hob er hastig den Kopf: Atticus war ein paar Schritte zurückgetreten und betrachtete prüfend den Schneemann. Er grinste und lachte dann laut auf. «Junge, ich weiß noch nicht, was aus dir einmal wird – Ingenieur, Rechtsanwalt oder Porträtmaler. Das, was du hier vor dem Haus auf die Beine gestellt hast, grenzt jedenfalls haarscharf an öffentliche Beleidigung. Wir müssen diesen Burschen ein bißchen ummodeln.»

Atticus schlug vor, Jem solle die Vorderseite seiner Schöpfung etwas abflachen, das Holzscheit durch einen Besen ersetzen und der Figur eine Schürze umbinden. Jem widersprach. Wenn er das täte, würde der Schneemann erdig werden und kein Schneemann mehr sein.

«Dann laß dir was anderes einfallen. Hauptsache, er bleibt nicht so», sagte Atticus. «Du kannst unmöglich von den Nachbarn Karikaturen machen.»

«Ist keine Karikatur», sagte Jem. «Genauso sieht er doch aus.»

«Mr. Avery ist vermutlich nicht deiner Meinung.»

«Ich weiß was!» rief Jem und raste über die Straße. Er kehrte triumphierend zurück, stülpte dem Schneemann Miss Maudies Sonnenhut auf den Kopf und klemmte ihm ihre Heckenschere in die Armbeuge. Atticus erklärte, so sei es großartig.

Miss Maudie öffnete die Tür ihrer Veranda. Sie blickte zu uns herüber, und plötzlich schmunzelte sie. «Jem Fink, du Teufel, gib mir meinen Hut wieder», hörten wir sie rufen.

Jem sah zu Atticus auf. Der schüttelte den Kopf. «Sie meint's nicht ernst», sagte er. «In Wirklichkeit ist sie beeindruckt von . . . von deinen Fähigkeiten.»

Atticus schlenderte auf die andere Straßenseite, wo ihn Miss Maudie armfuchtelnd in ein Gespräch verwickelte. Ich fing nur einen Satzfetzen davon auf: «. . . haben einen absoluten Morphoditen im Hof errichtet! Atticus, die wirst du nie erziehen!»

Am Nachmittag hörte es auf zu schneien. Die Temperatur sank, und bei Einbruch der Dunkelheit erfüllten sich Mr. Averys düsterste Prophezeiungen: Wir froren erbärmlich, obgleich Calpurnia in jedem

Kamin des Hauses ein loderndes Feuer entzündet hatte. Als Atticus nach Hause kam, sagte er, jetzt würde es ernst. Er fragte Calpurnia, ob sie über Nacht bleiben wolle. Mit einem Blick auf die hohe Decke und die großen Fenster erwiderte sie, bei ihr sei es wohl doch wärmer. Atticus fuhr sie im Wagen nach Hause.

Bevor ich einschlief, legte Atticus noch Kohlen auf das Feuer in meinem Zimmer. Er sagte, das Thermometer zeige neun Grad unter Null, es sei die kälteste Nacht, die er je erlebt habe, und der Schneemann sei schon steinhart gefroren.

Minuten später, so schien mir, rüttelte mich jemand wach. Über die Bettdecke war Atticus' Mantel gebreitet.

«Ist denn schon Morgen?»

«Steh auf, Kleines.» Atticus hielt mir ein paar Kleidungsstücke hin. «Zieh zuerst den Morgenrock an und dann den Mantel», sagte er. Jem stand neben ihm, verschlafen und zerzaust. Er hielt seinen Mantel am Hals zusammen und sah sonderbar korpulent aus.

«Mach schnell, Kindchen», drängte Atticus. «Hier sind deine Schuhe und Strümpfe.»

Verstört zog ich sie an. «Ist schon Morgen?»

«Nein, es ist kurz nach eins. Komm, beeil dich.»

Endlich ging mir auf, daß hier etwas nicht stimmte. «Was ist los?»

Doch er brauchte mir schon nichts mehr zu sagen. Genau wie Vögel instinktiv wissen, wo sie bei Regen Zuflucht finden, wußte ich, was in unserer Straße passiert war. Leise knisternde Laute und ein gedämpftes, hastiges Trappeln erfüllten mich mit hilfloser Furcht.

«Welches Haus ist es?»

«Das von Miss Maudie, Kindchen», sagte Atticus sanft.

An der Haustür sahen wir, daß aus Miss Maudies Eßzimmerfenster Flammen schlugen. Wie zur Bestätigung heulte in diesem Augenblick die Feuersirene auf: Der Ton stieg höher und höher, bis er nur noch ein schrilles Kreischen war.

«Es ist hin, nicht wahr?» fragte Jem angstvoll.

«Wahrscheinlich», sagte Atticus. «Und jetzt hört mal beide zu: Ihr geht bis zu Radleys Tor, und da bleibt ihr stehen. Haltet euch unbedingt von der Brandstelle fern. Seht ihr, von welcher Seite der Wind kommt?»

«Oh», sagte Jem, «sollten wir nicht lieber die Möbel ausräumen, Atticus?»

«Noch nicht. Tu, was ich dir sage. Lauft los. Und gib auf Scout acht, Jem, hörst du? Laß sie nicht aus den Augen!»

Atticus stieß uns vorwärts, in Richtung des Radley-Hauses. Dort standen wir und beobachteten, wie sich die Straße mit Menschen füllte, während die Flammen geräuschlos Miss Maudies Haus verzehrten.

«Warum machen sie nicht schneller? Warum machen sie nicht schneller . . .» murmelte Jem.

Wir sahen warum: Das alte Feuerwehrauto, dessen Kühlwasser eingefroren war, mußte von mehreren Männern geschoben werden. Kaum war der Schlauch an den Hydranten angeschlossen, da platzte er auf. Ein dicker Wasserstrahl schoß hoch und ergoß sich rauschend über das Pflaster.

«O Gott – Jem . . .»

Jem legte den Arm um mich. «Sei still, Scout, noch brauchst du dir keine Sorgen zu machen. Ich sage dir schon, wenn's soweit ist.»

Die Männer von Maycomb, teils vollständig, teils mehr oder weniger unvollständig bekleidet, schleppten Möbel aus Miss Maudies Haus in einen Hof auf der anderen Straßenseite. Ich sah Atticus mit dem schweren eichenen Schaukelstuhl auf dem Rücken. Wie vernünftig von ihm, gerade das zu retten, woran Miss Maudie am meisten hängt, dachte ich.

Von Zeit zu Zeit ertönten laute Rufe, und Mr. Averys Gesicht tauchte in einem der oberen Fenster auf. Er warf Matratzen und Möbel hinunter, bis die Männer ihm zuschrien: «Komm runter, Dick!»

«Die Treppe bricht zusammen!»

«Retten Sie sich, Mr. Avery!»

Mr. Avery schickte sich an, aus dem Fenster zu klettern.

«Scout, er ist steckengeblieben . . .» keuchte Jem. «O Gott . . .»

Mr. Avery war eingeklemmt. Ich verbarg meinen Kopf an Jems Schulter und blickte erst wieder auf, als Jem rief: «Er hat's geschafft, Scout! Er ist durch!»

Mr. Avery lief die obere Veranda entlang. Er schwang die Beine über das Geländer und wollte sich an einem Pfosten hinuntergleiten lassen, rutschte jedoch ab und fiel mit einem Aufschrei in Miss Maudies Staudengewächse.

Auf einmal sah ich, daß die Männer von dem Haus zurückwichen. Sie schleppten keine Möbel mehr. Der erste Stock brannte lichterloh, das Feuer hatte sich bis zum Dach durchgefressen. Die Fensterrahmen hoben sich schwarz von dem grell orangeroten Innern des Hauses ab.

«Jem, das sieht wie ein Kürbis aus.»

«Du, Scout . . . Da drüben . . .»

Wie Nebel, der vom Fluß aufsteigt, wallte Rauch über unserem Haus und dem von Miss Rachel. Männer zogen Schläuche heran. Hinter uns nahm das Feuerwehrauto aus Abbottsville kreischend die Kurve. Es hielt vor unserem Tor.

«Das Buch . . .» stieß ich hervor.

«Was für ein Buch?»

«Der Band *Tom Swift*. Er gehört mir nicht, er gehört Dill . . .»

«Keine Angst, Scout, soweit ist's noch nicht», sagte Jem. «Sieh doch . . .» Er deutete auf Atticus, der mit Miss Maudie inmitten einer Gruppe von Nachbarn stand, ruhig und gelassen, die Hände in den Manteltaschen, als schaue er einem *football*-Spiel zu. «Solange er sich noch keine Sorgen macht . . .»

«Warum ist er nicht auch auf eins von den Dächern gestiegen?»

«Er ist zu alt, er würde sich den Hals brechen.»

«Wollen wir ihm nicht sagen, daß er unsere Sachen rausholen soll?»

«Lieber nicht. Er wird sie schon holen, wenn's soweit ist.»

Die Feuerwehr von Abbottsville spritzte jetzt Wasser auf unser Haus. Ein Mann auf dem Dach bezeichnete die Stellen, die besonders gefährdet waren. Ich sah unseren «absoluten Morphoditen» schwarz werden und in sich zusammensinken. Miss Maudies Sonnenhut lag auf dem Häuflein; die Heckenschere konnte ich nicht entdecken. Zwischen Miss Maudies, Miss Rachels und unserem Haus war es so heiß, daß die Männer ihre Mäntel und Morgenröcke abgeworfen hatten. Sie arbeiteten in Schlafanzugjacken oder Nachthemden, die in die Hosen gestopft waren. Ich aber merkte, wie ich langsam erstarrte. Jem versuchte mich zu wärmen, doch sein Arm genügte nicht. Ich machte mich los, umklammerte mit beiden Händen meine Schultern und hüpfte herum, bis ich meine Füße wieder spürte.

Ein drittes Feuerwehrauto erschien und hielt vor Miss Stephanie Crawfords Haus. Für den Schlauch war jedoch kein Hydrant mehr frei, und so mußten die Männer zu Handlöschern greifen.

Miss Maudies Blechdach drückte die Flammen nach unten. Krachend stürzte das Haus zusammen. Glut ergoß sich über alles, und die Männer auf den Dächern der Nachbarhäuser schlugen mit nassen Decken auf Funken und brennende Holzteile ein.

Der Morgen dämmerte schon, als die Männer, zuerst einzeln, dann in Gruppen, den Heimweg antraten. Das Feuerwehrauto von Maycomb wurde in die Stadt zurückgeschoben, der Wagen von Abbottsville fuhr ab, nur der dritte blieb da. Wie wir am nächsten Tag hörten, war er sechzig Meilen weit aus Clark's Ferry gekommen.

Jem und ich liefen über die Straße. Miss Maudie stand regungslos vor den rauchenden Trümmern, und Atticus bedeutete uns mit einem Kopfschütteln, sie in Ruhe zu lassen. Als wir nach Hause gingen, stützte er sich auf unsere Schultern, denn die Straße war völlig vereist. Er sagte, Miss Maudie werde vorläufig bei Miss Stephanie wohnen.

«Wie wär's mit heißer Schokolade?» fragte er und entzündete ein Feuer im Herd. Beim Anblick der Flammen begann ich zu zittern.

Während wir Kakao tranken, merkte ich, daß Atticus mich erst neugierig, dann streng anschaute.

«Wenn ich mich recht erinnere, habe ich ausdrücklich gesagt, ihr sollt euch nicht vom Fleck rühren.»

«Das haben wir ja auch nicht getan. Wir sind ...»

«Wem gehört dann die Wolldecke?»

«Wolldecke?»

«Ja, Miss, Wolldecke! Unsere ist es nicht.»

Ich sah an mir herab und stellte fest, daß ich wie eine Indianerfrau in eine braune Wolldecke gehüllt war.

«Atticus, ich weiß nicht ... Wirklich nicht ...»

Ich wandte mich hilfesuchend an Jem, doch der war verblüffter als ich. Er beteuerte, er wisse nicht, wo sie herkäme. Wir hätten vor Radleys Tor gestanden und uns nicht vom Fleck gerührt, genau wie es Atticus uns ... Jem hielt mitten im Satz inne. «Mr. Nathan war beim Feuer», stammelte er, «ich hab ihn gesehen, er hat eine Matratze geschleppt ... Vater, ich schwöre ...»

Atticus' Lippen verzogen sich zu einem Lächeln. «Schon gut, mein Junge. Heute nacht ist wohl ganz Maycomb auf den Beinen gewesen. Jem, geh mal in die Speisekammer, ich glaube, da liegt Packpapier. Wir werden ...»

«Nein, Atticus, nein!»

Ich fragte mich, ob Jem den Verstand verloren hatte. Ohne Rücksicht darauf, daß er nicht nur sich, sondern auch mich gefährdete, gab er unsere sämtlichen Geheimnisse preis: Astloch, Hose, alles.

«... Mr. Nathan hat Mörtel in den Baum gestopft, Atticus, damit wir nichts mehr finden können ... Vielleicht stimmt es, daß er verrückt ist, aber ich schwöre bei Gott, Atticus, er hat uns nie was getan, er hat uns nie geschadet. In der Nacht damals hätte er mir die Kehle von einem Ohr zum anderen aufschlitzen können, und statt dessen hat er versucht, meine Hose zu flicken ... Er hat uns nie was getan, Atticus ...»

«Beruhige dich, mein Junge.» Atticus' Stimme klang so sanft, daß ich neuen Mut faßte. Anscheinend hatte er nicht ein Wort von Jems wirrem Gerede begriffen, denn er sagte nur: «Du hast recht. Am besten behalten wir alles und auch die Wolldecke für uns. Vielleicht hat Scout eines Tages Gelegenheit, sich bei ihm zu bedanken.»

«Bei wem?» fragte ich.

«Bei Boo Radley. Du warst so mit dem Feuer beschäftigt, daß du nicht bemerkt hast, wie er dir die Decke umhängte.»

Mein Magen hob sich, und ich dachte, ich müßte mich übergeben, als sich Jem mit der ausgebreiteten Wolldecke an mich heranpirschte.

«Siehst du, so kam er aus dem Haus geschlichen ... Hinter dir – dreh dich um – ist er stehengeblieben, und schon war er wieder weg.»

«Laß dich dadurch nicht zu weiteren Ruhmestaten hinreißen, Jeremy», sagte Atticus trocken.

Jem schob die Unterlippe vor. «Ich will ihm doch gar nichts tun», knurrte er, aber ich sah, wie ihm die Abenteuerlust aus den Augen sprühte. «Stell dir vor, Scout, du hättest dich nur umzudrehen brauchen, dann wüßtest du jetzt, wie er aussieht.»

Calpurnia weckte uns erst gegen Mittag. Atticus hatte gesagt, wir brauchten nicht zur Schule zu gehen, denn nach einer schlaflosen Nacht könnten wir ohnehin nichts lernen. Wir wurden hinausgeschickt, um auf dem Vorplatz Ordnung zu schaffen.

Miss Maudies Sonnenhut war von einer dünnen Eisschicht überzogen und erinnerte mich an eine Fliege in Bernstein. Nach der Heckenschere mußten wir im Dreck graben. Als wir sie gefunden hatten, gingen wir zu Miss Maudie hinüber, die auf ihrem Hinterhof stand und die erfrorenen, verkohlten Azaleen anstarrte.

«Wir bringen Ihnen Ihre Sachen, Miss Maudie», sagte Jem. «Es tut uns schrecklich leid.»

Sie wandte sich um, und ein Schatten ihres alten Lächelns huschte über ihr Gesicht. «Habe mir immer ein kleineres Haus gewünscht, Jem Fink. Weil dann der Hof größer wird. Stellt euch vor, wieviel Platz ich jetzt für meine Azaleen haben werde.»

«Sind Sie denn gar nicht traurig, Miss Maudie?» fragte ich erstaunt. Atticus hatte gesagt, sie besäße kaum etwas außer dem Haus.

«Traurig, Kind? Dieser alte Kuhstall war mir schon immer ein Dorn im Auge. Hundertmal habe ich Lust gehabt, ihn selber in Brand zu setzen. Nur wäre ich dann ja eingesperrt worden.»

«Aber ...»

«Mach dir keine Sorgen um mich, Jean Louise Fink. Es gibt eben Dinge, von denen du nichts verstehst. Ich baue mir ein kleines Haus, vermiete ein paar Zimmer und ... Wahrhaftig, ich werde den schönsten Hof in Alabama haben. Daneben wird der von Bellingraths geradezu kümmerlich aussehen.»

Wir beide wechselten einen Blick. «Wie ist das Feuer eigentlich entstanden, Miss Maudie?» fragte Jem.

«Ich weiß nicht. Wahrscheinlich im Rauchfang in der Küche. Ich hatte gestern abend für meine Topfpflanzen den Herd geheizt. Und du, Jean Louise, hast also in der Nacht unerwarteten Besuch gehabt?»

«Woher wissen Sie denn das?»

«Atticus hat's mir heute morgen im Vorbeigehen erzählt. Wirklich schade, daß ich nicht dabei war. *Ich* hätte jedenfalls so viel Verstand gehabt, mich umzudrehen.»

Miss Maudie war mir ein Rätsel. Sie hatte fast alles verloren, ihr geliebter Hof war zerstört, und doch interessierte sie sich lebhaft und mitfühlend für unsere Angelegenheiten.

Sie schien meine Gedanken zu erraten, denn sie fügte hinzu: «Das einzig Schlimme an dem Brand war die Aufregung und Gefahr, die er mit sich brachte. Die ganze Nachbarschaft hätte ja in Flammen aufgehen können. Mr. Avery muß eine Woche das Bett hüten, weil er völlig erledigt ist. Für solche Anstrengungen ist er eben zu alt, und das habe ich ihm auch gesagt. Sobald ich wieder saubere Hände habe und Stephanie Crawford nicht zusieht, backe ich ihm einen Topfkuchen. Seit dreißig Jahren ist diese Stephanie hinter dem Rezept her. Aber wenn sie sich einbildet, sie kriegt's von mir, bloß weil ich bei ihr wohne, dann ist sie auf dem Holzweg.»

Ich sagte mir, daß Miss Stephanie mit dem Rezept doch nichts anfangen könnte, selbst wenn Miss Maudie sich erweichen ließe. Ich hatte einmal beim Teigrühren zusehen dürfen: Unter anderem brauchte man für den Kuchen eine große Tasse voll Zucker.

Es war ein windstiller Tag. Die Luft war so kalt und klar, daß wir die Rathausuhr rasseln und ächzen hörten, bevor sie die Stunde schlug. Miss Maudies Nase hatte eine Färbung, wie ich sie nie zuvor gesehen hatte, und ich erkundigte mich, woher das käme.

«Ich bin seit sechs Uhr draußen», erklärte sie. «Müßte eigentlich schon erfroren sein.» Sie streckte ihre Hände aus. Ein Netz dünner Zickzacklinien überzog die Handflächen, die von Schmutz und getrocknetem Blut braun waren.

«Die haben Sie sich aber böse zugerichtet», sagte Jem. «Warum nehmen Sie sich keine Farbigen für die Arbeit? Oder», fügte er hinzu, und es kostete ihn offenbar nicht die geringste Überwindung, «oder wir können Ihnen ja helfen.»

«Danke, mein Herr. Ihr habt da drüben genug zu tun», sagte sie mit einem Blick auf unseren Hof.

«Meinen Sie den Morphoditen?» fragte ich. «Ach, der ist doch im Nu weggefegt.»

Miss Maudie starrte mich an, und ihre Lippen bewegten sich lautlos. Plötzlich legte sie die Hände an den Kopf und brach in schallendes Lachen aus. Sie kicherte noch, als wir sie verließen.

Jem sagte, er könne sich nicht vorstellen, was sie hätte – Miss Maudie sei eben so.

9. Kapitel

«Du nimmst das sofort zurück, du!»

Dieser Befehl, den ich Cecil Jacobs gab, war der Auftakt zu recht schwierigen Zeiten für Jem und mich. Meine Fäuste waren geballt, ich war drauf und dran, loszuschlagen. Atticus hatte mir schwere Strafen angedroht, falls ihm noch einmal zu Ohren käme, daß ich mich herumprügelte. Ich sei zu alt und zu groß für solche Dummheiten, und je früher ich mich beherrschen lernte, desto besser wäre es für alle. Leider vergaß ich das nur zu oft.

Cecil Jacobs zum Beispiel ließ es mich vergessen. Tags zuvor hatte er auf dem Schulhof verkündet, der Vater von Scout Fink verteidige Nigger. Ich bestritt das und erkundigte mich später bei Jem, was Cecil damit gemeint habe.

«Nichts», sagte Jem. «Frag Atticus, der wird's dir schon sagen.»

Ich wartete bis zum Abend und befolgte dann Jems Rat. «Du, Atticus, verteidigst du Nigger?»

«Natürlich. Aber sage nicht Nigger, Scout. Das ist häßlich.»

«Das sagen aber alle in der Schule.»

«Von jetzt an alle außer einer . . .»

«Wenn du nicht willst, daß ich solche Worte lerne, warum schickst du mich dann in die Schule?»

Mein Vater sah mich wohlwollend und leicht belustigt an. Trotz unseres Kompromisses hatte ich seit meiner ersten Kostprobe von der Schule immer wieder versucht, mich auf diese oder jene Weise von dem lästigen Zwang zu befreien, sei es durch Ohnmachtsanfälle, Schwindelgefühle oder Magenbeschwerden. Ich war so weit gegangen, fünf Cent dafür zu bezahlen, daß ich meinen Kopf an dem Kopf des Sohnes von Miss Rachels Köchin reiben durfte, der von einer unangenehmen Hautflechte geplagt wurde. Vergebens – ich hatte mich nicht angesteckt.

Aber mein Wissensdurst war noch nicht gestillt. «Verteidigen alle Rechtsanwälte Ni . . . Neger, Atticus?»

«Natürlich, Scout.»

«Warum hat dann Cecil gesagt, daß du Nigger verteidigst? Wenn man ihn hörte, konnte man denken, du brennst heimlich Schnaps.»

Atticus seufzte. «Die Sache ist so, daß ich gerade jetzt einen Neger verteidige. Er heißt Tom Robinson, wohnt in der kleinen Siedlung hinter der städtischen Müllablage und gehört derselben Kirche an wie Calpurnia. Sie kennt seine Familie gut und sagt, es seien ordentliche Leute. Du bist zu jung, Scout, um gewisse Dinge zu verstehen, aber jedenfalls gibt es Leute in der Stadt, die meinen, ich sollte mich lieber nicht für diesen Mann einsetzen. Es ist ein merkwürdiger Fall, und er wird erst im Sommer zur Verhandlung kommen. John Taylor war so nett, uns einen Aufschub zu gewähren . . .»

«Wenn du ihn nicht verteidigen sollst, warum tust du es dann?»

«Aus vielerlei Gründen. Vor allem deshalb, weil ich nicht mehr mit erhobenem Kopf durch die Stadt gehen könnte, wenn ich es nicht täte, weil ich dann Maycomb County nicht mehr in der Kammer vertreten und nicht einmal Jem oder dir irgend etwas verbieten könnte.»

«Soll das heißen, daß Jem und ich nicht mehr auf dich zu hören brauchten, wenn du diese Verteidigung ablehntest?»

«So ungefähr.»

«Warum?»

«Weil ich dann kein Recht hätte, von euch Gehorsam zu fordern. Weißt du, Scout, jeder Anwalt übernimmt irgendwann in seinem Leben – das bringt der Beruf einfach mit sich – einen Fall, der ihn persönlich berührt. Und dieser hier ist vermutlich der meine. Du wirst vielleicht in der Schule häßlich darüber reden hören, aber ich bitte dich um eines: Halte immer den Kopf hoch und lege die Fäuste auf den Rücken. Ganz gleich, was man dir sagt, laß dich nicht in Wut bringen. Versuche zur Abwechslung einmal mit dem Kopf zu kämpfen . . . er ist ganz gut beieinander, auch wenn er nicht lernen will.»

«Atticus, werden wir gewinnen?»

«Nein, Liebling.»

«Warum also?»

«Daß wir schon hundert Jahre vor Prozeßbeginn besiegt wurden, ist noch lange kein Grund, untätig zu bleiben.»

«Du redest ja wie Onkel Ike Fink», sagte ich. Onkel Ike war der einzige überlebende Veteran der Konföderierten in Maycomb County. Er trug einen Bart à la General Hood, auf den er ungemein stolz war. Mindestens einmal jährlich besuchten wir ihn mit Atticus, und ich mußte ihm dann einen Kuß geben. Das war scheußlich. Jem und ich hörten geduldig zu, wenn Atticus und Onkel Ike wieder einmal den Krieg durchhechelten. «Glaub mir, Atticus», pflegte Ike zu sagen, «der Missouri-Kompromiß hat zu unserer Niederlage geführt, aber wenn ich's noch mal durchmachen müßte, würde ich jeden Schritt vorwärts und jeden Schritt rückwärts genauso gehen wie damals. Und diesmal würden wir sie schlagen . . . Während im Jahre achtzehnhundertvierundsechzig, als Stonewall Jackson – ach nein, entschuldigt, Kinder, da war das alte Blaulicht ja schon im Himmel. Gott gebe seiner Seele ewigen Frieden . . .»

«Komm her, Scout», sagte Atticus. Ich kletterte auf seinen Schoß und kuschelte den Kopf an seine Brust. Er legte die Arme um mich und wiegte mich sanft. «Diesmal ist es anders», erklärte er. «Diesmal kämpfen wir nicht gegen die Yankees, sondern gegen unsere Freunde.

Aber vergiß nicht: Wie heiß es auch hergehen mag, sie bleiben dennoch unsere Freunde, und das hier bleibt unsere Heimat.»

Von diesem Gedanken erfüllt, trat ich am folgenden Tag Cecil Jacobs im Schulhof entgegen. «Na, nimmst du's jetzt zurück?»

«Da kannst du lange warten!» schrie er. «Bei mir zu Hause sagen sie, dein Vater bringt Schande über uns alle, und der Nigger sollte am Wassertank baumeln!»

Ich ging auf ihn los, erinnerte mich plötzlich an Atticus' Worte, ließ die Fäuste sinken und wandte mich ab.

«Feigling! Scout ist ein Feigling!» klang es mir nach.

Zum erstenmal war ich einem Kampf ausgewichen. Doch Cecil zu Leibe rücken hieß Atticus verraten. Atticus bat uns so selten, ihm einen Gefallen zu tun, daß ich es ruhig in Kauf nehmen konnte, um seinetwillen Feigling genannt zu werden. Ich kam mir äußerst edel vor, weil ich mich bezwungen hatte, und edel blieb ich auch – drei Wochen lang. Dann kam Weihnachten und mit ihm das Unheil.

Jem und ich sahen dem Fest mit gemischten Gefühlen entgegen. Das, worauf wir uns wirklich freuten, waren der Christbaum und Onkel Jack Fink. Jedes Jahr holten wir Onkel Jack am Heiligen Abend von Maycomb-Station ab, und er blieb dann eine Woche bei uns.

Die Kehrseite der Medaille zeigte die wenig einnehmenden Züge von Tante Alexandra und Francis.

In diesem Zusammenhang müßte ich wohl auch Onkel Jimmy erwähnen, Tante Alexandras Mann, doch da er nie mit mir sprach – nur einmal hatte er mir zugerufen: «Komm runter vom Zaun!» –, nahm ich ihn einfach nicht zur Kenntnis. Genauso hielt es übrigens Tante Alexandra. In einem Ausbruch freundlicher Gefühle hatte Onkel Jimmy mit ihr vor langer Zeit einen Sohn namens Henry gezeugt, der das Elternhaus so bald wie irgend möglich verließ, um zu heiraten und Francis zu zeugen. Alljährlich setzten Henry und seine Frau ihren Sprößling über Weihnachten bei den Großeltern ab und gingen ihren eigenen Vergnügungen nach.

Selbst unsere flehentlichsten Bitten konnten Atticus nicht bewegen, uns am ersten Feiertag zu Hause zu lassen. Soweit mein Gedächtnis zurückreicht, verlebten wir Weihnachten stets auf Finks Landing. Die Kochkünste unserer Tante waren das einzige, was uns einigermaßen dafür entschädigte, das Fest in Francis Hancocks Gesellschaft verbringen zu müssen. Er war ein Jahr älter als ich, und ich ging ihm grundsätzlich aus dem Wege: Er fand alles schön, was ich nicht mochte, und er verabscheute dafür meine sinnreich erdachten Spiele.

Tante Alexandra war die Schwester von Atticus. Als Jem mir jedoch von untergeschobenen Kindern und Wechselbälgern erzählte, kam ich zu der Überzeugung, daß Alexandra bei ihrer Geburt vertauscht worden war und daß meine Großeltern statt einer Fink eine Crawford bekommen hatten. Die mystischen Vorstellungen, die manche Rechtsanwälte und Richter von Bergen zu hegen scheinen, waren mir fremd, sonst hätte ich wohl Tante Alexandra mit dem Mount Everest verglichen: Meine ganze Kindheit hindurch war sie immer kalt und immer *da*.

Als Onkel Jack am Weihnachtsabend aus dem Zug stieg, mußten wir warten, bis ihm der Gepäckträger zwei längliche Pakete brachte. Jem und ich fanden es immer komisch, wenn Onkel Jack unseren Vater auf die Wange küßte; bei anderen Männern hatten wir das noch nie gesehen. Onkel Jack schüttelte Jem die Hand und schwang mich in die Höhe, aber nicht hoch genug, denn er war einen Kopf kleiner als Atticus. Er war das Nesthäkchen der Familie, viel jünger als Tante Alexandra, der er ähnlich sah. Allerdings wußte er seinem Gesicht einen angenehmeren Ausdruck zu geben, so daß uns der scharfe Schnitt von Nase und Kinn bei ihm nie einschüchterte.

Er war einer der wenigen Mediziner, die mir keine Angst einflößten, vermutlich weil er nicht wie ein Arzt auftrat. Wenn er Jem oder mir irgendeinen kleinen ärztlichen Dienst erwies, sagte er uns stets genau, was er mit uns vorhatte, wie weh es tun würde und wozu jedes einzelne Instrument diente. Einmal zu Weihnachten drückte ich mich in den Ecken herum, quälte mich mit einem tiefsitzenden Splitter im Fuß und ließ niemand an mich heran. Als Onkel Jack mich schließlich zu fassen bekam, erzählte er während der Untersuchung eine Geschichte, über die ich mich vor Lachen ausschütten wollte. Sie handelte von einem Pfarrer, der so ungern in die Kirche ging, daß er sich täglich im Schlafrock vor die Haustür stellte, eine Hookah rauchte und jedem Vorübergehenden, der geistlichen Trostes bedurfte, eine Fünf-Minuten-Predigt hielt. Ich unterbrach Onkel Jack mit der Frage, wann er das Ding herausziehen werde, aber da hob er schon die Pinzette mit dem blutigen Splitter hoch. Er habe ihn herausgerissen, als ich gerade laut auflachte, sagte er, und so etwas nenne man Relativität.

«Was ist da drin?» fragte ich und zeigte auf die langen Pakete, die der Träger ihm aushändigte.

«Das geht dich gar nichts an», sagte er.

«Was macht denn Rose Aylmer?» erkundigte sich Jem.

Rose Aylmer war Onkel Jacks Katze, ein schönes gelbes Tier und – wie er behauptete – eines der wenigen weiblichen Wesen, die er ständig um sich haben konnte. Er griff in die Jackentasche und brachte ein paar Aufnahmen zum Vorschein, die wir gebührend bewunderten.

«Sie wird fett», stellte ich fest.

«Kunststück, sie frißt ja auch all die Finger und Ohren, die wir im Krankenhaus abschneiden.»

«Ach geh, das ist 'ne verdammte Lüge», rief ich.

«Wie bitte?»

«Beachte sie nicht, Jack», sagte Atticus. «Sie will sich nur aufspielen. Ich weiß von Cal, daß sie seit acht Tagen in einem fort flucht.»

Onkel Jack zog die Augenbrauen hoch und schwieg. Abgesehen von der natürlichen Anziehungskraft solcher Wörter, entsprang meine neueste Leidenschaft der dumpfen Hoffnung, Atticus werde mich nicht mehr in die Schule schicken, wenn er entdeckte, daß ich dort fluchen lernte.

Als ich Onkel Jack beim Abendbrot bat, mir doch bitte den verdammten Schinken zu reichen, deutete er mit dem Finger auf mich und sagte: «Du kommst nachher mal zu mir, junge Dame!»

Nach dem Essen folgte ich ihm ins Wohnzimmer. Er setzte sich in einen Sessel und klopfte einladend auf seine Oberschenkel, damit ich dort Platz nähme. Ich schnupperte gern an ihm: Er roch wie eine Flasche Alkohol, gemischt mit etwas angenehm Süßem. Onkel Jack schob mir die Ponyfransen aus der Stirn und sah mich an. «Du bist Atticus ähnlicher als deiner Mutter», sagte er. «Außerdem scheinst du ein bißchen zu groß für deine Hosen zu werden.»

«Ach wo, die passen mir noch ganz gut.»

«Wörter wie ‹verdammt› und ‹Teufel› gefallen dir wohl sehr?»

Das gab ich unumwunden zu.

«Also mir gefallen sie gar nicht», erklärte Onkel Jack. «So was sagt man höchstens, wenn einen jemand bis zur Weißglut reizt. Ich bleibe eine Woche hier und will in dieser Zeit nichts dergleichen mehr hören. Schreib dir das hinter die Ohren, Scout, sonst kannst du was erleben. Du willst doch mal eine Dame werden, wie?»

«Nicht unbedingt.»

«Selbstverständlich willst du das. So, und nun kommt der Baum dran.»

Wir schmückten den Weihnachtsbaum, bis es Schlafenszeit war, und in der Nacht träumte ich von den beiden langen Paketen. Am nächsten Morgen stürzten Jem und ich uns darauf. Sie waren von Atticus. Er hatte Onkel Jack gebeten, die Geschenke für uns zu besorgen, und sie waren genau das, was wir uns gewünscht hatten.

«Nicht hier im Haus», sagte Atticus, als Jem auf ein Bild an der Wand zielte.

«Du mußt ihnen das Schießen beibringen», meinte Onkel Jack.

«Das ist deine Sache», erwiderte Atticus. «Ich habe mich nur in das Unvermeidliche gefügt.»

Es bedurfte der Gerichtssaalstimme von Atticus, uns vom Weihnachtsbaum wegzureißen. Leider erlaubte er nicht, daß wir die Gewehre mit zur Landing nahmen (ich hatte schon mit dem Gedanken gespielt, den lästigen Francis zu erschießen). Wenn wir auch nur den geringsten Unfug damit anstellten, wären wir sie ein für allemal los, sagte er.

Die Anlegestelle, nach der die Besitzung ‹Finks Landing› hieß, bestand aus einem Pier, von dem dreihundertsechsundsechzig Stufen eine steile Felswand hinaufführten. Ein Stück flußabwärts, dort wo das Felsenufer aufhörte, fanden sich Spuren eines ehemaligen Landeplatzes, auf dem Finks Neger Baumwolle und andere Erzeugnisse verladen und Stangeneis, Mehl, Zucker, Kleidungsstücke und landwirtschaftliche Geräte ausgeladen hatten. Eine zweispurige Straße führte vom Ufer fort und verschwand zwischen dunklen Bäumen. Am Ende der Straße stand ein weißes Haus, um das zwei Veranden herumführten, eine im Erdgeschoß und eine im ersten Stock. Simon Fink, unser Vorfahr, hatte es als alter Mann seiner nörgelnden Frau zu Gefallen gebaut. Bis auf die beiden Veranden wies das Haus keine Ähnlichkeit mit anderen Häusern aus jener Zeit auf. Die architektonische Gestaltung im Innern zeugte von Simons Arglosigkeit und dem unbedingten Vertrauen, das er in seine Sprößlinge setzte.

Im oberen Stockwerk befanden sich sechs Schlafzimmer, vier für Simons acht Töchter, eines für Welcome Fink, den einzigen Sohn, und eines für Verwandtenbesuch. Einfach genug – doch die Zimmer der Töchter hatten nur Zugang über eine Treppe, die vom Schlafzimmer der Eltern nach oben führte, während man Welcomes Zimmer und das Gastzimmer über eine zweite Treppe erreichte. So wußte Simon stets, wann die Mädchen nachts heimkamen. Die Küche lag in einem Anbau und war durch einen schmalen Gang mit dem Haus verbunden. Eine rostige Glocke, die im Hinterhof an einer Stange hing, rief die Knechte herbei und diente notfalls auch als Alarmsignal. Auf dem Dach war ein Witwengang, aber es erging sich dort keine Witwe, sondern Simon beaufsichtigte von oben den Aufseher seiner Arbeiter, überwachte die Flußboote und nahm Einblick in das Leben der Landbesitzer ringsum.

Natürlich hatte auch dieses Haus seine Bürgerkriegslegende: Eine Fink, die seit kurzem Braut war, hatte ihre gesamte Ausstattung angelegt, um sie vor Beutezüglern zu retten. Sie war in der Tür der Töchtertreppe steckengeblieben und hatte sich erst hindurchquetschen können, als man sie mit Wasser begoß.

Bei unserer Ankunft auf der Landing wurde Onkel Jack von Tante Alexandra und Francis geküßt, während Onkel Jimmy ihm wortlos die Hand schüttelte. Jem und ich überreichten Francis unsere Geschenke, und auch er hatte ein Geschenk für uns. Jem fühlte sich erwachsen: Er gesellte sich zu den Großen und überließ es mir, unseren Vetter zu unterhalten. Francis war acht Jahre alt und trug das Haar glatt zurückgekämmt.

«Was hast du zu Weihnachten gekriegt?» erkundigte ich mich höflich.

«Alles, was ich mir gewünscht habe», antwortete er. Und Francis hatte sich ein Paar kurze Hosen, eine Schulmappe aus rotem Leder, fünf Hemden und einen Selbstbinder gewünscht.

«Oh, wie schön», log ich. «Wir haben Luftgewehre bekommen, und Jem hat einen Chemiekasten . . .»

«Sicherlich so einen Spielzeugkasten.»

«Nein, einen richtigen. Er wird für mich unsichtbare Tinte machen, und damit schreibe ich dann an Dill.»

Francis fragte, was das für einen Sinn habe.

«Na, stell dir doch bloß mal sein Gesicht vor, wenn er den Brief aufmacht, und es steht nichts drin! Er wird verrückt, sage ich dir.»

Wenn ich mit Francis sprach, hatte ich immer das Gefühl, ich sänke langsam auf den Grund eines Ozeans. Er war das langweiligste Kind, das mir je begegnet ist. Da er in Mobile lebte, konnte er mich nicht bei den Schulgewaltigen verpetzen, aber er brachte es fertig, alles, was er von mir wußte, Tante Alexandra zu hinterbringen, die es dann ihrerseits bei Atticus ablud, der entweder das Gehörte sofort vergaß oder mir die Hölle heiß machte – je nach Lust und Laune. Einmal schnappte ich den Satz auf: «Schwester, was die beiden angeht, so tue ich *wirklich* mein Bestes!» Dies war das einzige Mal, daß ich ihn scharf und ungeduldig mit jemandem sprechen hörte. Es ging darum, daß ich in Hosen herumlief.

Tante Alexandra war, was meine Kleidung betraf, eine Fanatikerin. Ihr zufolge bestand für mich keine Hoffnung, eine Dame zu werden, solange ich Hosen trug. Auf meinen Einwand, in einem Kleid könne ich nichts unternehmen, antwortete sie, ich solle ja auch nichts unternehmen, wozu man Hosen brauche. Wäre es nach ihren Wünschen gegangen, so hätte ich artig mit Puppenöfchen und niedlichem Teegeschirr gespielt und das Perlenkettchen getragen, das sie mir bei meiner Geburt geschenkt hatte und das jedes Jahr um eine Perle verlängert wurde. Außerdem forderte sie, daß ich Sonne in meines Vaters einsames Leben brächte. Meiner Meinung nach ließ sich das genausogut in Hosen bewerkstelligen, doch Tantchen sagte, man müsse sich auch wie ein Sonnenscheinchen benehmen. Ich sei zwar als gutes Kind auf die Welt gekommen, aber von Jahr zu Jahr schlechter geworden. So kränkte und reizte sie mich unablässig. Schließlich wandte ich mich an Atticus, und der sagte, wir hätten schon genug Sonnenscheinchen in der Familie, und ich solle nur so bleiben, er habe nicht viel an mir auszusetzen.

Beim Weihnachtsessen saß ich an dem kleinen Tisch im Speisezimmer, während Jem und Francis mit den Großen essen durften. Tantchen hielt mich noch immer isoliert, obwohl Jem und Francis längst am Erwachsenentisch zugelassen waren. Ich fragte mich oft, warum sie mir keine Lebensart zutraute. Dachte sie etwa, ich würde aufstehen und mit irgend etwas werfen? Manchmal überlegte ich, ob ich sie bitten sollte, mich wenigstens ein einziges Mal mit den Erwachsenen essen zu lassen. Dann wollte ich ihr schon beweisen, wie gesittet ich sein konnte. Immerhin saß ich zu Hause täglich mit den anderen am Tisch, ohne daß es zu nennenswerten Unfällen kam. Als ich Atticus anflehte, seinen Einfluß geltend zu machen, antwortete er, daß er keinen hätte. Wir seien Gäste und äßen an den Plätzen, die uns angewiesen würden. Tante Alexandra, fügte er hinzu, habe nie eine Tochter gehabt und verstehe daher nicht viel von Mädchen.

Aber ihre Kochkunst wog das alles auf. Das bescheidene Festmahl bestand aus dreierlei Fleisch, Sommergemüsen aus der Vorratskammer, eingemachten Pfirsichen, zwei Sorten Kuchen und Götterspeise. Nachher begaben sich die Erwachsenen ins Wohnzimmer und saßen benommen herum. Jem legte sich auf den Fußboden, und ich ging auf den Gesindehof. «Zieh den Mantel an», murmelte Atticus schläfrig, aber ich stellte mich taub.

Francis setzte sich neben mich auf die Verandatreppe.

«Das war bis jetzt das Beste», sagte ich.

«Ja, Großmama kocht einfach wunderbar», bestätigte Francis. «Sie will mir beibringen, wie man das macht.»

«Jungen kochen doch nicht.» Ich kicherte, als ich mir Jem in einer Schürze vorstellte.

«Großmama sagt, alle Männer sollten kochen lernen. Sie sollten ihren Frauen die Arbeit abnehmen und sie bedienen, wenn sie sich nicht wohl fühlen.»

«Na, ich habe keine Lust, mich von Dill bedienen zu lassen», erwiderte ich. «Dann will ich schon lieber ihn bedienen . . .»

«Dill?»

«Jawohl! Erzähl's noch nicht weiter, aber wir wollen heiraten, sobald wir groß genug sind. Er hat mir im Sommer einen Antrag gemacht.»

Francis lachte höhnisch auf.

«Hast du was dagegen?» fragte ich. «Dill ist schwer in Ordnung, das kannst du mir glauben.»

«Meinst du etwa den kleinen Knirps, der jeden Sommer bei Miss Rachel ist?»

«Genau den meine ich.»

«Von dem weiß ich alles», verkündete Francis triumphierend.

«Na, was denn zum Beispiel?»

«Großmama sagt, er hat kein Zuhause.»

«Hat er doch. Er wohnt in Meridian.»

«Ach, der wird bloß von einem Verwandten zum anderen geschubst, und bei Miss Rachel ist er eben im Sommer.»

«Das ist nicht wahr, Francis!»

Er grinste. «Du bist manchmal ganz schön blöd, Jean Louise. Na, wahrscheinlich ist es nicht deine Schuld.»

«Was soll das heißen?»

«Wenn Onkel Atticus dich mit solchen Streunern rumlaufen läßt, dann ist das seine Sache, sagt Großmama. Also kannst du nichts dafür. Und du kannst wohl auch nichts dafür, daß Onkel Atticus ein Niggerfreund ist. Aber ich muß dir mitteilen, daß es die übrige Familie sehr kränkt . . .»

«Zum Teufel, was meinst du eigentlich?»

«Genau das, was du eben gehört hast. Es ist schon schlimm genug, daß er euch beide verwildern läßt, sagt Großmama, aber jetzt, wo er ein Niggerfreund geworden ist, können wir uns in Maycomb nicht mehr sehen lassen. Er ruiniert die Familie, ja, das tut er.»

Francis sprang auf und lief in den Küchengang.

«Ein Niggerfreund ist er, weiter nichts!» rief er aus sicherer Entfernung.

«Ist er nicht!» brüllte ich. «Ich weiß nicht, wovon du redest, aber hör sofort damit auf, sonst geht's dir schlecht!»

Ich sauste den Gang entlang, bekam Francis mühelos zu fassen und befahl ihm, sofort alles zurückzunehmen.

Francis riß sich los und flüchtete in die alte Küche. «Niggerfreund!» schrie er.

Wenn man jemanden belauert, läßt man sich am besten Zeit und wartet in tiefem Schweigen. Dann wird der andere todsicher neugierig und kommt zum Vorschein. So auch Francis: Er öffnete behutsam die Küchentür. «Bist du noch böse, Jean Louise?»

«Nicht besonders», sagte ich.

Er wagte sich auf den Gang hinaus.

«Nimmst du es jetzt zurück, Francis?»

Aber ich war zu eilig gewesen. Er rettete sich zum zweitenmal in die Küche, und ich setzte mich wieder auf die Treppe. Ich konnte ja warten. Nach etwa fünf Minuten hörte ich hinter mir Tante Alexandras Stimme: «Wo ist Francis?»

«Drüben in der Küche.»

«Er weiß doch, daß er dort nicht spielen darf.»

Francis erschien an der Tür und schrie: «Großmama, sie hat mich hier reingejagt und läßt mich nicht raus!»

«Was soll das heißen, Jean Louise?»

Ich sah zu Tante Alexandra auf. «Ich habe ihn nicht reingejagt, Tante, und meinetwegen kann er gern rauskommen.»

«Sie lügt!» zeterte Francis. «Sie will mich nicht rauslassen!»

«Habt ihr euch gezankt?»

«Jean Louise ist wütend auf mich, Großmama», rief Francis.

«Francis, komm da sofort heraus! Jean Louise, wenn ich noch *ein* Wort von dir höre, spreche ich mit deinem Vater. Hast du nicht vorhin ‹Teufel› gesagt?»

«Nein, bestimmt nicht, Tante.»

«Na, mir schien's aber so. Jedenfalls möchte ich das nicht noch mal hören.»

Tante Alexandra war dafür bekannt, daß sie an den Türen horchte. Sobald sie außer Sicht war, tauchte Francis auf, grinsend und mit stolz erhobenem Kopf.

«Ätsch, du darfst mir nichts tun!» triumphierte er, sprang im Hof herum und stieß mit dem Fuß Grasbüschel durch die Luft. Hin und wieder wandte er sich hämisch lachend nach mir um, aber er war sorgsam auf Abstand bedacht. Jem kam auf die Veranda, blieb einen Augenblick stehen und verschwand dann wieder. Francis kletterte auf den Mimosenbaum, sprang herunter und schlenderte mit den Händen in den Taschen über den Hof. «Haha», machte er, und ich fragte, für wen er sich eigentlich halte. Für Onkel Jack? Er erwiderte, mir sei doch wohl gesagt worden, ich solle hübsch artig sein und ihn in Ruhe lassen.

«Ich tue dir ja auch nichts», versetzte ich.

Francis betrachtete mich aufmerksam und kam wohl zu dem Schluß, ich sei ausreichend gezähmt, denn er sang leise vor sich hin: «Nig-ger-freund!»

Diesmal schlug ich mir die Knöchel an seinen Vorderzähnen wund. Als meine linke Hand zu bluten anfing, hieb ich mit der rechten auf ihn ein – aber nicht lange.

«Stillgestanden!» kommandierte Onkel Jack und preßte mir die Arme an die Seiten.

Tante Alexandra bemühte sich um Francis, wischte ihm die Tränen mit ihrem Taschentuch ab, fuhr ihm übers Haar und tätschelte ihm die Wangen. Sein Geschrei hatte auch Atticus, Jem und Onkel Jimmy auf die Veranda gelockt.

«Wer hat angefangen?» fragte Onkel Jack.

Ich deutete auf Francis, er auf mich. «Großmama», jaulte er, «sie hat mich Hurendame genannt und ist auf mich losgegangen!»

«Ist das wahr, Scout?» fragte Onkel Jack.

«Ich glaub schon.»

Als Onkel Jack mich anblickte, hatte er eine unheimliche Ähnlichkeit mit Tante Alexandra. «Habe ich dir nicht gesagt, daß du was erleben kannst, wenn du solche Ausdrücke gebrauchst? Habe ich dir's gesagt oder nicht?»

«Ja, Onkel, aber . . .»

«Na, und jetzt wirst du was erleben. Halt, hiergeblieben!»

Ich überlegte, ob ich stehenbleiben oder wegrennen sollte, und zögerte eine Sekunde zu lange: Onkel Jack war schneller und vereitelte meinen Fluchtversuch. Plötzlich lag ich über seinem Knie und sah, wie sich im Gras eine winzige Ameise mit einer Brotkrume abmühte.

«Ich will nie wieder mit dir reden, solange ich lebe! Ich hasse dich, ich verabscheue dich, und ich hoffe, daß du morgen stirbst!» schrie ich, aber diese Mitteilungen schienen Onkel Jack nur noch mehr anzufeuern. Schließlich gab er mich frei, und ich lief zu Atticus in der Hoffnung, bei ihm Trost zu finden. Er meinte jedoch, ich hätte die Strafe verdient, und im übrigen sei es höchste Zeit, nach Hause zu fahren. Ich kroch ins Auto, ohne mich von jemandem zu verabschieden. Zu Hause rannte ich in mein Zimmer und knallte die Tür hinter mir zu. Jem wollte mir etwas Nettes sagen, aber ich ließ ihn nicht zu Wort kommen.

Bei näherer Besichtigung stellte ich fest, daß meine Kehrseite nur leicht gerötet war, und ich dachte gerade über Relativität nach, als jemand an die Tür klopfte. Es war Onkel Jack.

«Geh weg!»

Er verhieß mir eine zweite Tracht Prügel, wenn ich so ungezogen redete, und daher schwieg ich. Als er eintrat, flüchtete ich in eine Ecke und kehrte ihm den Rücken.

«Scout», fragte er freundlich, «verabscheust du mich denn noch immer?»

«Bitte, Onkel, laß mich!»

«Wirklich, ich hätte nicht gedacht, daß du mir's übelnehmen würdest. Du enttäuschst mich . . . Dir ist doch nur recht geschehen, und das weißt du auch ganz gut.»

«Nein, gar nicht.»

«Herzchen, du kannst nicht herumlaufen und die Leute mit solchen Namen belegen . . .»

«Du bist ungerecht», rief ich, «du bist ungerecht!»

Onkel Jack zog die Augenbrauen hoch. «Ungerecht? Wieso?»

«Du bist ein netter Mensch, Onkel Jack, und ich glaube, ich hab dich trotz allem noch lieb. Aber von Kindern verstehst du nicht viel.»

Onkel Jack stemmte die Hände in die Hüften und sah auf mich

herab. «Und wieso verstehe ich nicht viel von Kindern, Miss Jean Louise? Ein Betragen wie deines ist wohl kaum mißzuverstehen. Es war ungebührlich, ungezogen und unverschämt . . .»

«Darf ich dir nicht erst mal erklären, was ich meine? Ich will bestimmt nicht patzig zu dir sein, ich will nur versuchen, es dir zu erklären . . .»

Onkel Jack setzte sich auf die Bettkante. Er zog die Augenbrauen zusammen und sah mich von unten her an. «Na, dann schieß los», sagte er.

Ich holte tief Luft. «Also, erstens hast du überhaupt nicht daran gedacht, mich nach den Gründen für mein Benehmen zu fragen – du hast einfach losgeprügelt. Wenn Jem und ich uns zanken, hört sich Atticus niemals nur Jem allein an, sondern auch mich. Und zweitens hast du gesagt, man darf solche Wörter gebrauchen, wenn einen jemand bis zur Weißglut reizt. Und Francis hat mich derart gereizt, daß er dafür glatt geköpft werden müßte . . .»

Onkel Jack kratzte sich hinter dem Ohr. «Und wie ist es mit deinen Gründen, Scout?»

«Francis hat Atticus was genannt, und das konnte ich mir doch nicht bieten lassen.»

«Wie hat er ihn denn genannt?»

«Niggerfreund. Ich weiß nicht genau, was das bedeutet, aber er hat es in einem Ton gesagt . . . wirklich und wahrhaftig, Onkel Jack, ich will verd . . . ich will Gott weiß was sein, wenn ich ihm erlaube, so über Atticus zu reden.»

«Niggerfreund hat er Atticus genannt?»

«Jawohl, Onkel, und das ist noch lange nicht alles. Atticus wäre der Ruin unserer Familie, hat er gesagt, und er ließe Jem und mich verwildern.»

Onkel Jacks Gesichtsausdruck war so, daß ich dachte, es ginge mir zum zweitenmal an den Kragen. Doch als er sagte: «Na, mit der Sache werden wir uns mal befassen», da wußte ich, daß es Francis an den Kragen gehen würde.

«Ich hätte nicht übel Lust, noch heute abend . . .»

«Bitte nicht, Onkel! Am besten kümmerst du dich gar nicht darum.»

«Ich will mich aber darum kümmern. Alexandra muß das erfahren. So was. Na warte, wenn ich den Burschen erwische . . .»

«Bitte, Onkel Jack, versprich mir was, bitte! Versprich mir, daß du Atticus nichts davon erzählst! Er . . . er hat mal gesagt, ich soll nicht wütend werden, wenn die Leute häßlich über ihn reden. Und ich möchte lieber, daß er glaubt, wir haben uns wegen was anderem gestritten. Bitte, versprich mir . . .»

«Aber Francis muß doch wenigstens einen Denkzettel bekommen . . .»

«Den hat er ja schon. Könntest du mir wohl die Hand verbinden? Sie blutet noch immer.»

«Selbstverständlich, Kindchen. Keine Hand, die ich lieber verbinden möchte. Nach Ihnen, meine Dame . . .»

Onkel Jack geleitete mich unter galanten Verbeugungen ins Badezimmer. Während er meine Finger reinigte und verband, erheiterte er mich mit der Geschichte von einem kurzsichtigen alten Herrn, der eine Katze namens Hodge hatte und auf seinem Weg zur Stadt immer die Ritzen zwischen den Platten des Bürgersteigs zählte. «So», sagte er dann. «Du wirst eine wenig damenhafte Narbe auf dem Ringfinger zurückbehalten.»

«Danke schön, Onkel. Du, Onkel Jack . . .?»

«Ja?»

«Was ist eine Hurendame?»

Onkel Jack stürzte sich in eine neue Geschichte von einem alten Premierminister, der im Unterhaus saß, Federn in die Luft blies und sich bemühte, sie im Schwebezustand zu halten, während ringsum alle Abgeordneten den Kopf verloren. Ich nahm an, er versuche meine Frage zu beantworten, doch die Zusammenhänge blieben mir restlos unklar.

Später, als ich eigentlich schon im Bett liegen sollte, ging ich noch einmal über den Flur, um Wasser zu trinken. Atticus und Onkel Jack saßen im Wohnzimmer, und ich hörte sie miteinander reden.

«Ich werde nie heiraten, Atticus.»

«Weshalb nicht?»

«Weil ich dann womöglich Kinder hätte.»

«Na, du mußt noch viel lernen, Jack!»

«Weiß ich, weiß ich. Deine Tochter hat mir heute nachmittag den ersten Unterricht gegeben. Sie meinte, ich verstünde nicht viel von Kindern, und machte mir auch klar warum. Und sie hatte vollkommen recht. Atticus, sie hat mir gesagt, wie ich sie hätte behandeln sollen . . . Wirklich, es tut mir leid, daß ich ihr das Fell versohlt habe.»

Atticus lachte leise. «Sie hat's verdient, also braucht's dir nicht leid zu tun.»

Ich stand wie auf Kohlen und wartete, ob Onkel Jack verraten würde, was ich ihm erzählt hatte. Nein, zum Glück sprach er jetzt von etwas anderem. «Ihre Fertigkeit im Gebrauch von Gossenausdrücken läßt nichts zu wünschen übrig. Aber sie versteht nicht die Hälfte von dem, was sie sagt. Denk dir, sie hat mich gefragt, was eine Hurendame ist.»

«Hast du es ihr erklärt?»

«Nein. Ich habe ihr von Lord Melbourne erzählt.»

«Jack! Wenn ein Kind dich etwas fragt, rede um Himmels willen nicht drum herum, sondern gib ihm eine klare Antwort. Kinder sind Kinder, aber sie spüren es schneller als Erwachsene, wenn man Ausflüchte macht, und dann werden sie stutzig. Nein», fuhr mein Vater nachdenklich fort, «heute nachmittag hast du ihr schon die richtige Antwort gegeben, allerdings aus dem falschen Grund. Kinder in Scouts Alter begeistern sich nun mal für Gossenausdrücke. Das gibt sich, sobald sie merken, daß sie damit keine Aufmerksamkeit erregen. Hitzköpfigkeit dagegen verschwindet nicht von selbst. Scout muß lernen, sich zu beherrschen, und sie muß es bald lernen, denn in den kommenden Monaten steht ihr einiges bevor. Es wird schon werden mit ihr. Jem ist recht vernünftig, und sie folgt in vielem seinem Beispiel. Alles, was sie braucht, ist ein wenig Beistand.»

«Atticus, du hast sie aber nie verprügelt.»

«Das gebe ich zu. Bisher bin ich mit Drohungen ausgekommen. Sie hört auf mich, so gut sie kann. Und wenn's auch nicht immer klappt, so gibt sie sich doch wenigstens Mühe.»

«Das ist keine Lösung, Atticus.»

«Nein, das ist keine Lösung, aber sie weiß, daß ich ihre gute Absicht anerkenne. Darauf kommt es an. Leider werden sie und Jem in der nächsten Zeit allerlei häßliche Dinge zu hören bekommen. Um Jem mache ich mir keine Sorgen – der wird sich nicht hinreißen lassen. Aber wenn es um Scouts Stolz geht, dann ist sie schon fähig, dem ersten besten an die Kehle zu springen . . .»

Ich wartete gespannt. Würde Onkel Jack sein Versprechen brechen?

Nein, immer noch nicht.

«Wie sieht's eigentlich aus mit dem Prozeß, Atticus? Schlimm? Wir hatten ja noch keine Gelegenheit, darüber zu sprechen.»

«Schlimmer als schlimm, Jack. Wir haben nur das Wort eines Schwarzen gegen das der Ewells. Kein Beweismaterial, nichts als zwei Behauptungen: ‹Du hast's getan.› – ‹Ich hab's nicht getan.› Von den Geschworenen kann man unmöglich erwarten, daß sie Tom Robinson mehr Glauben schenken als den Ewells. Sind dir die Ewells ein Begriff?»

Ja, sagte Onkel Jack, an die erinnere er sich genau. Er gab eine Schilderung von ihnen.

«Das war die vorige Generation», erklärte Atticus. «Die jetzige ist allerdings genauso.»

«Was willst du tun?»

«Nun, ich denke, es wird mir gelingen, die Geschworenen etwas aufzurütteln. Und dann rechne ich auch stark mit der Möglichkeit,

Berufung einzulegen. Im Augenblick ist alles noch in der Schwebe. Weißt du, Jack, ich habe immer gehofft, daß ich nie im Leben einen derartigen Fall zu übernehmen brauchte. Aber John Taylor hat einfach auf mich gezeigt und gesagt: ‹Sie sind derjenige, welcher.›»

«Der Kelch ist nicht an dir vorübergegangen, was?»

«Stimmt. Und wenn ich abgelehnt hätte – glaubst du, ich könnte meinen Kindern dann noch in die Augen sehen? Du weißt ebensogut wie ich, was geschehen wird, und ich hoffe und bete, daß ich Scout und Jem unbeschadet durch diese Prüfung bringen kann. Vor allem möchte ich verhindern, daß sie sich mit jener Krankheit anstecken, die für Maycomb so typisch ist. Ich begreife einfach nicht, warum vernünftige Menschen sofort überschnappen, wenn irgendwo ein Neger im Spiel ist . . . Ich hoffe nur, daß sich Jem und Scout ihre Antworten bei mir holen, statt auf die Leute zu hören. Ich hoffe, sie haben genügend Vertrauen zu mir . . . Jean Louise!»

Zu Tode erschrocken, lugte ich um die Ecke.

«Ja, Vater?»

«Geh zu Bett!»

Ich huschte in mein Zimmer und ins Bett. Onkel Jack war ein Prachtkerl, er hatte mich nicht verraten. Nur eines war und blieb mir unklar: Woher hatte Atticus gewußt, daß ich sie belauschte? Erst viele Jahre später kam ich zu der Erkenntnis, daß er mich seine Worte mit voller Absicht hatte hören lassen.

10. Kapitel

Atticus war schwächlich: Er ging auf die Fünfzig zu. Als Jem und ich ihn fragten, warum er so alt sei, bekamen wir zur Antwort, er habe eben spät angefangen. Diese Tatsache wirkte sich unserer Meinung nach ungünstig auf seinen Unternehmungsgeist und seine Fähigkeiten aus. Verglichen mit den Eltern unserer Schulkameraden, erschien er uns wie ein Greis, und wenn andere Kinder mit ihren Vätern prahlten, so blieb Jem und mir nichts übrig, als den Mund zu halten.

Jem war ein *football*-Narr. Atticus war nie zu müde, ihm den Ball zuzuspielen, aber wenn Jem einen Angriff starten wollte, hieß es stets: «Dazu bin ich zu alt, mein Junge.»

Unser Vater tat gar nichts. Er arbeitete in einem Büro, nicht in einem Drugstore. Er fuhr keinen städtischen Müllwagen, er war weder Sheriff noch Bauer noch Autoschlosser, kurzum, er tat nichts, was irgendwie Bewunderung hätte erregen können.

Überdies trug er eine Brille. Er war auf dem linken Auge fast blind –

das sei das Erbübel der Familie Fink, sagte er immer. Wollte er irgend etwas genau sehen, so drehte er den Kopf und betrachtete es mit dem rechten Auge.

Er war in jeder Beziehung anders als die Väter unserer Schulkameraden: Er ging nie auf die Jagd, er fischte nicht und wollte vom Pokern ebensowenig wissen wie vom Trinken oder Rauchen. Er saß im Wohnzimmer und las.

Trotzdem blieb er nicht so unauffällig, wie wir es gewünscht hätten. In jenem Jahr, als er Tom Robinsons Verteidigung übernahm, summte die Schule vor Gerüchten, und kein einziges davon war für ihn schmeichelhaft.

Nach meiner Fehde mit Cecil Jacobs, bei der ich mich zu einer Politik der Feigheit durchrang, behaupteten die Kinder, Scout Fink werde nicht mehr kämpfen, ihr Vater habe es ihr verboten. Ganz so war es freilich nicht: Wenn ich Atticus auch nicht in der Öffentlichkeit verteidigen durfte, so blieb mir doch der private Bereich – die Familie. Und hier wollte ich jeden – vom Vetter dritten Grades aufwärts – mit Zähnen und Krallen bekämpfen. Francis Hancock zum Beispiel wußte ein Lied davon zu singen.

Atticus hatte uns zwar Luftgewehre geschenkt, sich aber geweigert, uns schießen zu lehren. Onkel Jack, der uns die Anfangsgründe beibrachte, erklärte, unser Vater habe für Gewehre kein Interesse.

«Mir wär's am liebsten, wenn du im Gesindehof auf Blechdosen schießen wolltest», sagte Atticus eines Tages zu Jem, «doch ich weiß ja, daß du auf Vögel aus sein wirst. Nimm meinetwegen Blauhäher aufs Korn, so viel du willst, und sieh zu, ob du sie treffen kannst. Aber vergiß nicht, daß es Sünde ist, auf eine Nachtigall zu schießen.»

Dies war das erste Mal, daß ich Atticus irgend etwas als Sünde bezeichnen hörte, und deshalb sprach ich mit Miss Maudie darüber.

«Dein Vater hat recht», sagte sie. «Nachtigallen erfreuen uns Menschen mit ihrem Gesang. Sie tun nichts Böses, sie picken weder die Saat aus dem Boden noch nisten sie in Maisschuppen, sie singen sich nur für uns das Herz aus der Brust. Darum ist es Sünde, auf eine Nachtigall zu schießen.»

«Miss Maudie, hier in der Straße sind alle alt, nicht wahr?»

«Die Häuser, Kindchen? Ja, die standen schon, als es die Stadt noch gar nicht gab.»

«Nein, nein, ich meine die Leute. Jem und ich sind die einzigen Kinder in der Nachbarschaft. Mrs. Dubose ist beinahe hundert Jahre alt, und Miss Rachel ist alt, und Sie und Atticus sind auch alt.»

«Ich finde gar nicht, daß man mit fünfzig so alt ist», erwiderte Miss Maudie pikiert. «Schließlich fahre ich ja noch nicht im Rollstuhl herum. Und dein Vater auch nicht. Aber ich muß schon sagen, ich betrachte es als ein Geschenk der Vorsehung, daß mein altes Mausoleum abgebrannt ist. Um so etwas instand zu halten, bin ich nun doch schon zu alt. Ja, vielleicht hast du recht, Jean Louise, hier in der Nachbarschaft sind alle in gesetztem Alter. Du kommst eigentlich nie mit jungen Menschen zusammen, nicht wahr?»

«Doch, in der Schule.»

«Ich meine nicht Kinder, sondern junge Erwachsene. Aber weißt du, für Jem und dich ist das Alter eures Vaters ein Vorteil. Wenn Atticus dreißig wäre, hättet ihr ein ganz anderes Leben.»

«Das glaube ich auch. Atticus kann ja nichts tun . . .»

«Wenn du wüßtest, wieviel Leben in dem noch steckt.»

«Was kann er denn schon?»

«Nun, er kann zum Beispiel ein hieb- und stichfestes Testament aufsetzen, an dem es einfach nichts zu deuteln gibt.»

«Wenn's weiter nichts ist . . .»

«Außerdem ist er der beste Dame-Spieler der Stadt. Früher, als wir noch auf der Landing lebten, hat er es mit jedem Gegner diesseits und jenseits des Flusses aufgenommen.»

«Du liebe Zeit, Miss Maudie, Jem und ich schlagen ihn aber dauernd.»

«Habt ihr noch immer nicht spitzgekriegt, daß er euch absichtlich gewinnen läßt? Und Mundharmonika kann er auch spielen, wußtest du das?»

Dieses bescheidene Talent trug nur dazu bei, daß ich mich meines Vaters noch mehr schämte.

«Ich muß schon sagen . . .»

«Was denn, Miss Maudie?»

«Ach, nichts. Gar nichts. Mir scheint nur, du hättest allen Grund, auf ihn stolz zu sein. Mundharmonika kann schließlich nicht jeder spielen. So, und jetzt geh den Zimmerleuten aus dem Weg. Lauf lieber nach Hause, denn ich habe mit meinen Azaleen zu tun und kann nicht auf dich aufpassen. Wär schlimm, wenn dir ein Brett auf den Kopf fiele.»

In unserem Gesindehof fand ich Jem. Er schoß auf eine Blechdose, was ich in Anbetracht der vielen Blauhäher nur als albern bezeichnen konnte. Ich begab mich auf den Vorplatz und verbrachte zwei Stunden damit, neben der Veranda eine kunstvolle Brustwehr zu errichten. Sie bestand aus einem Autoreifen, einer Apfelsinenkiste, dem Wäschekorb, den Gartenstühlen und einer kleinen US-Fahne, die Jem in einer Schachtel Puffmais gefunden und mir geschenkt hatte.

Als Atticus zum Mittagessen nach Hause kam, hockte ich auf der Erde und zielte über den Wall hinaus. «Auf was schießt du eigentlich?» fragte er.

«Auf Miss Maudies Hinterteil.»

Atticus drehte sich um und entdeckte meine umfangreiche Zielscheibe zwischen den Azaleen. Er schob den Hut ins Genick und überquerte die Straße. «Maudie», rief er, «ich muß dich warnen. Du schwebst in Lebensgefahr.»

Miss Maudie fuhr erschrocken hoch. Als sie sah, was los war, sagte sie nur: «Atticus, du bist doch ein Teufelskerl.»

Atticus kam zurück und befahl mir, das Feld zu räumen. «Und laß dich nicht noch mal dabei erwischen, daß du auf Menschen zielst», drohte er.

Die Frage, ob mein Vater wirklich ein Teufelskerl war, ließ mir keine Ruhe, und ich beschloß, mich bei Calpurnia nach Atticus' Fähigkeiten zu erkundigen.

«Mr. Fink?» sagte sie. «Na, der kann doch allerhand.»

«Zum Beispiel?»

Calpurnia kratzte sich am Kopf. «So genau weiß ich das auch nicht», erwiderte sie.

Meine Meinung von Atticus wurde nicht besser, als Jem ihn fragte, ob er für die Methodisten spielen werde. Atticus erklärte, für so etwas sei er zu alt, er habe keine Lust, sich den Hals zu brechen. Die Methodisten, die Geld brauchten, um die Hypothek auf ihrer Kirche zu tilgen, hatten die Baptisten zu einem *football*-Kampf aufgefordert. Alle Väter der Stadt machten mit, nur Atticus nicht. Jem wäre daraufhin am liebsten zu Hause geblieben. Aber alles, was *football* hieß, zog ihn unwiderstehlich an, und so willigte er schließlich doch ein, Atticus und mich zu begleiten. Trübselig stand er am Rande des Spielfelds und beobachtete, wie Cecil Jacobs' Vater den Baptisten zum Sieg verhalf.

An einem Sonnabend entschlossen wir uns, mit unseren Luftgewehren einen Streifzug zu unternehmen. Vielleicht konnten wir ein Kaninchen oder ein Eichhörnchen erlegen. Wir waren etwa fünfhundert Meter hinter dem Radley-Grundstück, als Jem stehenblieb und angestrengt nach irgend etwas Ausschau hielt. Er kniff die Lider zusammen und legte den Kopf ein wenig schräg.

«Was gibt's denn?» fragte ich.

«Ich sehe mir den alten Hund an. Da hinten, ganz am Ende der Straße.»

«Ist das nicht Tim Johnson?»

«Hm.»

Tim Johnson gehörte Mr. Harry Johnson, einem Busfahrer, der im südlichen Teil der Stadt wohnte. Tim war ein leberbrauner Wachtelhund, der Liebling von Maycomb.

«Was ist mit dem los?»

«Ich weiß nicht, Scout. Wir wollen lieber umkehren.»

«Ach geh, Jem, es ist doch Februar.»

«Na wennschon. Jedenfalls muß ich's Cal sagen.»

Wir rannten nach Hause und stürzten in die Küche.

«Cal, kannst du mal rauskommen?»

«Wozu, Jem? Ich kann nicht jedesmal von meiner Arbeit weglaufen, wenn du mich rufst.»

«Draußen ist ein alter Hund, und mit dem stimmt was nicht.»

Calpurnia seufzte. «Ich hab jetzt keine Zeit, 'nem alten Hund die Pfote zu verbinden. Hol dir Mull aus dem Badezimmer und kümmere dich selbst darum.»

Jem schüttelte den Kopf. «Er ist krank, Cal. Da ist irgendwas nicht in Ordnung.»

«Was macht er denn? Versucht er, sich in den Schwanz zu beißen?»

«Nein, er macht so . . .» Jem schnappte nach Luft wie ein Fisch auf dem Trocknen, krümmte sich und zuckte krampfhaft mit den Schultern. «Aber ich glaube, er macht das nicht, weil er's will, sondern weil er nicht anders kann.»

«Schwindelst du mir was vor, Jem Fink?» Calpurnias Stimme wurde hart.

«Nein, Cal, ich schwör's dir.»

«Ist er schnell gelaufen?»

«Nein, er schleppt sich nur so hin, ganz langsam.»

Calpurnia spülte sich die Hände ab und folgte Jem auf den Hof. «Ich seh keinen Hund», sagte sie, begleitete uns aber hinter das Radley-Grundstück und spähte in die Richtung, in die Jem deutete. Tim Johnson war noch immer weit entfernt, doch er hatte sich uns inzwischen genähert. Er schwankte hin und her, als wären seine rechten Beine kürzer als die linken. Ich mußte an einen Wagen denken, der sich durch weichen Sandboden quält.

«Sieh mal, ganz schief ist er geworden», sagte Jem.

Calpurnia, die unverwandt auf das Tier geblickt hatte, packte uns bei den Schultern und trieb uns eiligst nach Hause. Sie schloß die Tür, stürzte zum Telefon und verlangte das Büro von Mr. Fink.

«Mr. Fink», schrie sie, «hier spricht Cal. Ich schwöre bei Gott, draußen auf der Straße ist ein toller Hund . . . Er kommt auf uns zu . . . Nein, Sir, kein Irrtum . . . Bestimmt, Mr. Fink . . . der alte Tim Johnson . . . ja, Sir . . . ja, Sir . . . ja . . .»

Sie legte den Hörer auf und schüttelte den Kopf, als wir wissen wollten, was Atticus gesagt hatte. Wieder rasselte die Kurbel, und Calpurnia rief: «Miss Eula May? Ich habe mit Mr. Fink gesprochen und . . . Nein, nein, keine neue Verbindung . . . Hören Sie zu, Miss Eula May, würden Sie wohl Miss Rachel anrufen und Miss Stephanie Crawford und jeden, der in unserer Straße Telefon hat, und Bescheid sagen, daß ein toller Hund kommt? Bitte, Miss . . .» Sie lauschte. «Ja, ich weiß, daß Februar ist, Miss Eula May, aber wenn ich einen tollen Hund sehe, dann weiß ich, was los ist. Bitte, beeilen Sie sich!»

«Haben die Radleys Telefon?» fragte sie uns.

Jem sah im Buch nach. «Nein», antwortete er, «aber die kommen sowieso nicht raus, Cal.»

«Ganz egal, sagen muß ich's ihnen.» Sie lief zur Vorderveranda. «Ihr bleibt im Haus», fuhr sie Jem und mich an, als wir ihr folgen wollten.

Calpurnias Botschaft hatte bereits die Runde gemacht. Überall in der Nachbarschaft waren die Haustüren fest geschlossen. Von Tim Johnson konnten wir keine Spur entdecken. Wir beobachteten Calpurnia, die zum Radley-Haus rannte, Rock und Schürze bis über die Knie gerafft. Sie stürmte die Vordertreppe hinauf und hämmerte an die Tür. Alles blieb still. «Mr. Nathan, Mr. Arthur», schrie sie, «ein toller Hund kommt, ein toller Hund kommt!»

«Farbige dürfen doch nicht vorn raufgehen», sagte ich.

Jem winkte ab. «Das spielt jetzt keine Rolle.»

Calpurnia schlug vergebens an die Tür: Niemand nahm ihre Warnung entgegen, niemand schien sie gehört zu haben.

Sie hatte gerade im Laufschritt unsere Hinterveranda erreicht, als ein schwarzer Ford vor dem Tor hielt. Atticus und Mr. Heck Tate stiegen aus.

Mr. Heck Tate, der Sheriff von Maycomb County, war ebenso groß wie Atticus, aber dünner. Er hatte eine lange Nase, trug Stiefel mit blanken Ösen, eine Keilhose und einen Lumberjack. Über seiner Schulter hing eine schwere Flinte; im Gürtel steckten Patronen. Jem öffnete den beiden die Tür.

«Bleib drinnen, Junge», sagte Atticus. «Wo ist er, Cal?»

«Er müßte eigentlich schon hier sein», erwiderte Calpurnia und deutete auf die Straße.

«Er rennt doch nicht, oder?» erkundigte sich Mr. Tate.

«Nein, Sir, bis jetzt hat er nur Zuckungen.»

«Sollen wir ihm entgegengehen, Heck?» fragte Atticus.

«Lieber nicht, Mr. Fink. Gewöhnlich laufen sie geradeaus, aber man kann nie wissen . . . Er geht vielleicht der Kurve nach – hoffentlich tut er's, sonst gerät er auf Radleys Hinterhof. Am besten warten wir noch einen Augenblick.»

«Ich glaube nicht, daß er in Radleys Hof läuft», meinte Atticus. «Der Zaun wird ihn zurückhalten. Wahrscheinlich kommt er die Straße entlang . . .»

Ich hatte immer gedacht, tollwütige Hunde müßten Schaum vor dem Maul haben, wild herumrasen und einem an die Kehle springen.

Außerdem war mir gesagt worden, Tollwut gebe es nur im August. Hätte Tim Johnson sich so benommen, meine Angst wäre sehr viel geringer gewesen.

Nichts ist unheimlicher als eine verlassene, wartende Straße. Die Bäume rauschten nicht, die Vögel schwiegen, Miss Maudies Zimmerleute waren verschwunden. Ich hörte, wie Mr. Tate in der Nase hochzog und sich dann schneuzte. Ich sah, wie er sein Gewehr in die Armbeuge schob, Miss Stephanie Crawfords Gesicht erschien im Fensterrahmen ihrer Haustür. Neben ihr wurde Miss Maudie sichtbar. Atticus stellte den Fuß auf die Querleiste eines Stuhles und strich sich langsam über den Oberschenkel.

«Da ist er», sagte er leise.

Tim Johnson kam in Sicht. Er schleppte sich taumelnd an Radleys Seitenzaun entlang.

«Schau dir das an», flüsterte Jem. «Mr. Tate hat gesagt, sie laufen geradeaus. Aber der kann nicht mal mitten auf der Straße bleiben.»

«Er sieht furchtbar krank aus», sagte ich.

«Laß irgendwas vor ihm auftauchen, dann läuft er direkt hinein.»

Mr. Tate schirmte seine Augen mit der Hand ab und beugte sich vor. «Ja, den hat's erwischt, Mr. Fink.»

Tim Johnson näherte sich im Schneckentempo, aber er spielte nicht, er schnüffelte auch nicht im Laub herum. Eine unsichtbare Kraft schien ihn auf vorgeschriebener Bahn vorwärts zu treiben, langsam, Schritt für Schritt. Wir sahen ihn schaudern wie ein Pferd, das Fliegen abwehrt. Seine Kiefer schnappten auf und zu. Er konnte sich kaum auf den Beinen halten, doch irgend etwas zog ihn unwiderstehlich in unsere Richtung.

«Er sucht einen Platz zum Sterben», sagte Jem.

Mr. Tate wandte sich um. «Keine Spur, Jem. Das ist noch nicht mal der Anfang vom Ende.»

Tim Johnson erreichte die Querstraße, die an der Vorderseite des Radley-Grundstücks entlangführte, und das, was von seinem armen Hirn noch vorhanden war, gebot ihm, haltzumachen. Er schien zu überlegen, wohin er sich wenden sollte. Nach ein paar zögernden Schritten blieb er vor Radleys Tor stehen. Er versuchte in unsere Straße einzubiegen, doch es fiel ihm offenbar schwer.

«Jetzt ist er in Schußweite, Heck», sagte Atticus. «Nehmen Sie ihn aufs Korn, bevor er in die Querstraße läuft. Gott weiß, ob nicht jemand hinter der Ecke ist. Geht hinein, Cal.»

Calpurnia öffnete die Fliegentür, schloß sie hinter sich, schob den Riegel vor, riß ihn wieder zurück, ließ jedoch ihre Hand darauf liegen. Sie versuchte, Jem und mir mit ihrem Körper die Aussicht zu versperren, aber wir lugten unter ihren Armen hindurch.

«Hier, Mr. Fink, schießen Sie.» Der Sheriff hielt Atticus das Gewehr hin. Jem und ich waren einer Ohnmacht nahe.

«Verlieren Sie keine Zeit, Heck», sagte Atticus. «Los, beeilen Sie sich.»

«Mr. Fink, wenn nicht gleich der erste Schuß trifft . . .»

Atticus schüttelte heftig den Kopf. «Stehen Sie hier nicht rum, Heck! Glauben Sie, der wartet den ganzen Tag auf Sie?»

«Um Himmels willen, Mr. Fink, Sie sehen doch, wo er ist! Wenn ich vorbeischieße, geht der Schuß geradewegs in Radleys Haus! Sie wissen genau, daß ich kein guter Schütze bin.»

«Und ich habe seit dreißig Jahren nicht mehr geschossen . . .»

Mr. Tate warf ihm fast die Flinte entgegen. «Wenn Sie's jetzt täten, wär's mir eine große Beruhigung», sagte er.

Wie in einem Nebel sahen Jem und ich, daß unser Vater mit dem Gewehr auf die Straße hinausging. Er schritt schnell aus, doch mir schien, er bewege sich wie ein Schwimmer unter Wasser. Die Zeit kroch so langsam dahin, daß einem übel werden konnte.

Calpurnia preßte die Hände an die Wangen, als Atticus seine Brille auf die Stirn schob. «Lieber Herr Jesus, hilf ihm», murmelte sie.

Die Brille glitt herunter und fiel auf die Straße. In der Stille hörte ich die Gläser zersplittern. Atticus rieb sich die Augen und das Kinn; wir sahen, daß er heftig zwinkerte.

Vor Radleys Tor hatte Tim Johnson mit letzter Kraft einen Entschluß gefaßt. Nachdem ihm endlich die Wendung gelungen war, setzte er seinen ursprünglichen Weg fort. Er tat zwei Schritte auf unsere Straße zu, dann hielt er inne und hob den Kopf. Sein Körper erstarrte.

Atticus riß das Gewehr hoch. Gleichzeitig – so schien es uns jedenfalls – drückte er ab, und der Schuß krachte. Tim Johnson machte einen Sprung, fiel vornüber und sank als braunweißes Häuflein in sich zusammen. Er wußte nicht, was ihn getroffen hatte.

Mr. Tate stürmte die Verandatreppe hinunter und lief zum Radley-Grundstück. Er beugte sich über den Hund, betrachtete ihn, wandte sich um und klopfte über dem linken Auge an seine Stirn. «Ein bißchen zu weit nach rechts, Mr. Fink», rief er.

«Ist mir schon oft passiert», erwiderte Atticus. «Wenn's nach mir gegangen wäre, hätte ich eine Schrotflinte genommen.» Er hob seine Brille auf und zermalmte die Glasscherben mit dem Absatz. Dann ging er zu Mr. Tate, der noch immer vor dem toten Tim Johnson stand.

Allmählich wurde es in der Nachbarschaft wieder lebendig: Eine Tür nach der anderen öffnete sich. Miss Maudie kam mit Miss Stephanie Crawford heraus.

Jem war wie gelähmt. Ich mußte ihn kneifen, damit er sich in

Bewegung setzte. Doch Atticus, der uns kommen sah, rief: «Bleibt, wo ihr seid!»

Mr. Tate lächelte, als er mit Atticus zurückkehrte. «Ich schicke Zeebo her, der wird den Hund abholen . . . Sie können's aber immer noch, Mr. Fink. Na ja, gelernt ist eben gelernt.»

Atticus schwieg.

«Du, Atticus . . .» sagte Jem.

«Ja?»

«Ach, nichts.»

«Ich habe dich gesehen, alter Treffer!»

Atticus fuhr herum: Vor ihm stand Miss Maudie. Sie schauten einander wortlos an; dann stieg Atticus in den Wagen des Sheriffs. «Komm mal her», sagte er zu Jem. «Geht nicht an den Hund ran, hörst du? Ihr dürft auf keinen Fall an ihn rangehen, er ist genauso gefährlich, als wenn er noch lebte.»

«Ja, Vater . . . Du, Atticus . . .»

«Was denn, mein Junge?»

«Ach, nichts.»

Mr. Tate lachte. «Nanu, Jem, dir hat's wohl die Sprache verschlagen? Hast du nicht gewußt, daß dein Vater . . .»

«Still, Heck», unterbrach ihn Atticus. «Kommen Sie, wir müssen in die Stadt zurück.»

Als sie fort waren, gingen Jem und ich zu Miss Stephanie Crawford hinüber, setzten uns auf die Verandatreppe und warteten, daß Zeebo mit dem Müllwagen käme. Jem sprach kein Wort und starrte völlig benommen vor sich hin.

«Oje, oje», sagte Miss Stephanie. «Ein toller Hund im Februar – wer hätte das gedacht! Aber vielleicht hatte er gar keine Tollwut, vielleicht war er bloß übergeschnappt. Ich möchte nicht Harry Johnsons Gesicht sehen, wenn er aus Mobile zurückkommt und erfährt, daß Atticus Fink seinen Hund erschossen hat. Ich wette, das Tier war nur voller Flöhe . . .»

Miss Stephanie würde wohl ein anderes Lied singen, wenn Tim Johnson jetzt unvermutet auf sie zuliefe, meinte Miss Maudie. Und ob es Tollwut gewesen sei, werde die Untersuchung des Kopfes in Montgomery ergeben.

Jem fand allmählich die Sprache wieder. «Hast du ihn gesehen, Scout? Hast du gesehen, wie er nur so dastand . . . und wie sich dann sein Körper auf einmal entspannte? Als ob das Gewehr ein Teil von ihm wäre . . . Und er hat sofort abgedrückt . . . Ich muß immer erst zehn Minuten zielen, wenn ich was treffen will . . .»

Miss Maudie lächelte boshaft. «Nun, Miss Jean Louise? Glaubst du noch immer, daß dein Vater ein Nichtskönner ist? Schämst du dich seiner noch immer?»

«Nein, Miss Maudie», murmelte ich.

«Ich habe neulich ganz vergessen, dir zu erzählen, daß Atticus Fink nicht nur Mundharmonika spielen kann, sondern seinerzeit auch der beste Schütze in Maycomb County war.»

«Der beste Schütze . . .» wiederholte Jem.

«Ja, das habe ich gesagt, Jem Fink. Ich nehme an, jetzt werdet auch ihr ein anderes Lied singen. Habt ihr denn wirklich nicht gewußt, daß er als Junge den Spitznamen ‹alter Treffer› hatte? Wenn er auf der Landing mit fünfzehn Schüssen nur vierzehn Tauben traf, ärgerte er sich über die vergeudete Munition.»

«Davon hat er uns nie was erzählt», sagte Jem.

«Sieh an, davon hat er also nichts erzählt?»

«Nein, Miss Maudie.»

«Warum geht er denn jetzt nicht mehr auf die Jagd?» fragte ich.

«Vielleicht kann ich euch sagen, warum», erwiderte Miss Maudie. «Euer Vater ist ein Mensch, der sich durch seine Herzensgüte auszeichnet. Treffsicherheit ist eine Gabe Gottes, ein Talent – oh, natürlich muß man üben, um sich darin zu vervollkommnen, aber Schießen ist doch etwas anderes als Klavierspielen oder dergleichen. Wahrscheinlich ist ihm eines Tages klargeworden, daß diese Gabe eine Gefahr ist, weil sie ihn den meisten Lebewesen überlegen macht. Und da hat er wohl beschlossen, nur noch dann zu schießen, wenn es unbedingt nötig ist. Und heute war es nötig.»

«Eigentlich sollte er doch stolz darauf sein», sagte ich.

«Vernünftige Leute sind nie stolz auf ihre Talente», erklärte Miss Maudie.

In diesem Augenblick kam Zeebo angefahren. Er stieg aus, hob Tim Johnson behutsam mit einer Mistgabel auf und brachte ihn im Müllwagen unter. Aus einem großen Behälter goß er etwas auf die Stelle, wo Tim gelegen hatte. «Hier darf jetzt 'ne Zeitlang keiner ran», rief er uns zu.

Als wir nach Hause gingen, sagte ich zu Jem, am Montag hätten wir in der Schule aber viel zu erzählen.

«Nein, Scout», widersprach er. «Darüber reden wir nicht.»

«Wieso? Natürlich rede ich darüber. Wenn unser Vater nun mal der beste Schütze in Maycomb County ist . . .»

«Ich glaube, wenn er gewollt hätte, daß wir es wissen, dann hätte er's uns erzählt. Wenn er stolz darauf wäre, hätte er's uns bestimmt erzählt . . .»

«Vielleicht hat er's nur vergessen . . .»

«Nein, Scout, das verstehst du nicht . . . Atticus ist wirklich alt, aber mir wär's egal, wenn er nichts mehr tun könnte . . . Mir wär's egal, wenn er überhaupt nichts mehr tun könnte.»

Jem hob einen Stein auf, schleuderte ihn mit einem Jubelruf an die Garagenwand, lief hinterher und schrie über die Schulter zurück: «Atticus ist ein Gentleman – genau wie ich!»

11. Kapitel

Solange Jem und ich klein waren, hatte sich unser Tun und Treiben auf die südliche Nachbarschaft beschränkt. Später aber, gegen Ende meines zweiten Schuljahres, als wir es aufgegeben hatten, Boo Radley herauszulocken, wandte sich unser Interesse den Geschäften von Maycomb zu, und so kamen wir oft an Mrs. Henry Lafayette Duboses Grundstück vorbei. Nur so konnten wir die Stadt erreichen, ohne einen großen Umweg zu machen.

Einige kleinere Zusammenstöße mit Mrs. Dubose hatten in mir kein Verlangen nach weiteren Begegnungen geweckt, aber Jem meinte, ich müsse ja irgendwann einmal erwachsen werden.

Mrs. Dubose hatte keine Angehörigen und wurde von einem Negermädchen betreut. Sie wohnte zwei Türen von uns entfernt in einem Haus mit steiler Verandatreppe und durchgehendem Flur. Da sie sehr alt war, verbrachte sie den größten Teil des Tages im Bett und den Rest im Rollstuhl. Die Leute erzählten, sie halte eine Pistole aus der Konföderiertenzeit unter ihren zahlreichen Schals und Umschlagtüchern verborgen.

Jem und ich haßten Mrs. Dubose. Saß sie auf der Veranda, wenn wir vorbeigingen, so durchbohrte sie uns mit wütenden Blicken, kritisierte erbarmungslos unser Betragen und prophezeite uns eine trübe Zukunft: Was konnte schon aus Kindern wie uns werden? Nichts, gar nichts. Wir hatten längst darauf verzichtet, die andere Straßenseite zu benutzen, denn das veranlaßte sie nur, so laut zu schreien, daß die ganze Nachbarschaft ihre Moralpredigten hörte.

Alles, was wir taten, mißfiel ihr. Begrüßte ich sie so herzgewinnend wie möglich mit «Hallo, Mrs. Dubose», dann antwortete sie unweigerlich: «Das heißt nicht ‹hallo›, du häßliches Mädchen! Zu mir sagt man ‹guten Tag, Mrs. Dubose!›»

Sie war bösartig. Als sie einmal hörte, daß Jem von unserem Vater als ‹Atticus› sprach, war sie einem Schlaganfall nahe, nannte uns die unverschämtesten, respektlosesten Rangen, die ihr je über den Weg gelaufen waren, und bedauerte lebhaft, daß unser Vater nach dem Tod seiner Frau nicht wieder geheiratet hatte. Eine reizendere Dame als unsere Mutter habe nie gelebt, sagte sie, und die Art, wie Atticus Fink ihre Kinder verwildern lasse, sei wirklich herzzerreißend. Ich konnte mich nicht mehr an unsere Mutter erinnern, aber Jem, der mir bisweilen von ihr erzählte, wurde kreidebleich, als Mrs. Dubose diesen Giftpfeil auf uns abschoß.

Nachdem Jem das Abenteuer mit Boo Radley, die Begegnung mit einem tollwütigen Hund und andere Schrecken überlebt hatte, war er zu dem Schluß gekommen, daß es feige sei, bei unserem abendlichen Wettrennen vor Miss Rachels Haus haltzumachen und dort auf Atticus zu warten. Er verfügte, daß wir ihm von nun an bis zur Post entgegenzulaufen hätten. Bei diesen Gelegenheiten erlebte Atticus immer wieder, daß Jem vor Wut schäumte, weil Mrs. Dubose uns irgendeine hämische Bemerkung zugerufen hatte.

«Reg dich nicht auf, mein Junge», sagte Atticus dann. «Sie ist eine alte Dame, und sie ist krank. Halte den Kopf hoch und sei ein Gentleman. Ganz gleich, was sie redet, du mußt dir fest vornehmen, dich nicht in Wut bringen zu lassen.»

Jem meinte, wer so laut schreien könne, sei bestimmt nicht sehr krank.

Wenn wir zu dritt vorübergingen, zog Atticus den Hut, winkte ihr galant zu und rief: «Guten Abend, Mrs. Dubose! Sie sehen heute abend wie ein Bild aus!» Allerdings verriet er nie, an was für ein Bild sie ihn erinnerte. Er erzählte ihr Neuigkeiten aus dem Rathaus und sagte beim Abschied stets, er hoffe von ganzem Herzen, daß sie morgen einen schönen Tag haben werde. Dann setzte er den Hut auf, schwang mich in ihrer Gegenwart auf die Schultern und ging mit uns durch die Dämmerung nach Hause. In solchen Augenblicken hielt ich meinen Vater, der Gewehre haßte und nie in irgendeinem Krieg gewesen war, für den tapfersten Mann auf Erden.

Am Tag nach Jems zwölftem Geburtstag brannte ihm das Geld in der Tasche, und so machten wir uns am frühen Nachmittag auf den Weg zur Stadt. Jem war sicher, daß er genug Geld hätte, um sich eine kleine Dampfmaschine und mir einen Wirbelstab zu kaufen.

Auf diesen Wirbelstab hatte ich schon lange ein Auge geworfen. Er war bei V. J. Elmore zu haben; mit Münzen und Flitterkram verziert, kostete er siebzehn Cent. Ich hatte den brennenden Ehrgeiz, es so weit zu bringen, daß ich mit der Oberschulgruppe von Maycomb County wirbeln durfte. Vorläufig reichten meine Fähigkeiten nur aus, einen Stock in die Höhe zu werfen und ihn beim Herunterkommen beinahe aufzufangen, und die Folge war, daß Calpurnia mir jedesmal, wenn sie mich mit einem Stecken in der Hand sah, den Eintritt ins Haus verwehrte. Meiner Ansicht nach fehlte mir zur endgültigen Meisterschaft nichts als ein richtiger Wirbelstab, und ich fand es sehr großzügig von Jem, mir einen zu kaufen.

Mrs. Dubose saß auf ihrer Veranda, als wir vorbeigingen.

«Wohin wollt ihr denn um diese Tageszeit?» schrie sie. «Ihr schwänzt wohl die Schule? Ich will gleich mal den Direktor anrufen und ihm das melden.» Sie legte die Hände auf die Räder des Rollstuhls, um ihn zu wenden.

«Heute ist doch Sonnabend, Mrs. Dubose», sagte Jem.

«Sonnabend oder nicht, das spielt keine Rolle», antwortete sie höchst unlogisch. «Ich frage mich, ob euer Vater weiß, wo ihr seid.»

«Aber, Mrs. Dubose, wir sind doch immer allein in die Stadt gegangen. Schon als wir so groß waren . . .» Jem hielt seine Hand etwa einen halben Meter über den Bürgersteig.

«Du lügst wie gedruckt, Jeremy Fink», kreischte sie. «Maudie Atkinson hat mir erzählt, daß du heute morgen ihre Weinlaube beschädigt hast. Sie will's deinem Vater sagen, und dann wirst du wünschen, du wärst nie geboren. Nächste Woche kommst du in die Besserungsanstalt, oder ich will nicht mehr Dubose heißen.»

Jem, der seit Wochen nicht in der Nähe von Miss Maudies Weinlaube gewesen war und der obendrein wußte, daß sich Miss Maudie nie und nimmer bei Atticus über ihn beschweren würde, erklärte rundheraus, das sei alles nicht wahr.

«Widersprich mir nicht», keifte Mrs. Dubose. «Und du –» ihr arthritischer Zeigefinger deutete auf mich – «warum läufst du in dieser Latzhose herum? Du solltest ein Kleid und eine Untertaille tragen, junge Dame! Wenn sich nicht bald jemand um deine Erziehung kümmert, wirst du als Kellnerin enden . . . Eine Fink, die im O. K.-Café serviert, ha!»

Ich war entsetzt. Das O. K.-Café war ein anrüchiges Lokal an der Nordseite des Marktplatzes. Ich umklammerte Jems Hand, doch er schüttelte mich ab.

«Komm, Scout», flüsterte er, «kümmere dich nicht um sie. Halte den Kopf hoch und sei ein Gentleman.»

Aber Mrs. Dubose war noch nicht fertig. «Nicht nur eine Fink, die im O. K.-Café serviert, sondern auch noch ein Fink, der vor Gericht Nigger verteidigt!»

Jem erstarrte. Der Hieb hatte gesessen, und Mrs. Dubose wußte es.

«Ja», fuhr sie fort, «man sollte es nicht für möglich halten, daß jemand, der den Namen Fink trägt, so tief sinken kann. Ich will euch was sagen . . .» Ihre Hand wischte über den Mund und zog einen langen silbernen Speichelfaden mit. «Euer Vater ist nicht besser als die Nigger und das Lumpenpack, für die er arbeitet!»

Jem war puterrot geworden. Ich zupfte ihn am Ärmel, und wir gingen weiter, verfolgt von einer Philippika, die sich mit der moralischen Degeneration unserer Familie beschäftigte und in der Erklärung gipfelte, daß die Hälfte der Finks im Irrenhaus säßen, aber wenn unsere Mutter noch lebte, wäre es nicht soweit mit uns gekommen.

Ich war nicht sicher, was Jem ihr am meisten übelnahm. Mich jedenfalls empörte vor allem Mrs. Duboses Urteil über den Geisteszustand der Familie Fink. Beleidigungen, die sich gegen Atticus richteten, hatte ich mir in letzter Zeit so oft anhören müssen, daß ich schon fast daran gewöhnt war. Dieser Angriff aber war der erste, der von einem Erwachsenen kam.

Die Luft roch bereits ein wenig nach Sommer. Im Schatten war es kühl, doch die Sonne schien warm, und das bedeutete künftige gute Tage: keine Schule und Dill.

Wir kauften die Dampfmaschine und gingen dann zu Elmore, um den Wirbelstab zu holen. Jem hatte keine Freude an seiner Neuerwerbung; er stopfte die Maschine in die Tasche und lief schweigend neben mir her. Auf dem Heimweg hätte ich beinahe Mr. Link Deas mit meinem Stab getroffen. «Jetzt paß aber auf, Scout», sagte er jedesmal, wenn mir ein Wurf mißlang. Immer wieder mußte ich meinen Stab vom Boden aufheben, so daß er schon schmutzig war, als wir uns Mrs. Duboses Haus näherten.

Die alte Dame saß nicht auf der Veranda.

In späteren Jahren fragte ich mich manchmal, was meinen Bruder eigentlich zu seiner Tat bewogen hatte. Warum war plötzlich alles vergessen, sowohl die Verpflichtung, ‹ein Gentleman zu sein›, als auch die selbstbewußte Rechtschaffenheit, in der er sich neuerdings gefiel? Jem hatte sich vermutlich ebensoviel Geschwätz über Atticus, den Nigger-Verteidiger, anhören müssen wie ich, aber ich hatte nie daran gezweifelt, daß er sich im Zaum halten würde – er war eine friedliche Natur und geriet nur langsam in Wallung. Damals fand ich keine andere Erklärung, als daß er für ein paar Minuten einfach verrückt geworden war.

Was er tat, hätte auch ich ganz selbstverständlich getan, wäre mir nicht von Atticus jegliche kämpferische Aktion untersagt worden, ein Verbot, das – wie ich annahm – auch die Bekämpfung abscheulicher alter Damen einschloß.

Wir waren gerade an Mrs. Duboses Tor angelangt, als Jem mir den Stab aus der Hand riß. Er schwang ihn wie einen Dreschflegel, während er die Stufen zum Vorplatz hinaufrannte. Vergessen war alles, was Atticus ihm gesagt hatte, vergessen war, daß Mrs. Dubose eine Pistole unter ihren Schals hatte und daß Jessie, das Mädchen, ihn bestimmt nicht verfehlen würde, wenn ihre Herrin etwa vorbeischoß.

Jem beruhigte sich erst wieder, als er sämtliche Kamelien geköpft hatte und der Boden mit grünen Knospen und Blättern übersät war. Er brach den Wirbelstab über seinem Knie entzwei und warf ihn weg. Ich stimmte ein lautes Geschrei an. Jem packte mich bei den Haaren und sagte, ihm sei alles einerlei, er habe einfach nicht anders gekonnt, und wenn ich nicht den Mund hielte, werde er mir jedes Haar einzeln ausreißen. Natürlich hielt ich den Mund nicht, und er gab mir einen Fußtritt. Ich verlor das Gleichgewicht und fiel aufs Gesicht. Jem zerrte mich grob hoch, aber er sah aus, als täte es ihm leid.

Zu sagen war darüber nichts.

Am Abend verzichteten wir darauf, Atticus entgegenzugehen. Wir lungerten in der Küche herum, bis Calpurnia uns hinauswarf. Durch irgendeinen dunklen Voodoo-Zauber schien sie über alles im Bilde zu sein. Sie konnte uns zwar keinen wirksamen Trost spenden, aber sie gab Jem ein heißes Biskuit mit Butter, das er brüderlich mit mir teilte. Es schmeckte wie Baumwolle.

Wir gingen ins Wohnzimmer. Ich blätterte in einer *football*-Zeitschrift, fand ein Bild von Dixie Howell und zeigte es Jem. «Der sieht dir ähnlich», sagte ich. Das war die netteste Bemerkung, die mir einfiel, doch sie hatte keinen Erfolg. Jem hockte in dem Schaukelstuhl am Fenster, starrte finster vor sich hin und wartete. Das Tageslicht verblaßte.

Endlich, nach Ablauf zweier geologischer Zeitalter, knarrten Atticus' Schuhe auf der Verandatreppe. Die Fliegentür fiel ins Schloß, es blieb eine Weile still – Atticus legte wohl seinen Hut auf die Flurgarderobe –, und dann hörten wir ihn «Jem!» rufen. Seine Stimme klang wie der Winterwind.

Atticus knipste das Deckenlicht im Wohnzimmer an und fand uns dort wie zu Eis erstarrt. Er hielt meinen Wirbelstab in der Hand; die schmutzige gelbe Quaste schleifte auf dem Teppich. Die andere Hand streckte er aus; sie war mit dicken Kamelienknospen gefüllt. «Jem», sagte er, «hast du das getan?»

«Ja, Vater.»

«Warum?»

«Sie hat gesagt, du verteidigst Nigger und Lumpenpack», antwortete Jem leise.

«Und deshalb hast du es getan?»

Jems Lippen bewegten sich, aber sein «Ja, Vater» war unhörbar.

«Mein Junge, ich verstehe recht gut, daß es dich ärgert, wenn die Leute über mich herziehen, weil ich ‹Nigger› verteidige. Aber einer kranken alten Dame so etwas anzutun ist unverzeihlich. Ich rate dir dringend, hinüberzugehen und dich bei Mrs. Dubose zu entschuldigen. Komm nachher gleich zurück.»

Jem rührte sich nicht.

«Ich habe gesagt, du sollst gehen.»

Jem machte kehrt, und ich wollte ihm folgen.

«Du bleibst hier, Scout», rief Atticus.

Ich gehorchte.

Atticus griff nach der *Mobile Press* und setzte sich in den Schaukelstuhl, den Jem soeben verlassen hatte. Mir war es ein Rätsel, wie er kaltblütig dasitzen und Zeitung lesen konnte, während sein einziger Sohn die besten Aussichten hatte, mit einer konföderierten Armeepistole erschossen zu werden. Gewiß, Jem reizte mich manchmal so sehr, daß ich ihn am liebsten erwürgt hätte, aber wenn es darauf ankam, dann war er alles, was ich hatte. Atticus schien das nicht zu begreifen. Oder es war ihm einerlei.

Ich haßte ihn deswegen. Aber Kummer macht müde: Bald kuschelte ich mich an seine Brust, und er legte die Arme um mich.

«Eigentlich bist du schon zu groß, um gewiegt zu werden», sagte er.

«Dir ist egal, was ihm passiert», stieß ich hervor. «Du schickst ihn einfach weg und läßt zu, daß er erschossen wird. Dabei hat er nichts anderes getan als dich verteidigt.»

Atticus schob meinen Kopf an seine Schulter. «Vorläufig besteht noch kein Grund, sich Sorgen zu machen», sagte er. «Ich hätte nie gedacht, daß ausgerechnet Jem die Beherrschung verlieren würde. Bei dir wäre ich eher darauf gefaßt gewesen.»

Ich erwiderte, ich sähe nicht ein, warum wir uns überhaupt beherrschen sollten. Keiner von unseren Schulkameraden müßte sich bei irgend etwas beherrschen.

«Scout», sagte Atticus, «wenn der Sommer kommt, wirst du noch bedeutend mehr Selbstbeherrschung brauchen . . . Ich weiß, daß ich Jem und dir sehr viel zumute, aber manchmal bleibt einem eben keine andere Wahl. Und die Art und Weise, wie wir uns verhalten, wenn die Würfel gefallen sind – nun, alles, was ich sagen kann, ist dies: Wenn ihr beide einmal erwachsen seid, werdet ihr vielleicht mit etwas Mitleid auf das Ganze zurückblicken und begreifen, daß ich euch nicht im Stich gelassen habe. Dieser Tom-Robinson-Fall ist eine Sache, die an die Wurzeln des menschlichen Gewissens rührt. Scout, ich könnte nie mehr in die Kirche gehen und zu Gott beten, wenn ich nicht versuchte, diesem Mann zu helfen.»

«Atticus, du mußt dich irren.»

«Wieso?»

«Weil die meisten Leute denken, daß du dich irrst . . .»

«Sie sind durchaus berechtigt, so zu denken, und sie können auch verlangen, daß wir ihre Meinung respektieren. Aber bevor ich mit anderen leben kann, muß ich mit mir selber leben. Das einzige, was sich keinem Mehrheitsbeschluß beugen darf, ist das menschliche Gewissen.»

Als Jem kam, saß ich noch immer auf Atticus' Schoß.

«Nun, mein Junge?» fragte Atticus und stellte mich auf die Beine. Ich machte insgeheim Inventuraufnahme von Jem. Anscheinend war er heil und ganz, aber auf seinem Gesicht lag ein seltsamer Ausdruck. Vielleicht hatte ihn Mrs. Dubose gezwungen, Kalomelpulver zu schlucken.

«Ich habe den Hof saubergemacht und gesagt, es täte mir leid – aber das ist nicht wahr –, und ich würde mich jeden Sonnabend um die Blumen kümmern und versuchen, sie wieder zum Wachsen zu bringen.»

«Es war sinnlos zu sagen, daß es dir leid tut, wenn es nicht wahr ist», erklärte Atticus. «Sieh mal, Jem, sie ist alt und krank, also kannst du sie nicht für das verantwortlich machen, was sie sagt und tut. Natürlich wäre es mir lieber gewesen, wenn sie das alles nicht euch, sondern mir erzählt hätte. Aber es kann nicht immer nach unserem Willen gehen.»

Jem starrte wie gebannt auf eine Rose im Teppichmuster.

«Atticus», murmelte er, «ich soll ihr vorlesen.»

«Ihr vorlesen?»

«Ja. Sie will, daß ich jeden Tag nach der Schule komme – und sonnabends auch – und daß ich ihr dann zwei Stunden lang vorlese. Atticus, muß ich das tun?»

«Selbstverständlich.»

«Aber sie will, daß ich's einen Monat lang tue.»

«Dann tust du's eben einen Monat lang.»

Jem tupfte mit der Fußspitze auf die Rose und trat dann fest zu. «Atticus», sagte er schließlich, «von draußen sieht das Haus ja ganz ordentlich aus, aber drinnen ist es so . . . so gruselig. Ganz dunkel, und an der Decke sind merkwürdige Schatten . . .»

Atticus lächelte grimmig. «Das sollte deiner Phantasie eigentlich liegen. Stell dir einfach vor, du wärst in Radleys Haus.»

Am folgenden Montagnachmittag stiegen Jem und ich die steile Treppe zu Mrs. Duboses Haus hinauf und schlichen den Flur entlang.

Jem, ausgerüstet mit *Ivanhoe* und gründlichen Ortskenntnissen, klopfte an die zweite Tür links.

«Mrs. Dubose?» rief er.

Jessie öffnete die Tür und riegelte die Fliegentür auf. «Bist du das, Jem Fink?» fragte sie. «Und deine Schwester hast du auch mitgebracht? Ich weiß nicht, ob . . .»

«Laß sie beide rein, Jessie», rief Mrs. Dubose. Jessie schob uns ins Zimmer und ging in die Küche.

Ein muffiger Geruch schlug uns entgegen, ein Geruch, dem ich oft in modrigen, altersgrauen Häusern begegnet war. Ich brachte ihn stets mit Petroleumlampen, rostigen Schöpfkellen und ungebleichter Wäsche in Verbindung, und er weckte in mir Angst, Erwartung und Mißtrauen.

In der Ecke des Zimmers stand ein Messingbett, und darin lag Mrs. Dubose. Ich fragte mich, ob Jems Zerstörungswut sie krank gemacht hatte, und einen Augenblick lang tat sie mir leid. Sie war in mehrere Steppdecken gehüllt und sah fast freundlich aus.

Auf einem Waschtisch mit Marmorplatte, der dicht an das Bett herangerückt war, entdeckte ich ein Glas mit einem Teelöffel, eine rote Ohrenspritze, eine Schachtel Watte und einen Wecker auf drei winzigen Beinen.

«Du hast also deine schmierige kleine Schwester mitgebracht», war Mrs. Duboses Begrüßung.

«Meine Schwester ist nicht schmierig, und ich habe keine Angst vor Ihnen», erwiderte Jem ruhig, aber ich sah, daß seine Knie zitterten.

Der Wutanfall, auf den ich mich gefaßt machte, blieb aus. Sie sagte nur: «Du kannst anfangen zu lesen, Jeremy.»

Jem ließ sich auf einen Stuhl mit Rohrsitz nieder und öffnete *Ivanhoe*. Ich zog mir einen zweiten Stuhl heran.

«Kommt näher», gebot Mrs. Dubose. «Bis zum Bettrand.»

Wir rückten mit unseren Stühlen vor. So nah war ich ihr noch nie gewesen, und ich hatte nur den einen Wunsch, meinen Stuhl zurückzuschieben.

Sie war abscheulich. Ihr Gesicht hatte die Farbe eines schmutzigen Kopfkissenbezuges, und in den Mundwinkeln glitzerte Speichel, der langsam durch die tiefen Furchen zum Kinn hinunterrieselte. Ihre Wangen waren voller Leberflecke, die schwarzen Pupillen in den wässerigen Augen wirkten wie Stecknadelköpfe. Sie hatte Gichtknoten an den Händen, und die Fingernägel waren mit Haut überwachsen. Da sie die untere Gebißplatte nicht eingesetzt hatte, schien die Oberlippe unnatürlich weit vorzustehen. Von Zeit zu Zeit hob sie die Unterlippe und mit ihr das Kinn ein wenig an, so daß der Speichel schneller abfloß. Ich bemühte mich, sie nicht anzusehen.

Jem öffnete wieder *Ivanhoe* und begann zu lesen. Ich versuchte mitzulesen, aber es ging mir zu schnell. Worte, die Jem nicht kannte, übersprang er einfach. Doch Mrs. Dubose war wachsam: Er mußte jedes ausgelassene Wort buchstabieren. Jem las etwa zwanzig Minuten lang. Ich starrte inzwischen auf den rußigen Kamin oder aus dem Fenster, um nur nicht sie anschauen zu müssen. Nach einiger Zeit fiel mir auf, daß ihre Korrekturen in immer größeren Abständen kamen. Selbst als Jem einen Satz unbeendet ließ, blieb sie stumm. Offenbar hörte sie nicht mehr zu.

Ich blickte auf das Bett.

Irgend etwas war mit ihr geschehen. Sie lag auf dem Rücken, die Decken bis zum Kinn hochgezogen. Ihr Kopf bewegte sich langsam nach rechts und links. Bisweilen machte sie den Mund weit auf, und ich konnte ihre zitternde Zunge sehen. Auf den Lippen sammelten sich Speichelfäden, die sie ab und zu einsog. Der Mund schien für sich allein zu existieren, unabhängig von Mrs. Duboses Willen. Er öffnete und schloß sich wie eine Muschel bei Ebbe. Mitunter machte er «Pt» wie eine dickflüssige Masse, die ins Kochen kommt.

Ich zog Jem am Ärmel. Er sah mich an und folgte dann meinem Blick. Der Kopf auf dem Kissen pendelte unablässig hin und her. «Mrs. Dubose, fühlen Sie sich nicht wohl?» fragte Jem. Sie hörte ihn nicht.

Plötzlich begann der Wecker zu rasseln, und wir saßen vor Schreck wie gelähmt. Eine Minute später befanden wir uns auf dem Heimweg, noch immer mit vibrierenden Nerven. Wir waren nicht etwa geflüchtet, sondern Jessie hatte uns fortgeschickt: Bevor der Wecker abgelaufen war, kam sie ins Zimmer und trieb uns beide hinaus.

«Husch», sagte sie, «geht nach Hause.»

Jem blieb unschlüssig an der Tür stehen.

«Sie braucht jetzt ihre Medizin», erklärte Jessie. Mit einem letzten Blick sah ich, daß sie schnell auf das Bett zuging.

Da wir bereits um Viertel vor vier zu Hause waren, spielten wir auf dem Gesindehof Ball, bis es Zeit war, Atticus entgegenzugehen. Er hatte für mich zwei gelbe Bleistifte mitgebracht und für Jem eine *football*-Zeitschrift – vermutlich eine stillschweigende Belohnung für unsere erste Sitzung bei Mrs. Dubose. Jem erzählte, was geschehen war.

«Hat sie dich erschreckt?» fragte Atticus.

«Nein», antwortete Jem. «Aber sie ist so widerlich. Sie hat Anfälle oder so was. Und immerzu läuft ihr der Speichel aus dem Mund.»

«Dafür kann sie nichts. Leute, die krank sind, sehen manchmal nicht hübsch aus.»

«Mir hat sie angst gemacht», sagte ich.

Atticus sah mich über seine Brille hinweg an. «Du brauchst ja nicht mitzugehen.»

Der zweite Nachmittag bei Mrs. Dubose verlief ähnlich wie der erste, ebenso der dritte. Nach und nach bildete sich ein Schema heraus: Zuerst ging alles seinen gewohnten Gang, das heißt, Mrs. Dubose setzte Jem mit ihren Lieblingsthemen zu, mit den Kamelien und unserem Vater, dem Niggerfreund. Dann wurde sie immer schweigsamer, und nach einer Weile lag sie völlig teilnahmslos da. Schließlich läutete der Wecker, Jessie trieb uns hinaus, und der Rest des Tages gehörte uns.

«Atticus, was ist eigentlich ein Niggerfreund?» erkundigte ich mich eines Abends.

Sein Gesicht wurde ernst. «Hat dich jemand so genannt?»

«Nein, ich frage, weil Mrs. Dubose dich so nennt. Damit redet sie sich jeden Nachmittag in Hitze. Mich hat Francis so genannt, als wir Weihnachten auf der Landing waren. Da habe ich's zum erstenmal gehört.»

«Bist du deshalb auf ihn losgegangen?»

«Ja, Vater . . .»

«Warum denn, wenn du gar nicht weißt, was das Wort bedeutet?»

Ich versuchte Atticus klarzumachen, daß mich im Grunde nicht das Wort aufgebracht hatte, sondern die Art, wie Francis es aussprach. «Es klang, als hätte er mir Rotznase oder so was zugerufen.»

«Scout», sagte Atticus, «Niggerfreund ist einer von jenen Ausdrücken, die gar nichts bedeuten – genau wie Rotznase. Es ist schwer zu erklären . . . Unwissende Menschen gebrauchen dieses Wort, wenn sie glauben, daß jemand die Neger begünstigt oder bevorzugt. Sogar Leute aus unseren Kreisen verwenden es manchmal, wenn sie andere mit einem gemeinen, häßlichen Schimpfwort kränken wollen.»

«Dann bist du also gar kein Niggerfreund?»

«O doch, Scout. Ich bemühe mich, jedermanns Freund zu sein, obgleich das bisweilen recht schwer ist . . . Kind, du darfst dich nie beleidigt fühlen, wenn jemand dir etwas nachruft, was er als Schimpfnamen betrachtet. Das zeigt nur, was für ein armseliger Mensch der andere ist, es verletzt nicht. Laß dich also von Mrs. Dubose nicht unterkriegen. Und sei nachsichtig mit ihr, sie hat es nicht leicht.»

Einen Monat später quälte sich Jem wieder einmal durch Sir Walter Scott – den er Scout nannte – hindurch, und Mrs. Dubose verbesserte ihn fortwährend. Da klopfte es. «Herein», schrie sie.

Atticus trat ein. Er ging zum Bett und reichte Mrs. Dubose die Hand. «Die Kinder sind mir heute nicht entgegengekommen», sagte er. «Ich habe mir schon gedacht, daß sie noch hier sind.»

Mrs. Dubose lächelte ihn an. Ich begriff einfach nicht, wie sie es fertigbrachte, so freundlich zu einem Menschen zu sein, den sie doch allem Anschein nach haßte. «Wissen Sie, wie spät es ist, Atticus?» sagte sie. «Genau vierzehn Minuten nach fünf. Der Wecker ist auf fünf Uhr dreißig gestellt. Ich möchte, daß Sie das wissen.»

Plötzlich kam mir zum Bewußtsein, daß wir jeden Tag etwas länger bei ihr saßen, daß der Wecker jeden Tag etwas später klingelte und daß sie stets mitten in einem ihrer Anfälle war, wenn er losrasselte. Diesmal hackte sie schon fast zwei Stunden auf Jem herum und schien von dem obligaten Anfall nicht weit entfernt.

Ich fühlte mich verraten und verkauft: Was sollten wir tun, wenn der Wecker, das Signal für unsere Befreiung, eines Tages überhaupt nicht klingelte?

«Ich hatte den Eindruck, daß Jems Vorlesetage gezählt sind», meinte Atticus.

«Nur noch eine Woche», sagte sie. «Damit ich ganz sicher sein kann . . .»

Jem fuhr auf. «Aber . . .»

Atticus brachte ihn mit einer Handbewegung zum Schweigen.

Auf dem Heimweg erklärte Jem, er habe nur einen Monat lang vorlesen sollen, und der Monat sei um, und er finde es nicht gerecht.

«Nur noch eine Woche, mein Junge», sagte Atticus.

«Nein», knurrte Jem.

«Ja», beharrte Atticus.

Die nächste Woche fand uns wieder bei Mrs. Dubose. Der Wecker läutete nicht mehr, und wenn sie uns mit einem «das genügt» entließ, war es so spät am Nachmittag, daß Atticus bei unserer Rückkehr schon mit der Zeitung im Schaukelstuhl saß. Die Anfälle blieben nun zwar aus, aber sonst war Mrs. Dubose unverändert: Sobald sich Sir Walter Scott in umständlichen Schilderungen von Festungsgräben und Burgen verlor, wurde es der alten Dame langweilig, und sie kühlte ihr Mütchen an Jem.

«Jeremy Fink, als du über meine Kamelien hergefallen bist, habe ich dir gesagt, du würdest das eines Tages bereuen. Jetzt bereust du's, nicht wahr?»

Jem erwiderte, er bereue es.

«Du hast wohl gedacht, du könntest meine ‹Bergschnee› töten? Nun, Jessie sagt, die Spitzen wachsen schon wieder nach. Das nächste Mal wirst du's besser machen und sie mit den Wurzeln ausreißen, was?»

Jem murmelte, das werde er bestimmt tun.

«Sprich gefälligst deutlich! Sieh mir in die Augen und sage: ‹Ja, Mrs. Dubose.› Aber wahrscheinlich wagst du mir nicht in die Augen zu sehen – mit einem solchen Vater.»

Wenn Mrs. Dubose so sprach, schob Jem das Kinn vor und setzte eine Miene auf, die nichts von seinen Empfindungen verriet. Im Laufe der Zeit hatte er sich angewöhnt, auch ihre haarsträubendsten Beschuldigungen mit einem Ausdruck höflichen Interesses entgegenzunehmen.

Endlich war es soweit: Eines Nachmittags sagte Mrs. Dubose nicht nur: «Das genügt», sondern sie fügte hinzu: «Und damit ist Schluß. Lebt wohl, ihr beiden.»

Wir waren frei! In einem Taumel der Erleichterung brachen wir auf der Straße in Jubelrufe aus und vollführten Freudentänze.

Der Frühling war herrlich. Die Tage wurden länger, und wir hatten mehr Zeit zum Spielen. Für Jem gab es nichts Wichtigeres als die Lebensdaten der *football*-Spieler, die an den Ausscheidungskämpfen teilnahmen. Jeden Abend las uns Atticus die Sportberichte der Zeitungen vor. Die Spieler der Alabama-Mannschaft, deren Namen so kompliziert waren, daß wir sie nicht aussprechen konnten, hatten Aussicht, in diesem Jahr wiederum den Rosenpokal zu gewinnen. Eines Abends war Atticus mitten in einem Artikel von Windy Seaton, als das Telefon klingelte.

Er nahm den Anruf entgegen. «Ich gehe zu Mrs. Dubose hinüber», sagte er dann zu uns. «Es wird nicht lange dauern.»

Aber er kam erst zurück, als ich schon längst hätte im Bett liegen müssen. Die kleine Schachtel, die er mitbrachte, stellte er im Wohnzimmer neben seinen Stuhl.

«Was hat sie denn gewollt?» fragte Jem.

Wir hatten Mrs. Dubose seit mehreren Wochen nicht gesehen. Sie saß nie mehr auf der Veranda, wenn wir vorübergingen.

«Sie ist tot, mein Junge», sagte Atticus. «Vor ein paar Minuten ist sie gestorben.»

«Oh», stieß Jem hervor.

«Es war eine Erlösung für sie», fuhr Atticus fort. «Nun braucht sie nicht mehr zu leiden. Sie ist lange krank gewesen. Ihre Anfälle . . . weißt du, woher sie kamen?»

Jem schüttelte den Kopf.

«Mrs. Dubose war morphiumsüchtig. Sie nahm seit Jahren Morphium, um ihre Schmerzen zu betäuben. Der Arzt hatte es ihr verschrieben. Sie hätte den Rest ihres Lebens ohne Qualen verbringen können, aber sie war zu eigensinnig . . .»

«Wieso?»

«Kurz vor deinem Streich hatte sie mich rufen lassen, weil sie ihr Testament machen wollte. Sie wußte von Dr. Reynolds, daß sie nur noch wenige Monate zu leben hatte. Ihre geschäftlichen Angelegenheiten waren in bester Ordnung, aber sie sagte: ‹Da ist noch eine Sache, die ich ins reine bringen muß.›»

«Und was war das?» fragte Jem.

«Sie sagte, sie wolle diese Welt verlassen, ohne an irgend etwas oder irgend jemand gebunden zu sein. Wenn man so krank ist wie sie, Jem, ist es ganz richtig, ein Mittel zu nehmen, das die Schmerzen lindert. Ihr aber schien es nicht richtig. Sie sagte, sie müsse sich vor ihrem Tod davon frei machen. Und das hat sie getan.»

«Du meinst, das sind ihre Anfälle gewesen?»

«Ja, von dem, was du ihr vorgelesen hast, hat sie wahrscheinlich nicht viel gehört. Sie konzentrierte sich mit Leib und Seele auf den Wecker. Auch wenn du ihr nicht in die Hände gefallen wärst, hätte ich dich zum Vorlesen zu ihr geschickt. Vielleicht hat es sie doch ein bißchen abgelenkt. Aber das war nicht der einzige Grund . . .»

«Ist sie frei gestorben?» fragte Jem.

«Frei wie die Bergluft. Sie war bis zur letzten Minute bei Bewußtsein. Und zänkisch wie immer», fügte Atticus lächelnd hinzu. «Sie äußerte sich sehr abfällig über alles, was ich tue, und prophezeite mir, daß ich den Rest meines Lebens damit verbringen würde, dich gegen Kaution aus dem Gefängnis herauszuholen. Sie hat Jessie beauftragt, das hier für dich zurechtzumachen . . .»

Jem nahm die Schachtel, die Atticus ihm reichte, und öffnete sie. In feuchte Watte gebettet, lag eine Kamelie darin, ein Prachtexemplar, weiß, wie aus Wachs geformt. Eine ‹Bergschnee›.

Jems Augen sprangen fast aus dem Kopf. «Alter Höllenteufel, alter Höllenteufel!» schrie er und schleuderte die Schachtel auf den Boden. «Warum kann sie mich nicht in Ruhe lassen?»

Im Nu war Atticus bei ihm, und Jem verbarg das Gesicht an seiner Brust. «Komm, komm», redete ihm Atticus zu. «Ich glaube, sie wollte dir damit nur sagen . . . jetzt ist alles wieder gut, Jem, alles ist wieder gut. Weißt du, sie war eine großartige alte Dame.»

«Eine Dame?» Jem hob den Kopf. Sein Gesicht war dunkelrot. «Nach allem, was sie über dich gesagt hat?»

«Ja, eine Dame. Sie hatte ihre eigenen Ansichten, sehr verschieden von den meinen, aber . . . Mein Junge, ich habe dir ja gesagt, daß ich dich auf jeden Fall zu ihr geschickt hätte, auch wenn die Sache mit den Blumen nicht passiert wäre. Mir lag daran, daß du sie etwas näher kennenlerntest. Ich wollte dir zeigen, was wirklicher Mut ist, statt dich in der Idee zu bestärken, daß ein Mann mit einem Gewehr in der Hand Mut bedeutet. Mut heißt: von vornherein wissen, daß man geschlagen ist, und trotzdem den Kampf – ganz gleich, um was es geht – aufnehmen und ihn durchstehen. Man gewinnt selten, aber zuweilen gelingt es. Mrs. Dubose hat gewonnen, mit all ihren achtundneunzig Pfund. Sie hat erreicht, was sie wollte: Als sie starb, war sie an nichts und niemand gebunden. Sie war der tapferste Mensch, der mir je begegnet ist.»

Jem bückte sich nach der Schachtel und warf sie ins Feuer. Dann hob er die Kamelie auf. Als ich zu Bett ging, sah ich, daß er mit dem Finger über die breiten Blütenblätter strich.

Atticus las die Zeitung.

Zweiter Teil

12. Kapitel

Jem war zwölf Jahre alt. Er steckte neuerdings voller Widersprüche und Launen. Sein Appetit war beängstigend, und er sagte so oft, ich solle ihn in Ruhe lassen, daß ich zu Atticus ging und besorgt fragte: «Meinst du, er hat einen Bandwurm?»

Atticus schüttelte den Kopf. Jem wachse eben, erklärte er. Ich müsse Geduld mit ihm haben und ihn möglichst wenig stören.

Diese Veränderung meines Bruders hatte sich innerhalb weniger Wochen vollzogen – Mrs. Dubose war in ihrem Grab noch nicht kalt geworden. Als Jem ihr jeden Nachmittag vorlesen mußte, war er recht dankbar für meine Begleitung gewesen. Nun aber schien er sich über Nacht eine neue Weltanschauung angeeignet zu haben, die er mir aufzuzwingen suchte. Mehrmals schlug er mir gegenüber sogar einen Kommandoton an. Nach einem heftigen Streit – «Schließlich bist du ein Mädchen, also benimm dich auch so!» hatte er gebrüllt – flüchtete ich weinend zu Calpurnia.

«Ärgere dich nicht zu sehr über Mr. Jem . . .» begann sie.

«*Mister* Jem?»

«Ja, so muß man ihn jetzt wohl nennen.»

«Er ist doch erst zwölf», rief ich empört. «Alles, was er braucht, ist jemand, der ihn verprügelt. Ich bin dazu leider nicht stark genug.»

«Kindchen», sagte Calpurnia, «ich kann nichts dafür, daß Mr. Jem erwachsen wird. Er möchte jetzt eben lieber allein sein und sich auf Jungenart vergnügen. Wenn du dich einsam fühlst, komm einfach zu mir in die Küche. Wir werden schon eine Beschäftigung für dich finden.»

Der Sommer fing gut an. Von mir aus konnte Jem tun und lassen, was er wollte – bis zu Dills Ankunft genügte mir Calpurnia. Sie schien sich zu freuen, wenn ich in der Küche auftauchte, und mir machte es Spaß, ihr bei der Arbeit zuzuschauen. Allmählich kam ich dahinter, daß es einer gewissen Geschicklichkeit bedurfte, ein Mädchen zu sein.

Der Sommer kam, doch auf Dill wartete ich vergebens. Statt seiner traf ein Brief mit einem Foto ein. Er habe einen neuen Vater, dessen Bild er beilege, schrieb er, und er müsse in Meridian bleiben, weil sie ein Fischerboot bauen wollten. Sein Vater sei Rechtsanwalt, wie Atticus, nur viel jünger. Dills neuer Vater sah nett aus, und ich freute mich, daß Dill ihn ergattert hatte. Aber ich war schrecklich enttäuscht. Am Schluß des Briefes teilte mir Dill mit, er werde mich ewig lieben und ich solle mir keine Sorgen machen, er werde kommen und mich heiraten, sobald er genügend Geld beisammen habe – «und bitte antworte mir mal».

Die Tatsache, daß ich einen richtigen Verlobten hatte, war eine geringe Entschädigung für seine Abwesenheit. Ich hatte nie darüber nachgedacht, aber Sommer, das war für mich Dill, der am Fischteich Zigaretten aus Hanf und Zeitungspapier rauchte; Dill, der mit leuchtenden Augen komplizierte Pläne schmiedete, um Boo Radley herauszulocken; das war die Geschwindigkeit, mit der Dill mich küßte, wenn Jem nicht hinsah, und die Sehnsucht, die einer in dem anderen bisweilen aufsteigen fühlte. Mit Dill war das Leben normal, ohne ihn war es einfach unerträglich. Zwei Tage lang lief ich todunglücklich herum.

Zu allem Überfluß wurde die Volksvertretung zu einer dringenden Tagung einberufen, und Atticus verließ uns für eine Woche. Der Gouverneur war eifrig bemüht, ein paar Entenmuscheln vom Boden des Staatsschiffes abzukratzen; in Birmingham gab es Sitzstreiks, in den Städten wurden die Schlangen vor den Bäckerläden immer länger, auf dem Lande wurden die Leute immer ärmer. Doch das waren Ereignisse, die meiner und Jems Welt fernlagen.

Eines Morgens fanden wir im *Montgomery Advertiser* eine Karikatur, die wir mit Staunen und Überraschung betrachteten. Sie trug die Unterschrift «Maycombs Fink» und stellte Atticus dar. Barfuß und in kurzer Hose, war er an einen Schreibtisch gekettet und schrieb emsig auf einer Schiefertafel, während ihm ein paar leichtfertig aussehende Mädchen «Juhu» zuriefen.

«Das ist ein Kompliment», erklärte mir Jem. «Er verbringt seine Zeit damit, Dinge zu tun, die nicht getan würden, wenn er sie nicht täte.»

«Wie bitte?»

Zu Jems neuen Errungenschaften gehörte auch eine Weisheitsmiene, die einen rasend machen konnte.

«Ist doch ganz klar, Scout. Er übernimmt zum Beispiel so was wie die Neuorganisation des Steuerwesens. Davor drücken sich die meisten Männer, weil's ihnen zu trocken ist.»

«Woher weißt du denn das?»

«Ach, hau ab und laß mich die Zeitung lesen.»

Ich erfüllte Jems Wunsch und verschwand in die Küche.

Calpurnia palte Erbsen aus. Plötzlich blickte sie auf und sagte: «Wenn ich bloß wüßte, was ich mit euch am Sonntag wegen der Kirche tue . . .»

«Wieso? Atticus hat uns ja Geld für den Sammelteller dagelassen.»

Calpurnias Augen verengten sich, und ich erriet, was ihr durch den Kopf ging.

«Keine Angst, Cal, wir werden uns bestimmt gut benehmen. Wir haben seit Jahren nichts mehr in der Kirche angestellt.»

Sie dachte offensichtlich an einen verregneten Sonntag, an dem uns weder Vater noch Lehrer beaufsichtigt hatten. Gemeinsam mit anderen Kindern waren wir auf den Gedanken verfallen, Eunice Ann Simpson im Heizraum auf einem Stuhl festzubinden. Wir gingen in die Kirche hinauf und vergaßen sie. Während wir artig der Predigt lauschten, drang aus den Heizkörpern ein lautes Klopfen, das andauerte, bis jemand in den Keller lief und mit Eunice Ann zurückkehrte. Sie wolle nicht länger Mann im Feuerofen spielen, erklärte sie. Jem Fink habe zwar gesagt, sie werde nicht verbrennen, wenn sie nur fest genug glaube – aber es sei sehr heiß da unten.

«Außerdem hat uns Atticus schon öfter allein gehen lassen, Cal», fügte ich hinzu.

«Ja, aber sonst erkundigt er sich immer erst, ob eure Lehrerin da ist. Diesmal hat er nichts darüber gesagt – wahrscheinlich hat er's vergessen.» Calpurnia kratzte sich nachdenklich am Kopf. Plötzlich lächelte sie. «Mr. Jem und du, ihr könntet ja morgen mit mir in meine Kirche gehen.»

«Wirklich?»

Calpurnia schmunzelte. «Na, was hältst du davon?»

Ich war es gewohnt, von Calpurnia mir rauher Hand gebadet zu werden, aber der Reinigungsprozeß, dem sie mich an jenem Sonnabend unterzog, suchte seinesgleichen. Ich mußte mich zweimal von Kopf bis Fuß einseifen, und bei jedem Abspülen wurde frisches Wasser in die Wanne gelassen; zuletzt steckte sie meinen Kopf ins Becken und wusch ihn mit Schmierseife und Kernseife. Auch Jem, dem sie seit Jahren vertraut hatte, wurde zu seiner großen Entrüstung streng kontrolliert. Er schimpfte wie ein Rohrspatz. «Kann man denn in diesem Haus nicht mal baden, ohne daß die ganze Familie dabeisteht?»

Am nächsten Morgen begann Calpurnia früher als gewöhnlich, unsere Sachen «durchzusehen». Das Feldbett, auf dem sie in der Küche schlief, wenn sie über Nacht bei uns blieb, war mit unserem Sonntagsstaat bedeckt. Sie hatte mein Kleid so steif gestärkt, daß es wie ein Zelt von mir abstand. Ich mußte einen Unterrock anziehen, und sie band mir eine rosa Schärpe fest um die Taille. Meine Lackschuhe rieb sie mit einem kalten Biskuit, bis sich ihr Gesicht darin spiegelte.

«Das ist ja, als ob wir zum Karneval gingen», sagte Jem. «Warum machst du dir so viel Mühe, Cal?»

«Mir soll keiner nachsagen, daß ich nicht für meine Kinder sorge», brummte sie. «Mr. Jem, die Krawatte kannst du unmöglich zu dem Anzug tragen. Sie ist ja grün.»

«Na, und?»

«Dein Anzug ist blau, siehst du das nicht?»

«Hihi», jubelte ich, «Jem ist farbenblind!»

Sein Gesicht wurde rot vor Ärger, aber Calpurnia sagte: «Fangt jetzt nicht an zu streiten. Ihr müßt mit lächelndem Gesicht in der ‹Ersterworbenen› erscheinen.»

Die Ersterworbene Afrikanische Methodisten-Episkopal-Kirche lag in dem Negerviertel außerhalb der südlichen Stadtgrenze, und zwar auf dem Gelände einer ehemaligen Sägemühle. Das alte Holzgebäude, von dem die Farbe abblätterte, war die einzige Kirche in Maycomb mit Turm und Glocke. Sie wurde die ‹Ersterworbene› genannt, weil sie mit dem ersten Lohn befreiter Sklaven bezahlt worden war. Sonntags hielten die Neger dort ihren Gottesdienst ab, werktags spielten die Weißen darin Karten.

Der Lehmboden des Vorplatzes und des angrenzenden Friedhofs war ziegelhart. Starb jemand während einer Dürreperiode, so wurde die Leiche mit Eisklumpen bedeckt, bis der Regen die Erde aufweichte. Die wenigen Grabsteine waren alt und verwittert; manche Gräber hatte man mit buntfarbigem Glas und zerbrochenen Coca-Cola-Flaschen eingefaßt. Einige Hügel waren mit Blitzableitern versehen, ein Zeichen, daß dort Tote lagen, die unruhig schliefen. Auf den Kindergräbern standen Kerzenstummel. Es war ein fröhlicher Friedhof.

Als wir den Vorplatz betraten, schlug uns der warme, bittersüße Geruch sauberer Neger entgegen – ein Gemisch aus Haarpomade, Asa foetida, Schnupftabak, Hoyts Kölnischwasser, Browns Salbe, Pfefferminz und fliederduftendem Talkpuder.

Alle, die Jem und mich mit Calpurnia kommen sahen, grüßten uns mit der üblichen respektvollen Aufmerksamkeit: Die Männer wichen ein wenig zurück und nahmen den Hut ab, die Frauen kreuzten die Arme unter der Brust. Die Menge teilte sich, und zwischen den Reihen entstand für uns eine schmale Gasse bis zur Kirchentür. Calpurnia ging zwischen Jem und mir und erwiderte die Grüße ihrer farbenfroh gekleideten Nachbarn.

«Was haben du vor, Miss Cal?» hörten wir eine Stimme hinter uns.

Calpurnia legte die Hände auf unsere Schultern. Wir blieben stehen und blickten uns um: Eine hochgewachsene Negerin, die ihr Gewicht auf das linke Bein verlagert hatte und den Ellbogen auf die Hüfte stützte, deutete mit offener Handfläche auf uns. Sie hatte einen runden Kopf, seltsame Mandelaugen, eine gerade Nase, einen weit geschwungenen Mund und schien mindestens zwei Meter groß zu sein.

Ich fühlte, wie sich Calpurnias Hand in meine Schulter krampfte. «Du wünschen, Lula?» fragte sie ruhig und verächtlich, in einem Tonfall, den ich nicht an ihr kannte.

«Ich wollen wissen, warum du weiße Kinder in Niggerkirche bringen.»

«Sie sein meine Gäste», sagte Calpurnia, und wieder hatte ihre Stimme einen ungewohnten Klang. Zum erstenmal *hörte* ich, daß sie eine Farbige war.

«Und in der Woche du sein Gast bei den Finks, was?»

Ein Murmeln lief durch die Menge.

«Hab keine Angst», flüsterte Calpurnia mir zu, doch die Rosen auf ihrem Hut zitterten empört. «Bleib stehen, Nigger!» rief sie gleich darauf, als Lula einen Schritt auf uns zutrat.

Lula machte halt, aber sie sagte: «Du dürfen keine weißen Kinder herbringen. Sie haben ihre Kirche, wir haben unsere. Und das hier sein unsere Kirche, Stimmt's, Miss Cal?»

«Aber derselbe Gott überall, nicht wahr?»

«Komm, Cal, laß uns gehen», bat Jem. «Die wollen uns nicht haben.»

Ich war seiner Meinung: Sie wollten uns nicht haben. Ich spürte, mehr als ich es sah, daß sie näher rückten, sich an uns herandrängten, doch als ich zu Calpurnia aufblickte, sah ich Belustigung in ihren Augen. Lula war in der Menge verschwunden.

Einer der Männer trat vor. Es war Zeebo, der Müllkutscher. «Mr. Jem», sagte er, «wir freuen uns mächtig, daß Sie und Ihre Schwester gekommen sind. Hören Sie nicht auf Lula, die ist nur wütend, weil Hochwürden Sykes gedroht hat, sie abzukanzeln. Sie ist eine hochmütige, eingebildete Person und hat schon immer gern Unruhe gestiftet . . . Wirklich, wir freuen uns mächtig, daß Sie gekommen sind . . .»

Nun führte uns Calpurnia zur Kirchentür, wo wir von Hochwürden Sykes begrüßt wurden. Er bat uns, auf der vordersten Bank Platz zu nehmen.

Die Decke der Kirche bestand aus rohen Balken, und die Wände hatten keinen Farbanstrich. An Messinghaken hingen unangezündete Kerosinlampen. Einfache Bänke dienten als Kirchenstühle. Hinter der Kanzel aus Eichenholz verkündete ein ausgeblichenes rosa Seidenbanner: Gott ist die Liebe. Dies und ein Farbdruck von Hunts *Licht der Welt* war der einzige Schmuck, den ich in der Kirche entdecken konnte. Kein Klavier, keine Orgel, keine Gesangbücher, keine Kirchenprogramme – alles fehlte, was wir sonntags an kirchlichem Zubehör zu sehen gewohnt waren. Die feuchtkühle Luft in dem düsteren Raum erwärmte sich erst, als die Kirche voller Menschen war. Auf jedem Sitz lag ein billiger Papierfächer mit einem farbenprächtigen *Garten von Gethsemane* – eine Spende der Eisenwarenfirma Tyndal & Co. (*Was Sie auch suchen, Sie finden es bei uns!*)

Calpurnia bedeutete Jem und mir, am Ende der Reihe Platz zu nehmen. Sie setzte sich zwischen uns, wühlte in ihrem Beutel, zog ein Taschentuch heraus, knotete den Zipfel auf, der einen Klumpen Kleingeld enthielt und gab jedem von uns ein Zehncentstück. «Wir haben doch unser eigenes», flüsterte Jem. «Das könnt ihr behalten», sagte Calpurnia. «Ihr seid meine Gäste.» Auf Jems Gesicht malte sich Unentschlossenheit. Durfte man sich an Geld bereichern, das für die Kirche bestimmt war? Doch seine angeborene Höflichkeit siegte: Er steckte die eigene Münze wieder ein. Ohne jegliche Bedenken folgte ich seinem Beispiel.

«Wo sind denn die Gesangbücher, Cal?» fragte ich leise.

«Hier gibt's keine.»

«Aber wie . . .»

«Pst», machte sie. Hochwürden Sykes stand auf der Kanzel, und sein Blick ließ die Gemeinde verstummen. Er war ein kleiner, stämmiger Mann mit schwarzem Anzug, schwarzer Krawatte und weißem Hemd. Seine goldene Uhrkette glitzerte in dem Licht, das durch die Milchglasfenster fiel.

«Brüder und Schwestern», begann er, «zu unserer großen Freude können wir heute Gäste bei uns begrüßen: Mr. und Miss Fink, deren Vater ihr alle kennt. Bevor ich anfange, möchte ich ein paar Mitteilungen vorlesen.»

Hochwürden Sykes kramte in den Papieren, die vor ihm lagen, zog ein Blatt heraus und hielt es auf Armeslänge von sich ab. «Die nächste Zusammenkunft der Missionsgesellschaft findet am Dienstag bei Schwester Annette Reeves statt. Bringt eure Näharbeit mit.»

Er nahm einen anderen Zettel zur Hand. «Ihr alle wißt von dem Unglück, das Tom Robinson betroffen hat. Er ist seit seiner Kindheit ein treues Mitglied unserer Kirche. Heute und an den nächsten drei Sonntagen ist die Kollekte für seine Frau Helen bestimmt, der es am Nötigsten fehlt.»

Ich stieß Jem an. «Du, das ist der Tom, den Atticus ver . . .»

«Pst», mahnte Jem.

Ich versuchte es bei Calpurnia, wurde aber auch von ihr zum Schweigen ermahnt, bevor ich den Mund auftun konnte. Eingeschüchtert richtete ich meine Aufmerksamkeit auf Hochwürden Sykes, der erst weitersprach, als ich mich beruhigt hatte. «Ich bitte nun den Chorführer, uns in das erste Lied zu geleiten», sagte er.

Zeebo erhob sich und schritt den Mittelgang hinunter. Vor unserer

Bank machte er halt und wandte sich der Gemeinde zu. Er öffnete das zerfledderte Gesangbuch, das er in der Hand hielt, und verkündete: «Wir singen Nummer zweihundertdreiundsiebzig.»

Das war zuviel für mich. «Wie können wir singen, wenn wir kein Gesangbuch haben?»

Calpurnia lächelte. «Still, Kleines», flüsterte sie. «Warte nur ab.»

Zeebo räusperte sich und las mit einer Stimme, die wie ferner Donner klang: «Jenseits des Flusses liegt ein Land . . .»

Hundert Stimmen – erstaunlicherweise alle in gleicher Tonhöhe – sangen die Worte nach und verharrten in einem heiseren Summen auf der letzten Silbe, bis Zeebo fortfuhr: «Das Land der süßen Verheißung . . .»

Wieder schwoll die Melodie an, wieder wurde die letzte Note ausgehalten, bis Zeebo zur nächsten Zeile überging: «Nur dem, der glaubt, tut sich das Ufer auf.»

Als die Gemeinde zögerte, wiederholte Zeebo langsam und deutlich den Text, und nun wurde er gesungen. Bei dem Refrain klappte Zeebo das Buch zu, denn hier bedurfte man seiner Hilfe nicht.

Während das «Jubilee» verhallte, las er weiter: «In jenem fernen Land der süßen Verheißung, jenseits des schimmernden Flusses . . .»

Der Chor wiederholte Zeile um Zeile in ungekünstelter Harmonie, bis die Hymne in einem schwermütigen Raunen ausklang.

Ich sah Jem an, der Zeebo verstohlen beobachtete. Auch er schien seinen Ohren nicht zu trauen. Aber wir hatten es ja beide gehört.

Hochwürden Sykes bat nun den Herrn, die Kranken und Schwachen zu segnen. Das war auch in unserer Kirche üblich, nur wurde in der ‹Ersterworbenen› die Aufmerksamkeit des Höchsten auf mehrere Sonderfälle gelenkt.

In seiner Predigt brandmarkte der Geistliche nachdrücklich die Sünde: Er warnte seine Herde vor berauschenden Getränken, Glücksspielen und leichtfertigen Frauen. Die Alkoholschmuggler richteten schon genug Schaden an, sagte er, doch die Frauen trieben es noch schlimmer. Wie in meiner eigenen Kirche, stieß ich auch hier auf das Dogma von der weiblichen Unkeuschheit, und ich stellte fest, daß es alle Pfarrer stark zu beschäftigen schien.

Von den Predigten, die Jem und ich Sonntag für Sonntag zu hören bekamen, unterschied sich diese nur dadurch, daß Hochwürden Sykes keine Bedenken trug, Gemeindemitglieder, die vom rechten Weg abgewichen waren, öffentlich zu tadeln: Jim Hardy war seit fünf Sonntagen dem Gottesdienst ferngeblieben, ohne krank zu sein; Constance Jackson sollte auf ihr Benehmen achten – sie hatte aus Bosheit, nur um ihre Nachbarn zu ärgern, einen Zaun errichtet, und ihre ewige Streitsucht brachte sie in ernste Gefahr.

Als Hochwürden Sykes seine Predigt beendet hatte, stellte er sich an einen Tisch vor der Kanzel und forderte die Opferspende. Diese Art der Kollekte war Jem und mir neu. Einer nach dem anderen traten die Gläubigen vor und warfen Fünf- oder Zehncentstücke in eine schwarze Emaillekanne. Auch wir beide gingen nach vorn. Das Klimpern unserer Münzen wurde mit einem leisen «Danke schön, danke schön» quittiert.

Zu unserem Erstaunen stülpte Hochwürden Sykes die Kanne um und zählte das Geld. «Es langt noch nicht», sagte er dann. «Wir müssen zehn Dollar haben.»

Die Gemeinde wurde unruhig.

«Ihr wißt alle, für wen wir heute sammeln», fuhr der Geistliche fort, «Helen kann unmöglich die Kinder allein lassen und arbeiten gehen, während Tom im Gefängnis sitzt. Wenn jeder noch zehn Cent gibt, wird es reichen.» Er hob die Hand und rief einem Mann im Hintergrund zu: «Alex, schließ die Tür zu! Keiner verläßt den Raum, bis wir zehn Dollar haben.»

Calpurnia suchte in ihrem Beutel und zog eine abgenutzte Börse hervor. «Nein, Cal», flüsterte Jem, als sie ihm ein blankes Fünfundzwanzigcentstück hinhielt, «jetzt werfen wir unser Geld rein. Gib mir deine zehn Cent, Scout.»

In der Kirche wurde es allmählich drückend heiß. Ich hatte den Eindruck, Hochwürden Sykes wolle seine Herde die restliche Summe ausschwitzen lassen. Fächer raschelten, Füße scharrten, Tabakkauer litten Qualen.

Ich zuckte zusammen, als der Geistliche in strengem Ton rief: «Carlow Richardson, dich habe ich noch nicht hier vorn gesehen.»

Ein magerer Mann in Khakihosen näherte sich dem Tisch und legte unter dem beifälligen Gemurmel der anderen eine Münze hin.

Nun sagte Hochwürden Sykes: «Ich möchte, daß alle, die kinderlos sind, ein Opfer bringen und nochmals zehn Cent geben. Dann haben wir's geschafft.»

Langsam und mühselig wurden die zehn Dollar zusammengetragen. Dann öffnete man die Tür, und ein frischer Lufthauch ließ uns aufatmen. Zeebo las die Hymne «An Jordans stürmischen Ufern» Zeile für Zeile vor, und damit war der Gottesdienst zu Ende.

Ich hätte gern noch eine kleine Entdeckungsreise unternommen, doch Calpurnia schob mich vor sich her den Mittelgang entlang. Während sie an der Tür ein paar Worte mit Zeebo und seinen Angehörigen wechselte, sprachen Jem und ich mit Hochwürden Sykes. Mir brannten unzählige Fragen auf der Zunge, aber ich beschloß, zu warten und sie von Calpurnia beantworten zu lassen.

«Es hat uns ganz besonders gefreut, euch beide hier zu haben», sagte Hochwürden Sykes. «Diese Kirche hat keinen besseren Freund als euren Vater.»

Meine Neugier explodierte. «Warum haben Sie Geld für die Frau von Tom Robinson gesammelt?»

«Hast du nicht gehört warum? Helen hat drei kleine Kinder und kann nicht arbeiten gehen . . .»

«Kann sie die Kinder nicht mitnehmen, Hochwürden?» erkundigte ich mich. Ich hatte schon oft gesehen, daß Negerfrauen ihre Kleinen während der Feldarbeit an irgendeinem schattigen Platz absetzten – meistens zwischen zwei Baumwollreihen. Die Säuglinge wurden nach Indianerart auf den Rücken ihrer Mutter geschnallt oder in Baumwollsäcken untergebracht.

Hochwürden Sykes zögerte. «Um die Wahrheit zu sagen, Miss Jean Louise, für Helen ist es jetzt schwer, Arbeit zu finden . . . Wenn's ans Pflücken geht, wird Mr. Link Deas sie vielleicht nehmen.»

«Aber es gibt doch Arbeit genug. Warum . . .»

Bevor er etwas erwidern konnte, fühlte ich Calpurnias Hand auf meiner Schulter. Ich verstand die Mahnung und sagte: «Wir danken Ihnen, daß wir kommen durften.» Auch Jem bedankte sich, und wir machten uns auf den Heimweg.

«Cal, ich weiß, daß Tom Robinson im Gefängnis ist und daß er was Gräßliches getan hat. Aber woran liegt es, daß die Leute seiner Frau keine Arbeit geben?» fragte ich.

Calpurnia ging in ihrem marineblauen Voilekleid und dem Topfhut zwischen uns beiden. «Es liegt an dem, was Tom getan haben soll», erwiderte sie. «Die Leute wollen mit ihm und seiner Familie nichts zu schaffen haben.»

«Was hat er denn getan, Cal?»

Calpurnia seufzte. «Der alte Mr. Bob Ewell behauptet, Tom hätte seine Tochter vergewaltigt. Er hat ihn angezeigt und ihn einsperren lassen . . .»

«Mr. Ewell?» Ich kramte in meinem Gedächtnis. «Hat der was mit den Ewells zu tun, die immer nur am ersten Schultag kommen und dann nach Hause gehen? Atticus hat gesagt, die sind richtiges Lumpenpack. Ich habe ihn noch nie so über Leute reden hören wie über die Ewells. Er hat gesagt . . .»

«Ja, um die handelt es sich.»

«Na, wenn alle in Maycomb wissen, was für Pack die Ewells sind, dann begreife ich nicht, warum sie Helen keine Arbeit geben . . . Was heißt vergewaltigen, Cal?»

«Das mußt du Mr. Fink fragen, der kann's dir besser erklären als ich. Habt ihr Hunger? Hochwürden hat sich heute viel Zeit gelassen. Gewöhnlich macht er's ein bißchen kürzer.»

«Er ist genau wie unser Pfarrer», sagte Jem. «Aber warum singt ihr eigentlich die Kirchenlieder so . . . so . . .»

«In Zeilen?» fragte sie. «Das ist nun mal bei uns üblich. Zeilensingen gibt's, so lange ich denken kann.»

Jem schlug vor, sie sollten das Opfergeld ein Jahr lang aufsparen und Gesangbücher davon kaufen.

Calpurnia lachte. «Wozu denn? Sie können ja nicht lesen.»

«Ist das wahr?» rief ich. «Die Leute können alle nicht lesen?»

«Ja», bestätigte sie. «In der ‹Ersterworbenen› gibt's nur vier Personen, die's können . . . Eine davon bin ich.»

«Wo bist du denn zur Schule gegangen?» wollte Jem wissen.

«Nirgends. Wartet mal, wer hat's mir denn beigebracht? Ach ja, die Tante von Miss Maudie Atkinson, die alte Miss Buford . . .»

«Was? So alt bist du schon?»

«Ich bin sogar älter als Mr. Fink», antwortete Calpurnia lächelnd. «Aber wieviel älter, das weiß ich nicht. Wir haben mal Erinnerungen ausgetauscht, um mein Alter danach zu berechnen. Ich kann mich ein paar Jahre weiter zurückerinnern als er, und da Männer kein so gutes Gedächtnis haben wie Frauen, werde ich wohl gar nicht so sehr viel älter sein.»

«Und wann ist dein Geburtstag, Cal?»

«Den feiere ich einfach zu Weihnachten. Das ist leicht zu behalten . . . Einen richtigen Geburtstag habe ich nicht . . .»

«Du siehst aber längst nicht so alt aus wie Atticus», beteuerte Jem.

«Bei Farbigen merkt man das nicht so», sagte sie.

«Vielleicht weil sie nicht lesen können. Du, Cal, hast du Zeebo unterrichtet?»

«Ja, Mr. Jem. Als er ein Junge war, gab's noch keine Schule für Farbige. Aber ich habe ihm das Lesen beigebracht.»

Zeebo war Calpurnias ältester Sohn. Hätte ich je darüber nachgedacht, so wäre mir klargewesen, daß sie nicht mehr die Jüngste sein konnte, denn Zeebo hatte bereits halberwachsene Kinder. Aber ich hatte eben nie darüber nachgedacht.

«Hat er eine Fibel gehabt wie wir?» fragte ich.

«Nein, ich ließ ihn jeden Tag eine Seite aus der Bibel lesen. Und dann war da noch ein Buch, aus dem ich bei Miss Buford lesen gelernt hatte. Das war ein Geschenk – ratet mal, von wem.»

Wir wußten es nicht.

«Von eurem Großpapa Fink.»

«Bist du denn von der Landing?» rief Jem. «Das hast du uns nie erzählt.»

«Gewiß bin ich von dort, Mr. Jem. Ich bin teils auf Mr. Bufords Besitzung und teils auf der Landing aufgewachsen. Ich habe mein

Lebtag für die Finks und die Bufords gearbeitet. Nach Maycomb bin ich gekommen, als euer Vater und eure Mutter heirateten.»

«Was war das für ein Buch, Cal?» fragte ich.

«Blackstones Kommentare*.»

Jem sperrte Mund und Nase auf. «Daraus hast du Zeebo unterrichtet?»

«Freilich, Mr. Jem.» Calpurnia legte die Finger an den Mund. «Andere Bücher habe ich ja nicht gehabt, und euer Großpapa hat gesagt, daß Mr. Blackstone ein feines Englisch schreibt . . .»

«Also deshalb sprichst du nicht wie die anderen», sagte Jem.

«Welche anderen?»

«Die anderen Farbigen. Cal, aber in der Kirche hast du geredet wie sie . . .»

Der Gedanke, daß Calpurnia ein bescheidenes Doppelleben führte, war mir nie gekommen. Erst jetzt ging mir auf, daß sie außerhalb unseres Hauses auf ihre Art lebte und daß sie obendrein zwei Sprachen beherrschte.

«Cal», fragte ich, «warum redest du Niggersprache mit . . . mit deinen Leuten, wenn du doch weißt, daß es falsch ist?»

«Nun, erstens bin ich eine Schwarze . . .»

«Deswegen brauchst du aber nicht falsch zu sprechen, wenn du es richtig kannst», wandte Jem ein.

Calpurnia schob ihren Hut zurück, kratzte sich am Kopf und drückte dann den Hut sorgfältig über die Ohren. «Das ist schwer zu erklären», sagte sie. «Nehmen wir mal an, ihr beide würdet zu Hause wie Farbige reden. Das wäre doch unpassend, nicht wahr? Und genauso ist's, wenn ich mit meinen Nachbarn wie eine Weiße reden wollte. Sie würden mich ja für eine hochnäsige Angeberin halten.»

«Aber du weißt doch wirklich mehr als die anderen», sagte ich.

«Man braucht nicht alles zu sagen, was man weiß. Es ist nicht fein, mit seinem Wissen zu prahlen. Außerdem haben's die Leute nicht gern, wenn jemand mehr weiß als sie. So was ärgert sie nur. Man kann sie nicht dadurch ändern, daß man richtig spricht. Sie müssen den Wunsch haben, es selber zu lernen, und wenn sie nicht lernen wollen, dann bleibt einem nichts anderes übrig, als den Mund zu halten oder so zu sprechen wie sie.»

«Cal, darf ich mal zu dir kommen?»

Sie sah mich erstaunt an. «Aber Kindchen, du kommst doch jeden Tag zu mir in die Küche.»

* Sir William Blackstone, englischer Rechtsgelehrter (1723–1780). Seine *Commentaries on the laws of England* gelten als Standardwerk für Fragen des englischen Rechts. (Anm. d. Übers.)

«Ich meine zu dir nach Hause», sagte ich. «Irgendwann abends. Atticus kann mich ja abholen.»

«Natürlich darfst du kommen. Jederzeit. Wir würden uns alle sehr freuen.»

Wir gingen an dem Radley-Grundstück vorbei.

«Sieh mal», rief Jem. «Da drüben auf der Veranda . . .»

Ich wandte mich Radleys Haus zu in der Erwartung, daß sich sein geisterhafter Bewohner auf der Schaukel sonnte. Doch die Schaukel war leer.

«Nein, auf unserer Veranda», sagte Jem.

Ich blickte die Straße hinunter. Eng geschnürt, aufrecht, unnachgiebig saß Tante Alexandra in einem Schaukelstuhl, nicht anders, als hätte sie jeden Tag ihres Lebens dort gesessen.

13. Kapitel

«Bring mein Gepäck ins vordere Schlafzimmer, Calpurnia», war das erste, was Tante Alexandra sagte. Und das zweite: «Hör auf, dich am Kopf zu kratzen, Jean Louise.»

Calpurnia hob den schweren Handkoffer auf und öffnete die Tür. «Den trage ich», rief Jem und nahm ihn ihr ab. Ich hörte den Koffer auf den Fußboden des Schlafzimmers plumpsen. Das dumpfe Geräusch schien endlos nachzuhallen.

«Bist du auf Besuch gekommen, Tante?» erkundigte ich mich. Wenn Tante Alexandra Besuche machte – was selten geschah –, so reiste sie stets in vollem Staat. Sie besaß einen großen hellgrünen Buick und einen schwarzen Fahrer, die beide in einem ungesunden Zustand der Sauberkeit gehalten wurden. Heute aber waren sie nirgends zu sehen.

«Hat euer Vater euch nichts gesagt?» fragte sie.

Jem und ich schüttelten den Kopf.

«Wahrscheinlich hat er's vergessen. Ist er schon zurück?»

«Nein, Tante, er kommt erst am späten Nachmittag», erwiderte Jem.

«Nun, euer Vater und ich haben beschlossen, daß ich jetzt eine Weile bei euch bleibe.»

‹Eine Weile› konnte in Maycomb ebensogut drei Tage wie dreißig Jahre bedeuten. Jem und ich wechselten Blicke.

«Jem wächst heran und du auch», sagte sie zu mir. «Wir finden, du solltest in dieser Zeit unter weiblichem Einfluß stehen. Es wird nicht mehr lange dauern, Jean Louise, bis du dich für Kleider und junge

Leute interessierst . . .»

Ich hätte darauf verschiedenes antworten mögen: Cal ist ja auch ein weibliches Wesen . . . für junge Leute werde ich mich erst interessieren, wenn ich viel älter bin . . . und Kleider können mir überhaupt gestohlen bleiben . . . Aber ich hielt den Mund.

«Und Onkel Jimmy?» fragte Jem. «Kommt der auch her?»

«O nein. Wer sollte denn sonst auf der Landing nach dem Rechten sehen?»

«Wirst du ihn nicht vermissen?» Ich hatte noch nicht ausgesprochen, als ich mir meiner Taktlosigkeit bewußt wurde. Ob Onkel Jimmy anwesend oder abwesend war, lief bei seiner Schweigsamkeit auf eins heraus. Tante Alexandra überhörte meine Frage.

Ich wußte ihr nichts weiter zu sagen. Übrigens wußte ich in ihrer Gegenwart nie etwas zu sagen. Ich erinnerte mich an frühere mühsame Unterhaltungen zwischen uns beiden: «Wie geht es dir, Jean Louise?» – «Gut, danke, und wie geht es dir, Tante?» – «Sehr gut, danke. Womit vertreibst du dir denn die Zeit?» – «Mit nichts.» – «Aber du mußt doch irgend etwas tun.» – «Nein, Tante.» – «Hast du gar keine Freunde?» – «Doch, Tante.» – «Nun, was tut ihr denn alle zusammen?» – «Nichts.»

Soviel stand fest: Sie hielt mich für unglaublich beschränkt. Einmal hatte ich sie zu Atticus sagen hören, daß ich schwer von Begriff sei.

Hinter diesem Besuch mußte irgend etwas stecken, aber ich hütete mich, der Sache sofort auf den Grund zu gehen. Es war Sonntag, und Tante Alexandra war ausgesprochen reizbar am Tag des Herrn. Zweifellos lag das an ihrem Sonntagskorsett. Sie war nicht dick, aber kräftig gebaut, und sie bevorzugte panzerartige Gebilde, die den Busen in schwindelnde Höhen hoben, die Taille einzwängten, die Wölbung der Hüften betonten und die Vermutung aufkommen ließen, Tante Alexandra habe in jüngeren Jahren wie eine Sanduhr ausgesehen. Von welcher Seite man sie auch betrachtete, der Anblick war immer überwältigend.

Der Rest des Nachmittags verging in der gelinden Trübseligkeit, die das unverhoffte Auftauchen von Verwandten hervorruft. Wir wurden erst munter, als draußen ein Wagen vorfuhr. Es war Atticus, der aus Montgomery zurückkehrte. Jem vergaß seine Würde und lief mit mir hinaus. Während er nach Aktenmappe und Reisetasche griff, sprang ich Atticus in die Arme und empfing einen raschen, trockenen Kuß.

«Hast du mir ein Buch mitgebracht?» rief ich. «Weißt du, wer hier ist?»

Atticus bejahte beide Fragen. «Was sagst du dazu, daß Tantchen bei uns bleiben will?»

Meine Antwort, ich sei darüber sehr froh, war eine Lüge, aber manchmal muß man eben lügen, besonders wenn man den Ereignissen ohnehin machtlos gegenübersteht.

«Wir hatten den Eindruck, daß ihr Kinder ...» begann Atticus. «Weißt du, Scout, es ist nämlich so ... Eure Tante tut mir und gleichzeitig auch euch einen Gefallen. Ich kann nicht den ganzen Tag bei euch sein, und der Sommer wird heiß werden.»

«Ja, Vater», sagte ich und verstand kein Wort. Ich hatte allerdings das Gefühl, Tante Alexandras Erscheinen sei weniger auf Atticus als auf sie selbst zurückzuführen. Sie hielt sich für berufen, über das Wohl und Wehe der Familie zu entscheiden, und der Grund für ihr Auftauchen war vermutlich in dieser Richtung zu suchen.

Maycomb hieß sie willkommen. Miss Maudie buk einen Kuchen, der so reichlich mit Alkohol getränkt war, daß ich davon einen Schwips bekam. Miss Stephanie Crawford stattete Tante Alexandra lange Besuche ab und unterhielt sie vorwiegend damit, daß sie den Kopf schüttelte und «Oje, oje, oje!» sagte. Miss Rachel lud die Tante nachmittags zum Kaffee ein, und Mr. Nathan Radley ging so weit, daß er auf unseren Vorplatz kam und ihr mitteilte, er freue sich, sie zu sehen.

Als sich Tante Alexandra eingelebt hatte und alles wieder in gewohnten Bahnen lief, konnte man glauben, sie hätte von jeher bei uns gewohnt. Die Erfrischungen, die sie den Mitgliedern der Missionsgesellschaft anbot, machten sie zu einer hochgeschätzten Gastgeberin. Nie hätte sie geduldet, daß Calpurnia die Leckerbissen zubereitete, mit denen die Damen während der langen Berichte über die ‹Reis-Christen› gelabt wurden. Sie trat dem Amanuensis-Klub bei und übernahm das Amt der Schriftführerin. Alle, die mit den Traditionen von Maycomb County vertraut waren, sahen in Tante Alexandra eine der Letzten ihrer Art: Sie hatte Flußbootmanieren und Pensionatsmanieren; sie kämpfte mit Feuereifer für Anstand und Sitte; sie übte stets und ständig Kritik; sie war eine unverbesserliche Klatschbase. Da in ihrer Schulzeit kein Lehrbuch den ‹Zweifel am Ich› erwähnt hatte, war ihr dieses Phänomen völlig unbekannt. Tante Alexandra langweilte sich nie, und sie machte bei jeder Gelegenheit von ihrem fürstlichen Privileg Gebrauch: Sie verfügte, riet, mahnte und warnte.

Jeder Anlaß war ihr recht, zum höheren Ruhm der Finks auf die Unzulänglichkeiten anderer Familien hinzuweisen, eine Gepflogenheit, die Jem eher belustigte als ärgerte. «Tantchen sollte lieber etwas vorsichtiger sein», meinte er. «Wenn man genau hinsieht, sind die meisten Leute in Maycomb mit uns verwandt.»

Für den Selbstmord des jungen Sam Merriweather gab Tante Alexandra als moralische Ursache einen morbiden Hang zur Selbstzerstörung an, der in der Familie liege. Kicherte ein sechzehnjähriges Mädchen im Kirchenchor, so erklärte die Tante: «Da sieht man's wieder: Alle Penfield-Frauen sind leichtfertig.» Jede Familie in Maycomb schien irgendeinen krankhaften Hang zu haben: den Hang zum Trinken, zum Spielen, zum Geiz, zur Absonderlichkeit und so weiter.

Als sie einmal Miss Stephanie Crawfords Neigung, sich in fremde Angelegenheiten zu mischen, als erblich bezeichnete, sagte Atticus: «Schwester, ich darf dich daran erinnern, daß unsere Generation praktisch die erste ist, in der es bei den Finks keine Vetternheiraten gegeben hat. Würdest du daraus schließen, daß unsere Familie mit einem Hang zur Inzucht belastet ist?»

Tante Alexandra verneinte das, aber sie sagte, daher hätten wir alle so kleine Hände und Füße.

Ich konnte nicht begreifen, warum sie alles auf Vererbung zurückführte. Und was die ‹feinen Leute› betraf, so waren das für mich Menschen, die ihren Verstand dazu benutzten, das Bestmögliche zu leisten. Tante Alexandra aber war der verblümt ausgedrückten Meinung, eine Familie sei um so feiner, je länger sie auf demselben Stück Land hocke.

«Dann sind also die Ewells feine Leute», stellte Jem fest. Die Sippe, der Burris Ewell und seine Geschwister entsprossen waren, lebte seit drei Generationen auf demselben Stück Land hinter der Müllablage und gedieh vom Wohlfahrtsgeld der Behörden.

Trotzdem sprach einiges für Tante Alexandras Theorie. Maycomb war eine alte Stadt und lag rund zwanzig Meilen von Finks Landing entfernt, erstaunlich weit landeinwärts für eine vor langer Zeit gegründete Stadt. Allerdings war es nur der Gewitztheit eines gewissen Sinkfield zuzuschreiben, daß Maycomb nicht in der Nähe des Flusses erbaut wurde. Dieser Sinkfield hatte in alten Zeiten an der Kreuzung zweier Schweinepfade ein Wirtshaus betrieben, das einzige in der Gegend. Er war kein Patriot, er belieferte sowohl die Indianer als auch die Siedler mit Alkohol und Waffen, ohne zu wissen oder danach zu fragen, ob sein Haus zu Alabama gehörte oder zum Territorium der Creek-Indianer. Die Hauptsache war ihm, daß sein Geschäft blühte.

Und das Geschäft ging ausgezeichnet, als Gouverneur William Wyatt Bibb in seinem Bemühen, geordnete Zustände zu schaffen, zwei Landmesser entsandte, die den genauen Mittelpunkt der neugegründeten Grafschaft und damit den Sitz der Verwaltungsbehörden bestimmen sollten. Die Landmesser, Sinkfields Gäste, erzählten dem Wirt, daß seine Schenke im Grenzgebiet von Maycomb County liege, und sie zeigten ihm, wo die neue Stadt erstehen würde. Hätte Sinkfield nicht einen kühnen Streich gewagt, um dem Bankrott zu entgehen, so wäre Maycomb mitten im Sumpfland von Winston, einer völlig uninteressanten Gegend, erbaut worden. Statt dessen aber wuchs und wucherte die Stadt um ein anderes Zentrum herum, nämlich Sinkfields Kneipe. Der Wirt machte seine Gäste eines Abends sinnlos betrunken, ließ sie ihre Landkarten und Tabellen vor ihm ausbreiten und bewog sie, hier etwas abzuzwacken, dort etwas hinzuzufügen, bis schließlich der Mittelpunkt von Maycomb County genau an der von Sinkfield gewünschten Stelle lag. Am nächsten Tag jagte der Wirt die Landmesser fort. Sie zogen ab, ausgerüstet mit ihren Karten und fünf Flaschen Branntwein – zwei für jeden von ihnen und eine für den Gouverneur.

Da Maycomb in erster Linie als Sitz der Verwaltung erbaut wurde, blieb ihm jene Unansehnlichkeit erspart, die viele gleich große Städte in Alabama kennzeichnete. Man errichtete solide Gebäude und ein imposantes Rathaus; die Straßen wurden erfreulich breit angelegt. Angehörige akademischer Berufe waren zahlreich vertreten. Die Leute kamen von weit her, um sich in Maycomb einen Zahn ziehen oder das Herz abhorchen zu lassen, um ihr Geld anzulegen, ihre Seele zu retten oder ihre Maulesel dem Tierarzt vorzuführen. Trotzdem ist es fraglich, ob Sinkfields Manöver wirklich so klug war, wie es den Anschein hatte. Er entfernte die junge Stadt zu weit von dem einzigen Beförderungsmittel jener Zeit, dem Flußboot, so daß die Bewohner des nördlichen Grenzgebiets Zweitagereisen unternehmen mußten, wenn sie sich in Maycomb mit Bedarfsgütern eindecken wollten. Die Folge war, daß die Stadt in den nächsten hundert Jahren nicht größer wurde. Sie blieb eine Insel in einem Meer aus Baumwollfeldern und Wäldern.

Obwohl der Bürgerkrieg die Stadt überging, wurde sie durch die Rekonstruktionsgesetze und den wirtschaftlichen Zusammenbruch zum Wachsen gezwungen. Sie wuchs nach innen. Zuwanderer ließen sich so selten in Maycomb nieder, daß die einheimischen Familien immer wieder untereinander heirateten, bis schließlich jeder mit jedem eine leichte Ähnlichkeit hatte. Hin und wieder kehrte zwar jemand mit einem Außenseiter aus Montgomery oder Mobile zurück, doch das Ergebnis vermochte den ruhigen Strom der Familienähnlichkeit nur leicht zu kräuseln. An alldem hatte sich auch in meiner Kindheit noch nichts geändert.

Es gab tatsächlich ein Kastensystem in Maycomb, aber für mich kam es nur darin zum Ausdruck, daß die älteren Bürger, die seit vielen Jahren neben- und miteinander lebten, stets mit Sicherheit im voraus wußten, wie jeder von ihnen in bestimmten Situationen reagieren würde. Sie verließen sich dabei auf Geisteshaltungen, Charakterzüge und sogar Gesten, die in jeder Generation von neuem auftraten und mit der Zeit verfeinert worden waren. Daher Behauptungen wie: Ein Crawford mischt sich prinzipiell in fremde Angelegenheiten ein – Jeder dritte Merriweather ist morbid – Die Delafields haben die Wahrheit nicht gepachtet – Alle Bufords bekommen einen runden Rücken, wenn sie älter werden . . . Das half einem, sich im täglichen Leben zurechtzufinden: Nimm nie einen Scheck von einem Delafield, ohne zuvor diskret bei der Bank nachzufragen – Miss Maudie Atkinson hält sich krumm, weil sie eine Buford ist – Wenn Mrs. Grace Merriweather gern Gin trinkt, dann ist das nicht weiter verwunderlich, denn ihre Mutter tat es auch.

Tante Alexandra paßte in die Welt von Maycomb wie die Hand in den Handschuh, aber sie paßte ganz und gar nicht in Jems und meine Welt. Ich fragte mich oft, wie sie die Schwester von Atticus und Onkel Jack sein konnte, und so war es kein Wunder, daß mir die halbvergessenen Märchen von Wechselbälgern und Alraunen einfielen, die Jem mir einst erzählt hatte.

Im ersten Monat ihres Aufenthalts blieb es bei solchen abstrakten Spekulationen, denn sie hatte Jem und mir nicht viel zu sagen. Wir sahen sie lediglich bei den Mahlzeiten und abends, bevor wir zu Bett gingen. Es war Sommer, und wir spielten tagsüber im Freien. Mitunter, wenn ich nachmittags ins Haus lief, um Wasser zu trinken, fand ich allerdings das Wohnzimmer von Damen bevölkert, die nippten, flüsterten und sich fächelten. «Jean Louise, komm und begrüße die Damen!» hieß es dann, aber wenn ich im Zimmer erschien, verriet Tante Alexandras Gesicht, daß sie ihre Aufforderung bereute, denn ich war meistens mit Schlamm bespritzt oder über und über voll Sand.

«Sag deiner Tante Lily guten Tag», befahl sie eines Nachmittags, als sie mich im Flur erwischte.

«Wem?»

«Deiner Tante Lily Brooke.»

«Ist die unsere Tante? Das wußte ich ja gar nicht.»

Tante Alexandra brachte ein Lächeln zustande, das Tante Lily um gütige Nachsicht bat und gleichzeitig mir ihre energische Mißbilligung ausdrückte. Als sich die neue Tante verabschiedete, ahnte mir Schreckliches.

Und richtig: Tante Alexandra rief Jem herein, der sich mißtrauisch neben mich auf das Sofa setzte. Mit der Bemerkung, es sei traurig, daß unser Vater versäumt habe, seinen Kindern von ihren Verwandten zu erzählen und ihnen etwas Familienstolz einzuimpfen, verließ sie das Zimmer, um mit einem purpurrot eingebundenen Buch zurückzukehren. *Meditationen von Joshua S. St. Clair* war in Golddruck darauf zu lesen.

«Das hat euer Onkel Joshua geschrieben», sagte sie. «Er war ein edler Charakter.»

Jem betrachtete den schmalen Band. «Meinst du den, der so lange eingesperrt war?»

«Woher weißt du das?» fragte die Tante.

«Na, von Atticus. Der Onkel Joshua ist auf der Universität übergeschnappt und hat den Präsidenten erschießen wollen. Er hat gesagt, der Präsident wäre nichts als ein Kloakenräumer, und er hat versucht, ihn mit einem alten Steinschloßgewehr zu erschießen, aber das Ding ist bloß in die Luft geflogen. Und es hat die Familie fünfhundert Dollar gekostet, ihm aus der Klemme zu helfen.»

Tante Alexandra stand steif wie ein Storch da. «Das genügt», sagte sie. «Ich werde mich darum kümmern.»

Vor dem Schlafengehen, als ich in Jems Zimmer war, um mir ein Buch zu borgen, klopfte es an der Tür, und Atticus trat ein. Er setzte sich auf Jems Bettrand, blickte uns nachdenklich an und begann dann verlegen zu grinsen.

«Äh . . . hm . . .» machte er. Mit solchen Kehllauten leitete er neuerdings oft seine Sätze ein, und ich schloß daraus, daß er nun wirklich alt wurde, obgleich er genauso aussah wie immer. «Ich weiß nicht recht, wie ich es sagen soll . . .» fing er an.

«Sag's einfach so, wie es ist», schlug Jem vor. «Haben wir was angestellt?»

Unser Vater rückte nervös hin und her. «Nein, ich möchte euch nur erklären, daß . . . Eure Tante hat mich gebeten . . . Junge, du weißt doch, daß du ein Fink bist, nicht wahr?»

«Hat man mir jedenfalls immer gesagt.» Jem betrachtete ihn verstohlen. Seine Stimme wurde unwillkürlich lauter. «Atticus, was ist denn los?»

Atticus schlug die Beine übereinander und kreuzte die Arme. «Ich versuche nur, euch aufzuklären.»

Jems Unbehagen wuchs. «Das weiß ich doch alles schon», knurrte er.

Atticus wurde plötzlich ernst. Mit seiner Anwaltsstimme, ohne jede Modulation, sagte er: «Eure Tante hat mich gebeten, dir und Jean Louise klarzumachen, daß ihr nicht von hergelaufenem Pack abstammt, sondern das Produkt einer der besten Familien von Maycomb County seid . . .» Atticus hielt inne und beobachtete, wie ich auf meinem Bein eine unsichtbare Rotlaus zu vertreiben suchte.

«Einer der besten Familien von Maycomb County», wiederholte er, nachdem ich mich ausgiebig gekratzt hatte. «Eure Tante meint, ihr müßtet euch bemühen, eurem Namen Ehre zu machen.» Trotz unserer finsteren Mienen sprach er beharrlich weiter. «Sie bat mich, euch zu sagen, daß ihr versuchen sollt, euch als die kleine Lady und der kleine Gentleman zu benehmen, die ihr seid. Sie möchte euch über die Familie und ihre Bedeutung für Maycomb County aufklären ... Damit ihr eine Vorstellung bekommt, wer ihr seid, und dadurch bewogen werdet, euch entsprechend zu benehmen», schloß er im Galopptempo.

Jem und ich wechselten einen bestürzten Blick. Dann sahen wir beide Atticus an, dessen Kragen ihm offenbar den Hals wund scheuerte.

Keiner von uns sagte ein Wort.

Schließlich nahm ich einen Kamm von Jems Kommode und ließ die Zinken über den Rand der Tischplatte gleiten.

«Hör auf damit», fuhr mich Atticus an.

Sein barscher Ton kränkte mich. Das kratzende Geräusch verstummte jäh, und ich knallte den Kamm auf den Tisch. Ohne zu wissen warum, begann ich zu weinen. Ich konnte die Tränen einfach nicht zurückhalten. Das war nicht mein Vater. Mein Vater dachte nicht so. Mein Vater redete nicht so. Tante Alexandra hatte ihn irgendwie dazu gebracht. Mit nassen Augen blickte ich auf Jem, der den Kopf ein wenig schräg hielt und auf einer ähnlichen Insel der Einsamkeit gelandet zu sein schien.

Ich wußte nicht, wohin ich gehen sollte, wandte mich aber trotzdem zum Gehen und prallte gegen Atticus. Ich preßte den Kopf an seine Brust und horchte auf die kleinen Geräusche hinter der blauen Weste: auf das Ticken der Uhr, auf das schwache Rascheln des gestärkten Hemdes, auf die leisen Atemzüge.

«Dein Magen knurrt», sagte ich.

«Ich weiß.»

«Nimm lieber ein bißchen Natron.»

«Ja.»

«Atticus, wird sich durch all das gute Benehmen und ... und so irgendwas ändern? Ich meine, bist du ...»

Ich fühlte seine Hand auf meinem Kopf. «Mach dir keine Sorgen», sagte er. «Soweit ist's noch nicht.»

Als ich das hörte, wußte ich, daß er zu uns zurückgekehrt war. Das Blut in meinen Beinen begann wieder zu zirkulieren, und ich hob den Kopf. «Willst du wirklich, daß wir das alles tun? Wie soll ich denn bloß behalten, was richtig und was falsch ist ...?»

«Du brauchst es nicht zu behalten. Vergiß die ganze Geschichte.»

Er ging hinaus. Beinahe hätte er die Tür hinter sich zugeschlagen, doch im letzten Augenblick besann er sich und machte sie leise zu. Jem und ich starrten noch auf die Tür, als sie sich wieder öffnete und Atticus den Kopf ins Zimmer steckte. Er hatte die Augenbrauen hochgezogen, die Brille war ihm auf die Nase gerutscht. «Ich werde Onkel Joshua immer ähnlicher, nicht wahr? Meint ihr, daß die Familie eines Tages auch für mich fünfhundert Dollar aufbringen muß?»

Heute weiß ich, was er damals zu tun versuchte. Aber Atticus war nur ein Mann, und so etwas ist Frauensache.

14. Kapitel

Tante Alexandra verzichtete zwar darauf, uns über die Finks aufzuklären, um so mehr aber bekamen wir in der Stadt zu hören. Sonnabends, wenn Jem mir einmal gestattete, ihn zu begleiten – er war neuerdings ausgesprochen allergisch gegen unser gemeinsames Auftreten in der Öffentlichkeit –, und wenn wir uns, jeder mit einem Fünfcentstück bewaffnet, einen Weg durch die schwitzende Menschenmenge in den Geschäftsstraßen bahnten, fingen wir bisweilen Äußerungen auf wie: «Sieh mal an, das sind seine Kinder», oder: «Da drüben gehen zwei von den Finks.» Drehten wir uns dann um, so erblickten wir nur ein paar Farmer, die interessiert die Klistierspritzen im Fenster des Drugstore betrachteten, oder zwei dicke Bäuerinnen, die scheinbar völlig teilnahmslos in einem Karren saßen.

«Hier kann einer frei rumlaufen und Frauen vergewaltigen, ohne daß ein Hahn danach kräht.» Diese rätselhafte Bemerkung eines hageren Herrn, die wir im Vorübergehen aufschnappten, erinnerte mich daran, daß ich Atticus etwas zu fragen hatte.

«Was heißt vergewaltigen?» erkundigte ich mich abends.

Atticus, der in seinem Schaukelstuhl am Fenster saß, ließ die Zeitung sinken. (Da wir nun schon groß und vernünftig waren, hatten Jem und ich edelmütig beschlossen, ihm nach dem Abendbrot eine ungestörte halbe Stunde zu gönnen.)

Er seufzte und sagte, Vergewaltigung bedeute, daß jemand den Verkehr mit einer weiblichen Person gewaltsam erzwinge.

«Na, wenn das alles ist, warum hat sich dann Cal so angestellt, als ich sie danach fragte?»

Atticus sah mich groß an. «Was meinst du damit?»

«Ach, an dem Sonntag, als wir aus der Kirche kamen, habe ich Cal gefragt, was das ist, und sie hat gesagt, ich soll dich fragen, aber an dem Tag hab ich's vergessen, und darum frage ich eben heute.»

Die Zeitung lag jetzt auf Atticus' Knien. «Noch mal, bitte», sagte er. Ich erzählte ihm ausführlich von unserem Kirchgang mit Calpurnia. Er hörte lächelnd zu, aber Tante Alexandra, die mit ihrer Handarbeit in einer Ecke saß, starrte uns entgeistert an.

«Dann seid ihr also an jenem Sonntag aus Calpurnias Kirche zurückgekommen?» fragte sie.

«Ja, Tante», bestätigte Jem. «Sie hat uns mitgenommen.»

Plötzlich fiel mir etwas ein. «Ja, Tante, und sie hat gesagt, ich könnte sie mal nachmittags in ihrem Haus besuchen. Atticus, darf ich nächsten Sonntag hingehen? Cal hat versprochen, sie holt mich ab, wenn du etwa mit dem Wagen weg bist.»

«Du wirst nicht hingehen.»

Tante Alexandra war es, die diese Worte gesprochen hatte. Ich fuhr überrascht herum, wandte mich dann wieder Atticus zu und fing gerade noch seinen warnenden Blick auf. Aber es war zu spät. «Dich habe ich nicht gefragt!» rief ich.

Für einen so großen Mann konnte Atticus unglaublich schnell von einem Stuhl aufspringen. Er war im Nu auf den Beinen. «Bitte deine Tante um Verzeihung», sagte er.

«Aber ich habe ja nicht sie gefragt, sondern dich . . .»

Atticus drehte den Kopf ein wenig nach links und nagelte mich mit seinem gesunden Auge an die Wand. Seine Stimme klang gefährlich. «Zu allererst bittest du deine Tante um Verzeihung!»

«Entschuldige, Tante», murmelte ich.

«So», sagte er, «und nun wollen wir ein für allemal klarstellen: Du tust, was Calpurnia dir sagt, du tust, was ich dir sage, und solange deine Tante bei uns ist, tust du, was sie dir sagt. Verstanden?»

Ich hatte verstanden. Nach kurzer Überlegung kam ich zu dem Schluß, daß der einzige einigermaßen würdige Rückzug ein Gang ins Badezimmer war. Ich blieb eine Weile drinnen, denn sie sollten glauben, es sei wirklich nötig gewesen. Danach drückte ich mich im Flur herum und lauschte dem Wortgefecht zwischen Atticus und Tante Alexandra. Durch die Tür konnte ich Jem sehen. Er saß auf dem Sofa, hatte ein *football*-Magazin vor dem Gesicht und wandte den Kopf bald nach rechts, bald nach links, als würde auf den Seiten der Zeitschrift ein lebhaftes Tennisturnier ausgetragen.

«Sie muß endlich einmal hart angefaßt werden», sagte Tante Alexandra. «Du hast die Zügel zu lange schleifen lassen, Atticus, viel zu lange.»

«Ich finde gar nichts dabei, sie hingehen zu lassen. Cal wird dort ebenso auf sie achtgeben wie hier.»

Wer war diese ‹Sie›, die hart angefaßt werden sollte? Mein Herzschlag stockte: ich! Schon fühlte ich, wie sich die Wände einer Besserungsanstalt um mich schlossen – Wände aus steifgestärktem rosa Kattun –, und zum zweitenmal in meinem Leben beschloß ich zu fliehen, sofort zu fliehen.

«Atticus, es ist gut und schön, weichherzig zu sein, und du neigst nun einmal zur Nachgiebigkeit. Aber du hast eine Tochter, an die du denken mußt. Eine heranwachsende Tochter.»

«An die denke ich ja gerade.»

«Du darfst die Sache nicht hinauszögern. Früher oder später muß es ja doch sein, warum also nicht gleich heute abend? Wir brauchen sie jetzt nicht mehr.»

Atticus' Stimme klang ruhig und beherrscht. «Calpurnia verläßt dieses Haus nicht, es sei denn, daß sie selbst es wünscht. Du magst anderer Ansicht sein, Alexandra, aber ich hätte in all den Jahren nicht ohne sie fertig werden können. Sie ist ein treues Mitglied unserer Familie, und du mußt eben die Dinge so nehmen, wie sie sind. Außerdem will ich nicht, daß du dich für uns abrackerst – das wäre absolut sinnlos. Wir brauchen Cal so nötig wie je.»

«Aber Atticus . . .»

«Ich glaube auch nicht, daß ihre Erziehung den Kindern irgendwie geschadet hat. In mancher Hinsicht ist sie sogar strenger mit ihnen gewesen als eine Mutter. Cal hat ihnen nie etwas durchgehen lassen, sie hat sie nie verzärtelt, wie es die meisten farbigen Kinderfrauen tun. Sie hat sie nach bestem Wissen erzogen, und Cal weiß eine ganze Menge, soviel steht fest . . . Und noch etwas: Die Kinder lieben sie.»

Ich atmete auf. Es handelte sich nicht um mich, sie sprachen nur über Calpurnia. Neubelebt betrat ich das Wohnzimmer. Atticus hatte sich hinter seine Zeitung zurückgezogen, und Tante Alexandra mißhandelte ihre Stickerei. Pick, pick, pick . . . ihre Nadel durchstach den straffgespannten Stoff. Sie hielt inne und zog die Schrauben des Stickrahmens noch fester an. Pick – pick – pick . . . sie war wütend.

Jem stand auf und schlich über den Teppich. Er winkte mir, ihm zu folgen, führte mich in sein Zimmer und schloß die Tür. Sein Gesicht war ernst. «Sie haben sich gezankt, Scout.»

Streitereien zwischen Jem und mir waren neuerdings nichts Ungewöhnliches, aber nie zuvor hatte ich erlebt, daß sich jemand mit Atticus zankte. Ich fühlte mich ziemlich bedrückt.

«Scout, du mußt versuchen, Tante Alexandra nicht zu reizen, hörst du?»

Da die Bemerkungen von Atticus noch an mir nagten, überhörte ich die Bitte in Jems Frage. Meine Federn sträubten sich. «Willst du mir etwa Vorschriften machen?»

«Unsinn! Aber . . . weißt du, er hat schon genug auf dem Hals, und wenn wir ihn dann noch . . .»

«Was denn zum Beispiel?» Ich konnte mir nicht vorstellen, daß Atticus irgend etwas Besonderes auf dem Hals haben sollte.

«Dieser Tom-Robinson-Prozeß macht ihm entsetzliche Sorgen . . .»

Ich erwiderte, Atticus mache sich über nichts Sorgen. Außerdem hätten wir mit dem Prozeß höchstens einmal in der Woche Ärger, und nie für lange.

«Ja, weil du nichts lange im Kopf behalten kannst», sagte Jem. «Bei uns Erwachsenen ist das anders, wir . . .»

Seine gräßliche Überheblichkeit war einfach nicht mehr zu ertragen. Er wollte immer nur lesen oder allein fortgehen. Gewiß, er erzählte mir nach wie vor alles, was er las, aber nicht etwa, wie früher, weil er dachte, es würde mich interessieren, sondern lediglich zu meiner Erbauung und Belehrung.

«Du eingebildeter Affe! Wofür hältst du dich eigentlich?»

«Ganz im Ernst, Scout, wenn du Tante Alexandra noch einmal reizt, dann . . . dann haue ich dich windelweich.»

Das reichte mir. «Du verdammter Morphodit, ich bringe dich um!» schrie ich.

Jem saß auf dem Bett, und es war mir ein leichtes, ihn bei den Stirnhaaren zu packen und seinen Mund mit einem Fausthieb zu treffen. Er schlug zurück, und ich versuchte, einen zweiten Linkshaken zu landen, aber ein Stoß in den Magen warf mich zu Boden. Für ein paar Augenblicke verschlug es mir den Atem, doch das war einerlei. Ich wußte: Jem kämpfte, er wehrte sich, er nahm mich für voll.

«So, jetzt gibst du wohl nicht mehr so an», keuchte ich und ging von neuem auf ihn los. Er saß noch auf dem Bett, und da ich keinen festen Stand finden konnte, warf ich mich mit aller Kraft auf ihn. Ich puffte, zerrte, kniff und stieß. Was als Faustkampf begonnen hatte, wurde zu einer wilden Prügelei. Wir rangen erbittert, bis Atticus uns trennte.

«Schluß jetzt», sagte er. «Marsch ins Bett, alle beide.»

«Ätsch», triumphierte ich: Jem wurde zu meiner Schlafenszeit ins Bett geschickt.

«Wer hat angefangen?» fragte Atticus resigniert.

«Jem! Er wollte mir Vorschriften machen. Aber was der mir sagt, brauche ich doch wohl nicht zu tun, oder?»

Atticus lächelte. «Ich schlage vor, daß du Jem immer dann gehorchst, wenn er dich dazu bringen kann. Ist das fair genug?»

Tante Alexandra, die ebenfalls erschienen war, hüllte sich in Schweigen. Als sie mit Atticus den Flur entlangging, hörten wir sie sagen: «. . . nur eines von den Dingen, auf die ich dich hingewiesen habe.» Dieser Satz vereinigte uns wieder.

Unsere Zimmer lagen nebeneinander. Als ich die Verbindungstür schloß, sagte Jem: «Nacht, Scout.»

«Nacht», murmelte ich und tastete mich durch das Zimmer, um das Licht einzuschalten. Vor meinem Bett trat ich auf etwas Kühles,

Elastisches, Glattes. Zuerst dachte ich, es wäre Hartgummi, aber dann hatte ich das Gefühl, es sei lebendig. Ich hörte auch, daß es sich bewegte.

Ich machte Licht und sah mir den Boden neben dem Bett an. Keine Spur von dem Ding, auf das ich getreten war. Ich klopfte an Jems Tür.

«Was ist?» rief er.

«Du, wie fühlt sich 'ne Schlange an?»

«Ziemlich rauh. Kalt. Staubig. Warum?»

«Ich glaube, unter meinem Bett ist eine. Kannst du mal kommen?»

Jem öffnete die Tür. «Soll das ein Witz sein?» Er hatte nur die Hose des Schlafanzugs an. Ich stellte nicht ohne Genugtuung fest, daß sein Mund noch die Spuren meiner Knöchel trug. Als ich ihm klargemacht hatte, um was es sich handelte, sagte er: «Wenn du denkst, ich krieche zu der Schlange unters Bett, dann irrst du dich. Moment mal.» Er lief in die Küche und holte einen Besen. «Steig lieber aufs Bett», riet er mir.

«Meinst du, daß es 'ne richtige ist?» fragte ich aufgeregt. Das war wirklich eine Sensation! Da unsere Häuser keine Keller hatten – sie standen auf Steinblöcken, die etwa einen halben Meter hoch waren –, kam es gelegentlich vor, daß Reptilien eindrangen; aber alltäglich war das durchaus nicht.

Wenn Miss Rachel Haverford jeden Morgen ein Glas Whisky trank, dann nur, weil sie es nicht verwinden konnte, daß sie eines Tages, als sie ihren Morgenrock in den Schrank hängen wollte, auf einem Stapel Wäsche eine zusammengerollte Klapperschlange gefunden hatte.

Jem fuhr mit dem Besen unter das Bett, während ich am Fußende nachschaute, ob eine Schlange herauskäme. Es kam keine. Jem fegte nochmals dicht an der Wand entlang.

«Können Schlangen grunzen?»

«Von wegen Schlange», sagte Jem. «Das ist ein Mensch.» Plötzlich schoß ein schmutziges braunes Etwas unter dem Bett hervor. Jem hob den Besen, und der Schlag ging haarscharf an Dills Kopf vorbei.

«Allmächtiger Gott!» Jems Stimme klang ehrfurchtsvoll.

Wir beobachteten, wie sich Dill zentimeterweise herausschob. Es war, als steckte er in einem Futteral. Schließlich stand er auf, schüttelte sich, ließ die Füße in den Gelenken kreisen und rieb sich den Nacken, bis sein Blut wieder zirkulierte. Dann sagte er: «Hallo!»

Jem rief ein zweites Mal den Allmächtigen an. Ich war sprachlos.

«Ich sterbe vor Hunger», verkündete Dill. «Habt ihr was zu essen?»

Wie im Traum ging ich in die Küche und brachte ihm etwas Milch und alles Maisbrot, das vom Abendessen übriggeblieben war. Dill fiel gierig darüber her. Er kaute wie immer mit den Vorderzähnen.

Ich fand endlich die Sprache wieder. «Wie bist du denn hierhergekommen?»

Auf tausend Umwegen. Durch das Essen erquickt, ließ Dill seiner Phantasie freien Lauf: Er war von seinem neuen Vater, der ihn haßte, in Ketten gelegt und zum Sterben in den Keller geworfen worden (in Meridian gab es Keller). Ein Farmer hatte seine Hilferufe gehört und ihn heimlich mit grünen Erbsen versorgt, die er Schote für Schote – einen ganzen Scheffel – durch den Ventilator warf. Dill hatte die Ketten aus der Wand gerissen und war geflohen. Noch immer in Handschellen, war er einige Meilen hinter Meridian auf einen kleinen Zirkus gestoßen, wo er sofort als Kamelwäscher eingestellt wurde. Er war mit dem Zirkus durch ganz Mississippi gereist, bis ihm sein unfehlbarer Ortssinn sagte, daß er sich in Abbott County, Alabama, befinde, nur durch den Fluß von Maycomb getrennt. Den Rest des Weges war er gewandert.

«Und wie bist du nun wirklich hierhergekommen?» fragte Jem.

Dill hatte dreizehn Dollar aus der Börse seiner Mutter genommen, war in Meridian in den Neun-Uhr-Zug gestiegen und bis Maycomb-Station gefahren. Von den rund vierzehn Meilen nach Maycomb war er acht oder neun abseits der Landstraße durch dichtes Buschwerk gewandert (für den Fall, daß die Behörden ihn suchten) und hatte sich dann an das hintere Kastenbrett eines Baumwollwagens geklammert. Nach seiner Schätzung lag er seit mindestens zwei Stunden unter dem Bett. Er hatte uns im Eßzimmer gehört und war beinahe verrückt geworden, als die Gabeln auf den Tellern klapperten. Die Zeit, bis Jem und ich kamen, war ihm endlos erschienen. Bei unserer Prügelei hatte er mit dem Gedanken gespielt, aufzutauchen und mir beizustehen, weil Jem seit dem vorigen Jahr so viel größer geworden war. Aber er hatte gewußt, daß Mr. Fink dem Kampf bald ein Ende machen würde, und es daher für klüger gehalten, in seinem Versteck zu bleiben. Dill war erschöpft, unglaublich schmutzig – und zu Hause . . .

«Die wissen bestimmt nicht, daß du hier bist», sagte Jem. «Wenn sie dich suchten, hätten wir davon gehört.»

Dill grinste. «Wahrscheinlich suchen sie erst mal alle Kinos von Meridian nach mir ab.»

«Du solltest deiner Mutter Bescheid geben», meinte Jem. «Du mußt ihr schreiben, daß du hier bist . . .»

Dills Augen blitzten ihn an, und Jem senkte den Kopf. Dann stand er auf und brach auch das letzte Gesetz unserer Kindheit. Er verließ das Zimmer und ging den Flur entlang. «Atticus, kannst du mal kommen?» hörten wir seine tonlose Stimme.

Unter dem schweißgestreiften Schmutz wurde Dills Gesicht kreidebleich.

Ich fühlte, wie sich mein Magen hob. Und schon stand Atticus auf der Schwelle.

Er trat in die Mitte des Zimmers, stellte sich, Hände in den Hosentaschen, vor Dill hin und musterte ihn schweigend.

«Reg dich nicht auf, Dill», stieß ich mühsam hervor. «Wenn er dir was zu sagen hat, sagt er's.»

Dill blickte mich an.

«Ich meine, er tut dir nichts», erklärte ich. «Du weißt doch, daß er nicht so ist. Vor Atticus brauchst du bestimmt keine Angst zu haben.»

«Ich hab keine Angst . . .» murmelte Dill.

«Nur Hunger, nehme ich an.» Atticus' Stimme klang angenehm sachlich, wie immer. «Scout, haben wir denn nichts Besseres für ihn als kaltes Maisbrot? Füll mal den Burschen voll, und wenn ich zurückkomme, werden wir weitersehen.»

«Mr. Fink, sagen Sie's nicht Tante Rachel! Schicken Sie mich nicht zurück, *bitte*, Sir! Ich reiße sofort wieder aus . . .»

«Sachte, mein Junge. Niemand will dich irgendwohin schicken, außer ins Bett. Ich gehe nur rüber zu Miss Rachel, sage ihr, daß du hier bist, und frage sie, ob du heute nacht bei uns schlafen darfst. Das möchtest du doch gern, nicht wahr? Und schaff um Himmels willen die Erde von Maycomb County an ihren Platz zurück. Die Bodenerosion ist hier ohnehin sehr stark.»

Dill starrte meinem Vater mit offenem Mund nach.

«Er macht nur Spaß», beruhigte ich ihn. «Er meint, du sollst baden. Siehst du, ich habe gleich gesagt, daß er dir nichts tut.»

Jem stand in einer Ecke und sah aus wie der Verräter, der er war. «Dill, es ging doch nicht anders», entschuldigte er sich. «Du kannst nicht so weit von zu Hause weglaufen, ohne daß deine Mutter was davon weiß.»

Wir wandten uns wortlos von ihm ab.

Dill aß und aß und aß, denn er hatte seit dem Vorabend nichts im Magen. Sein ganzes Geld war für die Fahrkarte draufgegangen. Er war – wie schon so oft – in den Zug gestiegen und hatte unbefangen mit dem Schaffner geplaudert, aber er hatte nicht gewagt, von der Vergünstigung Gebrauch zu machen, die alleinreisenden Kindern zusteht, wenn sie ihr Geld verloren haben: Sie können sich vom Schaffner den Betrag für das Abendessen leihen; der Vater, der sie am Reiseziel erwartet, bezahlt dann ihre Schulden.

Nachdem Dill die Reste unserer Mahlzeit bewältigt hatte, wollte er gerade einer Dose Schweinefleisch mit Bohnen zu Leibe gehen, als Miss Rachels «Herr, du meine Güte» im Flur erklang. Dill begann zu zittern wie ein Kaninchen.

Er ertrug standhaft ihr «Komm du mir bloß nach Hause, deine

Eltern sind schon halb wahnsinnig vor Angst», er blieb seelenruhig während ihres «Jetzt zeigt sich's ja, was von der Familie Harris in dir steckt», er lächelte bei ihrem «Na, eine Nacht kannst du schon bleiben», und er erwiderte die innige Umarmung, mit der sie ihn zu guter Letzt bedachte.

Atticus schob seine Brille hoch und rieb sich die Augen.

«Euer Vater ist müde», sagte Tante Alexandra, und mir schien, dies seien ihre ersten Worte seit Stunden. «Ihr Kinder geht jetzt zu Bett.»

Wir ließen die Erwachsenen im Eßzimmer allein. Atticus rieb sich noch immer die Augen, und wir hörten ihn leise lachen. «Vergewaltigung, Schlägerei und dann noch ein Ausreißer», sagte er. «Ich bin gespannt, was uns die nächsten zwei Stunden bringen.»

Da sich alles recht gut anzulassen schien, beschlossen wir, uns wieder mit Jem zu vertragen. Dill mußte ohnehin bei ihm schlafen, also konnte er ja auch mit ihm reden.

Ich zog meinen Schlafanzug an, las eine Weile und war auf einmal unfähig, die Augen offenzuhalten. Von Dill und Jem hörte ich nicht einen Laut. Als ich die Leselampe ausknipste, sah ich, daß nebenan kein Licht mehr brannte.

Ich mußte lange geschlafen haben, denn als ich wachgepufft wurde, war das Zimmer vom matten Schein des untergehenden Mondes erfüllt.

«Rück mal ein bißchen, Scout.»

«Er hat gedacht, er muß es sagen», murmelte ich. «Sei ihm nicht mehr böse.»

«Bin ich ja gar nicht», erwiderte Dill und legte sich neben mich. «Ich will nur bei dir schlafen. Bist du wach?»

Mittlerweile war ich wach, wenn auch noch etwas schlaftrunken. «Warum hast du das getan?»

Keine Antwort.

«Hörst du nicht? Ich frage, warum du weggelaufen bist. War er wirklich so schlecht zu dir, wie du erzählt hast?»

«N . . . nein . . .»

«Und was ist mit dem Boot, das ihr zusammen bauen wolltet?»

«Er hat nur gesagt, wir würden eins bauen. Getan haben wir's nicht.»

Ich stützte mich auf den Ellbogen und wandte mich Dill zu. «Das ist doch kein Grund, auszureißen. Erwachsene versprechen einem oft was, und nachher haben sie keine Zeit . . .»

«Deswegen war's ja auch gar nicht. Er . . . sie kümmern sich kein bißchen um mich.»

Das war der seltsamste Grund zur Flucht, von dem ich je gehört hatte. «Wieso?»

«Na, sie sind nie zu Hause gewesen. Und wenn sie mal da waren, wollten sie immer allein in ihrem Zimmer sein.»

«Was haben sie denn dort gemacht?»

«Nichts, bloß dagesessen und gelesen . . . Aber mich wollten sie nie dabei haben.»

Ich schob das Kissen an die Bettwand und richtete mich auf. «Weißt du was? Ich hatte heute abend auch vor, wegzulaufen, und zwar deshalb, weil sie alle da waren. Man kann sie doch nicht die ganze Zeit um sich haben, Dill . . .»

Dill atmete geduldig aus. Es klang wie ein Seufzer.

«. . . Sieh mal, Atticus ist auch den ganzen Tag weg und manchmal noch die halbe Nacht, er muß oft verreisen, nach Montgomery und was weiß ich wohin . . . Man kann sie einfach nicht die ganze Zeit um sich haben, die reden einem ja überall rein . . .»

«So meine ich's auch nicht.»

Während Dill seine Lage schilderte, überlegte ich, wie mein Leben wohl wäre, wenn Jem mich noch abweisender behandelte, als er es jetzt schon tat, und was ich anfangen würde, wenn Atticus meiner Hilfe und meines Rates nicht mehr bedürfte. Zum Glück konnte er nicht einen Tag ohne mich fertig werden. Sogar Calpurnia fühlte sich einsam, wenn ich nicht da war. Sie brauchten mich.

«Dill, du mußt dich irren. Deine Eltern können bestimmt nicht ohne dich auskommen. Wahrscheinlich sind sie bloß gemein zu dir. Ich will dir sagen, was du dagegen tun kannst . . .»

In der Dunkelheit sprach Dill beharrlich weiter. «Es ist nämlich . . . also, ich meine, sie . . . sie fühlen sich viel, viel wohler, wenn ich weg bin. Weil ich ihnen gar nichts bedeute. Sie sind nicht gemein. Sie kaufen mir alles, was ich will. Aber dann heißt es: ‹So, und jetzt geh in dein Zimmer. Spiel mit deinen neuen Sachen. Lies das Buch, das ich dir gekauft habe.›» Dill versuchte, mit tiefer Stimme zu sprechen. «Du bist kein Junge. Jungen spielen Baseball mit ihren Freunden, sie hocken nicht zu Hause rum und fallen ihren Eltern lästig.» Seine Stimme nahm wieder ihren natürlichen Klang an, als er fortfuhr: «Nein, gemein sind sie nicht. Wenn sie mir gute Nacht oder guten Morgen oder auf Wiedersehen sagen, dann küssen und umarmen sie mich. Und sie behaupten, sie hätten mich lieb . . . Du, Scout, wollen wir uns ein Baby kommen lassen?»

«Woher denn?»

Dill hatte von einem Mann gehört, der in einem Boot zu einer nebligen Insel hinüberruderte. Dort waren all die kleinen Kinder, und man brauchte sich nur eines zu bestellen . . .

«Das ist nicht wahr. Meine Tante hat gesagt, der liebe Gott wirft sie durch den Schornstein. Ich glaube wenigstens, daß sie es so gemeint hat.» Tante Alexandras Ausdrucksweise war in diesem Fall reichlich unklar gewesen.

«Ach wo. Kinder kriegt man voneinander. Aber da ist auch dieser Mann . . . Er hat all die Babies, die auf ihr Erwachen warten. Er haucht ihnen Leben ein . . .»

Dill war in seinem Element. Er ersann wunderschöne Dinge in seinem verträumten Kopf. Obgleich er doppelt so schnell lesen konnte wie ich, schätzte er den Zauber seiner eigenen Erfindungen höher. Obgleich er mit unglaublicher Geschwindigkeit addieren und subtrahieren konnte, zog er sich am liebsten in seine eigene Welt zurück, eine Zwielichtwelt, in der ungeborene Kinder darauf warteten, wie Morgenlilien gepflückt zu werden. Er redete sich allmählich in Schlaf und nahm mich mit. In der Stille seiner Nebelinsel tauchte das verschwommene Bild eines grauen Hauses mit traurigen braunen Türen auf.

«Dill?»

«Hm?»

«Warum ist wohl Boo Radley nie weggelaufen?»

Dill stieß einen tiefen Seufzer aus und drehte sich auf die andere Seite.

«Vielleicht hat er nichts, wo er hinlaufen kann . . .»

15. Kapitel

Nach zahlreichen Telefongesprächen, vielem Plädieren zugunsten des Beklagten und einem langen verzeihenden Brief seiner Mutter wurde entschieden, daß Dill bleiben durfte. Wir verbrachten eine friedliche Woche. Danach schien es mit dem Frieden aus zu sein. Ein Alpdruck senkte sich auf uns herab.

Es begann eines Abends nach dem Essen. Dill war bei uns. Tante Alexandra saß in ihrem Stuhl, Atticus in dem seinen, wir Kinder lagen auf dem Fußboden und lasen. Die Woche war ruhig und angenehm vergangen. Ich hatte der Tante gehorcht; Jem hatte, obgleich er dem Baumhaus entwachsen war, Dill und mir beim Knüpfen einer neuen Strickleiter geholfen; Dill hatte einen großartigen Plan ausgeheckt, um Boo Radley ohne jede Gefahr für uns herauszulocken. (Man nehme Zitronenbonbons, lege sie als Köder auf den Weg zwischen Radleys Hintertür und dem Vorplatz, und schon wird Boo wie eine Ameise der Spur nachgehen.) Als es an der Haustür klopfte, lief Jem hinaus und kam mit der Nachricht zurück, Mr. Heck Tate sei da.

«Bitte ihn doch hereinzukommen», sagte Atticus.

«Das habe ich ja getan. Aber er hat ein paar Männer mitgebracht, und sie wollen, daß du rauskommst.»

In Maycomb blieben Erwachsene nur aus zwei Gründen auf dem Hof stehen: Tod und Politik. Ich überlegte, wer wohl gestorben war.

«Halt, ihr geht nicht raus», rief Atticus, als Jem und ich zur Tür stürmten.

Jem schaltete das Licht im Wohnzimmer aus und drückte die Nase gegen eines der Fliegenfenster. Tante Alexandra erhob Einspruch, aber er sagte: «Nur einen Augenblick, Tantchen. Ich möchte sehen, wer das ist.»

Dill und ich besetzten das andere Fenster. Atticus stand inmitten einer Gruppe von Männern, die alle gleichzeitig zu reden schienen.

«. . . wird morgen ins Stadtgefängnis gebracht», hörten wir Mr. Tates Stimme. «Ich weiß nicht, ob was passiert, aber garantieren kann ich für nichts.»

«Reden Sie keinen Unsinn, Heck», erwiderte Atticus. «Schließlich leben wir in Maycomb.»

«Ich sage bloß, daß ich unruhig bin.»

«Heck, wir haben seinerzeit Aufschub beantragt, und zwar nur, um jeden Zwischenfall auszuschließen», sagte Atticus. «Heute ist Sonnabend. Die Verhandlung findet wahrscheinlich am Montag statt. Was soll denn in der einen Nacht passieren? Ich glaube nicht, daß mir in diesen schlechten Zeiten irgend jemand in Maycomb einen Klienten mißgönnt.»

Das belustigte Gemurmel der Umstehenden erstarb plötzlich, als Mr. Link Deas das Wort nahm. «Von den Leuten aus der Stadt ist wohl nichts zu befürchten. Was mir Sorgen macht, ist dieses Pack aus Old Sarum . . . Könnte man nicht den . . . den . . . Na, Heck, wie sagt man da?»

«Den Verhandlungsort verlegen», ergänzte Mr. Tate. «Wird nicht viel nützen, fürchte ich.»

Die Antwort von Atticus entging mir. Ich wandte mich an Jem, doch der winkte ungeduldig ab.

«. . . außerdem», fuhr Atticus fort, «braucht ihr vor denen doch keine Angst zu haben.»

«Sie wissen ja, wie die's treiben, wenn sie betrunken sind.»

«Sonntags trinken sie nicht, da sitzen sie fast den ganzen Tag in der Kirche», widersprach Atticus.

«Das hier ist aber ein besonderer Anlaß», sagte jemand.

Wir lauschten angestrengt. Tante Alexandra verlangte, Jem solle sofort das Licht einschalten. Sein Benehmen sei eine Schande für die Familie, erklärte sie. Aber Jem hörte nicht hin.

«. . . nicht verstehen, warum Sie sich überhaupt auf die Sache eingelassen haben», sagte Mr. Link Deas. «Sie werden alles dabei verlieren, Atticus, alles.»

«Sind Sie ganz sicher?»

Das war die gefährlichste Frage unseres Vaters. «Bist du ganz sicher, Scout, daß du diesen Zug machen willst?» Und bum, bum, bum flogen meine Steine vom Damebrett. «Bist du ganz sicher, mein Junge? Dann lies mal das hier.» Und Jem mußte sich für den Rest des Abends durch die Reden von Henry W. Grady hindurchquälen.

«Link, der Mann kommt vielleicht auf den elektrischen Stuhl, aber nicht, bevor die Wahrheit gesagt worden ist. Und ihr alle kennt die Wahrheit.» Atticus sprach ruhig, ohne jede Erregung.

Ein Murmeln erhob sich, das bedrohlich anzuschwellen schien, als Atticus auf die unterste Treppenstufe stieg und die anderen sich an ihn herandrängten.

Plötzlich schrie Jem: «Atticus, das Telefon klingelt!»

Die Männer zuckten zusammen und traten ein wenig zurück. Es handelte sich um Leute, die wir täglich zu Gesicht bekamen: Kaufleute und einige Bauern aus dem Stadtbereich; auch Dr. Reynolds und Mr. Avery waren dabei.

«Dann geh doch ran, Junge», rief Atticus.

Sie trennten sich unter Gelächter. Atticus kam herein und drehte das Licht im Wohnzimmer an. Jem, der noch immer am Fenster stand, war sehr blaß, nur auf seiner Nase hatte das Drahtnetz einen roten Abdruck hinterlassen.

«Warum in aller Welt sitzt ihr eigentlich im Dunkeln?» erkundigte sich Atticus.

Jem beobachtete, wie er zu seinem Stuhl ging und die Zeitung ergriff. Manchmal denke ich, daß Atticus hinter den Seiten des *Mobile Register*, der *Birmingham News* und des *Montgomery Advertiser* jede kritische Situation seines Lebens einer gründlichen Erwägung unterwarf.

«Sie waren hinter dir her, nicht wahr?» Jem trat auf ihn zu. «Wollten sie dich holen?»

Atticus ließ die Zeitung sinken. «Was für Schmöker hast du denn wieder gelesen?» fragte er und fügte leise hinzu: «Nein, Junge, das waren unsere Freunde.»

«Dann war es also keine . . . keine Bande?» Jem blickte Atticus mißtrauisch von der Seite an.

Atticus versuchte, ein Lächeln zu unterdrücken, doch es gelang ihm nicht. «Nein, so was gibt es hier nicht. Ich habe nie etwas von einer Bande in Maycomb gehört.»

«Der Ku-Klux-Klan ist aber mal hinter ein paar Katholiken her gewesen.»

«Auch von Katholiken habe ich in Maycomb nie etwas gehört», sagte Atticus. «Du verwechselst das wohl mit einer anderen Sache. Vor vielen Jahren, so um neunzehnhundertundzwanzig herum, hat es hier einen Klan gegeben, aber das war eine politische Organisation. Allerdings fanden die Mitglieder niemanden, dem sie Furcht einjagen konnten. Eines Nachts, als sie vor Mr. Sam Levys Haus randalierten, kam Sam seelenruhig auf die Veranda und sagte, sie sollten sich schämen, denn er selbst hätte ihnen ja das ganze Zeug verkauft, das sie auf dem Leibe trügen. Und da zogen sie ab wie die begossenen Pudel.» (Die Familie Levy wies sämtliche Merkmale ‹feiner Leute› auf: Sie benutzte ihren Verstand dazu, das Bestmögliche zu leisten, und lebte seit fünf Generationen auf ein und demselben Grundstück in Maycomb.) «Der Ku-Klux-Klan ist für alle Zeiten verschwunden», schloß Atticus.

Ich begleitete Dill nach Hause. Als ich zurückkam, hörte ich gerade noch, daß Atticus zu Tante Alexandra sagte: «. . . ebenso wie jeder andere auf den Schutz der südstaatlichen Weiblichkeit bedacht, aber ich weigere mich energisch, auf Kosten eines Menschenlebens an einer konventionellen Lüge festzuhalten.» Diese Worte ließen mich argwöhnen, daß sich die beiden wieder einmal in den Haaren gelegen hatten.

Ich suchte Jem und fand ihn tief in Gedanken auf seinem Bett ausgestreckt. «Hat es Krach gegeben?» fragte ich.

«Ja, so kann man's nennen. Sie läßt ihm keine Ruhe wegen Tom Robinson. Sie hat gesagt oder wenigstens angedeutet, daß Atticus Schande über die Familie bringt. Scout . . . ich habe Angst.»

«Angst? Wovor?»

«Angst um Atticus. Jemand könnte ihm was antun.» Jem zog es vor, geheimnisvoll zu bleiben; auf meine Fragen bekam ich statt einer Antwort nur den Rat, schleunigst abzuhauen und ihn in Ruhe zu lassen.

Der nächste Tag war ein Sonntag. In der Pause zwischen der Sonntagsschule und dem Gottesdienst, während sich die Gemeindemitglieder die Beine vertraten, entdeckte ich, daß Atticus schon wieder mit einer Gruppe von Männern sprach. Mr. Heck Tate war auch diesmal dabei, und ich fragte mich, ob der Herr ihn erleuchtet hatte. Er ging sonst nie in die Kirche. Sogar Mr. Underwood war zugegen, und der interessierte sich doch für nichts als die *Maycomb Tribune*, deren alleiniger Besitzer, Redakteur und Drucker er war. Er verbrachte seine Tage an der Setzmaschine, wo stets zu seiner Erfrischung ein Vierliterkrug Obstwein bereitstand. Angeblich stellte er jede Ausgabe seiner Zeitung im Kopf zusammen und setzte sie auf der Linotype. In der Stadt traf man ihn selten; die Leute brachten ihm die Nachrichten ins Haus. Es mußte etwas Wichtiges geschehen sein, wenn Mr. Underwood von seinen Gewohnheiten abging.

Ich fing Atticus an der Kirchentür ab, und er sagte, Tom Robinson sei ins Gefängnis von Maycomb übergeführt worden. Man hätte ihn gleich dort unterbringen sollen, fügte er wie im Selbstgespräch hinzu, dann wäre alles bedeutend ruhiger verlaufen. Ich sah, wie er zu seinem Platz in der dritten Reihe ging, und ich hörte seine tiefe Stimme, als er – immer ein paar Noten im Rückstand – «Näher, mein Gott, zu dir» sang. Er setzte sich nie neben Jem, mich und die Tante. In der Kirche blieb er gern für sich.

Der Sonntagsfrieden, in den wir uns fügten, wurde durch Tante Alexandras Anwesenheit noch unerträglicher. Nach dem Mittagessen flüchtete sich Atticus gewöhnlich in sein Arbeitszimmer, und wenn wir ihn dort besuchten, fanden wir ihn, im Drehstuhl zurückgelehnt, beim Lesen. Tante Alexandra zog sich zu einem zweistündigen Mittagsschläfchen zurück und ermahnte uns streng, keinen Lärm zu machen, denn die Nachbarschaft ruhe.

Der hochbetagte Jem gab sich an jenem Sonntag in seinem Zimmer dem Studium der *football*-Zeitschriften hin, und ich trieb mich mit Dill auf der Rehwiese herum. Da Schießen am Tage des Herrn verboten war, spielten wir eine Weile mit Jems Ball. Das machte uns keinen Spaß, und Dill fragte, ob wir nicht lieber Boo Radley aufstöbern wollten. Ich fand es jedoch nicht nett, ihn zu belästigen, und so füllte ich den Rest des Nachmittags mit einem Bericht über die Ereignisse des vergangenen Winters aus. Dill zeigte sich stark beeindruckt.

Gegen Abend trennten wir uns. Nach dem Essen, als Jem und ich wie üblich im Wohnzimmer saßen und lasen, kam Atticus herein, und wir sahen zu unserer Überraschung, daß er ein langes elektrisches Kabel in der Hand hatte. An der Schnur war eine Glühbirne befestigt.

«Ich gehe noch mal weg», erklärte er. «Ihr werdet nachher wohl schon schlafen, darum sage ich euch gleich gute Nacht.» Damit setzte er den Hut auf und ging durch die Hintertür hinaus.

Jem spitzte die Ohren. «Er fährt mit dem Wagen.»

Unser Vater hatte ein paar Eigenheiten. Eine davon war, daß er nie Nachspeise aß, eine andere, daß er gern zu Fuß ging. Soweit mein Gedächtnis zurückreichte, hatte immer ein gut gepflegter Chevrolet in der Garage gestanden, und Atticus benutzte ihn für alle seine Geschäftsreisen. In Maycomb aber ging er täglich zweimal zu Fuß ins Büro und zweimal zurück, was insgesamt einen Weg von etwa drei Meilen bedeutete. Das sei der einzige Sport, den er treibe, sagte er immer.

(Leute, die ohne Zweck und Ziel spazierengingen, galten in Maycomb für unfähig, sich auf irgendeinen Zweck oder irgendein Ziel zu konzentrieren.)

Etwas später sagte ich meiner Tante und meinem Bruder gute Nacht. Ich lag schon im Bett und war in ein Buch vertieft, als ich Jem in seinem Zimmer herumpoltern hörte. Die Geräusche unterschieden sich so sehr von den üblichen, daß ich bei ihm anklopfte. «Warum gehst du nicht zu Bett?»

«Ich muß in die Stadt», sagte er, und ich sah, daß er sich eine andere Hose anzog.

«Jetzt noch? Es ist kurz vor zehn, Jem.»

«Weiß ich. Aber ich muß gehen.»

«Dann komme ich mit. Auch wenn du nein sagst, verstanden?»

Jem begriff, daß er mich nur mit Gewalt von meinem Vorhaben abbringen konnte. Vermutlich wollte er um Tante Alexandras willen jede Gewaltanwendung vermeiden, denn er gab, wenn auch ungern, nach.

Ich kleidete mich rasch an. Wir warteten, bis das Licht im Zimmer der Tante erlosch, und schlichen dann geräuschlos die Hintertreppe hinunter. In dieser Nacht war kein Mondschein.

«Dill wird auch mitkommen wollen», flüsterte ich.

«Kann ich mir denken», entgegnete Jem düster.

Wir sprangen über die niedrige Mauer, überquerten Miss Rachels Hof und machten vor Dills Fenster halt. Jem ahmte den Wachtelruf nach. Dills Gesicht tauchte auf und verschwand. Fünf Minuten später öffnete er das Fliegenfenster und kroch heraus. Als alter Praktikus sprach er nicht, bis wir auf der Straße waren. «Was ist denn los?» fragte er dann.

«Jem hat die Schau-dich-um-Krankheit», erklärte ich. Nach Calpurnias Aussage war das ein Leiden, das alle Jungen in seinem Alter befiel.

«Ich habe bloß so ein Gefühl», murmelte Jem, «so ein merkwürdiges Gefühl.»

Wir gingen an Mrs. Duboses Haus vorbei. Es stand leer, und die Fensterladen waren geschlossen. Zwischen den verwilderten Kamelien wucherte Unkraut. Bis zur Post waren es noch acht Häuser.

Die Südseite des Marktplatzes war menschenleer. An jeder Ecke ragten riesige Andentannen auf, und zwischen ihnen glitzerte im Laternenlicht ein eisernes Geländer zum Anbinden von Zugtieren. Die öffentliche Bedürfnisanstalt war schwach erleuchtet, das Rathaus lag im Dunkeln. In den Geschäftshäusern rings um den Platz brannten hier und dort ein paar trübe Lampen.

Atticus hatte, als er seine Praxis eröffnete, ein Büro im Rathaus gehabt. Einige Jahre später war er in ruhigere Räume im Bankgebäude gezogen. Wir sahen sofort, daß unser Wagen vor der Bank stand.

«Er ist drinnen», sagte Jem.

Nein, er war nicht drinnen. Das Büro lag am Ende eines langen Korridors, und wenn Licht gebrannt hätte, wären auf der Glastür die Worte *Atticus Fink, Rechtsanwalt* in schlichten kleinen Buchstaben sichtbar gewesen. Aber alles war dunkel.

Jem spähte durch die Gitterstäbe, um sich zu vergewissern. Er drehte den Knopf: Das Tor war verschlossen. «Los, kommt, vielleicht ist er bei Mr. Underwood.»

Mr. Underwood leitete nicht nur das Büro der *Maycomb Tribune*, er wohnte auch darin, genauer gesagt, darüber. Wenn er sich über die Vorgänge im Rathaus und im Gefängnis informieren wollte, genügte ein Blick aus seinem Schlafzimmerfenster. Das Haus stand an der nordwestlichen Ecke des Platzes, und um dorthin zu gelangen, mußten wir am Gefängnis vorbei.

Das Gefängnis von Maycomb war das ehrwürdigste und häßlichste Gebäude weit und breit. Atticus hatte einmal gesagt, daß Onkel Joshua St. Clair so etwas entworfen haben könnte. Jedenfalls war es die Verwirklichung eines Alptraumes. In einer Stadt mit quadratischen Ladenfassaden und spitzgiebligen Häusern fiel dieses Gefängnis völlig aus dem Rahmen. Es war ein gotischer Miniaturscherz, eine Zelle breit und zwei Zellen hoch, von winzigen Zinnen und Strebepfeilern gekrönt. Der phantastische Eindruck wurde durch die rote Backsteinfront und die dicken Eisengitter an den Bogenfenstern noch gesteigert. Das Gefängnis, das nicht etwa auf einem Hügel stand, sondern zwischen Tyndals Eisenwarengeschäft und dem Bürohaus der *Maycomb Tribune* eingekeilt war, lieferte den Bürgern von Maycomb unerschöpflichen Gesprächsstoff. Die einen verglichen es mit einer viktorianischen Bedürfnisanstalt, die anderen behaupteten, es gebe der Stadt ein gutes, gediegenes Gepräge, und kein Fremder werde je argwöhnen, daß es voller Nigger sei.

Als wir die Straße entlanggingen, sahen wir in der Ferne ein einsames Licht brennen. «Komisch», sagte Jem, «das Gefängnis hat doch draußen keine Lampe.»

«Scheint über dem Tor zu sein», bemerkte Dill.

Aus einem vergitterten Fenster im ersten Stock hing ein langes elektrisches Kabel. Im Licht der nackten Glühbirne saß Atticus auf einem seiner Bürostühle, den er dicht an das Tor gerückt hatte. Er las, ohne auf die Nachtfalter zu achten, die über seinem Kopf tanzten.

Ich wollte zu ihm laufen, aber Jem hielt mich zurück. «Geh nicht hin», sagte er. «Vielleicht hat er das nicht gern. Kommt, wir kehren um. Ich wollte nur wissen, wo er ist.»

Um den Weg abzukürzen, überquerten wir den Platz. In diesem

Moment bogen vier Autos um die Ecke, fuhren langsam, eines hinter dem anderen, an dem Bankgebäude vorbei und hielten vor dem Gefängnis.

Niemand stieg aus. Atticus blickte auf, faltete die Zeitung bedächtig zusammen, legte sie auf seine Knie und schob den Hut ins Genick. Offenbar hatte er so etwas erwartet.

«Vorwärts», flüsterte Jem. Wir huschten über den Platz, dann über die Straße und drückten uns in den Eingang von Jitneys Basar. Jem hielt vorsichtig Ausschau. «Noch ein Stück weiter», sagte er, und wir rannten zum Torweg von Tyndals Eisenwarengeschäft. Dort waren wir nah genug und doch geschützt.

Nun stiegen Männer aus den Wagen, einzeln oder zu zweit. Die Schatten wurden im Lichtschein zu massigen Gestalten, die sich auf das Gefängnistor zu bewegten. Atticus hatte sich nicht von der Stelle gerührt. Wir konnten ihn nicht sehen, weil die Männer jetzt vor ihm standen.

«Ist er da drin, Mr. Fink?» fragte einer von ihnen.

«Jawohl», hörten wir Atticus antworten. «Und er schläft. Weckt ihn nicht auf.»

Die Männer dämpften ihre Stimmen gehorsam zu einem halben Flüstern. Erst später wurde mir klar, daß die ganz und gar nicht komische Situation dadurch einen widerwärtig komischen Aspekt bekam.

«Sie wissen, warum wir hier sind», sagte ein anderer. «Lassen Sie uns durch, Mr. Fink.»

«Ihr solltet lieber kehrtmachen und heimgehen, Walter», erwiderte Atticus freundlich. «Heck Tate ist nämlich in der Nähe.»

«Irrtum!» widersprach ein dritter. «Heck und seine Leute stecken so tief in den Wäldern, daß sie vor morgen früh bestimmt nicht rauskommen.»

«Wieso denn?»

«Wir haben sie auf eine Gimpeljagd geschickt», war die Antwort. «An so was haben Sie wohl nicht gedacht, Mr. Fink, was?»

«Gedacht schon, nur geglaubt habe ich's nicht. Nun . . .» Meines Vaters Stimme klang nach wie vor freundlich. «Das ändert die Lage, nicht wahr?»

«Und wie», bekräftigte der tiefe Baß einer schattenhaften Gestalt.

«Seid ihr ganz sicher?»

Zum zweitenmal in zwei Tagen stellte Atticus diese Frage, und das bedeutete, daß die anderen die Partie verloren hatten. So etwas durfte ich mir nicht entgehen lassen. Ich riß mich von Jem los und lief, so schnell ich konnte, zu Atticus.

Jem schrie auf und versuchte mich einzuholen, doch ich war ihm und Dill weit voraus. Ich zwängte mich durch eine Mauer aus dunklen, übelriechenden Leibern und brach in den Lichtkreis ein.

«Hallo, Atticus!»

Ich hatte gehofft, daß er angenehm überrascht wäre, aber meine Freude erstarb, als ich sein Gesicht sah. Aus seinen Augen sprach unverhüllte Angst.

Erst der Anblick von Jem und Dill, die gleich darauf auftauchten, schien ihn ein wenig zu beruhigen.

In der Luft hing der Geruch von Whisky und Schweinestall, und als ich umherschaute, wurde mir klar, daß ich diese Männer nicht kannte, daß sie nicht die Leute vom Vorabend waren. Brennende Verlegenheit befiel mich: Ich war triumphierend in einen Kreis wildfremder Menschen gesprungen.

Atticus erhob sich von seinem Stuhl, langsam wie ein alter Mann. Er legte die Zeitung vorsichtig hin und glättete sie mit zaudernden Fingern, die leicht zitterten.

«Jem», sagte er, «du bringst jetzt Scout und Dill sofort nach Hause.»

Wir waren gewohnt, die Anordnungen unseres Vaters prompt, wenn auch nicht immer willig, zu befolgen, aber nach Jems Haltung zu schließen, dachte er gar nicht daran, sich in Bewegung zu setzen.

«Ihr sollt gehen, habe ich gesagt.»

Jem schüttelte den Kopf. Atticus stemmte die Fäuste in die Hüften, und Jem machte die gleiche Bewegung. Sonst aber konnte ich zwischen den beiden, die einander gegenüberstanden, wenig Ähnlichkeit entdecken: Jems weiches braunes Haar, sein ovales Gesicht, die braunen Augen und die enganliegenden Ohren waren die unserer Mutter und bildeten einen seltsamen Kontrast zu dem graumelierten schwarzen Haar und den scharfkantigen Gesichtszügen unseres Vaters. Und doch, irgendwie glichen sie einander. Das, was sie gemeinsam hatten, war der trotzige Blick.

«Junge, ihr sollt nach Hause gehen.»

Jem schüttelte den Kopf.

«Ich werde ihn nach Hause schicken», sagte ein stämmiger Mann und packte Jem so grob am Kragen, daß er ihn beinahe umgeworfen hätte.

«Fassen Sie ihn nicht an!» schrie ich und versetzte dem Mann einen raschen Tritt. Er krümmte sich vor Schmerzen, was mich sehr überraschte, denn ich war barfuß. Ich hatte ihn am Schienbein treffen wollen, aber zu hoch gezielt.

«Laß das sein, Scout.» Atticus legte mir die Hand auf die Schulter. «Du darfst nicht mit Füßen stoßen. Nein . . .» Er schnitt mir das Wort ab, als ich mich zu rechtfertigen suchte.

«Niemand darf Jem so behandeln», rief ich.

«Na gut, Mr. Fink, schaffen Sie die Kinder weg», knurrte ein anderer. «Sie haben fünfzehn Sekunden Zeit.»

Inmitten dieser seltsamen Versammlung stand Atticus und bemühte sich, seinen Sohn zur Vernunft zu bringen. «Ich gehe nicht», antwortete Jem beharrlich, ganz gleich, ob Atticus drohte, forderte oder schließlich sogar sagte: «*Bitte,* Jem, geh mit ihnen nach Hause.»

Die Sache wurde mir allmählich langweilig, aber ich dachte, Jem müsse wohl gute Gründe für sein Verhalten haben, wenn ihn nicht einmal die Prügel schreckten, die er daheim von Atticus zu erwarten hatte. Ich sah mich in der Menge um. Die Nacht war warm, doch die meisten Männer trugen Overalls und grobe, bis zum Hals geschlossene Drillichhemden. Sie schienen Kaltblüter zu sein, denn sie hatten nicht einmal die Ärmel aufgerollt. Einige hatten ihre Hüte tief in die Stirn gedrückt. Nach den mürrischen, schläfrigen Mienen zu urteilen, waren alle diese Männer nicht gewohnt, bis spät in die Nacht aufzubleiben. Wieder suchte ich nach einem bekannten Gesicht, und diesmal fand ich eines.

«Hallo, Mr. Cunningham!»

Er hörte mich offenbar nicht.

«Hallo, Mr. Cunningham, wie steht's mit Ihrer Erbpacht?»

Über Mr. Walter Cunninghams juristische Probleme wußte ich genau Bescheid – Atticus hatte sie mir einst ausführlich erläutert. Der große Mann zwinkerte mit den Augen und hakte die Daumen in die Träger seines Overalls. Er schien sich unbehaglich zu fühlen, denn er räusperte sich und blickte zur Seite. Meine freundliche Begrüßung war wirkungslos verpufft.

Mr. Cunningham hatte keinen Hut auf. Im Gegensatz zu dem gebräunten Gesicht war die obere Hälfte seiner Stirn weiß, und daraus schloß ich, daß er für gewöhnlich einen Hut trug. In seinen schweren Arbeitsschuhen trat er von einem Fuß auf den anderen.

«Erinnern Sie sich nicht an mich, Mr. Cunningham? Ich bin Jean Louise Fink. Sie haben uns mal Nüsse gebracht, wissen Sie noch?»

Mir erging es wie allen Menschen, die feststellen müssen, daß sich ein flüchtiger Bekannter nicht mehr an sie erinnert: Ich fühlte mich blamiert.

«Ich gehe mit Walter zur Schule», begann ich von neuem. «Das ist doch Ihr Sohn, nicht wahr? Nicht wahr, Sir?»

Mr. Cunningham ließ sich zu einem leichten Kopfnicken bewegen. Er kannte mich also doch.

«Walter geht in meine Klasse, und er lernt sehr gut», fuhr ich fort. «Er ist ein netter Junge, ein wirklich netter Junge. Wir haben ihn mal zum Essen mit nach Hause genommen. Vielleicht hat er Ihnen von mir erzählt. Ich habe ihn mal verprügelt, aber er hat's mir kein bißchen übelgenommen. Grüßen Sie ihn vielmals von mir, ja?»

Atticus hatte gesagt, es sei höflich, mit den Leuten über Dinge zu reden, für die sie sich interessieren, und nicht über Dinge, die einen selbst interessieren. Mit seinem Sohn schien Mr. Cunningham nicht viel im Sinn zu haben, und so brachte ich die Rede noch einmal auf die Erbpacht. Irgendwie mußte es mir doch gelingen, ihn aus seiner Zurückhaltung herauszulocken.

«Mit der Erbpacht ist das so eine Sache . . .» begann ich, als mir plötzlich zum Bewußtsein kam, daß ich nicht nur zu Mr. Cunningham sprach. Alle Männer starrten mich an, einige mit offenem Mund. Atticus redete nicht länger auf Jem ein; sie standen beide neben Dill, und ihre Aufmerksamkeit grenzte an Faszination. Auch Atticus sperrte den Mund auf, obgleich er das einmal als ungebildet bezeichnet hatte. Unsere Blicke trafen sich, und er klappte ihn zu.

«Ach, Atticus, ich habe gerade zu Mr. Cunningham gesagt, daß es mit der Erbpacht so eine Sache ist, weißt du . . . Aber du hast ja gesagt, er soll sich keine Sorgen machen, ihr werdet es schon zurechtbiegen, auch wenn's lange dauert . . .» Ich fand keine Worte mehr und überlegte verzweifelt, ob ich vielleicht irgendwelchen Blödsinn geredet hatte. Meiner Meinung nach war Erbpacht als Konversationsthema recht gut geeignet.

Ich fühlte, wie sich der Schweiß an meinen Haarwurzeln sammelte. Alles konnte ich ertragen, nur nicht einen Haufen Menschen, die mich anglotzten. Ringsum herrschte Totenstille.

«Was ist denn los?» fragte ich.

Atticus schwieg. Ich blickte in die Runde und sah zu Mr. Cunningham auf, dessen Gesicht ebenfalls unbeweglich war. Plötzlich tat er etwas Unerwartetes: Er hockte sich nieder und umfaßte meine Schultern.

«Ich werde ihm deine Grüße bestellen, kleine Dame», sagte er. Dann richtete er sich auf, winkte mit seiner breiten Hand und rief: «Los, Jungens, wir gehen!»

Wie sie gekommen waren, einzeln oder zu zweit, stapften die Männer zu ihren altersschwachen Autos. Türen knallten, Motoren spuckten, und weg waren sie.

Ich wandte mich Atticus zu, doch der stand an die Hausmauer gelehnt, mit dem Gesicht zur Wand. Ich zupfte ihn am Ärmel. «Können wir jetzt nach Hause gehen?» Er nickte, zog das Taschentuch heraus, rieb sein Gesicht damit ab und schneuzte sich heftig.

«Mr. Fink?» Eine leise, heisere Stimme kam aus dem Dunkel über uns. «Sind sie fort?»

Atticus trat einen Schritt zurück und blickte nach oben. «Ja, sie sind fort», sagte er. «Schlafen Sie noch ein bißchen, Tom. Die werden Sie nicht mehr belästigen.»

Aus der entgegengesetzten Richtung drang eine kräftige Stimme durch die Nacht. «Worauf ihr euch verlassen könnt. Ich hatte die ganze Zeit den Finger am Abzug, Atticus.»

Mr. Underwood und eine doppelläufige Schrotflinte lehnten aus dem Fenster über dem Büro der *Maycomb Tribune.*

Für mich war schon längst Schlafenszeit, und ich war zum Umfallen müde. Aber Atticus und Mr. Underwood redeten und redeten – sie schienen die ganze Nacht reden zu wollen, der eine von unten nach oben, der andere von oben nach unten. Endlich kam Atticus zurück, schaltete das Licht über dem Gefängnistor aus und ergriff seinen Stuhl.

«Darf ich ihn tragen, Mr. Fink?» fragte Dill. Er hatte bisher noch kein Wort gesprochen.

«Gern, mein Junge, danke schön.»

Auf dem Weg zum Büro gingen Dill und ich hinter Atticus und Jem. Dill, durch den Stuhl behindert, konnte nicht schnell ausschreiten, und bald waren Atticus und Jem weit voraus. Ich nahm an, Atticus werde Jem die Hölle heiß machen, weil er nicht gehorcht hatte. Aber ich irrte mich. Als sie an einer Laterne vorbeigingen, sah ich, wie Atticus die Hand ausstreckte und Jem durchs Haar fuhr – seine einzige Gebärde der Zärtlichkeit.

16. Kapitel

Jem hatte mich gehört. Er steckte den Kopf durch die Verbindungstür und näherte sich dann meinem Bett. Im gleichen Augenblick wurde es drüben bei Atticus hell. Wir hielten den Atem an. Bald darauf erlosch das Licht, und die Sprungfedern knarrten, als unser Vater sich auf die Seite drehte. Wir warteten noch eine Weile, bis alles still war. Jem nahm mich mit in sein Zimmer, und ich kroch zu ihm ins Bett. «Versuch zu schlafen», sagte er, «übermorgen ist vielleicht schon alles vorbei.»

Wir waren bei unserer Rückkehr so leise wie möglich gewesen, um die Tante nicht zu wecken. Atticus hatte den Wagen mit gedrosseltem Motor in die Garage rollen lassen, und dann waren wir auf Zehenspitzen über die hintere Veranda in unsere Zimmer geschlichen. Ich hatte schon halb im Schlaf gelegen, als die Erinnerung an Atticus, der ruhig die Zeitung zusammenfaltete und seinen Hut ins Genick schob, das Bild eines Atticus heraufbeschwor, der mitten auf einer leeren, wartenden Straße stand und die Brille hochschob. Da kam mir plötzlich die Tragweite der nächtlichen Ereignisse zum Bewußtsein, und ich begann zu weinen. Jem war sehr nett zu mir, er verzichtete sogar auf die übliche Bemerkung, daß Leute von fast neun Jahren so etwas nicht mehr täten.

Am nächsten Morgen hatte keiner von uns Appetit – außer Jem, der in aller Ruhe drei Eier verdrückte. Atticus beobachtete ihn mit unverhohlener Bewunderung. Tante Alexandra nippte an ihrem Kaffee und strahlte Wellen der Mißbilligung aus. Sie bezeichnete Kinder, die sich nachts aus dem Haus stahlen, als eine Schande für die Familie. Atticus meinte, er sei recht froh über das Auftauchen seiner beiden ‹Schanden› gewesen.

«Unsinn», erwiderte die Tante, «Mr. Underwood war ja die ganze Zeit da.»

«Das hat mich eigentlich gewundert», sagte Atticus. «Weißt du, Braxton haßt nämlich die Neger und will nichts mit ihnen zu tun haben.»

In den Augen von Maycomb war der kleine Mr. Underwood ein heftiger, gottloser Mann. Sein Vater hatte den verrückten Einfall gehabt, ihn auf den Namen Braxton Bragg taufen zu lassen, und Mr. Underwood tat alles, sich dieser Ehre nicht würdig zu erweisen. Atticus behauptete, wer seine Kinder nach konföderierten Generalen benenne, mache sie unweigerlich zu Gewohnheitstrinkern.

Calpurnia schenkte Tante Alexandra noch eine Tasse Kaffee ein. Als ich ihr einen flehenden Blick zuwarf, den ich für unwiderstehlich hielt, schüttelte sie den Kopf. «Du bist noch zu klein», erklärte sie. «Wenn du's nicht mehr bist, sage ich dir Bescheid.» Ich gab zu bedenken, daß Kaffee vielleicht meinen Appetit fördern würde. «Na, meinetwegen», murmelte sie, holte eine Tasse, goß einen Löffel voll Kaffee hinein und füllte sie bis zum Rand mit Milch. Ich bedankte mich, indem ich die Zunge danach ausstreckte, und fing gerade noch Tante Alexandras vorwurfsvollen Blick auf. Er galt aber nicht mir, sondern Atticus.

Sie wartete, bis Calpurnia in der Küche war, und sagte dann: «Du solltest nicht so vor ihnen sprechen.»

«Wie soll ich nicht vor wem sprechen?» fragte Atticus.

«Du hast vor Calpurnia gesagt, daß Underwood die Neger haßt.»

«Na, und? Das weiß Calpurnia bestimmt ebensogut wie alle anderen in Maycomb.»

In letzter Zeit hatte ich im Wesen meines Vaters eine gewisse Veränderung bemerkt, die in seinen Gesprächen mit Tante Alexandra zum Ausdruck kam: leichte Abwehr, nicht etwa offenkundige Gereiztheit. Seine Stimme klang ein wenig gezwungen, als er hinzufügte: «Wenn etwas bei Tisch gesagt werden darf, dann darf es auch vor

Calpurnia gesagt werden. Sie weiß, was sie für unsere Familie bedeutet.»

«Ich kann diese Gepflogenheit nicht billigen, Atticus. Durch so etwas werden sie nur dreist. Sie reden ohnehin genug untereinander. Alles, was in der Stadt geschieht, ist noch vor Sonnenuntergang im Negerviertel.»

Mein Vater legte das Messer hin. «Ich kenne kein Gesetz, das ihnen den Mund verbietet. Wenn wir ihnen nicht so viel Anlaß zum Reden gäben, wären sie vielleicht still. Warum trinkst du deinen Kaffee nicht, Scout?»

Ich rührte mit dem Löffel darin herum. «Ich dachte immer, daß Mr. Cunningham unser Freund ist. Das hast du mir doch vor langer Zeit mal gesagt.»

«Ich sage es auch heute noch.»

«Aber gestern wollte er dir was antun.»

Atticus legte die Gabel neben das Messer und schob seinen Teller zurück. «Mr. Cunningham ist im Grunde ein guter Mann. Er hat lediglich seine schwachen Seiten, und die haben wir alle.»

«Wie kannst du von schwachen Seiten sprechen, wenn er dich umbringen wollte», rief Jem entrüstet.

«Umbringen wohl nicht, allenfalls leicht verletzen», schränkte Atticus ein. «Nun, du wirst die Menschen besser verstehen, wenn du erst älter bist, Junge. Ein Pöbelhaufen besteht immer aus Menschen, das läßt sich nicht bestreiten. Mr. Cunningham war gestern nacht Teil des Pöbels und gleichzeitig Mensch. Jeder Pöbelhaufen in jeder kleinen Stadt des Südens setzt sich aus Leuten zusammen, die man kennt – was allerdings nicht sehr für sie spricht, wie?»

«Das will ich meinen», bestätigte Jem.

«Es bedurfte also eines achtjährigen Kindes, sie zur Vernunft zu bringen, nicht wahr?» fuhr Atticus fort. «Das beweist etwas. Nämlich, daß einer Schar wilder Tiere Einhalt geboten werden *kann*, und zwar deshalb, weil sie noch Menschen sind. Hm, mir scheint, wir sollten Kinder zu Polizisten machen ... Ihr Kinder habt Walter Cunningham gestern so weit gebracht, daß er für eine Minute in meine Haut schlüpfte. Und das genügte.»

Nun, vielleicht würde Jem mit der Zeit die Menschen besser verstehen. Ich bestimmt nicht. «Der erste Tag, an dem Walter wieder zur Schule kommt, wird sein letzter sein», erklärte ich.

«Du wirst ihn nicht anrühren», sagte Atticus nachdrücklich. «Ich will nicht, daß ihr irgend jemandem diese Sache nachtragt, ganz gleich, was geschieht.»

«Da siehst du, wohin so etwas führt. Sag nur nicht, daß ich dich nicht gewarnt habe», mischte sich Tante Alexandra ein.

Atticus versicherte, er werde das gewiß nicht sagen, und erhob sich. «Ich habe einen schweren Tag vor mir, also entschuldigt mich. Bitte, Jem, ich möchte nicht, daß einer von euch heute in die Stadt geht.»

Kaum war Atticus fort, da kam Dill ins Eßzimmer gestürmt. «Es hat sich schon überall rumgesprochen», verkündete er. «Ganz Maycomb weiß, daß wir mit bloßen Händen Hunderte von Leuten in Schach gehalten haben . . .»

Tante Alexandras Blick brachte ihn zum Schweigen. «Es waren nicht Hunderte von Leuten, sondern nur ein paar von diesen Cunninghams», sagte sie. «Eine Handvoll Trunkenbolde, die niemand in Schach zu halten brauchte.»

«Ach, Tante, das ist doch nur Dills Art zu reden», begütigte Jem und winkte uns, ihm zu folgen.

«Ihr bleibt heute im Hof», befahl sie, als wir der Vorderveranda zustrebten.

Es war wie an einem Sonnabend: In einem ruhig, aber stetig dahinfließenden Strom zogen die Bewohner des südlichen Teils von Maycomb County an unserem Haus vorbei.

Mr. Dolphus Raymond schwankte im Sattel seines Vollblutpferdes hin und her. «Komisch, daß der nicht runterfällt», murmelte Jem. «Wie macht er's bloß, daß er schon morgens vor acht so betrunken ist?»

Ein Wagen voller Damen ratterte vorüber. Sie trugen baumwollene Sonnenhauben und Kleider mit langen Ärmeln. Der Kutscher, ein bärtiger Mann, hatte eine Wollmütze auf. «Sieh mal, das sind Mennoniten», sagte Jem zu Dill. «Sie haben keine Knöpfe.» Er erklärte, daß sie tief in den Wäldern lebten, ihren Handel vorwiegend auf dem anderen Flußufer betrieben und selten nach Maycomb kämen. Dill hörte gespannt zu. «Sie haben alle blaue Augen, und die Männer dürfen sich nach der Hochzeit nicht mehr rasieren», fügte Jem hinzu. «Die Frauen mögen es gern, wenn der Bart sie kitzelt.»

Mr. X Billups kam auf einem Maulesel angeritten und winkte uns zu. «Das ist ein komischer Mann», sagte Jem. «X ist nicht etwa ein Anfangsbuchstabe, er heißt wirklich so. Einmal wurde er vor Gericht nach seinem Namen gefragt. X Billups, antwortete er. Der Gerichtsschreiber bat ihn, den Vornamen zu buchstabieren, und da sagte er X. Als er zum zweitenmal gefragt wurde, sagte er wieder X. Und so ging das weiter, bis er einen Bogen Papier nahm, ein großes X draufschrieb und das Blatt in die Höhe hielt, damit alle es sehen konnten. Natürlich wollten sie wissen, woher dieser Name kam, und er sagte, so hätten ihn seine Eltern eintragen lassen, als er geboren wurde.»

Während Maycomb County an uns vorbeizog, wurde Dill von Jem

in Einzelheiten aus dem Leben einiger prominenter Persönlichkeiten eingeweiht:

Mr. Tensaw Jones war ein Anhänger der uneingeschränkten Prohibition; Miss Emily Davis schnupfte heimlich Tabak; Mr. Byron Waller konnte Geige spielen; Mr. Jake Slade war bei seinem dritten Zahnen angelangt.

Ein Wagen erschien, der eine Anzahl ungewöhnlich finster blickender Bürger geladen hatte. Gerade als sie mißbilligend auf den leuchtenden Flor von Sommerblumen in Miss Maudie Atkinsons Hof deuteten, trat Miss Maudie auf die Veranda. Wir konnten ihre Gesichtszüge nicht deutlich erkennen, weil sie zu weit entfernt stand, aber das Eigentümliche an Miss Maudie war, daß sich ihre Gemütsverfassung stets in ihrer Körperhaltung widerspiegelte. Sie hatte die Arme in die Hüften gestemmt, die Schultern hingen ein wenig nach vorn, der Kopf war zur Seite geneigt, die Brille glitzerte im Sonnenlicht, und dies alles verriet uns, daß auf ihrem Gesicht ein ungemein boshaftes Grinsen lag.

Der Kutscher ließ die Maulesel langsamer gehen, und eine schrille Frauenstimme rief: «Wer da kommet in Eitelkeit, der scheidet in Finsternis!»

Miss Maudie antwortete: «Ein fröhliches Herz macht ein heiteres Angesicht!»

Die Fußwaschenden Baptisten dachten wohl, der Teufel zitiere die Bibel auf seine Art, denn der Kutscher trieb die Maulesel an und fuhr eilig weiter. Was sie gegen Miss Maudies Garten einzuwenden hatten, war mir ein Rätsel, um so mehr, als Miss Maudie, obgleich sie sich den ganzen Tag im Freien aufhielt, über erstaunliche Bibelkenntnisse verfügte.

Wir schlenderten zu ihr hinüber. «Gehen Sie heute zur Verhandlung?» erkundigte sich Jem.

«Ich denke nicht daran», erwiderte sie. «Mit dem Gericht habe ich Gott sei Dank nichts zu schaffen.»

«Aber wollen Sie denn nicht zusehen?» fragte Dill.

«Auf keinen Fall. Ich bin nicht so pervers, daß ich zusehe, wenn ein armer Teufel um sein Leben kämpft. Schaut euch nur all die Leute an – der reinste römische Karneval.»

«Gerichtsverhandlungen müssen öffentlich sein, Miss Maudie», wandte ich ein. «Es wäre sonst ungesetzlich.»

«Das weiß ich. Aber ich brauche doch nicht hinzugehen, nur weil die Verhandlung öffentlich ist, nicht wahr?»

Miss Stephanie Crawford kam vorbei. Sie trug Hut und Handschuhe. «Oje, oje, oje», sagte sie. «So viele Menschen . . . Man könnte denken, William Jennings Bryan hält eine Rede.»

«Und wo willst du hin, Stephanie?» erkundigte sich Miss Maudie.

«In Jitneys Basar.»

Sie habe noch nie erlebt, daß Miss Stephanie einen Hut aufsetze, um in den Basar zu gehen, bemerkte Miss Maudie.

«Ach, ich dachte, ich könnte mal in den Gerichtssaal reinschauen und sehen, was Atticus vorhat.»

«Nimm dich nur in acht, daß er dich nicht in den Zeugenstand ruft.»

Als wir Miss Maudie fragten, wie das gemeint sei, erwiderte sie, Miss Stephanie scheine so viel über den Fall zu wissen, daß sie ohne weiteres als Zeugin auftreten könne.

Wir trieben uns auf dem Hof herum, bis Atticus mittags nach Hause kam. Er erzählte, sie hätten den Morgen mit der Wahl der Geschworenen verbracht. Nach dem Mittagessen holten wir Dill ab und gingen in die Stadt.

Es war wirklich wie bei einem Volksfest. An dem Geländer zum Anbinden von Zugtieren war jedes Plätzchen besetzt, und unter allen Bäumen hatte man Mauleselgespanne abgestellt. Zahlreiche Picknickgesellschaften bevölkerten den Marktplatz. Sie saßen auf Zeitungspapier und spülten Sirupbiskuits mit warmer Milch aus Marmeladengläsern hinunter. Einige nagten an Hühnerkeulen oder kalten Schweinekoteletts. Die Wohlhabenderen hatten sich aus dem Drugstore Coca-Cola geholt, das sie aus zwiebelförmigen Sodagläsern tranken. Kinder mit fettbeschmierten Gesichtern spielten Schlange in dem Gedränge, und Säuglinge suchten sich ihre Nahrung an der mütterlichen Brust.

In einer entlegenen Ecke des Platzes saßen die Neger ruhig in der Sonne, aßen Sardinen mit Zwieback und tranken dazu das aromatische Nehi-Cola. In ihrer Mitte entdeckten wir Mr. Dolphus Raymond.

«Jem», rief Dill, «der trinkt ja aus 'ner Tüte!»

Tatsächlich: Zwei gelbe Strohhalme führten von Mr. Raymonds Mund in die Tiefen einer braunen Papiertüte.

«Na so was», murmelte Dill. «Wie bleibt denn das drin, was drin ist?»

Jem kicherte. «Er hat eine Coca-Cola-Flasche voll Whisky in der Tüte versteckt. Damit sich die Damen nicht über ihn aufregen, weißt du? Paß auf, er nuckelt den ganzen Nachmittag an den Strohhalmen. Von Zeit zu Zeit geht er mal weg und füllt die Flasche auf.»

«Und warum sitzt er bei den Farbigen?»

«Tut er immer. Wahrscheinlich mag er sie lieber als uns. Er wohnt an der Südgrenze von Maycomb County, ganz für sich, hat eine farbige Frau und Mischlingskinder in allen Schattierungen. Wenn welche von ihnen kommen, zeig ich sie dir.»

«Er sieht gar nicht aus wie einer von der Sorte.»

«Ist er auch nicht. Er stammt aus einer der ältesten Familien, und er hat eine Menge Land – die eine Seite vom Flußufer da unten gehört ihm.»

«Warum lebt er dann so?»

«Das ist nun mal seine Art», meinte Jem. «Die Leute sagen, er ist nie über seine mißglückte Hochzeit hinweggekommen. Er war verlobt – mit einer von den Spenders, glaube ich –, und sie wollten eine Riesenhochzeit feiern. Aber daraus wurde nichts. Am Tag vor der Trauung hat sich die Braut erschossen. Mit 'ner Schrotflinte. Hat mit den Zehen abgedrückt.»

«Und weiß man warum?»

«Nein», erwiderte Jem. «Das weiß niemand außer Mr. Dolphus. Angeblich hat sie die Geschichte mit der farbigen Frau rausgekriegt. Er dachte wohl, er könnte die eine behalten und trotzdem die andere heiraten. Seither ist er immer betrunken. Aber weißt du, an seinen Kindern hängt er sehr . . .»

«Jem, was ist ein Mischling?» fragte ich.

«Halb weiß, halb farbig. Du hast schon welche gesehen, Scout. Du kennst doch den Laufburschen aus dem Drugstore, den mit dem krausen roten Haar. Der ist ein Mischling. Kann einem leid tun.»

«Leid tun? Wieso?»

«Mischlinge gehören nirgends hin. Die Farbigen wollen sie nicht, weil sie halb weiß sind; die Weißen wollen sie nicht, weil sie farbig sind, und so stehen sie eben dazwischen und gehören nirgends hin. Mr. Dolphus soll ja zwei von seinen in die Nordstaaten geschickt haben. Im Norden kümmert sich kein Mensch um so was. Seht mal, der da drüben, das ist einer . . .»

Der kleine Junge, den eine Negerin an der Hand führte, wies meiner Meinung nach alle Merkmale eines Negers auf: Seine Haut war von einem kräftigen Schokoladenbraun, er hatte breite Nasenflügel und prächtige Zähne. Hin und wieder machte er übermütige Luftsprünge, und dann zog ihn die Negerin energisch weiter.

Jem wartete, bis sie vorbei waren. «Das ist einer von Mr. Raymonds Kleinen», sagte er.

«Woran siehst du das?» fragte Dill. «Ich hätte ihn glatt für 'nen Schwarzen gehalten.»

«Manchmal kann man's nicht erkennen, da muß man schon wissen, wer sie sind. Der dort ist todsicher halb Raymond.»

«Aber woran siehst du das bloß?» rief ich.

«Ich sage doch, Scout, man muß eben wissen, wer sie sind.»

«Und woher weißt du, daß wir keine Neger sind?»

«So sicher ist das gar nicht, hat Onkel Jack gesagt. Soweit er die Finks zurückverfolgen kann, sind wir allerdings keine Neger, aber er meint, es würde ihn nicht wundern, wenn unsere Vorfahren zur Zeit des Alten Testaments aus Äthiopien gekommen wären.»

«Na, das ist doch lange her und macht bestimmt nichts mehr aus.»

«Habe ich auch gedacht», erwiderte Jem. «Aber hier im Süden gilt man schon mit einem Tropfen Negerblut als Schwarzer . . . He, seht mal . . .»

Irgendein unsichtbares Zeichen hatte das Picknick auf dem Marktplatz beendet. Zeitungsfetzen, Cellophan und Packpapier flogen durch die Luft. Kinder liefen zu ihren Müttern, Säuglinge wurden auf Hüften geladen, Männer mit schweißfleckigen Hüten sammelten ihre Familien um sich und trieben sie zu den Portalen des Rathauses. Auch die Neger und Mr. Dolphus Raymond rüsteten in ihrer entlegenen Ecke zum Aufbruch und klopften sich den Staub von den Hosen. Die Tatsache, daß nur wenige Frauen und Kinder unter ihnen waren, schien die Festtagsstimmung zu beeinträchtigen. Sie stellten sich geduldig hinter den weißen Familien an.

«Kommt, wir gehen rein», schlug Dill vor.

«Nein», sagte Jem, «wir wollen lieber warten, bis alle drin sind. Ich möchte nicht, daß Atticus uns sieht.»

In einer Beziehung erinnerte das Rathaus von Maycomb an Arlington: Die Betonsäulen, die das südliche Dach stützten, waren zu schwer für ihre leichte Bürde. Nach dem Brand, der das ursprüngliche Gebäude im Jahre 1856 vernichtete, waren nur diese Säulen stehengeblieben, und deswegen – besser gesagt, trotzdem – hatte man sie für den Neubau übernommen. Bis auf die Südfassade war das Rathaus in frühviktorianischem Stil erbaut und hatte, von Norden gesehen, nichts Auffälliges an sich. Auf der Südseite aber kontrastierten klassizistische Säulen mit einem großen Glockenturm aus dem 19. Jahrhundert, der ein verrostetes, unzuverlässiges Uhrwerk beherbergte – ein Anblick, der von der Entschlossenheit unserer Bürger zeugte, jedes greifbare Fetzchen Vergangenheit zu bewahren.

Um den Gerichtssaal im ersten Stock zu erreichen, mußte man an einer Reihe sonnenloser Kammern vorbeigehen. Der Steuerinspektor, der Steuereinnehmer, der Ratsschreiber, der Notar, der Gerichtsschreiber und der Untersuchungsrichter hausten in diesen kühlen, düsteren Käfigen, die nach vermodernden Akten, altem, feuchtem Mörtel und abgestandenem Urin rochen. Auch tagsüber konnte man nie auf elektrisches Licht verzichten; die rohen Dielen des Fußbodens waren stets mit einer Staubschicht bedeckt. Die Bewohner dieser Büroräume waren das Produkt ihrer Umgebung: kleine Männer mit grauen Gesichtern, die weder Wind noch Sonne zu kennen schienen.

Wir wußten, daß viele Menschen herbeigeströmt waren, aber mit einem solchen Gedränge in der Halle des Erdgeschosses hatten wir nicht gerechnet. Ich wurde von Jem und Dill getrennt und bahnte mir einen Weg zur Wand des Treppenhauses, um dort zu warten, bis Jem mich holte.

Ich stand inmitten des Klubs der Müßiggänger und bemühte mich, keine Aufmerksamkeit zu erregen. Es war eine Gruppe alter Männer in weißen Hemden und khakifarbenen Hosen mit Hosenträgern, die von jeher dem Nichtstun gehuldigt hatten und nun ihren Lebensabend ebenso müßig auf den Fichtenholzbänken unter den Eichen des Marktplatzes verbrachten. Als aufmerksame und kritische Besucher der Gerichtsverhandlungen hatten sie sich, wie Atticus sagte, im Laufe der Jahre so gründliche Gesetzeskenntnisse erworben, daß sie es mit dem Oberrichter aufnehmen konnten. Im allgemeinen waren sie die einzigen Zuschauer bei den Verhandlungen, und mir schien, daß sie sich durch diesen Einbruch der Massen erheblich gestört fühlten. Aus ihren Stimmen klang eine gelassene Überheblichkeit. Das Gespräch drehte sich um meinen Vater.

«Der glaubt, er weiß, was er tut», sagte einer.

«Na, na, da bin ich anderer Meinung», ließ sich ein anderer vernehmen. «Atticus Fink ist ein kluger Mann, ein kluger und sehr belesener Mann.»

«Ja, lesen kann er, aber das ist auch alles.» Der Klub kicherte.

«Ich will dir was sagen, Billy», meldete sich ein dritter. «Du weißt doch, daß er vom Gericht zum Pflichtverteidiger dieses Niggers bestimmt worden ist.»

«Ja, schon, aber Atticus will ihn wirklich verteidigen, und das ist es, was mir nicht schmeckt.»

Für mich war das etwas ganz Neues, und es warf ein anderes Licht auf die Sache: Atticus mußte die Verteidigung übernehmen, ob er wollte oder nicht. Seltsam, daß er uns das nie erzählt hatte. Wir hätten dieses Argument so gut benutzen können, wenn man ihn und uns angriff. «Er muß es tun, und darum tut er's» – auf diese Weise wäre uns manche tätliche Auseinandersetzung erspart geblieben. Aber erklärte das die Haltung der Stadt? Das Gericht hatte Atticus zum Pflichtverteidiger des Negers bestimmt. Atticus wollte ihn wirklich verteidigen. Und das war es, was ihnen nicht schmeckte? Ich wurde einfach nicht schlau aus der ganzen Geschichte.

Nun strömten die Neger herein, die den Weißen den Vortritt gelassen hatten. «Halt, Moment mal», sagte ein Klubmitglied und hielt seinen Spazierstock hoch: «Wartet noch 'ne Weile, bevor ihr raufgeht.»

Die Klubmänner begannen steifbeinig die Treppe hinaufzusteigen.

Dill und Jem, die auf der Suche nach mir herunterkamen, quetschten sich an ihnen vorbei, und Jem rief: «Wo bleibst du denn, Scout? Im Saal ist kein einziger Platz mehr frei. Wir müssen stehen. Na bitte, da hast du's», fügte er gereizt hinzu, als die Farbigen an uns vorbeiströmten. Er teilte mir mit, daß uns die alten Männer inzwischen die besten Stehplätze wegschnappen würden, daß wir das Nachsehen hätten, und nur durch meine Schuld.

Wir standen kläglich an der Wand.

«Könnt ihr nicht rein?» Hochwürden Sykes, den schwarzen Hut in der Hand, blickte auf uns herab.

«Guten Tag, Hochwürden», sagte Jem. «Nein, Scout hat uns alles verpatzt.»

«Na, wir wollen mal sehen, was sich machen läßt.»

Hochwürden Sykes bahnte sich einen Weg nach oben und kam gleich darauf zurück. «Im Saal ist kein Platz mehr. Aber wenn ihr glaubt, daß es in Ordnung ist, könnt ihr mit mir auf die Galerie kommen.»

«Au fein», rief Jem, und wir rannten beglückt vor Hochwürden Sykes her. Vom ersten Stock führte eine Seitentreppe zu einer Tür hinauf, vor der wir warteten. Hochwürden Sykes folgte uns pustend und steuerte uns behutsam an den Schwarzen auf der Galerie vorbei. Vier Neger standen auf und überließen uns ihre Plätze in der ersten Reihe.

Die Galerie für Farbige lief wie ein Balkon um drei Wände des Gerichtssaales, und von dort aus konnten wir alles sehen.

Die Geschworenen saßen links, unter den hohen Fenstern. All diese sonnengebräunten, hageren Männer schienen Farmer zu sein, aber das war nicht weiter verwunderlich. Stadtleute wurden selten als Geschworene berufen: Entweder lehnte man sie ab, oder sie ließen sich entschuldigen. Einige der Geschworenen sahen ungefähr wie Cunninghams im Sonntagsstaat aus. Sie hielten sich alle sehr aufrecht und blickten wachsam umher.

Der Staatsanwalt und ein anderer Mann, Atticus und Tom Robinson saßen an Tischen, mit dem Rücken zu uns. Vor dem Staatsanwalt lagen ein braunes Buch und ein paar gelbe Schreibblöcke. Vor Atticus lag nichts.

Unmittelbar an dem Geländer, das die Zuschauer von dem Gerichtshof trennte, hatten die Zeugen auf lederbezogenen Stühlen Platz genommen. Auch sie kehrten uns den Rücken zu.

Richter Taylor führte den Vorsitz. Er sah aus wie ein schläfriger alter Haifisch; der Lotsenfisch zu seinen Füßen schrieb emsig. Wie die meisten Richter, die ich kannte, war Richter Taylor liebenswürdig, weißhaarig und hatte ein leicht gerötetes Gesicht. Seine Verhandlungen zeichneten sich durch eine bestürzende Formlosigkeit aus: Er legte mitunter die Füße auf den Tisch und reinigte sich häufig die Fingernägel mit seinem Taschenmesser. Bei langen Plädoyers – besonders nach dem Essen – konnte man glauben, daß er sanft schlummere; dieser Glaube wurde jedoch auf ewig zerstört, als einmal ein Rechtsanwalt, in dem verzweifelten Bemühen, ihn aufzuwecken, einen Stoß Akten auf den Fußboden warf. «Mr. Whitley», murmelte Richter Taylor, ohne die Augen zu öffnen, «beim nächstenmal kostet Sie das hundert Dollar.»

Er war ein versierter Jurist, und wenn er auch seinen Beruf leichtzunehmen schien, so behielt er doch bei allen Verhandlungen das Heft in der Hand. Nur einmal hatte er Schiffbruch erlitten, und zwar war er an den Cunninghams gescheitert. Old Sarum, der Heimatort dieser Sippe, war von zwei Familien bevölkert, zwischen denen – jedenfalls anfangs – keinerlei Verwandtschaft bestand, obwohl sie unglücklicherweise den gleichen Namen trugen. Die Cunninghams heirateten die Coninghams, bis die Schreibweise der Namen nur noch theoretische Bedeutung hatte. Praktische Bedeutung bekam sie erst wieder, als eine Cunningham einem Coningham den Anspruch auf ein Stück Land streitig machte und das Gericht anrief. Während des Prozesses sagte Jeems Cunningham als Zeuge aus, daß seine Mutter auf Urkunden und dergleichen mit Cunningham unterzeichne, in Wirklichkeit aber eine Coningham sei. Die Rechtschreibung gehöre nicht zu ihren starken Seiten, sie lese sehr selten und ziehe es vor, abends von der Vorderveranda in die Ferne zu schauen. Richter Taylor hörte sich neun Stunden lang die Wunderlichkeiten der Bewohner von Old Sarum an und wies dann die Klage ab. Als Grund dafür nannte er ‹Durchstecherei› und erklärte, er hoffe zu Gott, die streitenden Parteien seien zufrieden, nachdem sie Gelegenheit gehabt hätten, sich vor der Öffentlichkeit auszusprechen. Und sie waren zufrieden. Mehr hatten sie eigentlich gar nicht gewollt.

Richter Taylor hatte eine bemerkenswerte Gewohnheit. Wenn man Glück hatte, konnte man beobachten, wie er, der das Rauchen im Gerichtssaal gestattete, obgleich er selbst niemals rauchte, eine lange, trockene Zigarre in den Mund steckte und sie langsam zerkaute. Stück für Stück verschwand die kalte Zigarre und kam einige Stunden später, ihres Aromas beraubt und mit Richter Taylors Verdauungssäften vermischt, als flaches, glitschiges Etwas wieder zum Vorschein.

Ich fragte Atticus einmal, wie es Mrs. Taylor ertragen könne, ihren Mann zu küssen. Atticus erwiderte, daß sich die beiden nicht oft küßten.

Der Zeugenstand war rechts von Richter Taylor. Als wir unsere Plätze erreichten, wurde gerade Mr. Heck Tate vernommen.

17. Kapitel

«Jem», fragte ich, «sind das die Ewells, die da unten sitzen?»

«Still», flüsterte er, «Mr. Heck Tate sagt aus.»

Mr. Tate trug zu Ehren des Gerichts einen Straßenanzug, in dem er aussah wie jedermann. Die hohen Stiefel, der Lumberjack, der mit Patronen gespickte Gürtel waren verschwunden, und nun flößte er mir keine Angst mehr ein. Er saß im Zeugenstand, vorgebeugt, die Hände zwischen den Knien gefaltet, und hörte aufmerksam dem Staatsanwalt zu.

Mit diesem Herrn, einem Mr. Gilmer, waren Jem und ich nicht näher bekannt. Er wohnte in Abbottsville und kam nur zu den Gerichtsverhandlungen nach Maycomb. Aber auch dann sahen wir ihn selten, weil uns Prozesse nicht sonderlich interessierten. Mit seinem glatten Gesicht und der beginnenden Glatze konnte er ebensogut vierzig wie sechzig Jahre zählen. Obwohl er uns den Rücken zukehrte, wußten wir, daß er auf dem einen Auge schielte. Diesen kleinen Sehfehler nutzte er zu seinem Vorteil aus: Auch wenn er einen nicht anschaute, hatte man immer das Gefühl, beobachtet zu werden, und damit machte er Geschworenen wie Zeugen das Leben sauer. Die Geschworenen, die sich seinem scharf forschenden Blick ausgesetzt glaubten, paßten auf wie die Schießhunde, und die Zeugen, die sich ebenfalls unter Kontrolle fühlten, taten ein Gleiches.

«. . . in Ihren eigenen Worten, Mr. Tate», sagte Mr. Gilmer.

«Nun . . .» Mr. Tate fingerte an seiner Brille herum und starrte auf seine Knie. «Man hat mich gerufen . . .»

«Würden Sie sich den Geschworenen zuwenden, Mr. Tate? Danke sehr. Wer hat Sie gerufen?»

«Ich wurde von Bob . . . von Mr. Bob Ewell da drüben geholt, eines Abends . . .»

«An welchem Abend?»

«Am Abend des einundzwanzigsten November. Ich war in meinem Büro und wollte gerade nach Hause gehen, als Bob . . . Mr. Ewell reinkam. Er war sehr aufgeregt und sagte, ich sollte rasch kommen, ein Nigger hätte seine Tochter vergewaltigt.»

«Sind Sie mitgegangen?»

«Natürlich. Ich bin in den Wagen gestiegen und so schnell wie möglich hingefahren.»

«Und was fanden Sie dort vor?»

«Das Mädchen lag auf dem Fußboden, mitten im Vorderzimmer – in dem Zimmer rechts vom Eingang. Sie war ganz hübsch zerschlagen. Ich habe ihr aufgeholfen, und sie hat sich das Gesicht in einem

Kübel in der Ecke gewaschen und gesagt, sie fühle sich schon wieder besser. Auf meine Frage, wer sie verletzt hätte, antwortete sie, es wäre Tom Robinson gewesen . . .»

Richter Taylor, in die Betrachtung seiner Fingernägel vertieft, blickte auf, als erwarte er einen Einspruch. Doch Atticus schwieg.

«. . . Ich fragte, ob er sie so zugerichtet hätte, und sie sagte ja. Auch die Frage, ob er sich an ihr vergangen hätte, wurde von ihr bejaht. Da bin ich zu Robinsons Haus gegangen und habe ihn dem Mädchen gegenübergestellt. Sie bezeichnete ihn als den Schuldigen, und da habe ich ihn verhaftet. Das ist alles.»

«Danke», sagte Mr. Gilmer.

«Irgendwelche Fragen, Atticus?» erkundigte sich Richter Taylor.

«Ja», antwortete mein Vater. Er hatte seinen Stuhl hinter dem Tisch schräg gerückt und saß mit übereinandergeschlagenen Beinen da. Sein Arm lag auf der Stuhllehne.

«Haben Sie einen Arzt gerufen, Sheriff? Hat irgend jemand einen Arzt gerufen?» fragte Atticus.

«Nein, Sir», sagte Mr. Tate.

«Es wurde also kein Arzt gerufen?»

«Nein, Sir», wiederholte Mr. Tate.

«Warum nicht?» Atticus' Stimme klang scharf.

«Das will ich Ihnen sagen, Mr. Fink. Weil's nicht nötig war. Sie hatte tüchtige Prügel bezogen, und es stand einwandrei fest, daß etwas passiert war.»

«Aber Sie haben keinen Arzt gerufen? Hat irgend jemand, während Sie dort waren, einen Arzt rufen lassen oder geholt oder das Mädchen zum Arzt gebracht?»

«Nein, Sir . . .»

«Er hat die Frage dreimal beantwortet, Atticus», unterbrach Richter Taylor. «Es wurde kein Arzt gerufen.»

«Ich wollte nur ganz sichergehen», sagte Atticus, und der Richter lächelte.

Jems Hand, die auf dem Geländer lag, krampfte sich plötzlich zusammen, und ich hörte ihn nach Luft schnappen. Da ich nichts im Saal entdecken konnte, was seine Erregung rechtfertigte, nahm ich an, er versuche, sich dramatisch zu gebärden. Dill saß friedlich auf seinem Platz, ebenso Hochwürden Sykes. «Was ist los?» flüsterte ich Jem zu und wurde mit einem kurzen «Pst» abgefertigt.

«Sheriff», fuhr Atticus fort, «Sie sagten, sie hätte tüchtige Prügel bezogen. Worin kam das zum Ausdruck?»

«Nun . . .»

«Schildern Sie einfach ihre Verletzungen, Heck.»

«Nun, sie war auf den Kopf geschlagen worden. An den Armen

habe ich auch blutunterlaufene Stellen gesehen, und es war ungefähr dreißig Minuten vorher passiert ...»

«Woher wissen Sie das?»

Mr. Tate grinste. «Ach so, Verzeihung ... das haben die mir gesagt. Jedenfalls war sie ganz hübsch verbeult, als ich hinkam, und das eine Auge wurde schon blau.»

«Welches Auge?»

Mr. Tate blinzelte und fuhr sich mit der Hand durch das Haar. «Warten Sie mal ...» murmelte er und warf Atticus einen Blick zu, der andeutete, daß er die Frage für kindisch hielt.

«Können Sie sich nicht entsinnen?»

Mr. Tate deutete auf eine unsichtbare Person dicht vor ihm. «Das linke.»

«Einen Moment, Sheriff», sagte Atticus. «War es das linke, von Ihnen aus gesehen, oder das linke, von ihr aus gesehen?»

«Ach so, dann war es natürlich das rechte. Ja, es war ihr rechtes Auge, Mr. Fink. Jetzt erinnere ich mich, die rechte Seite vom Gesicht war blau und verschwollen ...»

Mr. Tate blinzelte wieder, als hätte er plötzlich über irgend etwas Klarheit gewonnen. Dann wandte er sich nach dem Angeklagten um. Instinktiv hob Tom Robinson den Kopf.

Auch Atticus hatte über irgend etwas Klarheit gewonnen. Er stand auf. «Bitte, Sheriff, wiederholen Sie, was Sie gesagt haben.»

«Ich habe gesagt, es war ihr rechtes Auge.»

«Nein ...» Atticus ging zum Schreibtisch des Protokollführers. Die wütend kritzelnde Hand hielt inne, schlug die Seite des Stenogrammblocks zurück, und der Protokollführer las vor: «... Mr. Fink. Jetzt erinnere ich mich, die rechte Seite vom Gesicht war blau und verschwollen ...»

Atticus blickte auf Mr. Tate. «Also welche Seite, Heck?»

«Die rechte Seite, Mr. Fink. Aber sie hatte noch andere Verletzungen ... Wollen Sie darüber auch hören?»

Atticus schien eine weitere Frage auf der Zunge zu haben, besann sich jedoch anders und sagte: «Ja, was für Verletzungen hatte sie sonst noch?»

Während Mr. Tate antwortete, drehte sich Atticus um und blickte Tom Robinson an, als wollte er sagen, dies sei etwas, womit sie nicht gerechnet hätten.

«... blutunterlaufene Stellen an den Armen, und sie hat mir ihren Hals gezeigt. Es waren deutliche Fingerspuren zu sehen ...»

«Rings um den Hals? Auch am Nacken?»

«Meiner Meinung nach rundherum, Mr. Fink.»

«Ihrer Meinung nach?»

«Jawohl, Sir. Sie hat einen dünnen Hals, jeder könnte ihn mit den Händen . . .»

«Bitte, Sheriff, antworten Sie nur mit Ja oder Nein», sagte Atticus trocken, und daraufhin schwieg Mr. Tate.

Atticus setzte sich. Er nickte dem Staatsanwalt zu, der dem Richter mit einem Kopfschütteln bedeutete, daß er keine Fragen mehr hatte, und nun nickte der Richter Mr. Tate zu, der sich steifbeinig erhob und den Zeugenstand verließ.

Unter uns drehten sich Köpfe hin und her, Füße scharrten, Kleinkinder wanderten auf die andere Schulter, einige Jungen und Mädchen liefen aus dem Saal. Die Neger hinter uns flüsterten leise miteinander. Dill erkundigte sich bei Hochwürden Sykes, um was es eigentlich gehe, und der antwortete, das wisse er auch nicht. Bis jetzt war alles sehr langweilig. Kein Donnerwetter, keine Wortgefechte zwischen den gegnerischen Anwälten, kein Drama – allem Anschein nach waren die Zuschauer tief enttäuscht. Atticus ging so liebenswürdig vor, als handle es sich darum, den rechtmäßigen Eigentümer eines Grundstücks zu ermitteln. Er hatte die unschätzbare Gabe, stürmische Wogen zu glätten, und konnte einem Vergewaltigungsprozeß die Trockenheit einer Predigt geben. Verschwunden war das Grauen, das mich erfüllt hatte, das Grauen vor Whisky- und Schweinestallgerüchen, vor mürrischen Männern mit schläfrigen Augen, vor einer heiseren Stimme, die «Mr. Fink, sind sie fort?» in die Nacht rief. Unser Alpdruck hatte sich im Tageslicht verflüchtigt, und alles würde sich schließlich zum Guten wenden.

Die Zuschauer saßen ebenso entspannt da wie Richter Taylor – alle außer Jem. Seine Lippen waren zu einem betonten halben Lächeln verzogen, und seine Augen blickten heiter umher. Er erzählte mir irgend etwas über zusätzliches Belastungsmaterial, was mich in der Überzeugung bestärkte, daß er angab.

«Robert E. Lee Ewell!» dröhnte die Stimme des Gerichtsdieners.

Ein kleiner Mann erhob sich und stolzierte wie ein Zwerghahn zum Zeugenstand. Beim Aufruf seines Namens hatte sich Mr. Ewells Nacken gerötet, und als er sich umdrehte, um den Eid abzulegen, sahen wir, daß sein Gesicht ebenso rot war. Ich konnte keine Ähnlichkeit zwischen ihm und seinem Namensvetter, dem General Robert E. Lee, entdecken. Ein Schopf frisch gewaschener Haare sträubte sich über seiner Stirn, die Nase war schmal, spitz und glänzend, und von einem Kinn konnte man eigentlich nicht sprechen – es schien mit dem faltigen Hals verwachsen zu sein.

«. . . so wahr mir Gott helfe», krähte er.

Jede Stadt von der Größe Maycombs hatte Familien wie die Ewells, deren wirtschaftliche Lage durch nichts verändert wurde. Ob nationaler Wohlstand oder tiefste Krise – Leute wie die Ewells lebten als Gäste der Behörden. Kein Fürsorgebeamter konnte ihre zahlreiche Nachkommenschaft zum Besuch der Schule bewegen, kein Gesundheitsinspektor war fähig, sie von ihren angeborenen Gebrechen oder von Würmern und anderen Leiden zu befreien, die in jeder schmutzigen Umgebung heimisch sind.

Die Ewells von Maycomb wohnten hinter der städtischen Müllablage in einer ehemaligen Negerhütte. Die Bretterwände hatte man mit Wellblechplatten verstärkt, und das Dach war mit flachgehämmerten Blechdosen gedeckt, so daß nur die Form der Hütte verriet, welchem Zweck sie ursprünglich gedient hatte: ein würfelförmiges Gebilde, das unbehaglich auf vier unregelmäßigen Kalksteinblöcken ruhte und dessen vier winzige Zimmer zu beiden Seiten eines durchgehenden Flurs lagen. Die Fenster waren lediglich Öffnungen in den Wänden, vor die man im Sommer fettige Gaze spannte, um das Ungeziefer fernzuhalten, das sich auf dem Abfall von Maycomb gütlich tat.

Der Schmaus des Ungeziefers fiel allerdings etwas mager aus, denn die Ewells unterzogen die Abfälle täglich einer genauen Durchsicht. Soweit die Früchte ihres Fleißes nicht von ihnen verzehrt wurden, gaben sie dem Stückchen Land rings um die Hütte das Aussehen eines Spielplatzes, den ein geisteskrankes Kind angelegt hat: Der sogenannte Zaun war ein Gefüge aus Zweigen, Besenstielen und Werkzeuggriffen, gekrönt von rostigen Hämmern, Harken mit abgebrochenen Zähnen, Schaufeln, Beilen und Hacken, die von Stacheldrahtstücken festgehalten wurden. Diese Barrikade umgab einen schmutzigen Hof, der die Überreste eines Fordwagens (Modell T), einen ausgedienten Zahnarztstuhl und einen uralten Eisschrank beherbergte. Darum herum gruppierten sich kleinere Gegenstände, wie alte Schuhe, defekte Radioapparate, Bilderrahmen und Marmeladegläser, unter denen magere gelbe Hühner hoffnungsvoll herumpickten.

Ein Winkel des Hofes aber verblüffte ganz Maycomb. Am Zaun standen sechs abgeblätterte Emailleeimer, einer neben dem anderen, und die leuchtendroten Geranien, die darin wuchsen, waren so liebevoll gepflegt, daß Miss Maudie bereit gewesen wäre, eine Geranie auf ihrem Grundstück zu dulden. Diese Blumen, so hieß es, waren Mayella Ewells Eigentum.

Niemand wußte genau, wie viele Kinder Bob Ewell hatte. Einige sprachen von sechs, andere von neun Sprößlingen. Jedenfalls tauchten stets mehrere schmutzige Gesichter in den Fensteröffnungen auf, wenn man vorbeiging. Die Bürger von Maycomb hatten indessen keinen Anlaß, hier vorbeizugehen, es sei denn zu Weihnachten, wenn Wohltätigkeitskörbe von den Kirchen verteilt wurden oder wenn der

Bürgermeister die Bevölkerung bat, nach dem Fest die Bäume selbst fortzuschaffen, um den Müllkutschern die Arbeit zu erleichtern.

Atticus hatte uns im vergangenen Jahr mitgenommen, als er der Bitte des Bürgermeisters entsprach. Von der Landstraße zweigte ein Feldweg ab, der an der Müllablage vorbei zu einer kleinen Negersiedlung etwa fünfhundert Meter hinter dem Haus der Ewells führte. Wollte man wieder auf die Straße gelangen, so mußte man entweder den Wagen im Rückwärtsgang steuern oder bis zur Siedlung weiterfahren und dort wenden. Meistens wurden die Vorhöfe der Neger als Kehre benutzt. In der frostigen Dezemberdämmerung sahen die Hütten schmuck und behaglich aus. Blaßblauer Rauch quoll aus den Schornsteinen, und aus den Türen fiel das bernsteingelbe Licht der Herdfeuer. Ein köstlicher Geruch nach Huhn und knusprig gebratenem Speck stieg uns in die Nase. Jem und ich spürten den Duft von Eichhörnchenbraten auf, aber nur ein alter Landbewohner wie Atticus konnte herausfinden, wo Beutelratten oder Kaninchen verzehrt wurden. All diese Wohlgerüche verschwanden, als wir uns auf dem Rückweg der Ewell-Behausung näherten.

Das einzige, was der kleine Mann im Zeugenstand seinen nächsten Nachbarn voraushatte, war die weiße Haut, die zum Vorschein kam, wenn er sich gründlich mit Schmierseife und heißem Wasser abschrubbte.

«Mr. Robert Ewell?» fragte Mr. Gilmer.

«Das ist mein Name, Käpt'n», erwiderte der Zeuge.

Mr. Gilmer zuckte leicht zusammen, und ich empfand Mitleid mit ihm. (Ich glaube, ich muß hier eine Erklärung einschalten: Man hört oft, daß Kinder von Anwälten, die ihren Vater vor Gericht in hitzige Wortgefechte verwickelt sehen, sich falsche Vorstellungen machen. Sie halten den Rechtsbeistand der Gegenpartei für den persönlichen Feind ihres Vaters, leiden Höllenqualen und sind höchst überrascht, wenn die vermeintlichen Gegner in der Pause Arm in Arm hinausgehen.

Bei Jem und mir traf das nicht zu. Wir erlitten kein Trauma, ganz gleich, ob wir unseren Vater gewinnen oder verlieren sahen. Es tut mir leid, daß ich in dieser Hinsicht von keinem Drama berichten kann. Wenn ich es täte, würde ich von der Wahrheit abweichen. Daß eine Debatte den Boden der Sachlichkeit verließ, hatten wir zwar mitunter erlebt, aber nur bei anderen Rechtsanwälten, niemals bei Atticus. Kein einziges Mal habe ich ihn mit erhobener Stimme sprechen hören, es sei denn zu einem tauben Zeugen. Ich wußte, daß Mr. Gilmer seine Pflicht tat, genau wie Atticus die seine. Hinzu kam, daß Mr. Ewell als Zeuge der Anklage kein Recht hatte, ausgerechnet zu Mr. Gilmer ungezogen zu sein.)

«Sind Sie der Vater von Mayella Ewell?» lautete die nächste Frage.

«Na, wenn ich's nicht bin, kann ich nichts mehr dagegen tun, meine Alte ist tot», war die Antwort.

Richter Taylor hob den Kopf, setzte seinen Drehstuhl in langsame Bewegung und schaute den Zeugen mild an. «Sind Sie der Vater von Mayella Ewell?» fragte er in einem Ton, der das Gelächter im Saal plötzlich verstummen ließ.

«Ja, Sir», antwortete Mr. Ewell demütig.

«Sie erscheinen das erste Mal vor Gericht, nicht wahr?» fuhr Richter Taylor wohlwollend fort. «Ich entsinne mich nicht, Sie je hier gesehen zu haben.» Der Zeuge bestätigte das durch ein Nicken. «Nun, dann wollen wir zunächst folgendes klarstellen: Solange ich den Vorsitz führe, wird in diesem Saal niemand mehr irgendwelche zotigen Bemerkungen zu irgendeinem Thema machen. Verstehen Sie?»

Mr. Ewell nickte ein zweites Mal, hatte jedoch offensichtlich kein Wort verstanden. Richter Taylor seufzte. «Also bitte, Mr. Gilmer», sagte er.

«Danke, Sir . . . Mr. Ewell, würden Sie uns bitte in Ihren eigenen Worten sagen, was am Abend des einundzwanzigsten November geschah?»

Jem grinste und strich sich die Haarsträhne aus der Stirn. «In Ihren eigenen Worten» war Mr. Gilmers Warenzeichen. Wir fragten uns oft, was er eigentlich befürchtete. Konnte man sich denn anderer Worte bedienen als der eigenen?

«Also, am einundzwanzigsten November bin ich abends mit 'ner Ladung Kleinholz aus'm Wald gekommen, und gerade wie ich am Zaun bin, höre ich Mayella im Haus drin kreischen wie 'ne gestochene Sau . . .»

Richter Taylor warf dem Zeugen einen scharfen Blick zu, vermochte aber wohl keine böse Absicht in diesem Ausdruck zu erkennen, denn er verfiel wieder in Apathie.

«Um welche Zeit war das, Mr. Ewell?»

«Kurz bevor die Sonne unterging. Also wie gesagt, Mayella hat geschrien, als wenn sie Jesus überschreien wollte . . .» Ein zweiter Blick des Richters ließ Mr. Ewell jäh verstummen.

«Ja? Sie hat geschrien?» fragte Mr. Gilmer.

Mr. Ewell sah ängstlich auf den Richter. «Also, Mayella hat 'nen Mordskrach gemacht, und da hab ich mein Holz hingeschmissen und bin so fix gerannt, wie ich nur konnte. Aber ich bin in den Zaun gerannt. Aus dem mußte ich mich erst wieder rauswursteln, und dann bin ich ans Fenster gerannt, und da . . .» Mr. Ewells Gesicht wurde scharlachrot. Er erhob sich und deutete auf Tom Robinson. «Und da hab ich den schwarzen Nigger auf meiner Mayella bocken sehen!»

Bei Richter Taylors Gerichtsverhandlungen ging es immer so ruhig zu, daß er kaum je von seinem hölzernen Hammer Gebrauch machen mußte. Diesmal aber hämmerte er volle fünf Minuten. Atticus war nach vorn geeilt und sagte etwas zu ihm. Mr. Heck Tate stand in seiner Eigenschaft als erster Gerichtsbeamter von Maycomb County mitten im Gang und versuchte, den Aufruhr im Saal zu dämpfen. Hinter uns erklang das zornige, halberstickte Stöhnen der Farbigen.

Hochwürden Sykes zupfte Jem am Ärmel. «Mr. Jem, das ist nichts für Miss Jean Louise. Gehen Sie lieber mit ihr nach Hause. Mr. Jem, hören Sie doch!»

Jem wandte den Kopf. «Los, Scout, verschwinde. Dill, du gehst jetzt mit Scout nach Hause.»

«Dazu mußt du mich aber erst bringen», sagte ich in Erinnerung an das salomonische Urteil unseres Vaters.

Jem bedachte mich mit einem wütenden Blick und beugte sich dann zu Hochwürden Sykes. «Ich glaube, sie kann hierbleiben, Hochwürden. Sie versteht's sowieso nicht.»

Ich war tödlich beleidigt. «Natürlich verstehe ich jedes Wort. Was du verstehst, verstehe ich schon lange.»

«Ach, sei still. Sie versteht's wirklich nicht, Hochwürden. Sie ist ja noch nicht mal neun.»

Die schwarzen Augen von Hochwürden Sykes schauten uns besorgt an. «Weiß Mr. Fink, daß ihr hier seid? Diese Verhandlung ist nichts für Miss Jean Louise und auch nichts für euch Jungens.»

Jem schüttelte den Kopf. «Wir sitzen ja so weit weg, daß er uns nicht sehen kann. Ist schon gut, Hochwürden.»

Ich wußte, daß Jem gewinnen würde. Er war felsenfest entschlossen, nicht von hier fortzugehen. Für Dill und mich bestand also keine Gefahr – es sei denn, daß Atticus heraufschaute. Wir waren nämlich nicht so weit von ihm entfernt, wie Jem behauptete.

Während der Richter den Hammer betätigte, saß Mr. Ewell selbstgefällig im Zeugenstand und betrachtete sein Werk. Mit ein paar Worten hatte er fröhliche Ausflügler in eine erregte, dumpf grollende Menge verwandelt, die langsam durch Richter Taylors Hammerschläge hypnotisiert wurde. Allmählich verminderte sich die Lautstärke des Pochens, bis schließlich das einzige Geräusch im Saal ein schwaches Pink-Pink-Pink war: Der Richter hätte ebensogut mit einem Bleistift klopfen können.

Als Richter Taylor die Zügel wieder fest in der Hand hatte, lehnte er sich im Stuhl zurück. Er wirkte plötzlich erschöpft, man sah ihm sein Alter an. Mir fiel ein, daß Atticus gesagt hatte, Mrs. Taylor und ihr Mann küßten sich nicht oft. Nun ja, er war wohl nahezu siebzig.

«Es liegt ein Antrag vor», sagte Richter Taylor, «die Öffentlichkeit oder zumindest Frauen und Kinder von der weiteren Verhandlung auszuschließen – ein Antrag, dem vorläufig nicht entsprochen wird. Die Leute sehen gewöhnlich das, was sie sehen wollen, und hören das, was sie hören wollen, und sie haben das Recht, auch ihre Kinder dem auszusetzen. Eines kann ich jedoch mit allem Nachdruck versichern: Die Anwesenden werden alles, was sie sehen und hören, schweigend hinnehmen, oder sie werden den Saal verlassen – aber nicht, bevor ich sie samt und sonders wegen Ungebühr vor Gericht bestraft habe. Und Sie, Mr. Ewell, werden bei Ihrer Zeugenaussage wenn möglich im Rahmen des christlich englischen Sprachgebrauchs bleiben. Fahren Sie fort, Mr. Gilmer.»

Mr. Ewell erinnerte mich an einen Taubstummen. Die Worte, deren sich Richter Taylor bediente, hatte er zweifellos nie zuvor gehört – seine Lippen, die sich lautlos bewegten, schienen mit ihnen zu kämpfen –, doch ihrer Bedeutung war er sich offensichtlich bewußt. Seine Selbstgefälligkeit wich einem sturen Ernst, von dem sich Richter Taylor indessen nicht täuschen ließ. Er wandte kein Auge von Mr. Ewell, solange der sich im Zeugenstand befand, und ich hatte den Eindruck, er warte nur auf den nächsten sprachlichen Mißgriff.

Mr. Gilmer und Atticus wechselten Blicke. Atticus kehrte auf seinen Platz zurück. Er stützte die Wange auf die Faust, so daß sein Gesicht uns verborgen war. Mr. Gilmer wirkte recht verkrampft. Er entspannte sich erst, als Richter Taylor sich einschaltete und fragte: «Mr. Ewell, haben Sie gesehen, daß der Angeklagte mit Ihrer Tochter geschlechtlichen Umgang hatte?»

«Jawohl.»

Die Zuschauer verhielten sich still, aber Tom Robinson sagte etwas. Atticus brachte ihn mit einer geflüsterten Bemerkung zum Schweigen.

«Wie Sie sagten, haben Sie am Fenster gestanden», setzte nun Mr. Gilmer das Verhör fort.

«Ja, Sir.»

«Wie hoch ist das Fenster über dem Boden?»

«Einen knappen Meter.»

«Konnten Sie das ganze Zimmer überblicken?»

«Ja, Sir.»

«Wie sah das Zimmer aus?»

«Alles drunter und drüber. Wie 'n Schlachtfeld.»

«Was haben Sie getan, als Sie den Angeklagten sahen?»

«Also, ich bin ums Haus gerannt, um reinzukommen, und da ist er gerade vor mir zur Vordertür rausgerannt. Erkannt habe ich ihn aber ganz genau. Ich war bloß zu aufgeregt von wegen Mayella, sonst wäre ich ihm nachgerannt. Ich bin also reingerannt, und sie hat dagelegen und geschrien ...»

«Was haben Sie dann getan?»

«Also, ich bin fix zu Tate gerannt. Ich wußte ja, wer's war, er wohnte doch drüben in dem Niggernest und ist jeden Tag bei uns vorbeigekommen. Wissen Sie, ich rede mir schon fünfzehn Jahre den Mund fusselig, sie sollen das Nest da ausräuchern. Nigger sind doch gefährlich, und mein Grundstück wird dadurch auch entwertet ...»

«Danke, Mr. Ewell», sagte Mr. Gilmer hastig.

Der Zeuge wandte sich eilends zum Gehen und prallte mit Atticus zusammen, der sich erhoben hatte. Das Gelächter im Publikum wurde von Richter Taylor nicht beanstandet.

«Einen Moment, bitte», sagte Atticus freundlich. «Dürfte ich Ihnen wohl ein oder zwei Fragen stellen?»

Mr. Ewell machte kehrt, ließ sich wieder im Zeugenstand nieder und betrachtete Atticus mit hochmütigem Mißtrauen, einem Gesichtsausdruck, den alle Zeugen in Maycomb County zur Schau trugen, wenn sie den Anwalt der Gegenpartei vor sich hatten.

«Mr. Ewell», begann Atticus, «an jenem Abend ist sehr viel gerannt worden. Wie war das doch gleich ... Sie rannten ans Fenster, Sie rannten ums Haus, Sie rannten ins Haus, Sie rannten zu Mayella, Sie rannten zu Mr. Tate. Sind Sie bei all dieser Rennerei auch zu einem Arzt gerannt?»

«Wozu? Ich hatte ja gesehen, was passiert war.»

«Das verstehe ich aber nicht», sagte Atticus. «Waren Sie denn nicht um Mayellas Zustand besorgt?»

«Na und ob. Ich hatte ja gesehen, wer's gewesen war.»

«Nein, ich spreche von ihrem körperlichen Zustand. Hielten Sie nicht angesichts der Art ihrer Verletzungen eine sofortige ärztliche Untersuchung für erforderlich?»

«Was?»

«Waren Sie nicht der Meinung, daß Ihre Tochter sofort einen Arzt brauchte?»

Auf diesen Gedanken, erklärte der Zeuge, sei er überhaupt nicht gekommen. Er habe noch nie für sich oder seine Angehörigen einen Arzt gerufen, denn das koste doch jedesmal fünf Dollar. «Ist das alles?» fragte er.

«Nicht ganz», erwiderte Atticus lässig. «Sie haben die Aussage des Sheriffs gehört, nicht wahr, Mr. Ewell?»

«Wie meinen Sie das?»

«Sie waren im Saal, als Mr. Tate vernommen wurde, nicht wahr? Sie hörten alles, was er sagte, nicht wahr?»

Mr. Ewell überlegte sorgfältig und kam offenbar zu dem Schluß, daß die Frage unverfänglich war.

«Ja», sagte er.

«Sind Sie mit Mr. Tates Schilderung von Mayellas Verletzungen einverstanden?»

«Wie meinen Sie das?»

Atticus sah sich nach Mr. Gilmer um und lächelte. Mr. Ewell schien nicht gewillt, es der Verteidigung leichtzumachen.

«Mr. Tate hat ausgesagt, daß ihr rechtes Auge blau angelaufen war, daß sie auf den Kopf geschlagen worden ...»

«Ach so», rief der Zeuge dazwischen. «Ja, ich stehe zu allem, was Tate gesagt hat.»

«Wirklich?» fragte Atticus mild. «Nun, ich möchte mich trotzdem vergewissern.» Er ging zu dem Protokollführer, sagte etwas, und dann wurden wir einige Minuten lang mit der monotonen Wiedergabe von Mr. Tates Aussage unterhalten. Es klang, als würden Börsenkurse verlesen: «... welches Auge das linke ach so dann war es natürlich das rechte ja es war ihr rechtes Auge Mr. Fink jetzt erinnere ich mich die rechte Seite» – der Protokollführer schlug das Blatt um – «vom Gesicht war blau und verschwollen Sheriff bitte wiederholen Sie was Sie gesagt haben ich habe gesagt es war ihr rechtes Auge ...»

«Danke, Bert», unterbrach Atticus. «Sie haben es noch mal gehört, Mr. Ewell. Möchten Sie etwas hinzufügen? Stimmen Sie mit dem Sheriff überein?»

«Ich stehe zu Tate. Sie hatte ein blaues Auge, und sie war arg zerschlagen.»

Der kleine Mann schien die Demütigung aus Richter Taylors Mund vergessen zu haben. Offensichtlich hielt er sich ohne weiteres für fähig, mit Atticus fertig zu werden. Wieder lief er rot an, sein Brustkorb wölbte sich vor, und er glich einem kleinen roten Hahn. Ich dachte, er würde aus dem Hemd platzen, als Atticus die nächste Frage stellte.

«Mr. Ewell, können Sie lesen und schreiben?»

«Einspruch», rief Mr. Gilmer. «Ich weiß nicht, was das Bildungsniveau des Zeugen mit dem Fall zu tun hat. Die Frage ist unwesentlich und gehört nicht zur Sache.»

Richter Taylor setzte zum Sprechen an, doch Atticus kam ihm zuvor.

«Ich bitte das Gericht, diese Frage in Verbindung mit einer zweiten zuzulassen. Es wird sich herausstellen, daß sie nicht unwesentlich ist.»

«Na gut», meinte Richter Taylor, «aber sehen Sie zu, Atticus, daß es sich auch wirklich herausstellt. Einspruch abgewiesen.»

Alle im Saal – Mr. Gilmer nicht ausgenommen – warteten gespannt, daß der Zusammenhang zwischen Mr. Ewells Schulkenntnissen und diesem Prozeß aufgedeckt würde.

«Ich wiederhole die Frage», sagte Atticus. «Können Sie lesen und schreiben?»

«Ganz entschieden kann ich das.»

«Wären Sie bereit, vor unseren Augen Ihren Namen zu schreiben?»

«Na klar. Was denken Sie eigentlich, wie ich meine Unterstützung quittiere?»

Mr. Ewell gewann offenbar die Herzen seiner Mitbürger für sich. Das Geflüster und Gekicher unter uns besagte wohl, daß man ihn für einen urkomischen Kauz hielt.

Ich wurde nervös. Atticus schien zu wissen, was er tat – aber mir kam es vor, als sei er ohne Licht auf die Froschjagd gegangen. Stelle dem Zeugen beim Kreuzverhör nie und nimmer eine Frage, deren Antwort du nicht im voraus kennst – das war einer der Grundsätze, die ich mit meiner Babynahrung eingesogen hatte. Tust du es dennoch, so wirst du oft eine unerwünschte Antwort bekommen, eine Antwort, an der du unter Umständen scheiterst.

Atticus griff in die Innentasche seiner Jacke und förderte einen Briefumschlag zutage. Dann zog er seinen Füllfederhalter aus der Westentasche. Er bewegte sich gemächlich und achtete darauf, daß den Geschworenen nichts von seinem Tun entging. Er schraubte die Kappe des Halters ab, legte sie behutsam auf den Tisch, schüttelte die Feder ein wenig und reichte sie dem Zeugen. «Würden Sie wohl Ihren Namen auf diesen Umschlag schreiben? Aber bitte so, daß die Geschworenen Sie dabei sehen können.»

Mr. Ewell schrieb auf die Rückseite des Umschlags, blickte dann selbstzufrieden auf und mußte feststellen, daß Richter Taylor ihn anstarrte, als sei er eine im Zeugenstand erblühte duftende Gardenie, daß Mr. Gilmer sich halb von seinem Stuhl erhoben hatte und daß die Geschworenen ihn gespannt beobachteten – einer von ihnen hatte sogar das Geländer umfaßt und beugte sich weit vor.

«Was ist denn hier so interessant?» fragte der Zeuge.

«Sie sind Linkshänder, Mr. Ewell», sagte Richter Taylor.

Mr. Ewell wandte sich dem Richter zu und rief empört, er begreife nicht, was seine Linkshändigkeit damit zu tun habe, er sei ein gottesfürchtiger Mann, und Atticus Fink versuche die ganze Zeit, ihn reinzulegen. Solche geriebenen Advokaten wie Atticus Fink hätten alle möglichen Tricks auf Lager, das wisse er längst. Er habe gesagt, was passiert sei, er werde es wieder und wieder sagen – was er auch tat. Keine Frage, die Atticus ihm stellte, konnte ihn von seiner Geschichte abbringen: Er hatte durchs Fenster geschaut, der Nigger war davongerannt, er selbst war zum Sheriff gerannt. Schließlich entließ ihn Atticus.

Mr. Gilmer erhob sich zu einer letzten Frage. «Was Ihr Schreiben mit der linken Hand anbelangt, Mr. Ewell – sind Sie vielleicht ambidexter?»

«Das bin ich ganz entschieden nicht, ich kann die eine Hand ebensogut gebrauchen wie die andere. Die eine ebensogut wie die andere», betonte er mit einem wütenden Blick auf Atticus.

Jem hatte anscheinend einen stummen Tobsuchtsanfall. Seine Fäuste trommelten einen geräuschlosen Wirbel auf dem Geländer, und ich hörte ihn flüstern: «Jetzt haben wir ihn.»

Ich dachte anders. Natürlich war mir klar, worauf Atticus abzielte: Er wollte auf die Möglichkeit hinweisen, daß Mr. Ewell seine Tochter verprügelt hatte. Wenn Mayellas rechtes Auge blau und verschwollen war und die Schläge vorwiegend die rechte Gesichtshälfte getroffen hatten, dann konnte man daraus schließen, daß ein Linkshänder der Täter war. In diesem Punkt wäre Sherlock Holmes mit Jem Fink einig gewesen. Was aber, wenn auch Tom Robinson linkshändig war? Wie Mr. Heck Tate rief ich ein imaginäres Gegenüber zu Hilfe, spielte im Geist rasch eine Pantomime und kam zu dem Schluß, daß es durchaus möglich war, einen Menschen mit der rechten Hand festzuhalten und ihn mit der linken zu schlagen. Ich blickte auf Tom Robinson hinunter. Er kehrte uns den Rücken zu, aber ich sah seine breiten Schultern und den gedrungenen Nacken. Er hätte es leicht tun können. Wenn sich Jem nur nicht verrechnet hat, sagte ich mir.

18. Kapitel

Wieder dröhnte die Stimme des Gerichtsdieners durch den Saal.

«Mayella Violet Ewell . . .»

Ein junges Mädchen betrat den Zeugenstand. Als sie die Hand erhob und schwor, sie werde die Wahrheit sagen, die volle Wahrheit und nichts als die Wahrheit, so wahr ihr Gott helfe, wirkte sie zart, fast zerbrechlich. Sobald sie aber uns gegenüber im Zeugenstand saß, wurde sie, was sie tatsächlich war: ein derbes, an schwere Arbeit gewöhntes Mädchen.

In Maycomb County gab es Leute, die regelmäßig badeten, und solche, die sich nur einmal im Jahr gründlich wuschen. Der Unterschied war leicht zu erkennen: Mr. Ewell sah aus wie gebrüht; es war, als hatte man ihn über Nacht eingeweicht und dadurch der schützenden Schmutzschichten beraubt, so daß seine Haut nun empfindlich gegen Witterungseinflüsse war. Mayella dagegen machte den Eindruck, daß sie sich ständig sauberzuhalten suchte, und ich mußte an die Reihe roter Geranien in Ewells Hof denken.

Mr. Gilmer bat Mayella, den Geschworenen in ihren eigenen Worten über die Ereignisse am Abend des einundzwanzigsten November vergangenen Jahres zu berichten – in ihren eigenen Worten, bitte.

Mayella schwieg.

«Wo waren Sie an jenem Abend in der Dämmerstunde?» fragte Mr. Gilmer geduldig.

«Auf der Veranda.»

«Auf welcher Veranda?»

«Ist ja nur eine da – vorn am Haus.»

«Was taten Sie auf der Veranda?»

«Nichts.»

«Erzählen Sie uns einfach, was geschehen ist», sagte Richter Taylor. «Das können Sie doch, nicht wahr?»

Mayella starrte ihn an und brach in Tränen aus. Sie preßte die Hände auf den Mund und schluchzte.

Richter Taylor ließ sie eine Weile weinen. «So», sagte er dann, «jetzt ist es genug. Hier wird Ihnen nicht das geringste geschehen, solange Sie die Wahrheit sprechen. Ich weiß, dies alles ist Ihnen fremd, aber ich versichere Ihnen, daß Sie sich weder zu schämen noch zu fürchten brauchen. Vor wem haben Sie denn Angst?»

Mayella murmelte etwas hinter den Händen.

«Was sagten Sie?» fragte der Richter.

«Vor dem da», schluchzte sie und deutete auf Atticus.

«Vor Mr. Fink?»

Sie nickte heftig. «Ich will nicht, daß der mit mir umgeht wie mit meinem Pa, aus dem er 'nen Linkshändigen machen wollte . . .»

Richter Taylor kratzte sich in seinem dichten weißen Haar. Offensichtlich hatte er noch nie einem derartigen Problem gegenübergestanden. «Wie alt sind Sie?» fragte er.

«Neunzehneinhalb.»

Der Richter räusperte sich und versuchte erfolglos, beruhigende Töne anzuschlagen. «Mr. Fink denkt gar nicht daran, Sie einzuschüchtern», knurrte er. «Und wenn er's täte, würde ich ihn daran hindern. Deswegen bin ich ja hier. Sie sind ein großes Mädchen, also setzen Sie sich schön gerade hin und erzählen Sie dem . . . erzählen Sie uns, was Ihnen geschehen ist. Das können Sie doch, nicht wahr?»

«Ist die denn bei Verstand?» flüsterte ich Jem zu.

Jem blickte angestrengt auf den Zeugenstand hinunter. «Kann ich doch nicht feststellen. Jedenfalls hat sie genügend Verstand, um den

Richter weich zu stimmen. Aber vielleicht ist sie bloß . . . ach, ich weiß nicht.»

Mayella hatte sich beruhigt. Sie warf einen letzten angstvollen Blick auf Atticus und wandte sich Mr. Gilmer zu. «Ja, Sir, ich saß auf der Veranda, und da . . . da ist er vorbeigekommen, und . . . und im Hof war doch die alte Chiffarobe, die Pa für Feuerholz reingebracht hatte. Die sollte ich zerhacken, während Pa im Wald war, aber ich hab mich an dem Tag so schlecht gefühlt, und da ist er vorbeigekommen . . .»

«Wer ist ‹er›?»

Mayella deutete auf Tom Robinson.

«Ich muß Sie bitten, sich etwas genauer auszudrücken», sagte Mr. Gilmer. «Der Protokollführer kann nicht gut Ihre Handbewegungen niederschreiben.»

«Der da drüben, der Robinson.»

«Und was geschah dann?»

«Ich hab gesagt, komm her, Nigger, und hack mir die Chiffarobe zusammen, du kriegst auch fünf Cent. Für den wäre das weiter keine Mühe gewesen, für den nicht. Na, und er kommt rein in den Hof, und ich gehe ins Haus und hole das Geld, und wie ich mich umdrehe, steht er da, und ehe ich weiß, wie mir wird, ist er auf mir. Er hat mich am Hals gepackt und geflucht und dreckiges Zeug geredet . . . Ich hab gebrüllt und mich gewehrt, aber er hat mich festgehalten und immer drauflosgeschlagen . . .»

Mr. Gilmer wartete, bis sich Mayella wieder gefaßt hatte. Aus ihrem Taschentuch war, während sie sprach, ein schweißfeuchtes Seil geworden, das sie nun aufdrehte, um sich das Gesicht abzuwischen. Der Stoff war von ihren heißen Händen völlig zerknittert. Sie blickte Mr. Gilmer unsicher an, und als er schwieg, fuhr sie fort: «. . . und dann hat er mich auf den Boden geschmissen und mich gewürgt und sich an mir vergangen.»

«Haben Sie geschrien?» fragte Mr. Gilmer. «Haben Sie geschrien und sich gewehrt?»

«Und ob! Ich hab gekratzt und gestoßen und gebrüllt, so laut ich nur konnte.»

«Und was geschah dann?»

«Daran kann ich mich nicht mehr genau erinnern, ich weiß bloß, daß plötzlich Pa im Zimmer war und vor mir stand und immerzu schrie, wer hat's getan, wer hat's getan. Da bin ich so was wie ohnmächtig geworden, und dann weiß ich erst wieder, daß Mr. Tate mich vom Boden hochgezogen und zum Wasserkübel geführt hat.»

Offenbar hatte diese Schilderung das Selbstvertrauen der Zeugin gestärkt, aber bei Mayella äußerte sich das nicht, wie bei ihrem Vater, in dreister Überheblichkeit. Sie hatte etwas Verschlagenes an sich – ich mußte an eine Katze mit lauernden Augen und zuckendem Schwanz denken.

«Sie haben sich also gewehrt, so sehr Sie nur konnten? Mit Zähnen und Krallen?» fragte Mr. Gilmer.

«Ganz entschieden», sagte Mayella wie ein Echo ihres Vaters.

«Sind Sie sicher, daß er sich wirklich an Ihnen vergangen hat?»

Mayellas Gesicht verzerrte sich, und ich befürchtete, sie werde wieder in Tränen ausbrechen. Aber nein – sie antwortete: «Er hat getan, worauf er aus war.»

Mr. Gilmer lenkte die Aufmerksamkeit auf die Hitze, indem er sich die Stirn mit der Hand abwischte. «Das ist vorläufig alles», sagte er freundlich. «Aber bleiben Sie sitzen, denn der große, böse Mr. Fink wird Sie wohl auch noch einiges fragen wollen.»

«Ich bitte den Staatsanwalt, die Zeugin nicht durch derartige Bemerkungen zu beeinflussen», mischte sich Richter Taylor ein. «Zumindest nicht zu diesen Zeitpunkt.»

Atticus grinste. Er erhob sich, doch statt zum Zeugenstand zu gehen, öffnete er seine Jacke, hakte die Daumen in die Weste und durchquerte langsam den Raum. An einem der Fenster blieb er stehen und blickte hinaus. Was er sah, schien ihn nicht sonderlich zu interessieren, denn er machte kehrt und schlenderte zum Zeugenstand zurück. Aus langjähriger Erfahrung wußte ich, daß er über irgend etwas Klarheit zu gewinnen suchte.

«Miss Mayella», begann er lächelnd, «vorläufig habe ich nicht die Absicht, Sie zu erschrecken, vorläufig nicht. Zuerst wollen wir mal miteinander bekannt werden. Wie alt sind Sie?»

«Hab doch gesagt, daß ich neunzehn bin. Hab's dem da drüben gesagt.» Mayella machte eine ärgerliche Kopfbewegung zu Richter Taylor hin.

«Ach ja, das stimmt, meine Dame. Sie müssen etwas nachsichtig mit mir sein, Miss Mayella. Ich werde alt, und mein Gedächtnis ist nicht mehr so gut wie früher. Vielleicht werde ich Ihnen noch andere Fragen stellen, die Sie bereits beantwortet haben. Aber Sie werden mir trotzdem Auskunft geben, nicht wahr? Gut.»

Nichts in Mayellas Gesichtsausdruck rechtfertigte die Annahme, daß Atticus ihrer bereitwilligen Unterstützung sicher sein konnte. Sie warf ihm einen zornigen Blick zu.

«Werde Ihnen kein Wort sagen, solange Sie mich veräppeln», fauchte sie.

«Wie bitte?» fragte Atticus überrascht.

«Solange Sie sich über mich lustig machen.»

«Mr. Fink macht sich nicht über Sie lustig», sagte Richter Taylor.

«Wie kommen Sie darauf?»

Unter gesenkten Lidern hervor schaute Mayella auf Atticus, doch ihre Worte waren für den Richter bestimmt. «Immerzu nennt er mich Miss Mayella und meine Dame, und ich denke nicht dran, mir seine Unverschämtheiten gefallen zu lassen. So was brauche ich nicht einzustecken, ich nicht.»

Atticus schlenderte wieder zum Fenster und überließ es dem Richter, die Sache in Ordnung zu bringen.

Richter Taylor gehörte nicht zu den Menschen, die Mitleid erwekken, aber in diesem Augenblick bedauerte ich ihn lebhaft.

«Das ist nur so die Art von Mr. Fink», versuchte er zu erklären. «Wir arbeiten schon seit vielen Jahren in diesem Gerichtshof zusammen, und Mr. Fink ist immer sehr höflich zu jedermann. Er will Sie keinesfalls verhöhnen, er will höflich sein. Das ist nun mal seine Art.» Der Richter lehnte sich zurück. «Atticus, setzen Sie die Vernehmung fort. Ich bitte, im Protokoll zu vermerken, daß die Zeugin, entgegen ihrer Meinung, nicht unverschämt behandelt wurde.»

Ich fragte mich, ob dieses Mädchen wohl jemals ‹meine Dame› oder ‹Miss Mayella› genannt worden war. Offenbar nicht, da sie sich durch diese gängigen Höflichkeitsformeln beleidigt fühlte. Wie in aller Welt sah ihr Leben aus? Ich sollte es bald erfahren.

«Sie sind also neunzehn Jahre alt», stellte Atticus fest. «Wie viele Geschwister haben Sie?» Er kehrte vom Fenster zum Zeugenstand zurück.

«Sieben», erwiderte Mayella, und ich überlegte, ob sie wohl alle dem Exemplar glichen, das ich an meinem ersten Schultag gesehen hatte.

«Sind Sie die Älteste?»

«Ja.»

«Wann ist Ihre Mutter gestorben?»

«Weiß nicht . . . schon lange her.»

«Sind Sie je zur Schule gegangen?»

«Kann lesen und schreiben . . . so gut wie mein Pa drüben.»

Mayella sprach wie ein gewisser Mr. Jingle, der mir in einem Buch begegnet war.

«Wie lange sind Sie zur Schule gegangen?»

«Zwei Jahre . . . drei Jahre . . . weiß nicht mehr.»

Langsam, aber sicher wurde mir klar, was mein Vater vorhatte. Aus all jenen Fragen, die in Mr. Taylors Augen nicht so unwesentlich und beziehungslos waren, daß sie einen Einspruch gerechtfertigt hätten, baute Atticus vor den Geschworenen ein Bild vom häuslichen Leben der Ewells auf. Sie erfuhren folgendes: Die Wohlfahrtsunterstützung reichte bei weitem nicht aus, die Familie zu ernähren, und allem

Anschein nach neigte Pa dazu, das Geld zu vertrinken – bisweilen ging er tagelang ins Moor und kehrte krank zurück. Das Wetter war selten so kalt, daß die Kinder Schuhe benötigten, und wenn wirklich einmal starker Frost herrschte, konnte man alte Autoreifen zerschneiden und daraus herrliche Fußbekleidungen herstellen. Die Ewells schöpften das Wasser mit Eimern aus einer Quelle, die am Rande der Müllablage aus der Erde sprudelte – sie achteten darauf, daß ringsum kein Schutt abgeladen wurde –, und was die persönliche Sauberkeit betraf, so galt die Losung: ‹Hilf dir selbst.› Wer sich waschen wollte, mußte das Wasser eigenhändig heranschleppen. Die jüngeren Kinder waren ständig erkältet und litten an chronischer Krätze. Zuweilen erschien eine Dame, fragte Mayella, warum sie nicht mehr in die Schule käme, und notierte die Antwort. Wenn zwei Familienmitglieder lesen und schreiben konnten, dann war das genug, und außerdem brauchte Pa sie zu Hause.

«Miss Mayella –» diese Anrede entschlüpfte Atticus, ohne daß er es wollte – «ein neunzehnjähriges Mädchen hat doch gewiß Freunde. Wer sind Ihre Freunde?»

«Freunde?» Die Zeugin blickte ihn verständnislos an und zog die Stirn kraus.

«Ja. Kennen Sie niemand, der in Ihrem Alter ist – vielleicht auch ein bißchen älter oder jünger? Junge Männer und Mädchen? Einfach die üblichen Freunde?»

Mayellas mühsam gebändigte Feindseligkeit flammte von neuem auf. «Machen Sie sich schon wieder über mich lustig?»

Atticus ließ Ihre Frage als Antwort gelten. «Lieben Sie Ihren Vater, Miss Mayella?» fuhr er fort.

«Lieben? Wie meinen Sie das?»

«Ich meine, ist er gut zu Ihnen, kommen Sie mit ihm zurecht?»

«So einigermaßen, außer . . .»

«Außer?»

Mayella blickte zu ihrem Vater hinüber, der seinen Stuhl auf den hinteren Beinen balancieren ließ und sich an das Geländer lehnte. Nun richtete er sich auf und spitzte die Ohren.

«Außer gar nichts», berichtigte sich Mayella. «Ich hab gesagt, so einigermaßen.»

Mr. Ewell lehnte sich wieder zurück.

«Außer, wenn er trinkt?» fragte Atticus leise, und Mayella nickte.

«Ist er je hinter Ihnen her gewesen?»

«Wie meinen Sie das?»

«Hat er Sie schon mal geschlagen, wenn er . . . aufgebracht war?»

Mayella schaute ratlos auf den Protokollführer und dann auf den Richter.

«Beantworten Sie die Frage, Miss Mayella», sagte Richter Taylor.

«Mein Pa hat mir nie im Leben ein Haar gekrümmt», erklärte sie fest. «Er hat mich nie angerührt.»

Atticus schob die Brille hoch, die ihm auf die Nase gerutscht war. «Wir haben uns nun ganz gut kennengelernt, Miss Mayella, und jetzt können wir wohl zur Sache kommen. Sie sagen, daß Sie Tom Robinson gebeten haben, irgend etwas zu zerhacken – was war es doch gleich?»

«Eine Chiffarobe, so 'ne alte Kommode mit lauter Schubladen auf einer Seite.»

«War Ihnen Tom Robinson gut bekannt?»

«Wie meinen Sie das?»

«Ich meine, wußten Sie, wer er war und wo er wohnte?»

Mayella nickte. «Ich wußte, wer er war, er ist ja jeden Tag bei uns vorbeigegangen.»

«War es das erste Mal, daß Sie ihn aufforderten, in den Hof zu kommen?»

Bei dieser Frage zuckte Mayella leicht zusammen. Atticus war inzwischen wieder einmal langsam zum Fenster gepilgert. Kurz vor dem Ziel hatte er die Frage gestellt; nun schaute er hinaus und wartete auf die Antwort. Er konnte also Mayellas unwillkürliche Bewegung nicht gesehen haben, und doch schien mir, daß er genau Bescheid wußte. Er wandte sich um und hob die Augenbrauen.

«War es . . .» begann er von neuem.

«Ja, das erste Mal.»

«Sie hatten ihn vorher nie aufgefordert, in den Hof zu kommen?»

Jetzt war sie vorbereitet. «Nein, nein, bestimmt nicht.»

«*Ein* Nein genügt», sagte Atticus gelassen. «Hatten Sie ihn vorher schon mal gebeten, Ihnen irgendwie zu helfen?»

«Möglich wär's», gab Mayella zu. «Da liefen ja so viele Nigger rum.»

«Erinnern Sie sich an eine andere Gelegenheit?»

«Nein.»

«Schön. Nun zu dem, was geschehen ist. Sie sagten, daß Tom Robinson im Zimmer hinter Ihnen gestanden hat, als Sie sich umdrehten, nicht wahr?»

«Ja.»

«Sie sagten: ‹Er hat mich am Hals gepackt und geflucht und dreckiges Zeug geredet . . .› Waren das Ihre Worte?»

«Ja.»

Das Gedächtnis meines Vaters ließ plötzlich nichts zu wünschen übrig. «Sie sagten: ‹Er hat mich auf den Boden geschmissen und mich gewürgt und sich an mir vergangen . . .› Richtig?»

«Ja.»

«Erinnern Sie sich, daß er Sie ins Gesicht geschlagen hat?»

Die Zeugin zögerte.

«Nun, was das Würgen betrifft, scheinen Sie Ihrer Sache bedeutend sicherer zu sein. Denken Sie bitte genau nach. Sie haben sich die ganze Zeit gewehrt, nicht wahr? Sie haben gekratzt und gestoßen und gebrüllt, so laut Sie nur konnten. Erinnern Sie sich, daß er Sie ins Gesicht geschlagen hat?»

Mayella schwieg. Ich hatte den Eindruck, daß sie sich über irgend etwas klarwerden wollte. Einen Augenblick lang glaubte ich, sie bediene sich des Kunstgriffs von Mr. Tate und mir, einen imaginären Partner zu Hilfe zu rufen.

«Es ist eine leichte Frage, Miss Mayella. Ich wiederhole: Erinnern Sie sich, daß er Sie ins Gesicht geschlagen hat?» Atticus sprach nicht länger in gemütlichem Ton; seine Stimme klang nüchtern, trocken, beruflich. «Erinnern Sie sich, daß er Sie ins Gesicht geschlagen hat?»

«Nein, ich weiß nicht, ob er mich geschlagen hat. Das heißt ... doch, ich erinnere mich, er hat mich geschlagen.»

«War Ihr letzter Satz die Antwort?»

«Was? Ja, er hat mich ... Ach, ich erinnere mich einfach nicht, ich erinnere mich einfach nicht ... wo doch alles so schnell gegangen ist ...»

Richter Taylor sah Mayella streng an. «Weinen Sie nicht, junge Frau ...» begann er, aber Atticus fiel ihm ins Wort: «Lassen Sie die Zeugin ruhig weinen, Richter. Wir haben ja Zeit, viel Zeit.»

Mayella schnüffelte zornig und rief Atticus zu: «Ich antworte auf jede Frage ... Denken Sie bloß nicht, daß Sie mich hier veräppeln können! Ich antworte auf jede Frage ...»

«Fein», sagte Atticus. «Es sind auch nur noch ein paar. Miss Mayella, um Sie nicht länger zu langweilen – Sie haben also gesagt, der Angeklagte hat Sie geschlagen, am Hals gepackt, gewürgt und sich an Ihnen vergangen. Ich möchte jeden Irrtum ausschließen und frage Sie daher, ob der Mann, der Sie vergewaltigt hat, hier anwesend ist.»

«Jawohl, da drüben sitzt er.»

Atticus wandte sich dem Angeklagten zu. «Tom, stehen Sie auf. Lassen Sie sich von Miss Mayella genau betrachten. Ist dies der Mann, Miss Mayella?»

Tom Robinsons mächtige Schultern spannten sich unter dem dünnen Hemd. Als er sich erhob und die rechte Hand auf die Stuhllehne stützte, wirkte er merkwürdig schief. Aber das lag nicht an seiner Haltung, sondern an dem linken Arm, der mindestens fünfundzwanzig Zentimeter kürzer war als der rechte und leblos herunterhing. Der Arm endete in einer kleinen, verschrumpften Hand, und die war – das erkannte ich trotz der Entfernung – zu nichts zu gebrauchen.

«Scout», keuchte Jem. «Scout, sieh doch! Hochwürden, er ist ja verkrüppelt!»

Hochwürden Sykes beugte sich an Dill und mir vorbei und flüsterte Jem zu: «Tom ist als Junge mit dem Arm in eine Entkernungsmaschine gekommen. Auf Mr. Dolphus Raymonds Baumwollfeldern ... Er wäre beinahe verblutet ... Alle Muskeln wurden zerrissen ...»

«Hat dieser Mann Sie vergewaltigt?» hörten wir Atticus' Stimme.

«Ja, das hat er.»

Die nächste Frage bestand aus einem Wort. «Wie?»

Mayella wurde wütend. «Ich weiß nicht wie, aber getan hat er's ... Ich sage doch, es ist alles so schnell gegangen, daß ich ...»

«Wir wollen das einmal in aller Ruhe überlegen», begann Atticus, aber Mr. Gilmer unterbrach ihn mit einem Einspruch. Diesmal sagte er nichts von unwesentlich oder beziehungslos; er behauptete, Atticus versuche die Zeugin einzuschüchtern.

Richter Taylor lachte laut auf. «Ach, setzen Sie sich, Horace, er tut nichts dergleichen. Wenn hier jemand eingeschüchtert wird, dann höchstens Atticus durch die Zeugin.»

Richter Taylor lachte als einziger im Saal. Selbst die Säuglinge waren still, so still, daß ich plötzlich befürchtete, sie seien alle an der Mutterbrust erstickt.

«Nun, Miss Mayella», fuhr Atticus fort, «Sie haben bezeugt, daß der Angeklagte Sie gewürgt und geschlagen hat ... Sie haben nicht gesagt, daß er Ihnen nachgeschlichen ist und Sie bewußtlos geschlagen hat, sondern nur, daß er hinter Ihnen stand, als Sie sich umdrehten ...» Atticus war zum Verteidigertisch zurückgekehrt und bekräftigte seine Worte, indem er leicht mit den Knöcheln auf die Platte klopfte. «Wünschen Sie Ihrer Aussage irgend etwas hinzuzufügen?»

«Sie wollen, ich soll Ihnen was sagen, was nicht passiert ist?»

«Im Gegenteil, meine Dame, ich möchte, daß Sie uns sagen, was passiert ist. Erzählen Sie bitte noch einmal, wie alles vor sich ging.»

«Hab ich doch schon erzählt.»

«Ihrer Aussage zufolge stand er vor Ihnen, als Sie sich umdrehten. Hat er Sie dann gewürgt?»

«Ja.»

«Und dann ließ er Ihren Hals los und schlug Sie?»

«Das hab ich doch gesagt.»

«Er hat Sie mit der rechten Faust auf das linke Auge geschlagen?»

«Ich habe mich geduckt und da ... da ist seine Faust abgerutscht. Ja, so war's. Ich hab mich geduckt, und sie ist aufs andere Auge gerutscht.» Endlich war ihr ein Licht aufgegangen.

«Auf einmal sind Sie sich also darüber im klaren. Vorhin konnten Sie sich nicht so genau erinnern, nicht wahr?»

«Ich hab ja gesagt, er hat mich geschlagen.»

«Na gut. Er hat sie gewürgt, geschlagen und dann vergewaltigt, stimmt das?»

«Natürlich stimmt's.»

«Sie sind ein kräftiges Mädchen. Was haben Sie eigentlich die ganze Zeit getan? Einfach dagestanden?»

«Ich sage doch, ich hab gekratzt und gestoßen und gebrüllt . . .»

Atticus nahm die Brille ab, wandte der Zeugin sein gesundes rechtes Auge zu und ließ Fragen über Fragen auf sie niederprasseln.

«Nicht so schnell, Atticus», schaltete sich Richter Taylor ein. «Geben Sie der Zeugin Gelegenheit, Ihnen zu antworten.»

«Gut. Also, warum sind Sie nicht weggelaufen?»

«Ich hab's versucht . . .»

«Versucht? Was hat Sie daran gehindert?»

«Ich . . . er hat mich hingeschmissen. Ja, so war's, er hat mich hingeschmissen und sich auf mich geworfen.»

«Und Sie haben die ganze Zeit geschrien?»

«Natürlich.»

«Warum haben Ihre Geschwister Sie nicht gehört? Wo waren die denn? Bei den Schutthaufen?»

Keine Antwort.

«Wo waren die Kinder? Warum sind sie Ihnen nicht zu Hilfe gekommen? Hätten sie Ihre Schreie nicht hören müssen? Die Müllablage ist näher als der Wald, nicht wahr?»

Keine Antwort.

«Oder haben Sie erst geschrien, als Sie Ihren Vater am Fenster sahen und vorher gar nicht ans Schreien gedacht?»

Keine Antwort.

«Haben Sie aus Angst vor Ihrem Vater geschrien und nicht aus Angst vor Tom Robinson? War es so?»

Keine Antwort.

«Wer hat Sie geschlagen? Tom Robinson oder Ihr Vater?»

Keine Antwort.

«Was hat Ihr Vater am Fenster gesehen, das Verbrechen einer Vergewaltigung oder etwas ganz anderes? Warum sprechen Sie nicht die Wahrheit, Kind? Sind Sie von Bob Ewell geschlagen worden?»

Als Atticus sich von Mayella abwandte, sah er aus, als täte ihm der Magen weh. Auf Mayellas Gesicht malten sich Entsetzen und Wut. Atticus nahm erschöpft auf seinem Stuhl Platz und putzte die Brille mit dem Taschentuch.

Plötzlich fand Mayella die Sprache wieder. «Ich hab was zu sagen.»

Atticus hob den Kopf. «Möchten Sie uns sagen, was geschehen ist?»

Sie hörte nicht das Mitleid, das in seiner Stimme mitschwang. «Ich hab was zu sagen, und nachher sage ich überhaupt nichts mehr. Der Nigger da drüben hat sich an mir vergangen, und wenn ihr eingebildeten feinen Herren nichts dagegen tun wollt, dann seid ihr alle miteinander stinkende Feiglinge, jawohl, stinkende Feiglinge. Euer vornehmes Getue hilft mir nichts . . . Ihr Gerede von wegen Miss Mayella und meine Dame hilft mir nichts, Mr. Fink . . .»

Sie brach in echte Tränen aus. Ihre Schultern bebten vor zornigem Schluchzen. Und sie hielt Wort: Sie reagierte auf keine Frage mehr, nicht einmal als Mr. Gilmer versuchte, sie wieder ins Fahrwasser zu bringen. Wäre sie nicht so arm und unwissend gewesen, ich glaube, Richter Taylor hätte sie wegen ihrer unverblümt geäußerten Mißachtung des Gerichts zu einer Haftstrafe verurteilt. Irgendwie hatte Atticus sie hart getroffen. Ich wußte zwar nicht, worauf er abzielte, aber soviel war klar: Er fand kein Vergnügen daran. Er saß mit gesenktem Kopf da. Noch nie hatte ich so viel Haß in einem Blick gesehen wie in dem, der ihn aus Mayellas Augen traf, als sie den Zeugenstand verließ und an seinem Tisch vorüberging.

Mr. Gilmer bat um eine kurze Unterbrechung, und Richter Taylor meinte: «Wir können wohl alle eine Pause vertragen. Ich denke, zehn Minuten werden genügen.»

Atticus und Mr. Gilmer trafen sich vor dem Richterstuhl, flüsterten miteinander und verließen dann den Saal durch eine Tür hinter dem Zeugenstand. Dies war das Signal für alle, sich ein wenig zu recken und zu strecken. Ich merkte erst jetzt, daß ich vom Sitzen auf der Bankkante völlig steif geworden war. Jem erhob sich und gähnte, Dill ebenfalls, und Hochwürden Sykes wischte sich das Gesicht am Hut ab. Die Temperatur auf der Galerie betrage mindestens dreißig Grad, sagte er.

Mr. Braxton Underwood, der unbeweglich auf einem für die Presse reservierten Stuhl gesessen hatte, während sein Hirn die Zeugenaussagen wie ein Schwamm aufsaugte, ließ nun einen strengen Blick über die Galerie für Farbige gleiten, und seine Augen begegneten den meinen. Er stieß ein Grunzen aus und wandte sich ab.

«Jem», flüsterte ich, «Mr. Underwood hat uns gesehen.»

«Na wennschon. Der wird uns bestimmt nicht bei Atticus verpetzen. Dafür bringt er's dann in der *Tribune* unter Nachrichten aus der Gesellschaft.» Jem nahm sein Gespräch mit Dill wieder auf; wahrscheinlich erklärte er ihm die juristischen Feinheiten des Verhörs. Worin die bestanden, war mir allerdings ein Rätsel. Es hatte über keinen Punkt längere Debatten zwischen Atticus und Mr. Gilmer gegeben. Mr. Gilmer schien sogar beinahe widerwillig als Ankläger aufzutreten. Er hatte nur selten Einspruch erhoben, wenn die Zeugen durch geschickte Fragen dorthin gesteuert wurden, wohin Atticus sie haben wollte. Aber unser Vater hatte einmal erzählt, in Richter Taylors Verhandlungen habe jeder Anwalt, der seinen Fall zu streng aus dem Beweismaterial konstruiert, zum Schluß vom Richter strenge Unterweisungen zu erwarten. Er destillierte aus diesem Satz für mich die Erläuterung, daß Richter Taylor zwar träge wirke und im Schlaf zu verhandeln scheine, aber selten Schiffbruch erleide, und das sei ausschlaggebend. Atticus bezeichnete ihn als einen guten Richter.

Nun kam Richter Taylor zurück und stieg zu seinem Drehstuhl hinauf. Er nahm eine Zigarre aus der Westentasche und betrachtete sie nachdenklich. Ich kniff Dill in den Arm. Die Zigarre fand Gnade vor den Augen des Richters und wurde durch einen scharfen Biß verstümmelt. «Wir kommen manchmal her, um uns das anzusehen», erklärte ich. «Jetzt ist er für den Rest des Nachmittags versorgt. Paß genau auf!»

Ohne zu ahnen, daß er von oben überwacht wurde, entledigte sich Richter Taylor des abgebissenen Endes, indem er es geschickt zwischen die Lippen nahm und mit einem «Fluck» in den Spucknapf beförderte, wo wir es aufklatschen hörten. «Donnerwetter, der hat bestimmt schon als Schuljunge Zielspucken geübt», murmelte Dill.

Im allgemeinen fand in der Pause eine Art Völkerwanderung statt, diesmal aber blieb jeder, wo er war. Selbst die Alten vom Klub der Müßiggänger, denen es nicht gelungen war, durch einen Appell an die Höflichkeit jüngere Männer von ihren Plätzen zu vertreiben, waren an den Wänden stehengeblieben. Vermutlich hatte Mr. Heck Tate die Rathaustoilette für die Gerichtsbeamten reservieren lassen.

Atticus und Mr. Gilmer kehrten zurück, und Richter Taylor blickte auf die Uhr. «Gleich vier», sagte er zu meinem größten Erstaunen. Die Rathausuhr hatte also mindestens zweimal die Stunde geschlagen, ohne daß ich sie gehört oder ihre Schwingungen gespürt hatte.

«Wollen wir versuchen, heute nachmittag fertig zu werden?» fragte Richter Taylor. «Was meinen Sie, Atticus?»

«Ich glaube, wir werden's schaffen.»

«Wie viele Zeugen haben Sie?»

«Einen.»

«Dann rufen Sie ihn.»

19. Kapitel

Thomas Robinson schob die rechte Hand unter seinen linken Arm, hob ihn an und legte ihn auf die Bibel. Die gummiartige linke Hand suchte Halt auf dem schwarzen Leinen des Einbands. Als er die Rechte zum Schwur hob, rutschte die verkrüppelte Linke von der Bibel auf den Tisch des Gerichtsdieners. Er wollte es ein zweites Mal versuchen. «Das genügt, Tom», knurrte Richter Taylor. Tom leistete den Eid und setzte sich in den Zeugenstand.

Die Angaben zur Person nahmen nicht viel Zeit in Anspruch: fünfundzwanzig Jahre alt, verheiratet, drei Kinder, vorbestraft. Er hatte wegen ungebührlichen Benehmens dreißig Tage Haft abgesessen.

«Dann muß Ihr Benehmen schon sehr ungebührlich gewesen sein», meinte Atticus. «Worum ging's denn?»

«Schlägerei mit 'nem anderen. Er wollte mich stechen.»

«Ist es ihm gelungen?»

«Ja, Sir, 'n bißchen. War nicht weiter schlimm. Sehen Sie, ich . . .» Tom bewegte die linke Schulter.

«Schon gut», sagte Atticus. «Wurden Sie beide für schuldig befunden?»

«Ja, Sir. Ich mußte sitzen, weil ich die Geldstrafe nicht bezahlen konnte. Der andere hat seine bezahlt.»

Dill beugte sich zu Jem und erkundigte sich, was Atticus mit diesen Fragen bezwecke. Jem antwortete flüsternd, Atticus wolle den Geschworenen zeigen, daß Tom nichts zu verbergen habe.

«Waren Sie mit Mayella Violet Ewell bekannt?» fragte Atticus.

«Ja, Sir, ich mußte jeden Tag da vorbei, wenn ich aufs Feld ging und zurück.»

«Auf welches Feld?»

«Ich pflückte für Mr. Link Deas.»

«Haben Sie denn im November Baumwolle gepflückt?»

«Nein, Sir, im Herbst und Winter arbeite ich bei ihm auf dem Hof. Ich arbeite so ziemlich das ganze Jahr für Mr. Deas. Er hat viele Pecanbäume und so was.»

«Sie sagen, Sie mußten jeden Tag auf Ihrem Weg zur Arbeit und zurück bei den Ewells vorbei. Gibt es keinen anderen Weg?»

«Nein, Sir, ich kenne keinen.»

«Tom, hat Mayella je mit Ihnen gesprochen?»

«O ja, Sir. Ich hab immer an den Hut getippt, wenn ich vorbeiging, und einmal sagte sie, ich soll reinkommen und ihr 'ne Chiffarobe kleinmachen.»

«Wann hat sie Sie gebeten, diese . . . diese Chiffarobe zu zerkleinern?»

«Ist lange her, Mr. Fink. Letztes Frühjahr. Ich weiß das, weil gerade Hackzeit war und ich die Hacke mit hatte. ‹Ich hab nur die Hacke›, sage ich zu ihr, und sie sagt, sie kann mir 'n Beil geben. Sie holt das Beil, und ich mache die Chiffarobe klein. ‹Na›, sagt sie, ‹dafür muß ich dir wohl fünf Cent geben, was?› Und ich sage: ‹Nein, Miss, das kostet nichts.› Dann bin ich nach Hause gegangen. Letztes Frühjahr war das, Mr. Fink, ist mehr als ein Jahr her.»

«Sind Sie je wieder hingegangen?»

«Ja, Sir.»

«Wann?»

«Oh, ich war oft dort.»

Richter Taylor griff unwillkürlich nach dem Hammer, ließ dann aber die Hand sinken. Das Gemurmel im Saal verstummte von selbst.

«In welcher Angelegenheit?»

«Wie bitte?»

«Warum sind Sie so oft auf den Hof gegangen?»

Tom Robinsons Stirn glättete sich. «Sie hat mich reingerufen, Sir. Immer wenn ich vorbeiging, war was für mich zu tun . . . Holzhakken, Wasserholen und so. Sie hat ja jeden Tag die roten Blumen begossen . . .»

«Wurden Sie für Ihre Dienstleistungen bezahlt?»

«Nein, Sir. Das erste Mal hat sie mir fünf Cent angeboten, nachher nicht mehr. Aber ich hab's gern getan. Mr. Ewell hat ihr kein bißchen geholfen, und die Kinder auch nicht. Und ich wußte, daß sie knapp mit Geld war.»

«Wo waren die Kinder?»

«Immer in der Nähe, mal hier, mal da. Ein paar sahen mir zu, und die anderen haben gespielt oder im Fenster gesessen.»

«Hat Miss Mayella mit Ihnen gesprochen?»

«Ja, Sir, das hat sie.»

Während Tom Robinsons Zeugenaussage wurde mir klar, daß Mayella Ewell der einsamste Mensch von der Welt sein mußte. Noch einsamer als Boo Radley, der seit fünfundzwanzig Jahren nicht aus dem Haus gekommen war. Als Atticus nach ihren Freunden gefragt hatte, schien sie nicht zu wissen, was er meinte; sie glaubte, er mache sich über sie lustig. Ich fand sie ebenso bedauernswert wie die Mischlinge, von denen Jem erzählt hatte: Die Weißen wollten nichts mit ihr zu tun haben, weil sie im Schmutz lebte, und die Neger wollten nichts mit ihr zu tun haben, weil sie weiß war. Sie konnte nicht leben wie Mr. Dolphus Raymond, der die Gesellschaft der Neger vorzog, denn sie besaß kein Land am Flußufer und stammte nicht aus einer guten alten Familie. Von den Ewells sagte niemand: «Das ist nun mal ihre Art.» Maycomb gab ihnen zwar Weihnachtskörbe und Wohlfahrtsgeld, zeigte ihnen aber im übrigen die kalte Schulter. Tom Robinson war vermutlich der einzige, der Mayella je anständig behandelt hatte. Und doch warf sie ihm schreckliche Dinge vor, und bei der Gegenüberstellung hatte sie ihn angesehen, als wäre er Schmutz unter ihren Füßen.

Eine neue Frage von Atticus riß mich aus meinen Überlegungen. «Haben Sie irgendwann ohne Erlaubnis das Grundstück der Ewells betreten? Ich meine, waren Sie je auf dem Hof oder im Haus, ohne daß jemand von der Familie Sie ausdrücklich dazu aufgefordert hätte?»

«Nein, Mr. Fink, niemals. So was würde ich nie tun.»

Atticus sagte bisweilen, die Stimme eines Zeugen verrate einem besser als sein Gesichtsausdruck, ob er lüge oder die Wahrheit spreche. Ich machte die Probe aufs Exempel: Tom hatte die Frage in einem Atemzug dreimal verneint, aber ganz ruhig, ohne jeden winselnden Unterton, so daß ich ihm trotz seiner übertriebenen Beteuerung glaubte. Er schien ein ehrbarer Neger zu sein, und ein ehrbarer Neger ging nie unaufgefordert auf fremde Höfe.

«Tom, was ist am Abend des einundzwanzigsten November vergangenen Jahres geschehen?»

Die Zuschauer im Saal holten alle gemeinsam Luft und beugten sich vor.

Die Neger auf der Galerie taten das gleiche.

Tom war tiefschwarz. Seine Haut glänzte nicht, sie erinnerte an weichen schwarzen Samt. Das Weiße der Augen leuchtete, und wenn er sprach, sahen wir seine Zähne blitzen. Hätte er nicht den verkrüppelten Arm gehabt, er wäre ein schönes Mannsbild gewesen.

«Mr. Fink», begann er, «ich war an dem Abend wie gewöhnlich auf dem Heimweg, und wie ich bei den Ewells bin, sitzt Miss Mayella auf der Veranda, wie sie's gesagt hat. Ich wundere mich, weil alles so still ist, und ich überlege im Gehen, woher das kommt, und wie ich noch überlege, sagt sie, ob ich 'nen Augenblick Zeit habe, ich soll ihr was helfen. Ich gehe auf den Hof und sehe mich um nach Holz zum Spalten, aber ich kann keins finden, und sie sagt: ‹Nein, ich hab im Haus was für dich zu tun. Die alte Tür ist aus den Angeln, und jetzt im Herbst wird's kalt.› Ich frage nach 'nem Schraubenzieher, und sie sagt, daß sie drin einen hat. Da gehe ich die Stufen rauf, und sie winkt, ich soll reinkommen. Ich gehe mit ihr ins Vorderzimmer, sehe mir die Tür an und sage: ‹Miss Mayella, die Tür ist aber in Ordnung.› Ich probiere ein paarmal, und die Tür hängt ganz fest in den Angeln. Und plötzlich, Mr. Fink, schlägt sie die Tür zu. Ich wundere mich wieder, warum es so still ist, und auf einmal merke ich, daß kein Kind zu Hause ist, kein einziges, und ich frage: ‹Miss Mayella, wo sind die Kinder?›»

Toms samtschwarze Haut schimmerte jetzt feucht, und er strich sich mit der Hand über das Gesicht.

«Ich frage: ‹Wo sind die Kinder?›», fuhr er fort, «und sie . . . sie lacht so 'n bißchen und sagt, die sind alle in die Stadt gegangen, Eis kaufen. ‹Hab ein ganzes Jahr sparen müssen, bis ich sieben Fünfcentstücke zusammen hatte›, sagte sie, ‹aber ich hab's geschafft. Jetzt sind sie alle in der Stadt.›»

Tom fühlte sich zweifellos unbehaglich, und das schien nicht an der Hitze im Saal zu liegen.

«Und was haben Sie darauf erwidert, Tom?» fragte Atticus.

«Ich sagte so was wie: ‹Oh, Miss Mayella, das ist wirklich sehr nett von Ihnen.› Und sie sagte: ‹Findest du?› Ich glaube aber, sie hat mich ganz falsch verstanden . . . Ich meinte doch bloß, daß es nett von ihr war, so lange zu sparen, um den Kindern 'ne Freude zu machen.»

«Ich verstehe, Tom», sagte Atticus. «Bitte weiter.»

«Na, ich wollte dann gehen, weil ich ja nichts für sie tun konnte, und da sagt sie, doch, ich kann was für sie tun, ich soll auf den Stuhl steigen und ihr die Schachtel von der Chiffarobe runterholen . . .»

«Ich denke, Sie hatten die Chiffarobe im Frühjahr zerkleinert?» warf Atticus ein.

Der Zeuge lächelte. «Nein, Sir, das war 'ne andere. Die hier war fast so hoch wie die Stube. Ich tu also, was sie verlangt, und gerade wie ich nach oben greife, da packt sie mich an den Beinen. Packt mich an den Beinen, ehe ich weiß, was los ist, Mr. Fink. Sie hat mich so erschreckt, daß ich runtergesprungen bin, und dabei ist der Stuhl umgefallen. Das war aber auch alles, was in der Stube in Unordnung war, als ich rauslief. Ganz bestimmt, Mr. Fink, ich schwör's Ihnen bei Gott.»

«Was geschah, nachdem Sie den Stuhl umgeworfen hatten?»

Tom Robinson schwieg. Er blickte Atticus an, dann die Geschworenen und schließlich Mr. Underwood, der auf der gegenüberliegenden Seite saß.

«Tom, Sie haben geschworen, die volle Wahrheit zu sagen. Bitte, denken Sie daran.»

Tom wischte sich nervös über den Mund.

«Was ist danach geschehen?»

«Beantworten Sie die Frage», sagte Richter Taylor. Ein Drittel seiner Zigarre war bereits verschwunden.

«Mr. Fink, ich kam vom Stuhl runter, und da ist sie auch schon auf mich losgesprungen.»

«Gesprungen? Heftig?»

«Nein, Herr, sie . . . sie hat mich umgefaßt. Sie hat mich um den Leib gefaßt . . .»

Diesmal fiel Richter Taylors Hammer mit einem Knall auf den Tisch. Gleichzeitig ging das Licht im Saal an. Draußen war es zwar noch hell, aber die Nachmittagssonne schien nicht mehr durch die Fenster. Richter Taylor hatte die Ordnung bald wiederhergestellt.

«Was tat sie dann?»

Der Zeuge schluckte krampfhaft. «Sie reckte sich hoch und küßte mich auf die eine Seite vom Gesicht. Sie hat noch nie 'nen erwachsenen Mann geküßt, sagt sie, und da will sie wenigstens mal 'nen Nigger küssen. Was Pa mit ihr tut, zählt nicht, sagt sie, und sie will, daß ich sie auch küsse. ‹Lassen Sie mich los, Miss Mayella›, rufe ich und will raus, aber sie stellt sich mit dem Rücken vor die Tür. Ich hab sie nicht weggestoßen, Mr. Fink, weil ich ihr nicht weh tun wollte, ich hab bloß gesagt: ‹Lassen Sie mich doch raus›, und da steht auch schon Mr. Ewell am Fenster und schreit und schimpft.»

«Können Sie sich an seine Worte erinnern?»

Tom Robinson schluckte wieder, und seine Augen weiteten sich. «Das kann ich nicht sagen – nicht hier vor all den Leuten und Kindern . . .»

«Sprechen Sie, Tom. Sie *müssen* es den Geschworenen sagen.»

Tom Robinson kniff die Augen fest zu. «Er hat gesagt: ‹Du gottverdammte Hure du, ich bringe dich um.›»

«Was geschah dann?»

«Mr. Fink, ich bin weggelaufen, und mehr weiß ich nicht.»

«Tom, haben Sie Mayella Ewell vergewaltigt?»

«Nein, Sir.»

«Haben Sie ihr irgend etwas angetan?»

«Nein, Sir.»

«Haben Sie ihre Annäherungsversuche abgewehrt?»

«Ich hab's versucht, Mr. Fink. Ich hab's versucht, ohne grob zu ihr zu sein. Ich wollte nicht grob sein, ich wollte sie nicht stoßen oder so was.»

Mir schien, Tom Robinsons Manieren seien auf ihre Art ebenso gut wie die meines Vaters. Daß sich Tom in einer überaus heiklen Lage befunden hatte, begriff ich erst später, als Atticus mir alles erklärte: Ein Neger, dem sein Leben lieb ist, darf unter keinen Umständen eine weiße Frau schlagen, und deshalb hatte Tom die erste Gelegenheit zur Flucht wahrgenommen – was wiederum als sicherer Schuldbeweis gewertet wurde.

«Tom, ich komme noch einmal auf Mr. Ewell zurück», wandte sich Atticus an den Zeugen. «Hat er etwas zu Ihnen gesagt?»

«Nichts, Sir. Oder vielleicht hat er was gesagt, als ich schon weg war . . .»

«Das genügt», unterbrach Atticus scharf. «Mit wem hat er gesprochen, solange Sie im Zimmer waren?»

«Mr. Fink, er hat mit Miss Mayella gesprochen und sie angesehen.»

«Dann sind Sie weggelaufen?»

«Ja, Sir.»

«Warum sind Sie weggelaufen?»

«Ich hatte Angst, Sir.»

«Warum hatten Sie Angst?»

«Mr. Fink, wenn Sie ein Nigger wären wie ich, hätten Sie auch Angst gehabt.»

Atticus setzte sich, und Mr. Gilmer ging auf den Zeugenstand zu. Er hatte ihn noch nicht erreicht, als sich Mr. Link Deas im Saal erhob und mit lauter Stimme verkündete: «Ich möchte euch allen etwas bekanntgeben. Dieser Junge hier, Tom Robinson, hat acht Jahre für mich gearbeitet, und ich habe die ganze Zeit kein bißchen Ärger mit ihm gehabt. Wirklich, kein bißchen . . .»

«Halten Sie den Mund!» brüllte Richter Taylor, der plötzlich hellwach war. Sein Gesicht lief rot an. Seltsamerweise behinderte die Zigarre seinen Redefluß nicht. «Link Deas», donnerte er, «wenn Sie etwas zu sagen haben, dann können Sie es unter Eid und zu gegebener Zeit vorbringen, aber bis dahin verlassen Sie den Saal, hören Sie mich? Machen Sie, daß Sie rauskommen, und zwar sofort! Ich will verdammt sein, wenn ich diesen Prozeß noch mal von vorn anfange!»

Richter Taylors Augen schossen Blitze auf Atticus, als wollte er ihn vor jeder Einmischung warnen. Atticus hielt den Kopf gesenkt und grinste verstohlen. Mir fiel ein, was er einmal über Richter Taylors ex-cathedra-Bemerkungen gesagt hatte: Sie gingen bisweilen über den Rahmen der richterlichen Befugnisse hinaus, aber nur wenige Rechtsanwälte wehrten sich dagegen.

Ich blickte Jem an, doch der schüttelte den Kopf. «Wäre was anderes, wenn einer der Geschworenen dazwischengeredet hätte», flüsterte er. «Das würde was ausmachen, glaube ich. Bei Mr. Link ist es bloß Ruhestörung oder so . . .»

Richter Taylor wies den Protokollführer an, alles zu streichen, was auf den Satz ‹Mr. Fink, wenn Sie ein Nigger wären wie ich . . .› gefolgt war. Die Geschworenen ersuchte er, die Unterbrechung außer acht zu lassen. Er beobachtete argwöhnisch den Mittelgang – vermutlich wartete er, bis Mr. Deas endgültig draußen war. «Bitte, Mr. Gilmer», sagte er dann.

«Sie bekamen einmal dreißig Tage Haft für ungebührliches Benehmen, nicht wahr, Robinson?» fragte Mr. Gilmer.

«Ja, Sir.»

«Wie sah der Nigger aus, als Sie mit ihm fertig waren?»

«Er hat *mich* geschlagen, Mr. Gilmer.»

«Ja, aber Sie wurden für schuldig befunden. Stimmt's?»

Atticus hob den Kopf. «Es handelte sich um eine Übertretung, und es steht im Protokoll, Richter.» Ich fand, daß seine Stimme müde klang.

«Der Zeuge soll dennoch antworten», sagte Richter Taylor mit ebenso müder Stimme.

«Ja, Sir, ich hab dreißig Tage bekommen.»

Ich wußte, was Mr. Gilmer im Schilde führte: Er wollte den Geschworenen einreden, daß ein Mann, der wegen ungebührlichen Benehmens verurteilt worden war, ohne weiteres auch den Wunsch gehabt haben konnte, sich an Mayella Ewell zu vergehen. Mr. Gilmer brauchte eine Begründung, und von dieser versprach er sich offenbar etwas.

«Robinson, Sie sind recht geschickt, wenn's darum geht, mit einer Hand Chiffaroben und Feuerholz zu zerkleinern, nicht wahr?»

«Ja, Sir, ich glaub schon.»

«Sind Sie stark genug, eine Frau zu würgen und sie auf den Boden zu schleudern?»

«Das hab ich noch nie getan, Sir.»

«Aber die Kraft dazu hätten Sie doch?»

«Ich glaube schon, Sir.»

«Sie hatten ein Auge auf das Mädchen geworfen, was, Bursche?»

«Nein, Sir, ich hab sie nie angesehen.»

«Dann müssen Sie aber ein ungemein höflicher Mensch sein. Ich meine, weil Sie all dies Hacken und Schleppen für sie besorgten.»

«Ich hab bloß versucht, ihr zu helfen, Sir.»

«Sehr großzügig von Ihnen, wirklich sehr großzügig. Hatten Sie nicht nach Ihrer Tagesarbeit noch dies und jenes zu Hause zu tun?»

«Ja, Sir.»

«Warum haben Sie sich dann um Miss Mayellas Arbeit gekümmert, statt um Ihre eigene?»

«Ich hab meine auch getan, Sir.»

«Da müssen Sie aber ganz hübsch beschäftigt gewesen sein. Warum?»

«Warum was, Sir?»

«Warum lag Ihnen so viel daran, dieser Frau die Arbeit abzunehmen?»

Tom Robinson zögerte, suchte nach einer Antwort. «Sah so aus, als ob keiner ihr hilft, und da . . .»

«Was denn, Bursche? Keine Hilfe mit Mr. Ewell und sieben Kindern im Haus?»

«Sah aber so aus, als ob keiner hilft . . .»

«Sie behaupten also, Sie hätten all dies Holzhacken und so weiter aus reiner Herzensgüte getan?»

«Ich sag doch, ich wollte ihr helfen.»

Mr. Gilmer lächelte den Geschworenen grimmig zu. «Sie scheinen ein ungewöhnlich gutmütiger Kerl zu sein . . . Und für das alles haben Sie kein Geld verlangt?»

«Nein, Sir, weil sie mir leid tat. Ich glaube, sie hat's schwer gehabt zu Hause . . .»

«Sie tat *Ihnen* leid? Sie tat Ihnen *leid*?» Mr. Gilmer war nahe daran, in die Luft zu gehen.

Der Zeuge erkannte, daß er einen Fehler gemacht hatte, und rückte unbehaglich auf der Bank hin und her. Aber das Unheil war geschehen. Keinem im Saal gefiel Robinsons Antwort. Mr. Gilmer wartete eine Weile, um sie ins Bewußtsein der Geschworenen einsickern zu lassen.

«Sie sind also», fuhr er fort, «am einundzwanzigsten November vorigen Jahres wie üblich an dem Haus vorbeigegangen, und das Mädchen hat Sie gebeten, hereinzukommen und eine Chiffarobe zu zerhacken, nicht wahr?»

«Nein, Sir.»

«Leugnen Sie, daß Sie an dem Haus vorbeigingen?»

«Nein, Sir. Sie sagte, sie hätte drin was für mich zu tun . . .»

«Nach Miss Ewells Aussage sollten Sie eine Chiffarobe zerkleinern. Stimmt das?»

«Nein, Sir, stimmt nicht.»

«Wollen Sie behaupten, daß Miss Ewell lügt, Bursche?»

Atticus war aufgesprungen, doch Tom Robinson bedurfte seines Beistands nicht. «Ich sage nicht, sie lügt, Mr. Gilmer, ich sage, sie irrt sich.»

Auf die nächsten zehn Fragen, bei denen Mr. Gilmer von der Darstellung des Mädchens ausging, antwortete der Zeuge beharrlich, daß Mayella sich irre.

«Mr. Ewell hat Sie von seinem Grundstück gejagt, nicht wahr?»

«Nein, Sir, ich glaub nicht.»

«Sie glauben es nicht? Was soll das heißen?»

«Ich meine, ich bin nicht so lange geblieben, daß er mich wegjagen konnte.»

«Das geben Sie also offen zu. Und warum sind Sie so schnell fortgelaufen?»

«Ich sage doch, Sir, ich hab Angst gehabt.»

«Wieso Angst, wenn Sie ein reines Gewissen hatten?»

«Ich sage doch . . . ist nicht gut für Nigger, in . . . in so 'ner Klemme zu stecken.»

«Aber Sie steckten ja in gar keiner Klemme. Sie haben ausgesagt, Sie hätten Miss Ewell widerstanden. Sind Sie etwa fortgelaufen, weil Sie Angst hatten, das Mädchen könnte Ihnen, einem großen, kräftigen Kerl, Verletzungen zufügen?»

«Nein, Sir, ich hab Angst gehabt, vor Gericht zu kommen, genau wie's mir passiert ist.»

«Angst vor der Verhaftung also, Angst vor der Strafe für das, was Sie getan haben?»

«Nein, Sir, Angst vor der Strafe für das, was ich nie getan habe.»

«Wollen Sie hier etwa unverschämt werden, Bursche?»

«Nein, Sir, gewiß nicht.»

Für mich war Mr. Gilmers Kreuzverhör damit beendet, denn Jem befahl mir, Dill hinauszuführen. Aus irgendeinem Grunde war Dill in Tränen ausgebrochen und konnte sich einfach nicht beruhigen. Zunächst weinte er leise, dann aber wurde sein Schluchzen so laut, daß es die Umsitzenden störte. Jem sagte, wenn ich nicht ginge, würde er mich dazu bringen, und Hochwürden Sykes meinte, ich sollte lieber gehen, also ging ich. Dill war bisher ganz munter gewesen und hatte über nichts geklagt. Ich nahm an, daß ihm die Strapazen seiner Flucht noch in den Knochen steckten.

«Ist dir schlecht?» erkundigte ich mich, als wir die Treppe hinuntergingen.

Dill versuchte sich zusammenzureißen. Draußen vor dem Südportal stand eine einsame Gestalt: Mr. Link Deas. «Ist was passiert, Scout?» fragte er mich.

«Nein, Sir», rief ich über die Schulter zurück. «Dill fühlt sich nur nicht wohl.» Zu Dill gewandt, sagte ich: «Komm rüber zu den Bäumen. Auf der Galerei war's bestimmt zu heiß für dich.»

Wir steuerten auf die dickste Eiche zu und setzten uns in ihren Schatten.

«Ich konnte bloß den Kerl nicht mehr ertragen», murmelte Dill.

«Wen? Tom?»

«Nein, den alten Gilmer. Wie der ihn behandelt hat . . . so gehässig und . . .»

«Ach, Dill, das ist doch sein Beruf. Weißt du, wenn wir keine Ankläger hätten, dann könnten wir auch keine Verteidiger haben.»

Dill atmete geduldig aus. «Weiß ich ja alles, Scout. Nur die Art, wie er geredet hat, davon ist mir übel geworden, speiübel.»

«Er muß so reden, Dill. Beim Kreuzverhör . . .»

«Aber vorher war er doch nicht so gemein.»

«Das waren ja auch seine eigenen Zeugen.»

«Mr. Fink hat jedenfalls Mayella und den alten Ewell bei seinem Kreuzverhör nicht so behandelt. Wenn ich dran denke, wie dieser Gilmer ihn immerfort ‹Bursche› nannte und sich bei jeder Antwort mit so einem Grinsen nach den Geschworenen umsah ...»

«Na ja, Dill, schließlich ist Tom bloß ein Neger.»

«Das ist mir ganz egal. Ich finde es ungerecht, irgendwie ungerecht, sie derart fertigzumachen. So ekelhaft dürfte keiner zu ihnen sein ... Mich kotzt so was einfach an.»

«Das ist eben Mr. Gilmers Art, Dill. Er springt mit allen so um. Du hast ihn noch nicht erlebt, wenn er richtig loslegt. Ich weiß noch, wie er mal ... Also dagegen war er heute direkt zahm. Sie behandeln die Zeugen alle so, die meisten Anwälte, meine ich.»

«Aber Mr. Fink nicht.»

«Nach dem kannst du nicht gehen, Dill. Er ist ...» Ich suchte in meinem Gedächtnis nach einem Ausspruch von Miss Maudie Atkinson und fand ihn: «Er ist im Gerichtssaal der gleiche wie in der Öffentlichkeit.»

«Das meine ich nicht», beharrte Dill.

«Ich weiß, was du meinst, Junge», sagte eine Stimme hinter uns. Wir dachten, sie käme aus dem Baum, doch sie gehörte Mr. Dolphus Raymond. Er lugte um den Stamm herum. «Du bist gar nicht zimperlich, es kotzt dich einfach an, nicht wahr?»

20. Kapitel

«Komm her, Junge, ich habe hier was, das wird deinen Magen kurieren.»

Da Mr. Dolphus Raymond einen schlechten Ruf hatte, folgte ich Dill nur zögernd. Ich fürchtete, Atticus würde es nicht gern sehen, wenn wir uns mit Mr. Raymond anfreundeten, und was Tante Alexandra betraf, so war ich ihrer Mißbilligung sicher.

«Hier», sagte er und hielt Dill die Tüte mit den Strohhalmen hin. «Nimm einen tüchtigen Schluck, das wird dich beruhigen.»

Dill probierte, lächelte und sog ausgiebig an den Halmen.

«Hihi», kicherte Mr. Raymond, dem es anscheinend Spaß machte, ein Kind zu verderben.

«Dill, nicht so viel», warnte ich.

Er hob den Kopf und grinste. «Ist ja nur Coca-Cola.»

Mr. Raymond, der bisher im Gras gelegen hatte, lehnte sich mit dem Rücken an den Baumstamm. «Hört mal, Kinder, ihr werdet mich doch nicht verraten, wie? Dann wäre ich nämlich unsterblich blamiert.»

«Heißt das etwa, daß Sie aus der Tüte da Coca-Cola trinken? Bloß Coca-Cola, ohne alles?»

«Jawohl, meine Dame», bestätigte Mr. Raymond. Ich fand, daß er gut roch – nach Leder, Pferden und Baumwollsamen. Und er trug englische Reitstiefel, was außer ihm niemand in Maycomb tat. «Das ist so ungefähr das einzige, was ich trinke.»

«Dann tun Sie also nur so, als ob Sie halb . . . Verzeihung, Sir», unterbrach ich mich, «ich wollte Sie nicht . . .»

Mr. Raymond lachte. Er schien durchaus nicht beleidigt zu sein, und ich versuchte es nun mit der vorsichtig formulierten Frage: «Warum tun Sie das, was Sie tun?»

«Was . . . ach, du meinst, warum ich so tue als ob? Na, das ist sehr einfach. Weißt du, manche Leute sind mit meiner . . . mit meiner Art zu leben nicht einverstanden. Nun könnte ich natürlich sagen, zum Teufel mit ihnen, mir ist's einerlei, ob's ihnen paßt oder nicht. Und ich sage auch, daß es mir einerlei ist – aber ich sage nicht, zum Teufel mit ihnen. Versteht ihr?»

«Nein, Sir», antworteten Dill und ich.

«Seht mal, ich bemühe mich, ihnen einen Grund zu geben. Die Leute haben immer gern einen Grund, an den sie sich klammern können. Wenn ich in die Stadt komme – was selten geschieht – und ein bißchen schwanke und aus dieser Tüte trinke, dann können die Leute sagen, Dolphus Raymond ist in den Klauen des Whiskys, und das hindert ihn, seine Lebensweise zu ändern. Er kann nichts dafür, daß er so lebt – es liegt am Whisky.»

«Ich finde, das ist nicht ehrlich, Mr. Raymond, wenn Sie sich schlechter machen, als Sie schon sind . . .»

«Ehrlich ist es nicht, aber es hilft den Leuten. Ganz unter uns, kleine Miss Fink, ich bin kein Trinker, aber weißt du, sie könnten nie und nimmer verstehen, daß ich nur deshalb so lebe, weil ich so leben will.»

Ich hatte das Gefühl, ich dürfe nicht hier sitzen und diesem sündigen Mann zuhören, der Mischlingskinder hatte und sich nicht daran kehrte, wer es wußte. Andererseits hatte er etwas Faszinierendes. Nie zuvor war ich einem Menschen begegnet, der sich vorsätzlich selbst verleumdete. Aber warum hatte er uns sein tiefstes Geheimnis anvertraut? Ich fragte ihn danach.

«Weil ihr Kinder seid und es verstehen könnt und weil ich den da gehört habe . . .» Er deutete mit dem Kopf auf Dill. «Das Leben hat seinen Instinkt noch nicht getrübt. Wenn er erst etwas älter ist, wird er nicht mehr vor Ekel weinen. Vielleicht wird ihm auffallen, daß die

Dinge . . . na, sagen wir, nicht ganz so sind, wie sie sein sollten, aber er wird nicht darüber weinen, nicht wenn er ein paar Jahre mehr auf dem Buckel hat.»

«Worüber weinen, Mr. Raymond?» fragte Dill, der sich allmählich wieder auf seine Männlichkeit besann.

«Über die Hölle, die die Leute anderen Leuten bereiten, ohne auch nur nachzudenken. Über die Hölle, die die Weißen den Farbigen bereiten, ohne auch nur auf den Gedanken zu kommen, daß sie Menschen vor sich haben.»

«Atticus sagt, einen Farbigen betrügen ist zehnmal schlimmer als einen Weißen betrügen», murmelte ich. «Er sagt, das ist das Schlimmste, was man tun kann.»

«Ich glaube nicht, daß es . . .» Mr. Raymond unterbrach sich. «Miss Jean Louise, du weißt noch nicht, daß dein Vater kein Durchschnittsmensch ist, und bis du das begreifst, werden wohl ein paar Jahre vergehen. Du hast noch nicht genug von der Welt gesehen. Du hast noch nicht einmal diese Stadt gesehen, aber um die kennenzulernen, brauchst du dich nur in den Gerichtssaal zu begeben.»

Diese Worte erinnerten mich daran, daß wir Mr. Gilmers Kreuzverhör versäumten. Ich blickte zum Himmel: Die Sonne stand unmittelbar über den Ladendächern auf der Westseite des Marktplatzes. Wohin sollte ich mich wenden? Ich hatte die Wahl und konnte mich nicht entscheiden: Mr. Raymond oder das fünfte Bezirksgericht? «Vorwärts, Dill», sagte ich schließlich. «Jetzt ist dir doch besser, nicht wahr?»

«Ja. War fein, daß wir Sie getroffen haben, Mr. Raymond, und vielen Dank für die Coca. Hat mir großartig geholfen.»

Wir rannten über den Platz, stürmten die Stufen zum Rathaus hinauf, erklommen die Treppen und drängten uns an der Galerie an den Leuten vorbei. Hochwürden Sykes hatte unsere Plätze freigehalten.

Im Saal herrschte Stille, und wieder fragte ich mich, was aus den Säuglingen geworden war. Von Richter Taylors Zigarre war nur noch ein brauner Punkt zwischen seinen Lippen zu sehen. Mr. Gilmer schrieb auf einem der gelben Notizblöcke, die vor ihm lagen, und suchte den Protokollführer zu übertrumpfen, dessen Hand hastig über das Papier flog. «Verflixt», murrte ich, «nun haben wir's doch verpaßt.»

Atticus war mitten in seiner Rede an die Geschworenen. Er hatte der Aktentasche neben seinem Stuhl ein paar Dokumente entnommen, die auf dem Tisch lagen. Tom Robinson schob sie nervös hin und her.

«. . . obgleich keinerlei zusätzliches Belastungsmaterial beigebracht wurde, hat man diesen Mann eines Kapitalverbrechens beschuldigt, und er steht nun, der Todesstrafe gewärtig, vor Gericht . . .»

Ich stieß Jem an. «Wie lange spricht er schon?»

«Bis jetzt ist er bloß auf die Zeugenaussagen eingegangen», flüsterte Jem. «Wir werden gewinnen, Scout, anders kann's gar nicht sein. Er spricht seit etwa fünf Minuten, und was er gesagt hat, war so klar und einfach, als ob . . . na, als ob ich's dir erklärt hätte. Sogar du wärst schlau draus geworden.»

«Hat Mr. Gilmer . . .»

«Pst. Nichts Neues, nur das übliche. Sei still.»

Wir schauten wieder hinunter. Atticus sprach ungezwungen, mit der gleichen Gelassenheit, die ihm eigen war, wenn er einen Brief diktierte. Er schritt langsam vor den Geschworenen auf und ab, und sie schienen ihm gespannt zuzuhören. Alle saßen kerzengerade da und verfolgten aufmerksam seine Wanderung. Anscheinend gefiel es ihnen, daß Atticus nicht mit donnerndem Pathos sprach. Nun hielt er inne und tat etwas Ungewöhnliches: Er hakte seine Uhrkette ab und legte sie auf den Tisch. «Mit Erlaubnis des Gerichts . . .» sagte er.

Richter Taylor nickte. Was dann geschah, habe ich bei Atticus weder vorher noch nachher, weder in der Öffentlichkeit noch im Privatleben gesehen: Er knöpfte die Weste und den Kragen auf, lockerte die Krawatte und zog die Jacke aus. Zu Hause öffnete er niemals auch nur einen Knopf, bevor er sich zur Ruhe begab. Jem und ich hatten das Gefühl, er stünde splitternackt vor uns. Wir wechselten einen entsetzten Blick.

Atticus schob die Hände in die Hosentaschen. Als er sich den Geschworenen zuwandte, glitzerten sein goldener Kragenknopf und die Spitzen des Füllers und des Bleistiftes im Licht.

«Meine Herren», begann er. Wieder sahen Jem und ich einander an. Atticus hätte ebensogut ‹Scout› sagen können – aus seiner Stimme war jede Spur von trockener Unverbindlichkeit gewichen, und er sprach zu den Geschworenen, als wären sie Bekannte, die er vor dem Postamt getroffen hatte.

«Meine Herren, ich werde mich kurz fassen, aber ich möchte die mir verbleibende Zeit darauf verwenden, Ihnen ins Gedächtnis zu rufen, daß dieser Fall keineswegs schwierig ist. Er verlangt kein umständliches Überprüfen verwickelter Tatsachen, dafür aber erfordert er von Ihnen absolute Sicherheit bezüglich der Schuld des Angeklagten.

Zunächst möchte ich sagen, daß dieser Fall nie vor Gericht hätte kommen dürfen, und zwar deshalb, weil er so einfach ist wie Schwarz und Weiß. Die Staatsanwaltschaft hat kein ärztliches Attest vorlegen können, aus dem hervorgeht, daß die Schandtat, die man Tom Robinson vorwirft, jemals begangen wurde. Statt dessen hat sie sich auf zwei Belastungszeugen gestützt, deren Aussagen nicht nur durch das Kreuzverhör ernstlich in Frage gestellt, sondern auch von dem Angeklagten nachdrücklich bestritten wurden. Der Angeklagte ist nicht schuldig. Aber jemand anders in diesem Saal ist es.

Für die Hauptbelastungszeugin empfinde ich tiefes Mitleid, doch trotz meines Mitleids kann und darf ich nicht billigen, daß sie ein Menschenleben aufs Spiel setzt, wie sie es in dem Bemühen, sich der eigenen Schuld zu entledigen, getan hat.

Ich sage Schuld, meine Herren, denn es war das Bewußtsein ihrer Schuld, das sie zu diesem Schritt bewog. Sie hat kein Verbrechen begangen, sie hat lediglich gegen ein strenges, tief eingewurzeltes Gesetz unserer Gesellschaftsordnung verstoßen, gegen ein Gesetz, dessen Härte jeder zu spüren bekommt, der es bricht: Er wird unbarmherzig aus unserer Gemeinschaft ausgeschlossen. Die Hauptbelastungszeugin ist das Opfer grauenhafter Armut und Unwissenheit, aber das entschuldigt sie nicht. Sie ist eine Weiße, und sie kannte genau die Ungeheuerlichkeit ihres Vergehens. Doch ihr Begehren war stärker als das Gesetz, das ihr im Weg stand, und so beharrte sie darauf, dieses Gesetz zu brechen. Sie beharrte darauf, und ihre spätere Reaktion ist etwas, was jeder von uns irgendwann einmal erlebt hat. Sie tat, was jedes Kind tut: Sie versuchte, den Beweis ihrer Schuld aus dem Weg zu räumen. Aber im Gegensatz zu dem Kind, das gestohlenes Gut versteckt, wollte sie zerstören, was ihr gefährlich werden konnte. Sie mußte es loswerden, sie mußte es aus ihrem Dasein, aus dieser Welt entfernen, sie mußte den Beweis ihrer Schuld vernichten.

Und was war der Beweis ihrer Schuld? Tom Robinson – ein Mensch! Sie mußte Tom Robinson loswerden. Tom Robinson war die tägliche Mahnung an ihr Vergehen.

Worin bestand ihr Vergehen? Sie hatte einen Neger verführen wollen. Sie, eine Weiße, wollte einen Neger verführen. Sie tat etwas, was in unserer Gesellschaft unerhört ist: Sie küßte einen Schwarzen. Nicht etwa einen alten Onkel, sondern einen kräftigen jungen Neger. Daß sie damit ein ehernes Gesetz brach, kümmerte sie nicht; der Folgen ihrer Tat wurde sie sich erst später bewußt.

Ihr Vater sah sie, und seine Äußerungen sind von dem Angeklagten bezeugt worden. Wie reagierte ihr Vater? Wir wissen es nicht, doch einige Indizienbeweise lassen den Schluß zu, daß Mayella Ewell brutal von jemandem geschlagen wurde, der sich dazu fast ausschließlich der linken Hand bediente. Was Mr. Ewell danach tat, ist uns allerdings bekannt. Er handelte, wie jeder gottesfürchtige, aufrechte, achtbare Weiße unter ähnlichen Umständen gehandelt hätte: Er ließ einen Haftbefehl ausfertigen. Die eidesstattliche Versicherung, die dazu notwendig war, unterzeichnete er zweifellos mit der linken Hand, während Tom Robinson, der nun vor Ihnen sitzt, seinen Eid mit jener seiner beiden Hände leistete, die nicht verkrüppelt ist: mit der rechten.

Und so steht hier das Wort eines ruhigen, ehrbaren, bescheidenen Negers, der die unglaubliche Kühnheit hatte, für eine weiße Frau Mitleid zu empfinden, gegen das Wort zweier Weißer. Über Auftreten und Verhalten dieser beiden Zeugen brauche ich Ihnen nichts zu sagen – Sie haben sie mit eigenen Augen gesehen. Mit Ausnahme des Sheriffs von Maycomb County haben sich die Zeugen der Anklage Ihnen und dem Gerichtshof in der zynischen Zuversicht vorgestellt, daß niemand ihre Aussagen bezweifeln wird und daß Sie, meine Herren, ihnen zustimmen werden, wenn sie die Behauptung – die bösartige Behauptung – vorbringen: *Alle* Neger lügen, *alle* Neger sind von Grund auf verderbt, *alle* Neger sind lüstern nach Frauen.

Ich brauche Sie, meine Herren, nicht darauf hinzuweisen, daß diese Behauptung, die bezeichnende Rückschlüsse auf den Charakter der Zeugen zuläßt, eine Lüge ist, eine Lüge, so schwarz wie Tom Robinsons Haut. Sie kennen die Wahrheit, und die Wahrheit lautet: Manche Neger lügen, manche Neger sind verderbt, manche Neger sind lüstern nach Frauen, sei es nach weißen oder nach schwarzen. Doch dies ist eine Wahrheit, die sich auf die gesamte Menschheit und nicht allein auf eine einzelne Menschenrasse bezieht. Keiner der in diesem Saal Anwesenden kann von sich behaupten, er habe noch nie gelogen oder gegen die Moralgesetze verstoßen, und es gibt keinen lebenden Mann, der noch nie begehrlich auf eine Frau geblickt hat.»

Atticus hielt inne und zog sein Taschentuch heraus. Dann nahm er die Brille ab und putzte sie. Und wieder erlebten wir etwas ‹Einmaliges›: Er schwitzte. Nie zuvor hatten wir gesehen, daß sein Gesicht mit Schweiß bedeckt war; jetzt aber hatte die bräunliche Haut einen feuchten Schimmer.

«Noch eins, meine Herren, bevor ich schließe. Thomas Jefferson hat einmal gesagt, alle Menschen seien gleich erschaffen – ein Satz, den uns die Yankees und die weiblichen Mitglieder des Repräsentantenhauses in Washington so gern unter die Nase reiben. Heute, im Jahre des Heils neunzehnhundertfünfunddreißig, besteht bei gewissen Leuten die Neigung, diesen Satz aus dem Zusammenhang zu reißen und ihn in der unsinnigsten Weise anzuwenden. Nur ein Beispiel, das an Lächerlichkeit unübertroffen ist: Die Pädagogen, die das öffentliche Erziehungswesen leiten, erheben die Forderung, dumme und faule Schüler zusammen mit den fleißigen in die nächsthöhere Klasse zu versetzen. Sie erklären mit ernster Miene, daß alle

Menschen gleich erschaffen sind und daß sitzengebliebene Kinder folglich schwere Minderwertigkeitskomplexe entwickeln. Wir wissen, daß die Menschen nicht in dem Sinne gleich erschaffen sind, wie es uns einige Leute einreden möchten. Manche sind gescheiter als andere, manche haben auf Grund ihrer Herkunft größere Chancen, manche Männer verdienen mehr Geld, manche Damen backen bessere Kuchen, manche sind mit Begabungen geboren, die weit über den Durchschnitt hinausragen.

Dennoch gibt es ein Gebiet in diesem Land, auf dem die Gleichheit aller Menschen unbestreitbar ist. Es gibt eine Institution, die aus dem Armen den Gleichberechtigten eines Rockefeller, aus dem Dummen den Gleichberechtigten eines Einstein und aus dem Unwissenden den Gleichberechtigten eines Universitätsprofessors macht. Diese Institution, meine Herren, ist das Gericht. Es kann der Oberste Gerichtshof der Vereinigten Staaten sein oder das bescheidenste Friedensgericht des Landes oder dieser ehrenwerte Gerichtshof, dem Sie dienen. Unsere Gerichte haben ihre Unzulänglichkeiten wie jede andere menschliche Institution, aber in diesem Lande sind sie die großen Gleichmacher, und vor ihnen sind alle Menschen gleich.

Ich bin kein Idealist, der fest von der Unfehlbarkeit unserer Gerichte und des Geschworenensystems überzeugt ist. Ich sehe darin kein Ideal, sondern lebendige, tätige Wirklichkeit. Meine Herren, dieser Gerichtshof ist nicht besser als jeder von Ihnen, der als Geschworener vor mir sitzt. Ein Gericht ist nur so fehlerfrei wie seine Geschworenen, und der Wahrspruch der Geschworenen ist nur so fehlerfrei wie die Männer, die ihn gemeinsam beschließen. Ich vertraue auf Sie, meine Herren. Sie werden die Zeugenaussagen, die Sie gehört haben, unvoreingenommen erwägen, zu einer Entscheidung gelangen und den Angeklagten – so hoffe ich – seiner Familie wiedergeben. Im Namen Gottes, tun Sie Ihre Pflicht.»

Seine Stimme war leiser geworden, und als er sich abwandte, entgingen mir einige Worte, die er mehr zu sich selbst als zu den Geschworenen sprach. Ich stieß Jem an. «Was hat er gesagt?»

«‹Im Namen Gottes, glaubt ihm.› So habe ich's jedenfalls verstanden.»

Plötzlich griff Dill an mir vorbei und zupfte Jem am Ärmel. «Sieh mal, da unten!»

Wir blickten in die Richtung, die uns sein Finger wies, und wurden blaß. Durch den Mittelgang schritt Calpurnia geradewegs auf Atticus zu.

21. Kapitel

Vor dem Geländer blieb sie stehen und wartete bescheiden, bis Richter Taylor sie bemerkte. Sie hatte eine saubere Schürze umgebunden und hielt einen Brief in der Hand.

Richter Taylor sah sie. «Nanu, ist das nicht Calpurnia?»

«Ja, Sir. Bitte könnte ich wohl Mr. Fink diesen Brief geben? Es hat nichts mit . . . mit der Verhandlung zu tun.»

Richter Taylor nickte. Atticus nahm den Umschlag, den Calpurnia ihm reichte, riß ihn auf und las.

«Richter», sagte er, «ich . . . dieser Brief ist von meiner Schwester. Sie schreibt, daß meine Kinder verschwunden sind . . . Gleich nach dem Mittagessen . . . ich . . . würden Sie . . .»

«Ich weiß, wo sie sind, Atticus», meldete sich Mr. Underwood. «Oben auf der Galerie für Farbige . . . Seit genau ein Uhr achtzehn sitzen sie dort . . .»

Unser Vater drehte sich um und blickte hinauf. «Jem, kommt sofort runter», rief er. Dann sagte er etwas zum Richter, was wir nicht verstehen konnten. Wir quetschten uns an Hochwürden Sykes vorbei und liefen nach unten.

Atticus und Calpurnia erwarteten uns im ersten Stock. Calpurnia sah verärgert aus, während Atticus einen erschöpften Eindruck machte.

Jem hüpfte vor Aufregung. «Wir haben gewonnen, nicht wahr?»

«Keine Ahnung», sagte Atticus kurz. «Seid ihr schon den ganzen Nachmittag hier? Geht jetzt und laßt euch von Cal euer Abendbrot geben – und bleibt zu Hause.»

«Ach, Atticus, dürfen wir nicht zurückkommen?» bettelte Jem. «Bitte, wir möchten doch das Urteil hören. Bitte!»

«Die Geschworenen können schon in einer Minute fertig sein . . . Kein Mensch weiß, wie lange sie brauchen . . .» Atticus zögerte, aber wir spürten, daß er nachgeben würde. «Nun, ihr habt ohnehin alles gehört, da könnt ihr auch den Rest hören. Wißt ihr was? Kommt zurück, wenn ihr gegessen habt – aber daß ihr mir langsam eßt, verstanden? Falls die Geschworenen dann noch beraten, könnt ihr mit uns warten. Aber ich nehme an, bis dahin wird alles vorüber sein.»

«Glaubst du, daß sie ihn so rasch freisprechen?» fragte Jem.

Atticus öffnete den Mund, schloß ihn, ohne geantwortet zu haben, und ging in den Saal.

Ich betete, daß Hochwürden Sykes unsere Plätze freihalten möge, hörte damit aber auf, als mir einfiel, daß die Leute, während die Geschworenen berieten, stets in hellen Scharen hinausliefen. An diesem Abend würden sie den Drugstore, das O. K.-Café und das

Hotel stürmen – vorausgesetzt, daß sie nicht auch noch das Abendbrot mitgebracht hatten.

Calpurnia trieb uns nach Hause. «Jedem einzelnen von euch werde ich das Fell über die Ohren ziehen! Wenn ich dran denke, daß ihr Kinder das alles mit angehört habt! Mr. Jem, wie kannst du bloß deine kleine Schwester zu dieser Verhandlung schleppen? Miss Alexandra kriegt einen Schlaganfall, wenn sie's erfährt! So was ist doch nichts für Kinder . . .»

Die Straßenlaternen brannten bereits, und in ihrem Lichtschein sah ich Calpurnias empörtes Profil.

«Mr. Jem», fuhr sie fort, «ich hab geglaubt, du kommst endlich mal zur Vernunft – und nun so was! Sie ist doch deine kleine Schwester! Nicht zu fassen ist das! Du solltest dich schämen. Was hast du dir eigentlich dabei gedacht?»

Ich war in Hochstimmung. So viele Dinge waren so rasch hintereinander geschehen, daß ich bestimmt Jahre brauchte, sie zu sortieren, und nun putzte Calpurnia zu allem Überfluß ihren heißgeliebten Jem herunter. Was für Wunder würde der Abend noch bringen?

Jem kicherte. «Willst du denn gar nichts darüber hören, Cal?»

«Halt den Mund, Mr. Jem! Statt vor Scham in die Erde zu sinken, lachst du mir frech ins Gesicht . . .» Calpurnia polierte ein paar verrostete Drohungen auf, die aber ihre Wirkung auf Jem verfehlten. Mit ihrem klassischen «Wenn Mr. Fink dich nicht versohlt, dann tu ich's» steuerte sie uns ins Haus.

Jem trat grinsend ein. Calpurnia nickte Dill stumm zu, ein Zeichen, daß er zum Abendbrot bleiben durfte. «Aber ruf erst mal Miss Rachel an und erzähle ihr, wo du bist», sagte sie streng. «Sie ist beinahe verrückt geworden vor lauter Suchen nach dir. Paß auf, daß sie dich nicht gleich morgen früh nach Meridian zurückschickt.»

Tante Alexandra kam uns entgegen und fiel fast in Ohnmacht, als Calpurnia ihr mitteilte, wo wir gewesen waren. Wir fügten hinzu, Atticus habe uns erlaubt, wiederzukommen, und das gab ihr offensichtlich den Rest, denn sie sprach während der Mahlzeit kein Wort, stocherte nur in ihrem Essen herum und schaute traurig vor sich hin. Calpurnia goß Jem, Dill und mir Milch ein, häufte Kartoffelsalat und Schinken auf unsere Teller, knurrte dabei immer wieder: «Ihr solltet euch was schämen», und befahl abschließend: «So, jetzt eßt aber langsam.»

Hochwürden Sykes hatte unsere Plätze erfolgreich verteidigt. Wir stellten erstaunt fest, daß der Saal noch ebenso überfüllt war wie vor einer Stunde, als wir ihn verlassen hatten. Die einzige Veränderung war, daß die Geschworenenbank und der Stuhl des Angeklagten leer waren. Richter Taylor, der sich zurückgezogen hatte, erschien gleichzeitig mit uns.

«Hier hat sich ja kaum einer vom Fleck gerührt», sagte Jem.

«Die Leute haben sich etwas Bewegung gemacht, als die Geschworenen rausgingen», antwortete Hochwürden Sykes. «Die Männer sind fort gewesen, um Essen zu holen, und die Frauen haben inzwischen die Kinder versorgt.»

«Wie lange sind sie schon draußen?» erkundigte sich Jem.

«Etwa dreißig Minuten. Mr. Fink und Mr. Gilmer haben noch eine Weile geredet, und Richter Taylor hat die Geschworenen belehrt.»

«Wie war er denn?»

«Wie er war? Ach, er hat gut gesprochen. Durchaus gerecht. Wir können uns nicht beklagen. Er sagte so ungefähr, wenn ihr dies glaubt, muß euer Wahrspruch so lauten, und wenn ihr das glaubt, muß er anders lauten. Mir scheint fast, er neigte ein bißchen nach unserer Seite . . .» Hochwürden Sykes kratzte sich am Kopf.

Jem lächelte. «Er darf sich nach keiner Seite neigen, Hochwürden», sagte er mit weiser Miene. «Aber Sie brauchen sich nicht zu sorgen, wir haben bestimmt gewonnen. Ich kann mir nicht denken, daß irgendein Schwurgericht ihn verurteilt – nach dem, was wir gehört haben . . .»

«Seien Sie nicht so zuversichtlich, Mr. Jem. Ich habe noch kein Schwurgericht zugunsten eines Farbigen urteilen sehen, wenn der Gegner ein Weißer war . . .»

Jem widersprach, und nun mußten wir einen langen Vortrag über uns ergehen lassen, in dem sich Jem über die Zeugenaussagen verbreitete und uns mitteilte, wie das Gesetz den Begriff Vergewaltigung definierte. Ich entnahm seinen Erklärungen folgendes: Wenn sie es zuließ, war es keine Vergewaltigung, aber sie mußte achtzehn sein – in Alabama jedenfalls –, und Mayella war neunzehn. Offenbar mußte man um sich stoßen und brüllen, man mußte überwältigt und zu Boden geworfen, am besten aber bewußtlos geschlagen werden. War man unter achtzehn, so brauchte man das alles nicht durchzumachen.

«Mr. Jem», protestierte Hochwürden Sykes, «so dürfen Sie aber nicht vor einer kleinen Dame reden . . .»

«Ach, sie weiß ja nicht, worum es geht», erwiderte Jem. «Nicht wahr, Scout, das ist zu hoch für dich?»

«Nein, ganz und gar nicht. Ich verstehe jedes Wort, das du sagst.» Vielleicht hatte meine Behauptung zu überzeugend geklungen, denn Jem verstummte und kam nicht mehr auf das Thema zurück.

«Wie spät ist es, Hochwürden?» fragte er.

«Kurz vor acht.»

Ich beugte mich vor und beobachtete Atticus, der mit den Händen in den Taschen umherschlenderte. Er spazierte zu den Fenstern, ging am Geländer vorbei zur Geschworenenbank, streifte sie mit einem Blick, besah sich Richter Taylor auf seinem Thronsessel und wanderte dann zum Ausgangspunkt zurück. Als er den Kopf hob, winkte ich ihm zu. Er erwiderte meinen Gruß mit einem Nicken und begann einen zweiten Rundgang.

Mr. Gilmer stand an einem Fenster und plauderte mit Mr. Underwood. Bert, der Protokollführer, saß zurückgelehnt, die Füße auf dem Tisch, und rauchte eine Zigarette nach der anderen.

Die Gerichtsbeamten – Atticus, Mr. Gilmer, der friedlich schlummernde Richter Taylor und Bert – waren die einzigen, deren Verhalten normal schien. In dem überfüllten Saal herrschte eine Stille, wie ich sie nie zuvor erlebt hatte. Manchmal schrie ein Säugling ärgerlich auf, oder ein Kind huschte hinaus, doch die Erwachsenen schwiegen, als wären sie in der Kirche. Die Neger, die auf der Galerie saßen oder standen, warteten mit biblischer Geduld.

Die alte Rathausuhr gab ihr einleitendes Rasseln von sich und schlug die Stunde: acht ohrenbetäubende Schläge, deren Schwingungen uns durch Mark und Bein gingen.

Später, als sie elfmal schlug, riß sie mich jäh aus dem Schlaf. Ermüdet von der Anstrengung, die Augen offenzuhalten, hatte ich mich behaglich in Hochwürden Sykes' Arm gekuschelt und mir ein Nickerchen gegönnt. Nun fuhr ich hoch und bemühte mich, wach zu bleiben, indem ich meine Aufmerksamkeit auf die Köpfe unter mir richtete: achtzehn Glatzen, vierzehn Männer, die als rothaarig gelten konnten, vierzig Haarschöpfe zwischen Braun und Schwarz ... Plötzlich erinnerte ich mich an etwas, was Jem mir einmal erklärt hatte, als er sich für kurze Zeit mit psychischen Studien befaßte: Wenn sich genügend Menschen – beispielsweise alle Zuschauer in einem vollbesetzten Stadion – auf eine bestimmte Sache, etwa das In-Brand-Setzen eines Baumes, konzentrierten, so würde sich der Baum von selbst entzünden. Ich spielte mit dem Gedanken, die Leute im Saal zu bitten, sich auf Tom Robinsons Freispruch zu konzentrieren, kam jedoch zu dem Schluß, daß es wohl nicht klappen würde, wenn alle so müde wären wie ich.

Dill hatte den Kopf an Jems Schulter gelegt und schlief fest. Jem saß ruhig da.

«Dauert es nicht schrecklich lange?» fragte ich ihn.

«Stimmt genau, Scout», sagte er fröhlich.

«Na, vorhin hast du aber so geredet, daß man denken mußte, in fünf Minuten wäre alles erledigt ...»

Jem zog die Augenbrauen hoch. «Es gibt eben Dinge, die du nicht verstehst», sagte er, und ich war so müde, daß ich nicht widersprach.

Und doch muß ich wohl ziemlich wach gewesen sein, sonst hätte mich nicht jene Empfindung beschlichen, die langsam von mir Besitz ergriff und die ich vom letzten Winter her kannte. Ich fröstelte, obgleich die Nacht warm war. Das unheimliche Gefühl wuchs an, bis die Atmosphäre im Gerichtssaal genau der jenes kalten Februarmorgens glich, als die Singvögel schwiegen, als das Hämmern der Zimmerleute auf Miss Maudies Grundstück verstummt war und als alle Nachbarn ihre Türen so fest verriegelt hatten wie die Radleys. Eine leere, verlassene, wartende Straße – ein überfüllter Gerichtssaal . . . Die schwüle Sommernacht war zu einem kalten Wintermorgen geworden. Mr. Heck Tate, der soeben eingetreten war und mit Atticus sprach, hätte seine hohen Stiefel und den Lumberjack tragen können. Atticus hatte in seiner gemächlichen Wanderung innegehalten und den Fuß auf die Querleiste eines Stuhls gestellt. Er strich sich langsam über den Oberschenkel. Ich erwartete jeden Augenblick, Mr. Tate sagen zu hören: ‹Hier, Mr. Fink, schießen Sie . . .›

Doch Mr. Tate sagte mit einer Stimme, die voller Autorität war: «Die Verhandlung wird fortgesetzt», und die Köpfe unter uns zuckten hoch. Der Sheriff verließ den Saal und kehrte mit Tom Robinson zurück. Er führte Tom zu seinem Platz und blieb neben ihm stehen. Richter Taylor war plötzlich die Aufmerksamkeit selbst und saß kerzengerade da, die Augen der leeren Geschworenenbank zugewandt.

Was dann geschah, hatte etwas Unwirkliches an sich. Wie im Traum sah ich die Geschworenen eintreten und mit den Bewegungen von Schwimmern unter Wasser auf die Bank zusteuern. Richter Taylors Stimme kam aus weiter Ferne und klang sehr dünn. Ich beobachtete etwas, was nur dem Kind eines Rechtsanwalts auffallen kann, weil es weiß, worauf es sein Augenmerk richten muß. Mir war, als sähe ich Atticus mit der Flinte auf die Straße gehen, zielen und abdrücken – und während ich zuschaute, wußte ich die ganze Zeit, daß die Flinte nicht geladen war.

Geschworene blicken nie einen Angeklagten an, den sie für schuldig befunden haben, und als die Geschworenen eintraten, sah keiner von ihnen auf Tom Robinson. Der Obmann überreichte Mr. Tate ein Blatt Papier, Mr. Tate überreichte es dem Gerichtsdiener, der Gerichtsdiener überreichte es dem Richter . . .

Ich schloß die Augen. Richter Taylor verlas das Urteil eines jeden Geschworenen: «Schuldig – schuldig – schuldig – schuldig . . .»

Ich spähte nach rechts: Jems Hände krampften sich so fest um die Brüstung, daß die Knöchel weiß waren, und seine Schultern zuckten, als träfe sie jedes ‹Schuldig› wie ein Stich.

Richter Taylor sagte etwas. Er hielt den Hammer in der Faust, machte aber keinen Gebrauch von ihm. Wie durch einen Schleier sah ich, daß Atticus seine Dokumente einpackte, die Aktentasche zuschnappen ließ, zum Protokollführer ging und mit ihm sprach. Nachdem er Mr. Gilmer zugenickt hatte, näherte er sich Tom Robinson, legte ihm die Hand auf die Schulter und flüsterte ihm etwas zu. Dann nahm er seine Jacke von der Stuhllehne, hängte sie sich um und ging zur Tür, aber nicht zu der, die er für gewöhnlich benutzte. Er wollte wohl auf dem kürzesten Weg nach Hause gelangen, denn er durchschritt rasch den Mittelgang, der zum Südportal führte. Ich beugte mich vor und beobachtete ihn. Er blickte nicht zu uns herauf.

Jemand stieß mich an, doch ich konnte mich nicht entschließen, die Augen von den Menschen unter mir und von Atticus' einsamer Gestalt abzuwenden. «Miss Jean Louise!»

Ich schaute auf. Sie standen. Alle Neger um uns herum standen, und auch die Neger auf den Seitengalerien hatten sich erhoben. Die Stimme von Hochwürden Sykes klang so fern wie die von Richter Taylor: «Miss Jean Louise, steh auf. Dein Vater verläßt den Saal.»

22. Kapitel

Nun war es Jem, der weinte. Zornige Tränen liefen über sein Gesicht, als wir uns einen Weg durch die fröhliche Menge bahnten. «Es ist nicht gerecht», murmelte er wieder und wieder. An der Ecke des Marktplatzes stießen wir auf Atticus, der uns unter einer Straßenlaterne erwartete. Er sah aus, als sei nichts geschehen. Die Weste war zugeknöpft, Kragen und Krawatte saßen tadellos, die Uhrkette glitzerte, und seine Miene war gelassen wie immer.

«Es ist nicht gerecht, Atticus», sagte Jem.

«Nein, mein Junge, es ist nicht gerecht.»

Wir gingen nach Hause.

Tante Alexandra war noch wach. Sie empfing uns im Morgenrock, aber ich hätte schwören können, daß sie darunter ihr Korsett trug. «Tut mir leid, Bruder», sagte sie leise. Ich konnte mich nicht erinnern, daß sie Atticus je zuvor ‹Bruder› genannt hätte, und zwinkerte Jem verstohlen zu. Doch Jem hatte nichts bemerkt. Sein Blick wanderte zwischen Atticus und dem Fußboden hin und her, und ich fragte mich, ob er etwa unseren Vater für Tom Robinsons Niederlage verantwortlich machte.

«Fehlt ihm etwas?» fragte die Tante und deutete auf Jem.

«Er wird sich bald erholen», meinte Atticus. «Es war etwas viel für ihn.» Er seufzte. «Ich gehe zu Bett. Weckt mich nicht, wenn ich morgen verschlafen sollte.»

«Ich hielt es von vornherein für unklug, die Kinder . . .»

«Dies hier ist ihre Heimat, Schwester», sagte Atticus. «So wie sie ist, haben wir sie geschaffen, also lernen sie am besten so früh wie möglich, damit fertig zu werden.»

«Aber deswegen brauchen sie doch nicht in den Gerichtssaal zu gehen und sich in diesem Morast zu wälzen.»

«Das gehört ebenso zu Maycomb County wie die Teegesellschaften der Missionsdamen.»

«Atticus . . .» Tante Alexandra sah ihn besorgt an. «Ich hätte nie gedacht, daß diese Geschichte dich so verbittern könnte.»

«Ich bin nicht verbittert, bloß müde. Ich gehe jetzt zu Bett.»

«Vater . . .» sagte Jem tonlos.

Atticus wandte sich auf der Schwelle um. «Ja, mein Junge?»

«Wie konnten sie das tun? Wie konnten sie nur?»

«Das weiß ich nicht, aber sie haben's getan. Sie haben es vorher getan, sie haben es heute getan und sie werden es wieder tun. Und wenn sie's tun, weinen anscheinend nur Kinder. Gute Nacht.»

Wie immer sah morgens alles ein wenig rosiger aus. Atticus stand zur üblichen Stunde auf – so früh, daß es einem grausen konnte – und saß schon hinter dem *Mobile Register*, als wir ins Wohnzimmer stolperten. Jems Gesicht stellte die Frage, die ihm nicht über die müden Lippen wollte.

«Es ist noch nicht so weit, daß wir uns sorgen müssen», beruhigte ihn Atticus auf dem Weg ins Eßzimmer. «Noch ist nicht aller Tage Abend. Wir werden Berufung einlegen, verlaß dich drauf. Du lieber Himmel, Cal, was ist denn das?» Er starrte auf seinen Frühstücksteller.

«Tom Robinsons Vater hat Ihnen heute früh ein Huhn gebracht», sagte Calpurnia. «Ich hab's gleich gebraten.»

«Bestell ihm, daß ich mich sehr geehrt fühle . . . Ich wette, im Weißen Haus kriegen sie kein Huhn zum Frühstück. Und was ist das hier?»

«Frische Brötchen. Die hat Estelle geschickt. Sie arbeitet im Hotel, wissen Sie?»

Atticus sah Calpurnia verblüfft an.

«Kommen Sie mal mit in die Küche, Mr. Fink», forderte sie ihn auf. «Da werden Sie was erleben.»

Wir liefen hinter Atticus her. Auf dem Küchentisch häuften sich die Eßwaren, genug, die ganze Familie darunter zu begraben: gepökelte Schweineschinken, Tomaten, Bohnen, sogar Weintrauben. Atticus grinste, als er einen Topf mit Spitzbeinen in Sülze entdeckte. «Was meint ihr, wird Tantchen mich die im Eßzimmer abknabbern lassen?»

«Das habe ich alles auf der hinteren Verandatreppe gefunden, als ich heute morgen kam», erklärte Calpurnia. «Das soll eine . . . eine Anerkennung für Sie sein, Mr. Fink. Die Leute . . . sie sind . . . sie nehmen sich doch nicht zuviel raus, nicht wahr?»

Atticus' Augen füllten sich mit Tränen. Er schwieg eine Weile. «Ich bin ihnen sehr dankbar», murmelte er dann. «Sag ihnen das . . . Und sag ihnen auch, daß sie das nie wieder tun dürfen. Die Zeiten sind zu schwer.»

Er ging ins Eßzimmer, entschuldigte sich bei Tante Alexandra, nahm seinen Hut und machte sich auf den Weg zur Stadt.

Wir hörten Dills Schritte im Flur, und Calpurnia ließ vorsichtshalber das unberührte Frühstück unseres Vaters auf dem Tisch stehen. Dill kaute wie ein Kaninchen und erzählte uns zwischendurch, daß Miss Rachel die Geschehnisse des Vortages mit folgenden Worten kommentiert hatte: «Wenn ein Mann wie Atticus Fink mit dem Kopf gegen eine Felswand rennen will, kann man ihn nicht daran hindern – es ist ja sein Kopf.»

«Ich hätte ihr gern meine Meinung gesagt», knurrte Dill, während er ein Hühnerbein abnagte, «aber sie sah heute morgen nicht gerade so aus, als ob sie's vertragen könnte. Sie behauptet, sie ist die halbe Nacht auf gewesen und hat sich um mich gesorgt, und wenn der Sheriff nicht bei der Verhandlung gewesen wäre, sagt sie, dann hätte sie ihn hinter mir hergehetzt.»

«Dill, du darfst nicht immer fortlaufen, ohne daß sie weiß, wo du bist», tadelte Jem. «Damit reizt du sie doch bloß.»

Dill seufzte geduldig. «Ich habe ihr dauernd vorgebetet, wo ich hingehen wollte – so lange, bis ich blau im Gesicht war. Aber sie sieht eben zu viele Schlangen im Kleiderschrank. Wetten, daß die Frau jeden Morgen einen Liter Whisky zum Frühstück trinkt? Ich weiß, sie kippt zwei Glas voll hintereinander. Hab's selbst gesehen.»

«Sprich nicht so, Dill», wies ihn Tante Alexandra zurecht. «Das gehört sich nicht für ein Kind. Es ist schamlos.»

«Ich bin nicht schamlos, Miss Alexandra. Ist es denn schamlos, die Wahrheit zu sagen?»

«Ja, wenn man sie so sagt wie du.»

Jems Augen blitzten die Tante an, doch seine Worte galten Dill. «Los, wir gehen. Nimm dir das Hühnerbein mit.»

Wir liefen auf die Vorderveranda. Miss Stephanie Crawford stand auf der anderen Straßenseite und sprach eifrig auf Miss Maudie Atkinson und Mr. Avery ein. Zweifellos erzählte sie ihnen die große Neuigkeit. Sie sahen sich nach uns um und redeten dann weiter. Jem stieß ein wütendes Knurren aus. Ich wünschte mir eine Waffe.

«Ich hasse Erwachsene, die einen anglotzen», bemerkte Dill. «Man kommt sich vor, als hätte man was ausgefressen.»

Miss Maudie rief mit lauter Stimme nach Jem Fink.

Jem erhob sich stöhnend von der Schaukel. «Wir gehen mit», sagte Dill.

Miss Stephanies Nase bebte vor Neugier. Sie wollte wissen, wer uns erlaubt hatte, der Verhandlung beizuwohnen. Sie selbst habe uns nicht gesehen, erklärte sie, aber die ganze Stadt rede ja darüber, daß wir bei den Farbigen gesessen hätten. «Seid ihr etwa von Atticus hinaufgeschickt worden als eine Art ...? War es nicht furchtbar stickig da oben mit all den ...? Verstand Scout all die ...? War es nicht schrecklich für euch, die Niederlage eures Vaters mit ansehen zu müssen?»

«Sei still, Stephanie», sagte Miss Maudie energisch. «Ich habe keine Zeit, den ganzen Morgen hier herumzustehen ... Jem Fink, ich wollte nur fragen, ob du und deine Kollegen etwas Kuchen essen können. Ich bin um fünf aufgestanden, um ihn zu backen, also sag lieber ja. Du entschuldigst uns wohl, Stephanie. Guten Morgen, Mr. Avery.»

Auf Miss Maudies Küchentisch standen ein großer Kuchen und zwei kleine. Eigentlich hätten es drei sein müssen, denn wenn Dill da war, wurde er nie vergessen. Die Enttäuschung spiegelte sich zweifellos auf unseren Gesichtern wider. Doch als Miss Maudie von dem großen Kuchen eine Scheibe abschnitt und sie Jem reichte, begriffen wir, wie es gemeint war. Und noch etwas wurde uns klar, während wir aßen: Miss Maudie wollte uns auf diese Weise andeuten, daß sich, soweit es sie anging, nicht das geringste geändert hatte. Sie saß ruhig auf einem Küchenstuhl und sah uns zu.

«Sei nicht traurig, Jem», sagte sie plötzlich. «Die Dinge sind nie so schlimm, wie es den Anschein hat.»

Wenn Miss Maudie innerhalb ihrer vier Wände zu einer längeren Rede ansetzte, so legte sie die Hände auf die Knie und rückte mit der Zunge ihre Zahnbrücke zurecht. Das tat sie auch jetzt, und wir warteten.

«Ich möchte dir nur sagen, daß es auf der Welt eine Reihe von Männern gibt, die dazu geboren sind, unangenehme Dinge für uns alle zu erledigen. Und euer Vater ist einer von ihnen.»

«Oh», sagte Jem. «Na ja.»

«Dein ‹Na ja› kannst du dir sparen», erwiderte Miss Maudie, der Jems fatalistischer Unterton nicht entgangen war. «Du bist nicht alt genug, zu verstehen, was ich meine.»

Jem starrte auf sein halbverzehrtes Stück Kuchen. «Man kommt sich vor wie eine Seidenraupe im Kokon», sagte er. «Wie etwas Eingesponnenes, das irgendwo im Warmen liegt und schläft. Ich habe die Leute von Maycomb immer für die besten Menschen von der Welt gehalten – den Eindruck machten sie jedenfalls.»

«Wir sind die geborgensten Menschen von der Welt», versetzte Miss Maudie. «Von uns wird selten gefordert, daß wir uns als Christen erweisen, aber wenn es geschieht, dann haben wir Männer wie Atticus, die für uns einspringen.»

Jem lächelte kläglich. «Ich wollte, alle in Maycomb County dächten so.»

«Du würdest staunen, wenn du wüßtest, wie viele so denken.»

«Wer denn?» Jem erhob unwillkürlich die Stimme. «Wer in dieser Stadt hat auch nur einen Finger gerührt, um Tom Robinson zu helfen? Wer?»

«Nun, seine farbigen Freunde und Leute wie wir. Leute wie Richter Taylor. Leute wie Mr. Heck Tate. Hör auf zu essen, Jem, und fang dafür an zu denken. Bist du nie auf die Idee gekommen, daß es kein Zufall war, als Richter Taylor eurem Vater die Verteidigung dieses Negers übertrug? Daß Richter Taylor dafür vielleicht gute Gründe gehabt hat?»

Da war etwas dran. Als Pflichtverteidiger wurde für gewöhnlich Maxwell Green eingesetzt, der erst seit kurzem bei Gericht zugelassen war und Erfahrungen sammeln sollte. Ja, eigentlich hätte Mr. Green diesen Fall übernehmen müssen.

«Denke mal drüber nach», sagte Miss Maudie. «Es war bestimmt kein Zufall. Ich habe gestern abend auf der Veranda gesessen und gewartet. Stundenlang habe ich gewartet und nach euch ausgeschaut. Und während ich wartete, dachte ich: Atticus Fink wird nicht gewinnen, das ist unmöglich, aber er ist der einzige Mann in dieser Gegend, der Geschworene dazu bringen kann, daß sie so lange über einen derartigen Fall beraten. Und das, sagte ich mir, ist ein Schritt vorwärts – ein Babyschritt zwar, aber immerhin ein Schritt.»

«Alles schön und gut», murmelte Jem. «Ich verstehe bloß nicht, warum christliche Richter und Rechtsanwälte nicht wiedergutmachen können, was heidnische Geschworene getan haben. Wenn ich erst erwachsen bin . . .»

«Das mußt du mit deinem Vater besprechen», meinte Miss Maudie.

Wir gingen Miss Maudies kühle neue Treppe hinunter. Draußen im Sonnenschein waren Mr. Avery und Miss Stephanie Crawford noch immer in ihr Gespräch vertieft. Sie hatten nur einen kleinen Ortswechsel vorgenommen und standen nun vor Miss Stephanies Haus. Wir sahen, daß Miss Rachel auf die beiden zustrebte.

«Ich glaube, ich werde Clown, wenn ich groß bin», verkündete Dill.

Jem und ich blieben stehen.

«Jawohl, Clown», wiederholte er. «Ich kann mit den Menschen nichts anderes anfangen, als über sie lachen. Darum gehe ich zum Zirkus und lache mich kaputt.»

«Es ist aber genau umgekehrt, Dill», sagte Jem. «Ein Clown lacht nicht. Er ist traurig, und die anderen lachen über ihn.»

«Na, dann werde ich eben ein neuartiger Clown. Ich stelle mich mitten in die Manege und lache über die Leute. Seht euch mal die da an –» er deutete auf die Gruppe – «eigentlich müßten sie alle auf Besenstielen reiten. Tante Rachel tut's schon.»

Miss Stephanie und Miss Rachel winkten uns mit derart wilden Armschwüngen, daß Dills Bemerkung nicht ungerechtfertigt schien.

«O Gott», seufzte Jem, «wir werden wohl anstandshalber hingehen müssen.»

Offensichtlich war irgend etwas passiert. Mr. Averys Gesicht hatte sich dunkelrot gefärbt, weil er in einem fort nieste. Er blies uns fast um, als wir näher kamen. Miss Stephanie zitterte vor Erregung, und Miss Rachel packte Dill bei der Schulter. «Vorwärts», befahl sie, «lauft alle auf den Gesindehof und bleibt dort. Hier draußen ist's für euch zu gefährlich.»

«Wieso denn?» fragte ich.

«Habt ihr's noch nicht gehört? Die ganze Stadt weiß es doch schon . . .»

In diesem Augenblick erschien Tante Alexandra auf dem Vorplatz und rief uns. Aber sie kam zu spät, und so wurde Miss Stephanie das Vergnügen zuteil, uns das Neueste zu berichten: Heute morgen hatte Mr. Bob Ewell unserem Vater vor dem Postamt aufgelauert, ihm ins Gesicht gespuckt und gesagt, er werde es ihm schon heimzahlen, und wenn er den Rest seines Lebens darauf verwenden müßte.

23. Kapitel

«Ich wollte, Bob Ewell würde keinen Tabak kauen.» Das war alles, was Atticus über den Vorfall sagte.

Miss Stephanie Crawford war weniger zurückhaltend. Ihr zufolge hatte Atticus gerade das Postamt verlassen, als Mr. Ewell auf ihn zustürzte, ihn verfluchte, ihn anspuckte und von Umbringen sprach. Miss Stephanie (von der dritten Wiederholung ihres Berichts an war sie selbst dabeigewesen und hatte alles mit angesehen – «jawohl, ich kam gerade aus Jitneys Basar, meine Liebe . . .»), Miss Stephanie sagte, Atticus habe nicht mit der Wimper gezuckt, sondern nur sein Taschentuch genommen und sich das Gesicht abgewischt. Nichts in der Welt könne sie bewegen, die Schimpfworte zu wiederholen, die Mr. Ewell gebraucht habe. Mr. Ewell sei Veteran irgendeines obskuren Krieges, und diese Tatsache in Verbindung mit Atticus' friedfertiger Reaktion sei es wohl, die ihn zu der Frage gereizt habe: «Zu stolz, dich zu wehren, du niggerfreundlicher Bastard, was?» Wenn man Miss Stephanie glauben durfte, hatte Atticus erwidert: «Nein, zu alt» und war weitergeschlendert, die Hände in den Hosentaschen. Atticus Fink, so bemerkte Miss Stephanie, verfüge über einen recht trockenen Humor, das müsse man ihm lassen.

Jem und ich machten uns ernstliche Sorgen.

«Immerhin war er früher der beste Schütze von Maycomb County», sagte ich. «Er könnte . . .»

«Du weißt doch, daß er von Waffen nichts wissen will, Scout. Er hat ja nicht mal ein Gewehr. Sogar neulich vor dem Gefängnis hatte er keins. Er hat mir gesagt, wer ein Gewehr bei sich hat, der fordert die Leute heraus, ihn zu erschießen.»

«Aber das hier ist was anderes», beharrte ich. «Wir werden ihm vorschlagen, er soll sich eins leihen.»

Seine Antwort auf diesen Vorschlag war: «Unsinn.»

Dill hielt einen Appell an Atticus' väterliche Gefühle für erfolgversprechend. Wir Kinder würden ja verhungern, wenn Mr. Ewell ihn tötete, ganz davon zu schweigen, daß unsere Erziehung dann ausschließlich in Tante Alexandras Händen läge. Und die würde als erstes – noch bevor Atticus unter der Erde wäre – Calpurnia an die Luft setzen. Jem meinte, damit kämen wir vielleicht weiter, besonders wenn ich weinte und in Ohnmacht fiele. Mädchen täten das immer. Aber auch dieser Vorschlag schlug fehl.

Erst als Atticus merkte, daß wir appetitlos und ohne Interesse für unsere üblichen Spiele umherschlichen, wurde ihm klar, wie tief beunruhigt wir waren. Eines Abends wollte er Jem mit einer neuen *football*-Zeitschrift erfreuen. Jem blätterte sie flüchtig durch und warf sie beiseite. Atticus sah das und fragte: «Was für eine Laus ist dir denn über die Leber gelaufen, mein Junge?»

Jem nahm die Gelegenheit wahr. «Mr. Ewell», erwiderte er.

«Wieso? Ist was passiert?»

«Bis jetzt noch nicht. Aber wir haben Angst um dich, und wir finden, du müßtest etwas unternehmen.»

Atticus lächelte gezwungen. «Was denn zum Beispiel? Soll ich ihm eine Friedensbürgschaft auferlegen?»

«Wenn jemand sagt, er wird's dir schon heimzahlen, dann meint er's doch bestimmt ernst.»

«Er meinte es ernst, als er's sagte. Aber versuch mal, für eine Minute in Bob Ewells Haut zu steigen. Ich habe ihm vor Gericht das letzte Fetzchen Glaubwürdigkeit genommen – falls er je so etwas besessen hat. Er mußte also zu einem Gegenschlag ausholen. Für Leute wie ihn ist das eine Art Selbstbestätigung. Wenn ich Mayella Ewell dadurch eine zusätzliche Tracht Prügel erspart habe, will ich's gern hinnehmen, daß er mir ins Gesicht gespuckt und mich bedroht hat. Er mußte seine Wut an irgend jemandem auslassen, und mir ist es lieber, daß er sie an mir ausließ als an den Kindern da draußen. Verstehst du?»

Jem nickte. Inzwischen war Tante Alexandra ins Zimmer gekommen.

«Wir haben von Bob Ewell nichts zu befürchten», fuhr Atticus fort. «Er hat sich neulich morgen gründlich erleichtert.»

«Ich wäre da nicht so sicher, Atticus», sagte Tante Alexandra. «Du weißt doch, daß solche Leute in ihrer Rachsucht zu allem fähig sind.»

«Was könnte mir Ewell schon antun, Schwester?»

«Irgend etwas Heimtückisches. Er wird sich was ausdenken, verlaß dich drauf.»

«In Maycomb bietet sich nicht viel Gelegenheit, heimliche Ränke zu schmieden», erwiderte Atticus.

Von nun an hatten wir keine Angst mehr. Der Sommer schwand dahin, und wir nutzten ihn nach Kräften. Atticus versicherte, Tom Robinson werde nichts geschehen, bis der Oberste Gerichtshof den Fall überprüft habe. Die Aussichten, daß man Tom freilasse oder zumindest eine neue Verhandlung anberaume, seien recht gut. Tom befand sich auf der Gefängnisfarm Enfield in Chester County, siebzig Meilen von Maycomb entfernt. Ich fragte, ob seine Frau und die Kinder ihn besuchen dürften. Atticus sagte nein.

«Was wird aus ihm, wenn er bei der Berufung verliert?» erkundigte ich mich eines Abends.

«Dann kommt er auf den elektrischen Stuhl», antwortete Atticus, «es sei denn, daß der Gouverneur das Urteil mildert. Aber noch ist's nicht so weit, daß du dich sorgen mußt, Scout. Wir haben gute Chancen.»

Jem, der auf dem Sofa lag und *Popular Mechanics* las, hob den Kopf. «Es ist nicht gerecht. Er hat niemanden getötet, selbst wenn er schuldig wäre. Er hat keinen Mord begangen.»

«Du weißt doch, daß Vergewaltigung in Alabama als Kapitalverbrechen gilt», sagte Atticus.

«Ja, aber die Geschworenen hätten ihm statt der Todesstrafe ebensogut zwanzig Jahre Zuchthaus geben gekonnt.»

«Geben können», verbesserte Atticus. «Tom Robinson ist ein Farbiger, Jem. Kein Schwurgericht in diesem Teil der Welt wird in einem solchen Prozeß sagen: ‹Angeklagter, wir finden, daß Sie schuldig sind, aber nicht sehr.› Hier gab es nur zwei Möglichkeiten – glatter Freispruch oder Todesstrafe.»

Jem schüttelte den Kopf. «Irgendwas ist daran nicht richtig, ich kriege nur nicht raus, wo der Fehler steckt. Vielleicht dürfte Vergewaltigung nicht als Kapitalverbrechen gelten . . .»

Atticus legte die Zeitung neben seinen Stuhl. Gegen das Vergewaltigungsgesetz habe er nichts, gar nichts, sagte er, aber es widerstrebe ihm sehr, wenn die Todesstrafe auf Grund reiner Indizienbeweise von der Staatsanwaltschaft beantragt und von den Geschworenen beschlossen werde. Er blickte zu mir herüber, sah, daß ich zuhörte, und wählte einfachere Worte. «Ich meine, daß man niemanden wegen . . . nun, sagen wir, wegen Mordes zum Tode verurteilen dürfte, wenn nicht ein oder zwei Augenzeugen vorhanden sind. Ein oder zwei Menschen, die sagen können: ‹Ja, ich war dabei und sah, wie er abdrückte.›»

«Es sind doch schon viele Leute auf Grund von Indizienbeweisen gehangen . . . gehängt worden», warf Jem ein.

«Ich weiß, und die meisten haben es sicherlich auch verdient. Aber wenn Augenzeugen fehlen, besteht immer ein Zweifel oder wenigstens der Schatten eines Zweifels. Das Gesetz läßt nur den ‹begründeten Zweifel› zu, doch ich finde, ein Angeklagter hat ein Anrecht auf den Schatten eines Zweifels. Man sollte stets die Möglichkeit in Betracht ziehen – so gering sie auch sein mag –, daß er unschuldig ist.»

«Dann liegt es also an den Geschworenen. Wir müssen die Schwurgerichte abschaffen.» Jem war von unbeugsamer Härte.

Atticus bemühte sich erfolglos, ein Lächeln zu unterdrücken. «Du bist recht streng mit uns, mein Junge. Mir scheint, es gibt einen besseren Weg: das Gesetz abändern. Und zwar so, daß bei Kapitalverbrechen nur Richter die Strafe festsetzen dürfen.»

«Dann fahr nach Montgomery und ändere das Gesetz.»

«So etwas ist viel, viel schwerer, als du denkst. Ich werde die Abänderung des Gesetzes nicht mehr erleben, und wenn du sie erlebst, dann höchstens als alter Mann.»

Diese Aussicht behagte Jem ganz und gar nicht. «Nein, die Schwurgerichte müssen abgeschafft werden. Er war überhaupt nicht schuldig, und sie haben ihn trotzdem verurteilt.»

«Wenn du in diesem Schwurgericht gesessen hättest, zusammen mit elf anderen Jungen wie du, dann wäre Tom jetzt ein freier Mann. Bisher hat noch nichts dein Urteilsvermögen beeinträchtigt. Die zwölf Geschworenen, die über Toms Schicksal entschieden, sind im Alltag vernünftige Menschen, aber plötzlich ist etwas zwischen sie und ihre Vernunft getreten. Das gleiche hast du damals in der Nacht vor dem Gefängnis erlebt. Als jene Männer sich zurückzogen, gingen sie nicht, weil ihre Vernunft gesiegt hatte, sie gingen, weil wir da waren. Es gibt Dinge in unserer Welt, über denen die Menschen den Kopf verlieren. Sie können dann einfach nicht mehr gerecht sein, selbst wenn sie es wollten. Steht in unseren Gerichtshöfen das Wort eines Weißen gegen das eines Schwarzen, dann gewinnt unweigerlich der Weiße. Das ist eine Tatsache, wenn auch eine sehr häßliche.»

«Gerecht ist es trotzdem nicht», beharrte Jem. Er hämmerte leicht mit der Faust auf sein Knie. «Man kann einen Menschen nicht auf solches Beweismaterial hin verurteilen . . . Man kann es einfach nicht.»

«Du nicht, Jem, aber sie konnten es und haben es getan. Je älter du wirst, desto mehr solcher Fälle wirst du erleben. Gerade vor Gericht sollte allen Menschen, von welcher Farbe des Regenbogens sie auch sein mögen, das gleiche Recht zuteil werden. Nur neigen die Leute leider dazu, ihre Vorurteile mit auf die Geschworenenbank zu nehmen. Du wirst später tagtäglich Weiße sehen, die Schwarze betrügen. Aber eines möchte ich dir sagen, und bitte, vergiß es nicht: Wenn ein Weißer – ganz gleich, wie angesehen, wie vornehm, wie reich er ist – einem Schwarzen so etwas antut, dann gehört dieser Weiße zum Pack.»

Atticus hatte ruhig gesprochen, nur sein letztes Wort krachte wie Donner in unseren Ohren. Ich blickte auf. Seine Miene war leidenschaftlich erregt.

«Nichts widert mich mehr an als ein niederträchtiger Weißer, der sich die Unwissenheit eines Negers zunutze macht. Aber soviel steht fest: Eines kommt zum anderen, und irgendwann müssen wir die Rechnung bezahlen. Hoffentlich nicht mehr zu euren Lebzeiten, Kinder.»

Jem kratzte sich nachdenklich am Kopf. Plötzlich riß er die Augen weit auf. «Atticus, warum sitzen nicht Leute wie wir und Miss Maudie auf der Geschworenenbank? Ich habe da noch nie Leute aus Maycomb gesehen, immer nur Farmer . . .»

Atticus lehnte sich im Schaukelstuhl zurück. Jems Frage schien ihn zu freuen. «Ich war gespannt, wann dir das auffallen würde», sagte er. «Es gibt mehrere Gründe. Einer davon ist, daß Miss Maudie nicht als Geschworene fungieren kann, weil sie eine Frau ist . . .»

Ich war empört. «Was denn, in Alabama ist das für Frauen verboten?»

«Jawohl. Vermutlich will man es unseren zarten Damen ersparen, im Schmutz wühlen zu müssen, wie es etwa im Fall Robinson unvermeidlich gewesen wäre. Außerdem –» Atticus grinste – «außerdem bezweifle ich, daß wir je mit einem Prozeß zu Ende kämen. Die Damen würden uns dauernd mit Fragen unterbrechen.»

Jem und ich lachten. Miss Maudie würde sich auf einer Geschworenenbank zweifellos zu behaupten wissen. Mir fiel die alte Mrs. Dubose in ihrem Rollstuhl ein – «Hören Sie mit dem Hämmern auf, John Taylor. Ich will den Mann da etwas fragen . . .» Vielleicht war der Beschluß unserer Vorväter gar nicht so unklug.

«Leute wie wir . . .» sagte Atticus. «Das ist eben unser Anteil an der Rechnung. Wir bekommen im allgemeinen die Geschworenen, die wir verdienen. Unsere behäbigen Bürger haben erstens kein Interesse und zweitens Angst. Und dann . . .»

«Angst? Wovor?» fragte Jem.

«Nun, nehmen wir an, daß Mr. Link Deas zu entscheiden hat, wieviel Schadenersatz – sagen wir – Miss Maudie erhalten soll, weil Miss Rachel sie mit ihrem Wagen überfahren hat. Der Gedanke, eine der beiden Damen als Kundin zu verlieren, wäre Link bestimmt unangenehm, meinst du nicht auch? Folglich sagt er zu Richter Taylor, daß er nicht als Geschworener fungieren kann, weil er niemanden hat, der ihn im Laden vertritt. Eine solche Entschuldigung muß Richter Taylor gelten lassen – manchmal allerdings nicht ohne Zorn.»

«Aber weswegen sollte denn eine der beiden Damen nicht mehr bei Mr. Deas kaufen?» erkundigte ich mich.

«Miss Rachel käme gewiß nicht mehr», bemerkte Jem. «Miss Maudie würde es Mr. Deas wohl nicht nachtragen. Aber sag mal, Atticus, die Abstimmung der Geschworenen ist doch geheim . . .»

Unser Vater lachte. «Du mußt noch viel lernen, mein Junge. Die Abstimmung der Geschworenen *soll* geheim bleiben. Und noch etwas. Als Geschworener ist ein Mann gezwungen, sich zu entscheiden, sich über etwas zu äußern. Männer tun das nicht gern. Mitunter ist es auch nicht sehr erfreulich.»

«Toms Geschworene haben sich jedenfalls in aller Eile entschieden», knurrte Jem.

Atticus' Finger wanderten zur Uhrtasche. «Nein, das stimmt nicht», sagte er mehr zu sich selbst als zu uns. «Sie brauchten mehrere Stunden dazu, und gerade das ließ mich denken, es könnte vielleicht der Schatten eines Anfangs sein. Das Ergebnis – ja, es war unvermeidlich, aber im allgemeinen benötigen sie dazu nur ein paar Minuten. Diesmal . . .» Er unterbrach sich und sah uns an. «Vielleicht interessiert es euch, daß einer der Geschworenen gehörig bearbeitet werden mußte, denn anfangs verlangte er stürmisch einen glatten Freispruch.»

«Wer?» fragte Jem erstaunt.

Atticus zwinkerte ihm zu. «Das darf ich nicht verraten, ich sage nur so viel, daß es einer eurer Freunde aus Old Sarum war.»

Jem schnappte nach Luft. «Ein Cunningham? Wirklich ein . . . Ich habe keinen von ihnen erkannt . . . Das ist doch wohl nicht dein Ernst!»

«Einer ihrer Verwandten. War wie eine Eingebung, daß ich ihn nicht abgelehnt habe. Als wenn ich's geahnt hätte. Ich konnte ihn ablehnen und hab's dann doch nicht getan.»

«Heiliger Bimbam», sagte Jem ehrfurchtsvoll. «Eben versuchen sie noch, ihn umzubringen, und einen Augenblick später kämpfen sie darum, ihn freizukriegen . . . Aus den Leuten werde ich nicht schlau, solange ich lebe.»

Man müsse sie eben kennen, meinte Atticus. Die Cunninghams wären niemandem zur Last gefallen, hätten nichts angenommen und nichts weggenommen, seit sie in die Neue Welt eingewandert seien. Zu ihren guten Eigenschaften gehöre ferner, daß sie rückhaltlos zu einem jeden stünden, der sich ihre Achtung erworben habe. Er glaube – nein, das sei zuviel gesagt –, er vermute, sie hätten ihren Rückzug in jener Nacht mit erheblichem Respekt vor den Finks angetreten. «Hätten wir zwei von der Sorte gehabt, dann wären sich die Geschworenen nie einig geworden.»

«Du hast also tatsächlich einen Mann als Geschworenen zugelassen, der dich kurz zuvor umbringen wollte?» fragte Jem. «Wie konntest du nur so was riskieren, Atticus? Das verstehe ich einfach nicht.»

«Bei Licht besehen war das Risiko gar nicht so groß. Wenn ich einen Mann, der für schuldig stimmen will, durch einen anderen ersetze, der die gleiche Absicht hat, dann macht das doch keinen Unterschied, nicht wahr? Andererseits besteht ein schwacher Unterschied zwischen einem Mann, der für schuldig stimmen will, und einem anderen, der etwas schwankend geworden ist. Er war der einzige auf der Liste, dessen Urteil nicht von vornherein feststand.»

«Wie ist dieser Mann denn mit Mr. Walter Cunningham verwandt?» erkundigte ich mich.

Atticus stand auf, reckte sich und gähnte. Nicht daß er die Absicht gehabt hätte, schlafen zu gehen; er wollte uns nur bedeuten, daß er sich nach seiner Zeitung sehnte. Er hob sie auf, faltete sie und tippte mir damit auf den Kopf. «Laß mal sehen», murmelte er vor sich hin. «Ich hab's. Zweifacher Vetter ersten Grades.»

«Zweifach? Wie ist das möglich?»

«Zwei Schwestern heirateten zwei Brüder. Mehr sage ich nicht – sieh zu, daß du's herauskriegst.»

Ich zerbrach mir den Kopf und kam schließlich zu folgendem Ergebnis: Wenn ich Jem heiratete und wenn Dill eine Schwester hätte, die er heiraten könnte, dann wären unsere Söhne zweifache Vettern ersten Grades. «Du meine Güte», sagte ich, als Atticus gegangen war, «was sind das für merkwürdige Leute! Hast du das gehört, Tantchen?»

Tante Alexandra häkelte einen Teppich, und wenn sie uns auch nicht ansah, so entging ihr doch kein Wort, das wir sprachen. Sie saß in ihrem Stuhl, den Handarbeitskorb neben sich, den Teppich auf dem Schoß. Wie Damen an glühendheißen Abenden wollene Teppiche häkeln konnten, war mir ein Rätsel.

«Ich hörte es», erwiderte sie.

Mir fiel der weit zurückliegende Zwischenfall ein, als ich dem jungen Walter Cunningham zu Hilfe geeilt war. Jetzt freute ich mich, daß ich es getan hatte. «Wenn die Schule wieder anfängt, lade ich Walter zum Mittagessen ein», plante ich. Meinen Beschluß, ihn beim nächsten Wiedersehen zu verprügeln, hatte ich völlig vergessen. «Er kann auch nach der Schule zu uns kommen, und Atticus fährt ihn dann abends nach Old Sarum. Oder er übernachtet bei uns, ja, Jem?»

«Das werden wir sehen», sagte Tante Alexandra – ein Ausspruch, der in ihrem Mund stets eine Drohung, nie ein Versprechen war.

Überrascht wandte ich mich nach ihr um. «Warum nicht, Tante? Die Cunninghams sind gute Leute.»

Sie schaute mich über ihre Brille hinweg an. «Jean Louise, ich bezweifle durchaus nicht, daß sie gute Leute sind. Aber sie passen nicht zu uns.»

«Sie meint, sie sind ordinär, Scout», erklärte Jem.

«Was heißt ordinär?»

«Unfein. Bei ihnen geht's immer sehr laut zu, und sie hören am liebsten Tanzmusik.»

«Na, ich auch . . .»

«Sei nicht albern, Jean Louise», sagte Tante Alexandra. «Die Sache ist so: Du kannst Walter Cunningham scheuern, bis er glänzt, du kannst ihm Schuhe und einen neuen Anzug anziehen, und doch wird er nie wie Jem aussehen. Außerdem hat die Familie einen Hang zum Trinken, einen gewaltigen Hang sogar. Eine Fink gibt sich mit solchen Leuten nicht ab.»

«Tan-te», empörte sich Jem, «sie ist ja noch nicht mal neun.»

«Je früher sie's erfährt, desto besser.»

Tante Alexandra hatte mir wieder einmal einen Strich durch die Rechnung gemacht. Ich wurde lebhaft an jenen Abend erinnert, an dem sie aus unerfindlichen Gründen das gleiche getan hatte. Das war damals gewesen, als ich die Absicht äußerte, Calpurnia in ihrem Haus zu besuchen. Ich war neugierig, interessiert, wollte einmal Cals Gast sein und sehen, wie sie wohnte, wer ihre Freunde waren. Ich hätte ebensogut den Wunsch aussprechen können, die andere Seite des Mondes zu betrachten. Diesmal war Tante Alexandras Taktik anders, doch ihr Ziel war dasselbe. Vielleicht war sie deshalb zu uns gekommen: Sie wollte uns bei der Wahl unserer Freunde helfen. Nun, ich war entschlossen, es ihr so schwer wie möglich zu machen. «Wenn die Cunninghams gute Leute sind, warum darf ich dann nicht nett zu Walter sein?»

«Davon habe ich nichts gesagt. Natürlich sollst du nett und höflich zu ihm sein. Und nicht nur zu ihm, liebes Kind – zu allen. Aber du mußt ihn nicht gerade einladen.»

«Und wenn er mit uns verwandt wäre, Tante?»

«Er ist nicht mit uns verwandt, das steht einwandfrei fest. Und selbst wenn er's wäre, würde sich dadurch nichts ändern.»

Nun schaltete sich Jem ein. «Atticus sagt immer, man kann sich seine Freunde aussuchen, aber nicht seine Verwandten, und sie bleiben Verwandte, ob man sie anerkennt oder nicht, und wer das nicht tut, der macht sich bloß lächerlich.»

«Das ist dein Vater, wie er leibt und lebt», versetzte Tante Alexandra. «Ich jedenfalls kann nur sagen, daß Jean Louise diesen Walter Cunningham nicht einladen wird. Selbst wenn er ihr zweifacher Vetter ersten Grades wäre, würde er nicht in unserem Hause empfangen werden, es sei denn, er käme als Klient zu Atticus. Und damit basta.»

Sie hatte ihr kategorisches Nein ausgesprochen, aber diesmal wollte ich Gründe hören. «Warum darf ich denn nicht mit Walter spielen, Tante? Ich möchte doch so gern . . .»

Sie nahm die Brille ab und starrte mich an. «Ich will dir sagen warum», erwiderte sie. «Weil er zum Pack gehört, darum darfst du nicht mit ihm spielen. Ich wünsche nicht, daß du dir seine üblen Gewohnheiten aneignest und Gott weiß was von ihm lernst. Du bist auch ohne das ein ziemliches Problem für deinen Vater.»

Ich brach in wütendes Schluchzen aus. Wahrscheinlich hätte es eine Katastrophe gegeben, wenn Jem nicht gewesen wäre. Er nahm mich bei den Schultern, legte den Arm um mich und führte mich in sein Zimmer. Atticus hörte uns, öffnete die Tür einen Spaltbreit und schaute herein.

«Ist nichts weiter», sagte Jem schroff. «Alles in Ordnung.» Atticus verschwand.

«Warte, Scout, ich hab was für dich.» Jem wühlte in seiner Tasche und brachte eine Nougatstange zum Vorschein. Es dauerte ein paar Minuten, bis ich die Süßigkeit zu einem Klumpen verarbeitet und in der Backe untergebracht hatte.

Jem räumte inzwischen den Waschtisch auf. Seine Nackenhaare standen hoch, die vorderen Haarsträhnen hingen ihm in die Stirn, und ich fragte mich, ob er auch als erwachsener Mann so strubbelig aussehen würde. Er sollte sich den Kopf kahlscheren und das Haar neu wachsen lassen, dachte ich, dann wird es vielleicht glatt anliegen. Seine Augenbrauen waren dichter geworden, und er kam mir ungewöhnlich schlank vor. Er war wohl in letzter Zeit gewachsen.

Als er sich umdrehte, befürchtete er anscheinend, ich würde wieder losheulen, denn er sagte: «Ich will dir was zeigen, aber nur, wenn du's nicht weitererzählst.»

«Was denn?» fragte ich.

Er knöpfte sein Hemd auf und sah mich verlegen grinsend an.

«Na, und?»

«Siehst du's nicht?»

«Was?»

«Na, die Haare auf meiner Brust.»

«Wo?»

«Hier. Genau hier.»

Er hatte mich getröstet, und deshalb sagte ich, es sehe wunderbar aus, obgleich ich kein einziges Haar entdecken konnte. «Wirklich hübsch, Jem.»

«Unter den Armen auch», erklärte er stolz. «Nächstes Jahr trete ich in die *football*-Mannschaft ein. Du, Scout, laß dich von Tante nicht reizen.»

Wie lange war es her, daß er mich ermahnt hatte, die Tante nicht zu reizen? Mir schien, es sei gestern gewesen.

«Weißt du, sie ist nicht an Mädchen gewöhnt. Jedenfalls nicht an Mädchen wie dich. Sie möchte eine Dame aus dir machen. Könntest du nicht wenigstens nähen lernen oder so was?»

«Ich denke nicht dran. Sie mag mich nicht, das ist alles, und mich kümmert das auch kein bißchen. Wütend bin ich nur geworden, weil sie Walter Cunningham Pack genannt hat, nicht etwa weil sie gesagt hat, ich wäre ein Problem für Atticus. Das habe ich nämlich mit ihm schon ins reine gebracht. Ich habe ihn mal gefragt, ob ich ein Problem wäre, und er sagte, kein allzu großes, denn er könnte es immer lösen, und ich sollte mir bloß nicht einbilden, daß ich ihm lästig fiele. Nein, es war wegen Walter . . . der Junge ist kein Pack, Jem. Der ist nicht wie die Ewells.»

Jem schleuderte die Schuhe von den Füßen und schwang die Beine aufs Bett. Er schob sich ein Kissen in den Rücken und knipste die Leselampe an. «Weißt du was, Scout? Ich bin mir jetzt über alles im klaren. In letzter Zeit habe ich viel darüber nachgedacht, und jetzt ist mir alles klar. Es gibt vier Arten von Menschen auf der Welt: erstens solche wie wir und die Nachbarn, zweitens solche wie die Cunninghams draußen in den Wäldern, drittens solche wie die Ewells da unten an der Müllablage und viertens die Neger.»

«Und wohin gehören die Chinesen ... und die Cajun-Indianer in Baldwin County?»

«Ich rede jetzt nur von Maycomb County. Und das wichtigste daran ist das: Leute wie wir mögen die Cunninghams nicht, die Cunninghams mögen die Ewells nicht, und die Ewells hassen und verabscheuen die Farbigen.»

Wenn das so wäre, erwiderte ich, dann hätte doch das Schwurgericht, das sich aus Leuten wie den Cunninghams zusammensetzte, Tom Robinson eigentlich freisprechen müssen, um die Ewells zu ärgern.

Jem tat meine Worte mit einer Handbewegung als kindisch ab. «Weißt du», sagte er, «wenn im Radio Schlager gespielt werden, dann klopft Atticus mit der Fußspitze den Takt dazu, und er ißt nichts lieber als ganz einfache Kohlsuppe ...»

«Dann sind wir also genau wie die Cunninghams», unterbrach ich ihn. «Ich verstehe gar nicht, warum Tante ...»

«Nein, laß mich ausreden ... Was das betrifft, sind wir ihnen schon ähnlich, aber irgendwie sind wir doch anders. Atticus hat mal gesagt, bei Tante Alexandra kommt der Familienstolz hauptsächlich daher, daß wir zwar keinen roten Heller, dafür aber Tradition und einen guten Namen haben.»

«Na, Jem, ich weiß nicht ... Mir hat Atticus mal gesagt, daß er dieses Alte-Familien-Getue ziemlich albern findet, weil in Wirklichkeit alle Familien gleich alt sind. Und als ich ihn fragte, ob das auch für Farbige und Engländer gilt, hat er ja gesagt.»

«Tradition ist nicht dasselbe wie alte Familie», erklärte Jem. «Ich glaube, es bedeutet, seit wann eine Familie lesen und schreiben kann. Ich habe sehr genau darüber nachgedacht, Scout, und das ist der einzige Grund, den ich finden kann. Irgendwann, als die Finks noch in Ägypten lebten, muß einer von ihnen ein paar Hieroglyphen gelernt und sie dann seinem Sohn beigebracht haben.» Jem lachte. «Stell dir vor, Tante ist stolz darauf, daß ihr Urgroßvater lesen und schreiben konnte ... Komisch, auf was Damen alles stolz sind.»

«Na, ich bin froh, daß er's konnte. Wer hätte es denn sonst Atticus und den anderen beibringen sollen? Und wenn Atticus nicht lesen könnte, dann säßen wir beide ganz schön in der Tinte. Ich glaube nicht, daß das Tradition ist, Jem.»

«Wie erklärst du's dann, daß die Cunninghams anders sind? Mr. Walter kann kaum seinen Namen schreiben, ich hab's selbst gesehen. Wir können eben schon länger lesen und schreiben als sie.»

«Nein, das muß jeder erst lernen. Niemand bringt so was mit auf die Welt. Der Walter ist so gescheit wie nur möglich, er kommt bloß manchmal nicht mit, weil er zu Hause bleiben und seinem Vater helfen muß. An dem ist gar nichts auszusetzen. Nein, Jem, ich glaube, es gibt nur eine Art von Menschen. Einfach Menschen.»

Jem drehte sich um und puffte sein Kissen zurecht. Als er sich wieder zurücklehnte, war sein Gesicht umwölkt. Ich merkte, daß er einen seiner Anfälle von Selbstversunkenheit hatte, und hütete mich, ihn zu stören. Seine Augenbrauen zogen sich zusammen, sein Mund wurde zu einer schmalen Linie. Er schwieg eine Weile.

«Das habe ich auch gedacht, als ich so alt war wie du», sagte er schließlich. «Aber wenn es nur eine Art von Menschen gibt, warum können sie dann nicht miteinander auskommen? Wenn sie alle gleich sind, warum haben sie dann nichts anderes im Kopf, als sich gegenseitig zu verabscheuen? Scout, so allmählich wird mir was klar. So allmählich wird mir klar, weshalb Boo Radley die ganze Zeit im Haus bleibt . . . Er tut's, weil er drinbleiben *will.*»

24. Kapitel

Calpurnia in ihrer besten steifgestärkten Schürze trug ein großes Tablett voller Kuchen und Torten. An der Schwingtür drehte sie sich um und drückte sie geschickt mit dem Hinterteil auf. Ich bewunderte die Leichtigkeit und Anmut, mit der sie Berge von leckeren Dingen ins Eßzimmer beförderte. Vermutlich war Tante Alexandra der gleichen Meinung, denn sie hatte Calpurnia gestattet zu servieren.

Der August neigte sich dem September zu. Dill, der am nächsten Tag nach Meridian zurückreisen mußte, war noch einmal mit Jem zu Barkers Teich gegangen. Jem hatte mit zorniger Verwunderung festgestellt, daß bisher niemand auf den Gedanken verfallen war, Dill schwimmen zu lehren, eine Fertigkeit, die Jem für ebenso wichtig hielt wie das Laufen. Sie hatten bereits zwei Nachmittage am Wasser verbracht. Da sie nackt badeten, durfte ich sie nicht begleiten, und so tröstete ich mich in meiner Einsamkeit teils mit Calpurnia, teils mit Miss Maudie.

Heute hatten Tante Alexandra und die Missionsdamen das Haus für ihren edlen Kampf beschlagnahmt. In der Küche hörte ich, wie Mrs. Grace Merriweather im Wohnzimmer über das schändliche Leben gewisser heidnischer Neger berichtete. Sie hießen Mrunas oder so ähnlich. Diese Menschen verbannten ihre Frauen in abgelegene Hütten, wenn ihre Zeit gekommen war – was für eine Zeit, das sagte Mrs. Merriweather nicht. Sie hatten keinen Familiensinn – ich wußte, das würde Tante Alexandra bekümmern –; sie unterwarfen ihre Kinder im Alter von dreizehn Jahren den entsetzlichsten Prüfungen;

sie wurden von Himbeerpocken und Ohrwürmern geplagt; sie zerkauten die Rinde eines Baumes, spuckten sie in einen gemeinschaftlichen Topf und betranken sich dann an diesem Gebräu.

Unmittelbar nach dem Vortrag kamen die Erfrischungen an die Reihe.

Ich hatte keine große Lust, ins Eßzimmer zu gehen, obgleich Tante Alexandra gesagt hatte, ich sollte mich einfinden, wenn der offizielle Teil der Zusammenkunft, der mich nur langweilen würde, beendet sei. Zu Ehren der Gäste trug ich mein rosa Sonntagskleid, Schuhe und einen gestärkten Unterrock, aber ich überlegte mir, daß Calpurnia, wenn ich mich etwa bekleckerte, mein Kleid für morgen noch einmal waschen müßte, und da sie an diesem Tag ohnehin viel zu tun hatte, beschloß ich, in der Küche zu bleiben.

«Kann ich dir helfen, Cal?» fragte ich in dem Wunsch, mich nützlich zu machen.

Calpurnia wandte sich nach mir um. «Bleib still wie eine Maus in der Ecke sitzen. Wenn ich wiederkomme, machen wir zusammen das nächste Tablett fertig.»

Das gedämpfte Summen der Damenstimmen wurde lauter, als sie die Tür öffnete. «Oh, Alexandra, was für eine herrliche Apfeltorte ... einfach wunderbar ... Die Kruste ... also mir gelingt die niemals so gut ... Wer hat denn die Idee mit den Brombeertörtchen gehabt? Calpurnia? Sieh einmal an ... Haben Sie schon gehört, daß die Frau des Pfarrers ... Doch, doch, meine Liebe, und dabei kann das andere noch nicht einmal laufen ...»

Es wurde still, ein Zeichen, daß sie nun alle mit Kuchen versorgt waren. Calpurnia kam zurück und stellte die schwere Silberkanne meiner Mutter auf ein Tablett. «Diese Kaffeekanne ist eine Seltenheit», murmelte sie. «Heutzutage macht man so was nicht mehr.»

«Darf ich sie reintragen?»

«Wenn du vorsichtig bist und sie nicht fallen läßt. Stell sie ans Tischende neben die Tassen und das übrige, damit Miss Alexandra eingießen kann.»

Ich wollte es Calpurnia nachtun, aber die Schwingtür bewegte sich nicht, als ich mit dem Hinterteil gegen sie stieß. Calpurnia hielt sie mir grinsend auf. «Gib schön acht, die Kanne ist schwer. Immer geradeaus sehen, dann wirst du nichts verschütten.»

Mein Einzug ging gut vonstatten, und Tante Alexandra lächelte strahlend. «Bleib bei uns, Jean Louise», sagte sie. Das gehörte zu ihrem Erziehungsprogramm: Sie wollte eine Dame aus mir machen.

Zu dem geselligen Teil der Missionszusammenkünfte pflegte jede Gastgeberin ihre Nachbarinnen einzuladen, mochten sie nun Baptisten oder Presbyterianer sein. Das erklärte die Anwesenheit von Miss

Rachel (nüchtern wie ein Richter), von Miss Maudie und Miss Stephanie. Verlegen nahm ich neben Miss Maudie Platz. Warum hatten die Damen für den kurzen Weg von einem Haus zum anderen ihre Hüte aufgesetzt? Damen in Gruppen weckten in mir stets eine unbestimmte Furcht und den lebhaften Wunsch, anderswo zu sein. Aber das eben war es, was Tante Alexandra ‹unerzogen› nannte.

Die Damen trugen leichte Kleider in zarten Pastellfarben. Fast alle waren stark gepudert, doch sie hatten kein Rouge aufgelegt. Die einzige Lippenstiftfarbe im Zimmer war Tangee-Natural. Auf den Fingernägeln funkelte Cutex-Natural, nur einige jüngere Damen hatten Cutex-Rosa verwendet. Sie dufteten himmlisch. Ich saß regungslos, die Hände um die Sessellehnen gekrampft, und wartete darauf, daß jemand mich anspräche.

Das Gold in Miss Maudies Zahnbrücke blinkte. «Du hast dich heute ja mächtig fein gemacht, Miss Jean Louise», sagte sie. «Wo sind denn deine Hosen?»

«Unter meinem Kleid.»

Das sollte kein Witz sein, aber die Damen lachten. Meine Wangen brannten wie Feuer, als ich merkte, was mir passiert war. Miss Maudie verzog keine Miene. Sie lachte mich nie aus.

In das plötzlich eintretende Schweigen hinein rief mir Miss Stephanie quer durch den Raum zu: «Was willst du eigentlich werden, wenn du groß bist, Jean Louise? Vielleicht Rechtsanwalt?»

«Ich weiß nicht, Miss Stephanie, ich hab's mir noch nicht überlegt . . .» antwortete ich und war Miss Stephanie für diesen Wechsel des Themas von Herzen dankbar. In aller Eile suchte ich nach einem Beruf, der mir zusagte. Krankenschwester? Pilotin? «Nun . . .»

«O je, ich dachte, du wolltest Rechtsanwalt werden, weil du doch neuerdings so gern zu den Verhandlungen gehst.»

Die Damen lachten wieder. «Diese Stephanie ist unbezahlbar», rief jemand. Dadurch ermutigt, wiederholte Miss Stephanie ihre Frage: «Willst du wirklich nicht Rechtsanwalt werden, wenn du groß bist?»

Ich fühlte Miss Maudies Hand auf der meinen und brachte eine höfliche Antwort zustande. «Nein, Miss Stephanie, bloß eine Dame . . .»

Miss Stephanie beäugte mich argwöhnisch, kam zu dem Schluß, daß ich keine Unverschämtheit beabsichtigt hatte, und begnügte sich mit der Bemerkung: «Nun, dann sieh nur zu, daß du öfter als bisher Kleider trägst, sonst wirst du nicht weit kommen.»

Miss Maudies Hand schloß sich fest um meine Finger, und ich schwieg. Ihre Wärme genügte mir.

Da Mrs. Grace Merriweather zu meiner Linken saß, hielt ich es für meine Pflicht, mit ihr zu sprechen. Mr. Merriweather, ein eifriger, wenn auch keineswegs freiwilliger Kirchgänger, sah anscheinend nichts Persönliches in dem Lied, das er und die anderen Methodisten beim Gottesdienst sangen: *«Amazing Grace, how sweet the sound, that saved a wretch like me . . .»** In Maycomb war man jedoch allgemein der Ansicht, daß seine Frau ihn zur Nüchternheit erzogen und einen einigermaßen nützlichen Bürger aus ihm gemacht hatte. Mrs. Merriweather war zweifellos die frömmste Dame weit und breit.

Ich suchte nach einem passenden Gesprächsstoff. «Womit haben Sie sich denn heute nachmittag beschäftigt?» fragte ich.

«Ach, Kind, mit den armen Mrunas . . .» Und schon legte sie los. Wie immer, wenn sie der Unglücklichen und Unterdrückten gedachte, füllten sich ihre großen braunen Augen mit Tränen. «Stell dir vor, sie leben im Dschungel, und niemand kümmert sich um sie außer J. Grimes Everett. Kein Weißer will etwas mit ihnen zu tun haben. Nur J. Grimes Everett, dieser heilige Mann . . .»

Mrs. Merriweathers Stimme dröhnte wie Orgelklang. Jedes ihrer Worte kam voll zur Geltung. «Die Armut . . . die Finsternis . . . die Unsittlichkeit . . . niemand weiß darum außer J. Grimes Everett. Erst kürzlich, als mir die Kirche den Aufenthalt im Missionslager ermöglichte, sagte J. Grimes Everett zu mir . . .»

«War er denn hier, Mrs. Merriweather? Ich dachte . . .»

«Er hatte Heimaturlaub. Also J. Grimes Everett sagte zu mir: ‹Mrs. Merriweather›, sagte er, ‹es ist unvorstellbar, einfach unvorstellbar, gegen was wir dort zu kämpfen haben.› Das hat er zu mir gesagt.»

«Ja, Mrs. Merriweather.»

«Ich sagte zu ihm: ‹Mr. Everett›, sagte ich, ‹die Damen der südlichen Methodisten-Episkopal-Kirche in Maycomb, Alabama, stehen hundertprozentig hinter Ihnen.› Das habe ich zu ihm gesagt . . . Und weißt du, gleichzeitig habe ich in meinem Herzen ein Gelübde abgelegt. Sobald ich heimkomme, sagte ich mir, werde ich Vorträge über die Mrunas halten und J. Grimes Everetts Botschaft in Maycomb verbreiten. Und das tue ich nun.»

«Ja, Mrs. Merriweather.»

Wenn Mrs. Merriweather den Kopf schüttelte, tanzten ihre schwarzen Locken hin und her. «Jean Louise», fuhr sie fort, «du bist ein glückliches Mädchen. Du lebst in einem christlichen Heim mit christlichen Menschen in einer christlichen Stadt. Draußen aber, in J. Grimes Everetts Land, gibt es nichts als Sünde und Schmutz.»

«Ja, Mrs. Merriweather.»

«Sünde und Schmutz . . . Wie meinst du, Gertrude?» Mrs. Merri-

* Wie süß, o wunderbare Gnade, ist der Klang, der einen Elenden wie mich erlöste . . .

weather schaltete ihre Stimme auf helles Glockengeläut, als sie sich ihrer Nachbarin zuwandte. «Ach, das . . . Nun, ich sage immer: Vergib und vergiß – vergib und vergiß. Die Kirche, der sie angehört, sollte ihr um der Kinder willen helfen, ein christliches Leben zu führen. Einige unserer Männer müßten zu ihrem Pfarrer gehen und ihn bitten, ihr Trost zu spenden.»

«Verzeihung, Mrs. Merriweather», unterbrach ich sie, «sprechen Sie von Mayella Ewell?»

«Von May . . .? Nein, Kind. Von der Frau dieses Schwarzen, dieses Tom . . . Tom . . .»

«Robinson, Mrs. Merriweather.»

Sie wandte sich wieder ihrer Nachbarin zu. «Eines steht für mich unverrückbar fest, Gertrude, obgleich manche Leute es einfach nicht wahrhaben wollen. Ich bin sicher, wir brauchen ihnen nur zu sagen, daß alles vergeben und vergessen ist, dann wird sich diese ganze Geschichte in Nichts auflösen.»

«Bitte, Mrs. Merriweather», unterbrach ich sie ein zweites Mal, «was wird sich in Nichts auflösen?»

Mrs. Merriweather war eine jener kinderlosen Frauen, die es für nötig halten, im Gespräch mit Kindern einen anderen Ton anzuschlagen. «Gar nichts, Jean Louise», sagte sie in majestätischem Largo, «die Köchinnen und die Landarbeiter sind nur unzufrieden, aber sie beruhigen sich schon wieder . . . Am Tag nach dem Prozeß haben sie alle gemurrt.»

Sie setzte ihr Gespräch mit Mrs. Farrow fort. «Wirklich, Gertrude, nichts regt mich mehr auf als schmollende Schwarze. Wenn ich schon sehe, wie sie den Mund verziehen . . . Sie verderben einem mit ihrem Maulen den ganzen Tag. Weißt du, was ich zu meiner Sophy gesagt habe? ‹Sophy›, sagte ich, ‹du bist einfach keine Christin. Jesus Christus ist nie murrend und klagend umhergegangen.› Und weißt du, es hat ihr gutgetan. Sie hob den Kopf, sah mich an und sagte: ‹Nein, Mrs. Merriweather, Jesus ist nie murrend rumgegangen.› Glaub mir, Gertrude, man soll keine Gelegenheit versäumen, für den Herrn Zeugnis abzulegen.»

Sie erinnerte mich an die alte Orgel in der Kapelle auf Finks Landing. Früher, als ganz kleines Mädchen, durfte ich, wenn ich sehr brav gewesen war, die Bälge treten, während Atticus mit einem Finger eine Melodie spielte. Der letzte Ton hing dann so lange im Raum, wie noch Luft da war, ihn zu stützen. Was Mrs. Merriweather betraf, so war ihr vermutlich die Luft ausgegangen, und sie mußte ihre Lungen neu auffüllen. Dafür traf nun Mrs. Farrow Anstalten, das Wort zu ergreifen.

Mrs. Farrow war eine prachtvoll gebaute Frau mit blaßblauen

Augen und schmalen Füßen. Sie hatte eine frische Dauerwelle, und ihr Haar war in eine Fülle kleiner grauer Ringellöckchen gelegt. Sie, die zweitfrömmste Frau in Maycomb, hatte die seltsame Gewohnheit, fast jeden Satz mit einem Zischlaut zu beginnen.

«S-s-s Grace», erwiderte sie, «genau das habe ich neulich zu Bruder Hutson gesagt. ‹S-s-s Bruder Hutson›, sagte ich, ‹es sieht so aus, als kämpften wir auf verlorenem Posten. Ja, auf verlorenem Posten. S-s-s es ist ihnen ganz einerlei. Wir können sie erziehen, soviel wir wollen, wir können uns bis zur völligen Erschöpfung bemühen, Christen aus ihnen zu machen, und doch ist heutzutage keine Dame mehr sicher in ihrem Bett.› S-s-s darauf sagte er zu mir: ‹Mrs. Farrow, ich weiß nicht, was daraus noch werden soll.› S-s-s-s und ich stimmte ihm von ganzem Herzen zu.»

Mrs. Merriweather nickte bedächtig. Ihre Stimme übertönte das Klirren der Kaffeetassen und die sanften Kaugeräusche der Damen, die sich an den Leckerbissen gütlich taten. «Gertrude, ich sage dir, es gibt in dieser Stadt einige gute, aber irregeleitete Menschen. Ja, Menschen, die richtig zu handeln glauben und doch auf dem Irrweg sind. Es liegt mir fern, Namen zu nennen, aber gewisse Leute in dieser Stadt glaubten vor einiger Zeit, das Rechte zu tun, und sie erreichten damit nichts weiter, als daß sie die Neger aufwiegelten. Das war alles, was sie erreichten. Es mag damals wie das Rechte ausgesehen haben, das kann ich natürlich nicht beurteilen, ich bin ja kein Fachmann auf diesem Gebiet, aber die Folge war jedenfalls Murren und Unzufriedenheit. Ich sage dir, wenn meine Sophy es noch einen Tag so weitergetrieben hätte, dann wäre mir die Geduld gerissen. Es will ihr einfach nicht in ihren wolligen Schädel, daß ich sie nur wegen dieser Krise behalte und daß sie auf die eineinviertel Dollar angewiesen ist, die ich ihr wöchentlich zahle.»

«Aber sein Essen bleibt dir nicht in der Kehle stecken, was?»

Dieser Zwischenruf kam von Miss Maudie. An ihren Mundwinkeln traten zwei harte Linien hervor. Sie hatte bisher schweigend neben mir gesessen und die Kaffeetasse auf dem Knie balanciert. Seit nicht mehr über Toms Frau gesprochen wurde, hatte ich kaum noch auf die Unterhaltung geachtet und mich damit begnügt, an Finks Landing und an den Fluß zu denken. Tante Alexandra hatte sich entschieden geirrt: Der von ihr als langweilig bezeichnete offizielle Teil der Zusammenkunft war hochinteressant gewesen, während der gesellige Teil mich anödete.

«Maudie, ich weiß wirklich nicht, was du meinst», sagte Mrs. Merriweather.

«Natürlich weißt du's.» Das war alles, was Miss Maudie erwiderte. Wenn sie sich ärgerte, waren ihre Worte stets von eisiger Kürze.

Irgend etwas mußte sie tief erzürnt haben, denn ihre grauen Augen waren ebenso kalt wie ihre Stimme. Mrs. Merriweather wurde rot, schaute mich verstohlen an und wandte den Kopf ab. Mrs. Farrow konnte ich nicht sehen.

Tante Alexandra stand hastig auf, reichte nochmals den Kuchenteller herum und brachte es mit einigen geschickten Fragen fertig, Mrs. Merriweather und Mrs. Gates in ein angeregtes Gespräch zu verwikkeln. Nachdem sie auch noch Mrs. Perkins mit einbezogen hatte, kehrte sie auf ihren Platz zurück. Ich fing den Blick inniger Dankbarkeit auf, den sie Miss Maudie zuwarf, und ich wunderte mich über die Welt der Frauen. Miss Maudie und Tante Alexandra waren keineswegs eng befreundet, und doch fühlte sich die Tante bewogen, ihr stumm für irgend etwas zu danken. Wofür, das wußte ich nicht, aber ich stellte mit Freude fest, daß Tante Alexandra trotz ihrer harten Schale fähig war, Dankbarkeit für eine Hilfeleistung zu empfinden.

Für mich gab es kein Entrinnen, ich mußte nun bald diese Welt betreten, an deren Oberfläche wohlriechende Damen in Schaukelstühlen saßen, sich sanft fächelten und kaltes Wasser tranken. Sehr viel heimischer fühlte ich mich allerdings in meines Vaters Welt. Leute wie Mr. Heck Tate versuchten nie, mich mit scheinbar harmlosen Fragen in Verlegenheit zu bringen. Sogar Jem war nicht allzu kritisch, wenn ich nicht gerade etwas sehr Dummes sagte. Damen schienen Männer mit leichtem Grauen zu betrachten und waren offenbar nicht geneigt, sie voll und ganz zu billigen. Ich aber hatte Männer gern. Auch wenn sie fluchten, tranken, spielten und Tabak kauten, auch wenn sie recht unangenehm sein konnten – sie hatten etwas, was mir instinktiv gefiel. Sie waren keine . . .

«Heuchler, Mrs. Perkins, geborene Heuchler», sagte Mrs. Merriweather. «Nun, diese Sünde brauchen *wir* uns wenigstens nicht vorzuwerfen. Die Leute im Norden haben sie freigelassen, aber daß sie sich mit ihnen an einen Tisch setzen, das hat noch niemand gesehen. Wir dagegen sind nicht so heuchlerisch, ihnen zu sagen: ‹Ja, ihr seid Menschen wie wir, aber kommt uns nicht zu nahe.› Hier unten sagen wir einfach: ‹Ihr lebt auf eure Art und wir auf unsere.› Ich glaube, diese Frau, diese Mrs. Roosevelt, hat den Verstand verloren – glatt den Verstand verloren. Kommt nach Birmingham und will sich unbedingt zu ihnen setzen. Wenn ich der Bürgermeister von Birmingham wäre . . .»

Nun, keiner von uns war der Bürgermeister von Birmingham, aber ich wünschte mir, einen Tag lang der Gouverneur von Alabama zu sein. Dann würde ich Tom Robinson laufenlassen, bevor noch die Missionsdamen Zeit zum Atemholen hätten. Ich wußte, wie schwer Tom alles nahm – Calpurnia hatte es neulich Miss Rachels Köchin erzählt und ruhig weitergesprochen, als ich in die Küche kam. Sie sagte, Atticus könne gar nichts für Tom tun. Man hatte ihn abtransportiert, und seine letzten Worte waren gewesen: «Leben Sie wohl, Mr. Fink, mir ist nicht mehr zu helfen, also probieren Sie's gar nicht erst.» Calpurnia wußte von Atticus, daß Tom alle Hoffnung aufgegeben hatte, als er nach Enfield gebracht wurde. Und das, obgleich Atticus ihm die Lage erklärt und ihn gebeten hatte, zuversichtlich zu sein, denn er, Atticus, gebe sich alle Mühe, ihn freizubekommen. Miss Rachels Köchin meinte, Mr. Fink hätte doch einfach sagen können, er wisse genau, daß man ihn freilassen werde. Auch wenn das nicht stimmte, wäre es sicherlich ein großer Trost für Tom gewesen. Calpurnia erwiderte darauf: «Du bist eben mit dem Gesetz nicht vertraut. Wenn du in einer Anwaltsfamilie bist, lernst du als erstes, daß es auf nichts eine endgültige Antwort gibt. Mr. Fink kann nicht sagen, irgendwas ist so, wenn er nicht ganz genau weiß, daß es auch wirklich so ist.»

Die Haustür fiel ins Schloß, und ich hörte Atticus' Schritte im Flur. Das wunderte mich, denn für gewöhnlich kam er nicht so zeitig nach Hause, und wenn die Missionsgesellschaft bei uns tagte, blieb er meistens bis zum Abend in seinem Büro.

Er öffnete die Eßzimmertür und blieb auf der Schwelle stehen. Den Hut hielt er in der Hand, sein Gesicht war kreidebleich.

«Entschuldigen Sie, meine Damen», sagte er, «lassen Sie sich bitte nicht stören. Alexandra, könntest du wohl einen Augenblick in die Küche kommen? Ich möchte dir Calpurnia für eine Weile entführen.»

Er ging nicht durch das Eßzimmer, sondern begab sich über den Flur zur hinteren Küchentür. Tante Alexandra und ich nahmen den Weg durch die Schwingtür, und Miss Maudie folgte uns. Calpurnia hatte sich halb von ihrem Stuhl erhoben.

«Cal», sagte Atticus, «es wäre mir lieb, wenn du mich zu Helen Robinson begleiten könntest . . .»

«Was ist passiert?» fragte Tante Alexandra erschrocken.

«Tom ist tot.»

Tante Alexandra schlug die Hände vor den Mund.

«Sie haben ihn erschossen», fuhr Atticus fort. «Er wollte fliehen. Während des Rundgangs auf dem Hof. Er ist plötzlich blindlings drauflosgestürmt und hat versucht, über den Zaun zu klettern. Trotz der Wachtposten . . .»

«Konnten sie ihn nicht zurückhalten? Haben sie ihn nicht gewarnt?» fragte Tante Alexandra mit zitternder Stimme.

«O ja, sie riefen, er sollte stehenbleiben. Sie schossen ein paarmal in die Luft, und dann zielten sie auf ihn. Gerade als er sich über den Zaun schwingen wollte, hat's ihn erwischt. Mit zwei gesunden Armen hätte er's geschafft, sagten sie. Siebzehn Einschüsse . . . So viele wären wirklich nicht nötig gewesen . . . Cal, ich möchte, daß du mitkommst und mir hilfst, Helen die Nachricht zu bringen.»

«Ja, Sir», murmelte sie und fingerte an ihrer Schürze herum. Miss Maudie ging hin und band sie ihr ab.

«Es ist nicht zu fassen, Atticus», sagte Tante Alexandra.

«Kommt darauf an, wie man's betrachtet», erwiderte er. «Was bedeutet ihnen ein Neger mehr oder weniger? Sie haben zweihundert von der Sorte. Für sie war er nicht Tom, sondern ein flüchtender Gefangener.» Er lehnte sich an den Kühlschrank, schob die Brille hoch und rieb sich die Augen. «Die Aussichten waren so gut. Ich hatte ihm gesagt, wie ich darüber dachte, aber von mehr als einer guten Chance konnte ich ja nun wirklich nicht sprechen. Ich nehme an, daß Tom genug von den Chancen der Weißen hatte und es lieber auf seine Art versuchen wollte. Fertig, Cal?»

«Ja, Sir.»

«Dann gehen wir.»

Tante Alexandra setzte sich auf Calpurnias Stuhl und verbarg ihr Gesicht in den Händen. Sie rührte sich nicht und war so still, daß ich dachte, sie würde in Ohnmacht fallen. Miss Maudie atmete schwer, als wäre sie eilig die Treppe hinaufgelaufen. Die Damen im Eßzimmer plauderten fröhlich.

Ich glaubte, daß Tante Alexandra weine, doch als sie die Hände sinken ließ, waren ihre Augen trocken. Sie sah erschöpft aus.

«Maudie», sagte sie leise, «ich billige gewiß nicht alles, was er tut, aber er ist mein Bruder. Ich möchte nur wissen, wann das einmal enden wird.» Ihre Stimme wurde lauter. «Es zerreißt ihn. Er läßt sich nichts anmerken, aber es zerreißt ihn innerlich. Ich habe ihn gesehen, als . . . Was verlangen sie denn noch von ihm, Maudie, was noch?»

«Wer verlangt was, Alexandra?» fragte Miss Maudie.

«Ich meine diese Stadt. Sie lassen gern zu, daß er Dinge tut, die sie nicht zu tun wagen – sie könnten dabei ja fünf Cent verlieren. Sie lassen gern zu, daß er seine Gesundheit ruiniert, sie . . .»

«Sei ruhig, sie werden dich hören . . .» sagte Miss Maudie. «Hast du dir einmal überlegt, daß man die Sache auch anders ansehen kann, Alexandra? Ob Maycomb es weiß oder nicht, wir zahlen ihm den höchsten Tribut, den wir einem Mann zahlen können: Wir vertrauen darauf, daß er das Rechte tut. So einfach ist das.»

«Wer?» Tante Alexandra erfuhr nie, daß sie sich mit dieser Frage zum Echo ihres zwölfjährigen Neffen machte.

«Wer? Die Handvoll Leute in dieser Stadt, die der Meinung sind, daß nicht nur Weiße anständig behandelt werden sollten. Die Handvoll Leute, die sagen, daß jeder auf ein gerechtes Gerichtsverfahren

Anspruch hat, nicht nur wir. Die Handvoll Leute, die demütig genug sind, beim Anblick eines Negers zu denken: Das wäre ich, wenn Gottes Güte mich nicht davor bewahrt hätte.» Miss Maudies Ton wurde allmählich wieder scharf und energisch. «Die Handvoll Leute mit Tradition – um die handelt es sich.»

Wäre ich aufmerksam gewesen, so hätte ich Jems Erklärung des Begriffs Tradition bei dieser Gelegenheit vervollständigen können. Aber ich war von einem krampfhaften Zittern befallen worden. Atticus hatte mir einmal die Gefängnisfarm Enfield gezeigt. Der Hof war so groß wie ein *football*-Feld . . .

«Hör auf mit dem Zittern», befahl Miss Maudie, und ich hörte auf. «Komm jetzt, Alexandra, wir haben sie lange genug allein gelassen.»

Tante Alexandra erhob sich und glättete die Fischbeinstäbe auf ihren Hüften. Sie zog das Taschentuch aus dem Gürtel und putzte sich die Nase. Schließlich strich sie ihr Haar glatt und fragte: «Merkt man mir was an?»

«Nicht das geringste», versicherte Miss Maudie. «Bist du wieder in Ordnung, Jean Louise?»

«Ja.»

«Dann wollen wir zu den Damen gehen», sagte sie grimmig.

Das Stimmengewirr schwoll an, als Miss Maudie die Tür zum Eßzimmer öffnete. Tante Alexandra ging vor mir hinein, und ich sah, wie sie sich einen Ruck gab.

«Oh, Mrs. Perkins», rief sie, «Ihre Tasse ist ja leer. Warten Sie, ich gieße Ihnen sofort Kaffee ein.»

«Calpurnia ist für einen Moment weggegangen, um etwas zu besorgen, Grace», erklärte Miss Maudie. «Darf ich dir noch mal die Brombeertörtchen reichen? Hast du übrigens schon das Neueste von meinem Vetter gehört, weißt du, von dem, der so gern angelt . . .?»

So machten die beiden die Runde, vorbei an den fröhlichen Damen, füllten Kaffeetassen, boten Kuchen an und taten, als hätte sie nichts anderes betroffen als das häusliche Mißgeschick, sich vorübergehend ohne Calpurnia behelfen zu müssen.

Das sanfte Gesumm setzte wieder ein: «Ja, Mrs. Perkins, dieser J. Grimes Everett ist ein gemarterter Heiliger, er . . . mußte heiraten und ließ sich von ihm entführen . . . in den Schönheitssalon, jeden Sonnabendnachmittag . . . Er legt sich schlafen, sobald die Sonne untergeht . . . mit den Hühnern, einem Korb voll kranker Hühner . . . Fred sagt, damit hat alles angefangen. Fred sagt . . .»

Tante Alexandra lächelte mir von der anderen Seite des Zimmers zu und deutete mit einer Kopfbewegung auf eine Kuchenplatte. Ich nahm den schweren Teller vorsichtig vom Tisch und ging damit zu Mrs. Merriweather. Mit tadelloser Höflichkeit fragte ich, ob ich ihr etwas Gebäck anbieten dürfte. Wenn Tante Alexandra es fertigbrachte, in einem solchen Augenblick eine Dame zu sein, dann konnte ich es auch.

25. Kapitel

«Laß das, Scout! Bring sie raus auf die Treppe.»

«Sag mal, Jem, bist du verrückt?»

«Du sollst sie rausbringen, hörst du!»

Seufzend klaubte ich das winzige Geschöpf auf. Ich legte es auf die unterste Stufe und kehrte in mein Feldbett zurück.

Der September war gekommen, hatte aber keine Abkühlung mitgebracht. Wir schliefen noch immer auf der Hinterveranda. Draußen schwärmten Leuchtkäfer herum; all die kriechenden und fliegenden Insekten der Nacht hatten sich noch nicht in die Schlupfwinkel verzogen, die sie aufsuchen, wenn der Herbst naht.

Eine Roly-poly hatte den Weg ins Haus gefunden; anscheinend war die kleine Raupe die Stufen hinaufgekrochen und unter der Tür durchgeschlüpft. Ich hatte sie bemerkt, als ich mein Buch auf den Boden legte. Roly-polys sind nicht länger als zwei, drei Zentimeter, und wenn man sie berührt, rollen sie sich zu einem festen grauen Ball zusammen.

Ich drehte mich auf den Bauch, streckte den Arm aus und tippte sie an. Sofort rollte sie sich ein. Als nichts geschah, entrollte sie sich langsam und lief auf ihren hundert Beinen ein Stückchen weiter. Ich berührte sie abermals, und wieder wurde sie zu einem winzigen Knäuel. Da ich müde war, beschloß ich, das Spiel zu beenden. Meine Hand war schon dicht über der Raupe, als Jem sich einmischte.

Jem sah mich finster an. Wahrscheinlich gehörte das zu dem Entwicklungsstadium, in dem er sich zur Zeit befand, und ich wünschte im stillen, daß er es möglichst bald hinter sich brächte. Er hatte Tiere noch nie grausam behandelt, aber daß sich sein Wohlwollen auch auf die Insektenwelt erstreckte, war mir neu.

«Warum hab ich sie nicht zerquetschen dürfen?» fragte ich, als ich wieder im Bett lag.

«Weil sie dir nichts tut», antwortete Jem aus dem Dunkel. Er hatte seine Leselampe ausgeknipst.

«Du bist wohl schon so weit, daß du nicht mal mehr Mücken und Fliegen totschlägst, was? Gib mir Bescheid, wenn du wieder zur Vernunft kommst. Aber eins kann ich dir sagen: Ich denke nicht daran, mich von einer Rotlaus beißen zu lassen. Mit der mache ich kurzen Prozeß.»

«Ach, halt den Mund», knurrte er schläfrig.

Wenn einer von uns mit jedem Tag mädchenhafter wurde, dann war es Jem, nicht ich. Behaglich ausgestreckt, wartete ich auf den Schlaf und dachte dabei an Dill. Er war am ersten September abgereist, mit dem festen Versprechen, wiederzukommen, sobald das Schuljahr herum war. Seine Eltern, meinte er, hätten nun wohl begriffen, daß er die Sommerferien gern in Maycomb verlebte . . . Wir hatten mitfahren dürfen, als Miss Rachel ihren Neffen im Taxi nach Maycomb-Station brachte. Dill winkte vom Zugfenster aus, bis er unseren Augen entschwand. Aber wenn er auch fort war – wir vergaßen ihn nicht. Besonders mir fehlte er. Ganz zuletzt hatte Jem ihm noch Schwimmunterricht gegeben . . .

Schwimmunterricht – plötzlich war ich wieder hellwach. Ich dachte an das, was Dill mir von jenem Sonnabend erzählt hatte.

Barkers Teich liegt eine gute Meile von der Stadt entfernt am Ende eines schmalen Feldwegs, der von der Landstraße nach Meridian abzweigt. Am besten läßt man sich von einem Baumwollkarren oder einem Auto mitnehmen und steigt an der Wegkreuzung aus. Von dort ist man in wenigen Minuten am Teich. Abends allerdings wird der Verkehr schwächer, und weil die Aussicht, im Dunkeln nach Maycomb zurückwandern zu müssen, wenig verlockend ist, rüsten die meisten Schwimmer beizeiten zum Aufbruch.

Wie Dill berichtete, hatten Jem und er gerade die Landstraße erreicht, als vor ihnen unser Chevrolet auftauchte. Da Atticus die beiden nicht zu bemerken schien, riefen und winkten sie. Er hielt an, und sie rannten zum Wagen, aber Atticus sagte: «Wartet lieber, bis ein anderes Auto kommt. Ich habe hier draußen noch eine Weile zu tun.» Calpurnia saß auf dem Rücksitz.

Jem bat und bettelte, und schließlich gab Atticus nach. «Na gut, ich nehme euch mit, wenn ihr im Wagen bleibt.»

Auf dem Weg zu Tom Robinsons Haus teilte er ihnen mit, was geschehen war.

Sie bogen von der Landstraße ab, fuhren langsam an den Schutthaufen und dem Anwesen der Ewells vorbei und erreichten die Negersiedlung. Vor Toms Hütte spielten mehrere schwarze Kinder Murmeln. Atticus parkte den Wagen und ging mit Calpurnia durch die Gartenpforte.

Dill hörte, wie Atticus eines der Kinder fragte: «Wo ist deine Mutter, Sam?» und er hörte auch die Antwort des Jungen: «Sie ist drüben bei Schwester Stevens, Mr. Fink. Soll ich hinlaufen und sie holen?»

Atticus zögerte, sagte dann aber ja, und Sam stürmte davon. «Spielt nur weiter«, rief Atticus den anderen Kindern zu.

Ein kleines Mädchen erschien in der Türöffnung und starrte Atticus neugierig an. Wie Dill berichtete, war ihr Haar in viele winzige steife Zöpfe geflochten, jeder mit einer bunten Schleife am Ende. Sie lachte über das ganze Gesicht und trippelte auf unseren Vater zu. Da sie die Stufen nicht bewältigen konnte, ging Atticus ihr entgegen, nahm den Hut ab und hielt ihr seinen Zeigefinger hin. Die Kleine ergriff ihn, und er half ihr die Treppe hinunter. Dann übergab er sie Calpurnia.

Sam trottete hinter seiner Mutter her, als sie die Gasse entlangkam. Helen sagte: «Guten Abend, Mr. Fink, wollen Sie nicht Platz nehmen?» Dann schwieg sie, und auch Atticus sprach kein Wort.

«Scout, sie ist einfach in den Dreck gefallen», erzählte Dill. «Einfach in den Dreck gefallen, als ob ein Riese sie im Vorbeigehen umgestoßen und zertreten hätte . . .» Dill stampfte mit dem Fuß auf den Boden. «So wie man eine Ameise zertritt.»

Calpurnia und Atticus hoben Helen auf, stützten sie und führten sie behutsam in die Hütte. Sie blieben lange drinnen. Endlich kam Atticus allein heraus. Als sie an der Müllablage vorbeifuhren, wurden sie von ein paar Ewells angepöbelt, aber Dill hatte nicht verstehen können, was sie riefen.

Maycomb interessierte sich nicht länger als zwei Tage für Tom Robinsons Tod. Zwei Tage genügten, die Nachricht in Stadt und Land zu verbreiten. «Wißt ihr schon, wie es passiert ist? Nein? Also, er soll plötzlich losgerannt sein, so schnell, als wollte er den Blitz übertreffen . . .» Das Wort, das man immer wieder hörte, war ‹typisch›. Typisch für einen Nigger, auszubrechen und fortzurennen. Typisch für die Mentalität eines Niggers, keinen Plan zu fassen, nicht an die Zukunft zu denken, sondern einfach bei der ersten besten Gelegenheit drauflloszurennen. Dabei hätte ihn doch Atticus Fink vielleicht freibekommen. Aber ein Nigger und warten? Nein, um keinen Preis. Man kennt sie ja, diese Burschen. Können nicht aus ihrer Haut heraus. Dieser Robinson ist das beste Beispiel dafür. War ordnungsgemäß verheiratet, hielt sich sauber, ging in die Kirche und so weiter, aber wenn man's bei Licht besieht, ist der Firnis verdammt dünn. Der Nigger kommt eben immer wieder zum Vorschein.

Diese Bemerkungen und ein paar weitere Einzelheiten, die der Zuhörer eilends weiterverbreitete – damit war der Gesprächsstoff erschöpft, bis am folgenden Donnerstag die *Maycomb Tribune* erschien. Sie brachte in der Spalte «Nachrichten für Farbige» eine kurze Todesanzeige, aber sie ging auch im Leitartikel auf Toms Tod ein.

Mr. B. B. Underwood nahm kein Blatt vor den Mund. Er ließ seiner Bitterkeit freien Lauf, und es kümmerte ihn nicht, wie viele Inserenten und Abonnenten er dadurch verlor. (Nebenbei gesagt: Er verlor keinen einzigen. Maycomb inserierte und abonnierte, ganz gleich, was Mr. Underwood tat. Er konnte schimpfen, bis er schwitzte, er konnte schreiben, was er wollte – wenn er Lust hatte, in seiner Zeitung den Hanswurst zu spielen, dann war das seine Sache.) Mr. Underwood sprach nicht von Fehlurteil und dergleichen, er schrieb so schlicht, daß auch Kinder ihn verstehen konnten. Er war einfach der Ansicht, es sei eine Sünde, Krüppel zu töten, ob sie nun standen, saßen oder flüchteten. Er verglich Toms Tod mit dem sinnlosen Gemetzel, das Jäger und Kinder unter Singvögeln anrichten, und in Maycomb hieß es, er habe versucht, einen Leitartikel zu schreiben, der poetisch genug sei, vom *Montgomery Advertiser* übernommen zu werden.

Wie ist das möglich, fragte ich mich, als ich Mr. Underwoods Artikel las. Sinnloses Gemetzel? Man hatte Tom bis zu seinem Tode vorschriftsmäßig behandelt; er war öffentlich verhört und von zwölf zuverlässigen und rechtschaffenen Männern verurteilt worden; mein Vater hatte unermüdlich für ihn gekämpft. Auf einmal aber wurde mir klar, was Mr. Underwood meinte: Atticus hatte, um Tom Robinson zu retten, jede Waffe benutzt, die freien Männern zur Verfügung steht, doch in den geheimen Gerichtshöfen des menschlichen Herzens war er als Verteidiger nicht zugelassen. Von dem Augenblick an, da Mayella Ewell den Mund auftat und schrie, war Tom ein toter Mann gewesen.

Der Name Ewell flößte mir Ekel ein. Maycomb hatte nicht lange warten müssen, bis sich Mr. Ewell über Toms Ableben äußerte, und seine Bemerkungen wurden durch Miss Stephanie Crawford, diesen Ärmelkanal des Klatsches, unverzüglich weitergeleitet. Miss Stephanie erzählte Tante Alexandra in Jems Gegenwart – «ach was, der Junge ist alt genug, solche Sachen zu hören» –, Mr. Ewell habe gesagt, damit wäre also einer erledigt, so daß jetzt nur noch zwei weg müßten. Jem versicherte mir, daß ich keine Angst zu haben brauchte, Mr. Ewell sei ein Großmaul und weiter nichts. Und wenn ich etwa mit Atticus darüber spräche oder ihm auch nur irgendwelche Andeutungen machte, dann würde er, Jem, nie wieder ein Wort mit mir reden.

26. Kapitel

Das neue Schuljahr hatte angefangen, und unser Weg führte wieder mehrmals täglich am Radley-Grundstück vorbei. Jem war nun in der siebenten Klasse und besuchte die Oberschule, die sich hinter dem Gebäude der Mittelschule befand. Ich ging in die dritte Klasse, und unsere Stundenpläne waren so verschieden, daß ich Jem nur auf dem morgendlichen Schulweg und bei den Mahlzeiten sah. Seine Freizeit verbrachte er auf dem *football*-Platz, aber er war noch zu mager und zu jung, so daß er nichts anderes tun durfte, als Wassereimer heranschleppen. Das tat er mit großer Begeisterung; meistens fand er sich erst bei Einbruch der Dunkelheit zu Hause ein.

Ich fürchtete mich nicht mehr, an dem Radley-Grundstück vorbeizugehen, obgleich es unverändert düster, frostig und ungastlich im Schatten der hohen Eichen lag. Bei schönem Wetter machte sich Mr. Nathan Radley nach wie vor gegen Mittag auf den Weg zur Stadt. Daß auch Boo noch da war, wußten wir aus dem altbekannten Grund: Niemand hatte gesehen, daß er hinausgetragen wurde. Beim Anblick des alten Hauses schlug mir manchmal das Gewissen, weil ich mich an dummen Streichen beteiligt hatte, die eine Qual für Arthur Radley gewesen sein mußten. Denn welchen vernünftigen Einsiedler freut es wohl, wenn Kinder durch seine Fensterladen spähen, ihm mit Hilfe einer Angelrute Botschaften senden und nachts in seinen Grünkohlbeeten herumgeistern?

Und doch . . . Ich erinnerte mich an zwei Münzen mit Indianerköpfen, an Kaugummi, an zwei Puppen aus Seife, an eine verrostete Medaille und eine zerbrochene Uhr mit Kette. Jem hatte die Sachen wohl irgendwo aufbewahrt. Eines Nachmittags blieb ich vor dem Baum stehen: Der Stamm war um das Mörtelpflaster herum angeschwollen, und der Mörtel hatte sich gelblich gefärbt.

Ein paarmal hatten wir Boo *beinahe* gesehen, und mehr konnte man eigentlich nicht verlangen. Trotzdem hielt ich Ausschau nach ihm, sooft ich vorbeiging. Vielleicht bekamen wir ihn eines Tages doch noch zu Gesicht. Ich malte mir aus, wie die Begegnung verlaufen würde: Wenn ich mich dem Radley-Haus nähere, sitzt Boo auf der Schaukel und sonnt sich. «Guten Abend, Mr. Arthur», rufe ich hinüber, als hätte ich ihn an jedem Tag meines Lebens so begrüßt. «Hallo, Jean Louise», antwortet er, als hätte er das an jedem Tag meines Lebens getan, «herrliches Wetter heute, nicht wahr?» – «Ja, Mr. Arthur, ganz herrlich», sage ich und gehe weiter.

Aber das waren Hirngespinste. Wir würden ihm nie begegnen. Wenn er jemals ausging, dann sicherlich nur in mondlosen Nächten, um Miss Stephanie zu betrachten. Ich hätte mir zwar jemand anders zum Anschauen ausgesucht, aber das war seine Sache. Zu uns würde er jedenfalls nie kommen.

«Willst du etwa wieder damit anfangen?» sagte Atticus eines Abends, als ich den Wunsch äußerte, Boo Radley wenigstens einmal vor meinem Tode ‹richtig› zu sehen. «Wenn ja, dann kann ich dir nur dringend raten: Laß die Finger davon. Ich bin zu alt, dich von Radleys

Grundstück herunterzuholen. Außerdem ist es gefährlich. Mr. Nathan schießt auf jeden Schatten, den er sieht, sogar auf Schatten, deren Fußspuren verraten, daß sie Schuhgröße fünfunddreißig haben. Ihr könnt von Glück sagen, daß er euch damals nicht getroffen hat.»

Ich war sofort still. Insgeheim wunderte ich mich über Atticus. Zum erstenmal ließ er durchblicken, daß er über gewisse Dinge sehr viel besser informiert war, als wir vermuteten. Dabei lag die Sache doch weit zurück. Oder war es erst letzten Sommer gewesen? Nein, vorletzten Sommer, als ... Die Zeit trieb ihre Possen mit mir. Ich durfte nicht vergessen, Jem danach zu fragen.

Seither hatte sich so vieles ereignet, daß die Angst vor Boo Radley zu unseren geringsten Sorgen gehörte. Atticus meinte allerdings, der Fall Robinson werde keine weiteren Folgen haben; über solche Dinge wüchse mit der Zeit Gras; nach und nach würden die Leute vergessen, daß Tom je ihre Aufmerksamkeit erregt hatte.

Atticus mochte recht haben, aber die Geschehnisse des Sommers hingen über uns wie Rauch in einem geschlossenen Raum. Mit Jem und mir sprachen die Erwachsenen nie über den Fall, doch sie schienen ihn mit ihren Kindern zu erörtern, und zwar in dem Sinne, daß es nicht unsere Schuld sei, Atticus zum Vater zu haben, die Kinder müßten also trotz dieses Vaters nett zu uns sein. Von allein wären unsere Schulkameraden nie auf einen solchen Gedanken verfallen. Ohne die Einmischung der Eltern hätten Jem und ich mehrere rasche, befriedigende Faustkämpfe ausgefochten und die Sache ein für allemal hinter uns gehabt. So aber blieb uns nichts anderes übrig, als den Kopf hochzuhalten und ein Gentleman beziehungsweise eine Dame zu sein. Wir erlebten gewissermaßen eine zweite Ära Mrs. Henry Lafayette Dubose, nur ohne ihr Geschrei. Eines jedoch war sonderbar und unbegreiflich: Dieselben Leute, die Atticus als Vater für einen Versager hielten, wählten ihn auch diesmal in die Volksvertretung, einstimmig, wie immer. Ich verstand die Menschen einfach nicht mehr, zog mich von ihnen zurück und dachte nur dann an sie, wenn ich dazu gezwungen wurde.

Eines Tages wurde ich in der Schule dazu gezwungen. Wir hatten allwöchentlich eine Stunde ‹Zeitgeschehen›. Jeder Schüler mußte zu Hause eine Zeitungsnotiz ausschneiden und sich mit dem Inhalt vertraut machen, um dann der Klasse darüber zu berichten.

Diese Übung vereinigte angeblich viele Vorteile in sich: Das Stehen vor den Klassengefährten wirkte sich günstig auf Haltung und sicheres Auftreten aus; das freie Sprechen machte wortbewußt; die intensive Beschäftigung mit dem jeweiligen Zeitungsartikel stärkte das Gedächtnis; die Tatsache, daß der Schüler von den anderen abgesondert war, weckte in ihm den Wunsch, in die Gemeinschaft zurückzukehren.

Eine tiefgründige Idee. Aber in Maycomb gab es, wie üblich, gewisse Schwierigkeiten. Vor allem kamen die wenigsten Landkinder an Zeitungen heran, und so mußten die Stadtkinder die Last des ‹Zeitgeschehens› tragen – was die anderen nur noch mehr davon überzeugte, daß sich die Lehrer ausschließlich um die ‹Städter› kümmerten. Die seltenen Beiträge der Landkinder stammten vorwiegend aus dem sogenannten *Grit Paper*, einem Blatt, von dem Miss Gates, unsere Lehrerin, gar nichts hielt. Ich wußte nicht, warum sie die Stirn runzelte, wenn ein Kind etwas aus dem *Grit Paper* vortrug, aber irgendwie hing es mit Schlagermusik zusammen, mit Sirupbiskuits zum Mittagessen, mit ekstatischem Sektierertum und dem Gesang von «Lieblich singt der Esel» – lauter Dinge, die zu unterbinden Aufgabe der vom Staat bezahlten Lehrkräfte war.

Viele Kinder wußten überhaupt nicht, was ‹Zeitgeschehen› bedeutete. Der kleine Chuck Klein zum Beispiel, der sich mit Kühen und ihren Gewohnheiten wie ein Hundertjähriger auskannte, war mitten in einer Onkel-Natchell-Geschichte, als ihn Miss Gates unterbrach: «Charles, das ist doch kein Zeitgeschehen, sondern Reklame.»

Cecil Jacobs dagegen wußte Bescheid. Als er an die Reihe kam, ging er nach vorn und begann: «Der alte Hitler . . .»

«Adolf Hitler, Cecil», verbesserte Miss Gates. «Man sagt nie ‹der alte Soundso›.»

«Ist gut, Miss Gates. Also, der alte Adolf Hitler, der die Juden befolgt . . .»

«Verfolgt, Cecil . . .»

«Nein, Miss Gates, hier steht . . . Na, einerlei. Der alte Adolf Hitler ist hinter den Juden her und steckt sie ins Gefängnis und nimmt ihnen alles weg und will keinen aus dem Land rauslassen und wäscht alle Schwachsinnigen und . . .»

«Er wäscht die Schwachsinnigen?»

«Jawohl, Miss Gates. Wahrscheinlich haben sie nicht genug Verstand, sich selber zu waschen, ich glaube jedenfalls nicht, daß sich ein Idiot sauberhalten kann. Ja, und der Hitler will jetzt auch alle Halbjuden zusammentreiben und sie auf 'ne Liste setzen, für den Fall, daß sie ihm Schwierigkeiten machen, und ich finde das schlecht, und das ist mein Zeitgeschehen.»

«Sehr gut, Cecil», lobte Miss Gates, und Cecil kehrte stolzgeschwellt auf seinen Platz zurück.

In einer der hinteren Reihen hob sich eine Hand. «Wieso darf er denn das?»

«Wer darf was?» fragte Miss Gates geduldig.

«Ich meine, wieso darf der Hitler 'ne Menge Leute einfach einsperren? Gibt's bei denen keine Regierung, die ihn dran hindert?» erkundigte sich der Eigentümer der Hand.

«Hitler ist die Regierung», erklärte Miss Gates. In dem Bestreben, den Unterricht systematisch zu gestalten, schrieb sie in großen Druckbuchstaben DEMOKRATIE an die Tafel. «Demokratie», las sie vor. «Wer von euch weiß, was das ist?»

«Unser Land», sagte jemand.

Ich meldete mich, denn ich entsann mich einer alten Wahlkampfparole, über die Atticus einmal gesprochen hatte.

«Nun, Jean Louise, was bedeutet es deiner Meinung nach?»

«Für alle gleiche Rechte, für niemanden Vorrechte», zitierte ich.

«Sehr gut, Jean Louise, sehr gut.» Miss Gates lächelte und malte dann vor DEMOKRATIE die Worte WIR SIND EINE. «So, Kinder, jetzt sagt mal alle zusammen: Wir sind eine Demokratie.»

Wir sagten es. «Seht ihr, das ist der Unterschied zwischen Amerika und Deutschland», fuhr Miss Gates fort. «Wir sind eine Demokratie, und Deutschland ist eine Diktatur. Dik-ta-tur», wiederholte sie. «Hier bei uns wird niemand verfolgt. So etwas tun nur Leute mit Vorurteilen. Mit Vor-ur-tei-len», artikulierte sie sorgfältig. «Es gibt keine besseren Menschen als die Juden, und warum Hitler das nicht einsieht, ist mir ein Rätsel.»

«Miss Gates, weshalb mögen die Leute in Deutschland keine Juden?» fragte eine wißbegierige Seele.

«Ich weiß nicht, Henry. Die Juden sind wertvolle Mitglieder jeder Gesellschaft, in der sie leben, und vor allem sind sie tief religiös. Hitler versucht, die Religion abzuschaffen. Vielleicht mag er die Juden deswegen nicht.»

Nun ergriff Cecil das Wort. «Ich hab mal irgendwann gehört, daß sie Geld wechseln oder so was, aber eigentlich ist das kein Grund, sie zu verfolgen. Sie sind doch Weiße, nicht wahr?»

«Wenn du in die Oberschule kommst, Cecil, wirst du lernen, daß die Juden schon in uralten Zeiten verfolgt wurden. Sogar aus ihrem eigenen Land hat man sie vertrieben. Das ist eines der schrecklichsten Kapitel der Weltgeschichte ... Und jetzt haben wir Rechnen, Kinder.»

Rechnen war mir zuwider, und ich verbrachte die Stunde damit, aus dem Fenster zu schauen. Immer wenn Elmer Davis im Radio über Hitler sprach, machte Atticus ein finsteres Gesicht, knurrte etwas Unverständliches und schaltete den Apparat aus. Als ich ihn einmal fragte, warum er mit Hitler ihm auf die Nerven ginge, erwiderte er: «Weil er wahnsinnig ist.»

Da kann etwas nicht stimmen, grübelte ich, während die Klasse addierte und subtrahierte. Ein Wahnsinniger und Millionen von Deutschen. Weshalb sperren sie denn nicht Hitler ein, statt sich von ihm einsperren zu lassen? Zu dieser Frage gesellte sich noch eine zweite, und ich beschloß, mit Atticus darüber zu sprechen.

Als ich ihm abends meine erste Frage stellte, blieb er mir die Antwort schuldig. Er sagte, auch er könne das nicht begreifen.

«Aber es ist doch recht, Hitler zu hassen?»

«Nein», erwiderte er, «man darf niemanden hassen.»

«Da ist noch etwas, was ich nicht verstehe, Atticus. Miss Gates hat gesagt, daß Hitler sich ganz abscheulich benimmt, und sie ist vor Wut knallrot geworden ...»

«Kann ich mir denken.»

«Aber ...»

«Ja?»

«Ach, nichts.» Ich ging fort, denn ich war nicht sicher, ob es mir gelingen würde, meine Gedanken in Worte zu fassen, nicht sicher, ob ich meinem Vater das erklären konnte, was nur ein Gefühl war. Vielleicht wußte Jem die Antwort. Dinge, die mit der Schule zusammenhingen, verstand er besser als Atticus.

Jem lag auf seinem Bett, erschöpft vom stundenlangen Wasserschleppen. Rings um eine leere Milchflasche auf dem Fußboden gruppierten sich mindestens zwölf Bananenschalen.

«Warum stopfst du dich so voll?» fragte ich.

«Der Trainer sagt, wenn ich bis zum übernächsten Jahr fünfundzwanzig Pfund zunehme, läßt er mich spielen. Und das ist die sicherste Methode.»

«Ja, wenn du nicht alles wieder ausbrichst ... Du, Jem, ich muß dich was fragen.»

«Schieß los.» Er legte sein Buch weg und streckte sich aus.

«Miss Gates ist eine nette Dame, nicht wahr?»

«Ja, ich bin eigentlich ganz gern in ihrer Klasse gewesen.»

«Sie hat einen schrecklichen Haß auf Hitler.»

«Na, und?»

«Weißt du, sie hat heute lang und breit darüber gesprochen, wie schlecht es ist, die Juden so zu behandeln. Jem, es ist doch nicht recht, irgendwen zu verfolgen oder auch bloß häßlich über jemand zu sprechen, nicht wahr?»

«Natürlich nicht. Sag mal, was ist denn eigentlich los?»

«Als wir neulich nachts aus dem Gerichtssaal kamen, da ist Miss Gates – du hast sie wohl nicht gesehen –, also da ist sie vor uns die Treppe runtergegangen, und ich habe gehört, wie sie zu Miss Stephanie Crawford sagte: ‹Wird höchste Zeit, daß die einmal gründlich geduckt werden, sie sind viel zu anmaßend, und nächstens bilden sie sich noch ein, sie könnten uns heiraten.› Jem, wie ist es möglich, daß jemand Hitler haßt und gleichzeitig so gemein über die eigenen Landsleute spricht?»

Unvermittelt wurde Jem wütend. Er sprang auf, packte mich am Kragen und schüttelte mich. «Ich will nie wieder was über diesen Gerichtssaal hören, nie, nie, verstehst du? Kein Wort will ich darüber mehr hören, verstehst du? Und jetzt hau ab!»

Zu überrascht, um zu weinen, schlich ich mich aus dem Zimmer und schloß behutsam die Tür, damit kein ungebührliches Geräusch einen neuen Wutanfall hervorriefe. Ich fühlte mich plötzlich sehr müde und hatte Sehnsucht nach Atticus. Er war im Wohnzimmer. Ich ging zu ihm und versuchte, auf seinen Schoß zu klettern.

Atticus lächelte. «Du bist nun schon so groß, daß ich nur einen Teil von dir festhalten kann.» Er drückte mich an sich. «Scout», sagte er leise, «laß dich von Jem nicht einschüchtern. Er hat es schwer im Augenblick. Ich habe euch eben gehört.»

Er erklärte mir, daß sich Jem sehr bemühe, etwas zu vergessen, daß er es aber in Wirklichkeit nur für eine Weile beiseite schiebe, bis er genügend inneren Abstand hätte. Erst dann werde er fähig sein, darüber nachzudenken und mit sich selbst ins reine zu kommen, und dann werde er auch wieder der alte sein.

27. Kapitel

Tatsächlich wuchs Gras über die Dinge, wie Atticus es vorausgesagt hatte. Nur gegen Mitte Oktober wurden zwei Bürger unserer Stadt von ungewöhnlichen, wenn auch keineswegs welterschütternden Ereignissen betroffen. Richtiger gesagt, waren es drei.

Mit dem, was geschah, hatten wir, die Finks, nicht unmittelbar zu tun, und doch ging es uns etwas an.

Das erste Ereignis war, daß Mr. Bob Ewell innerhalb weniger Tage eine Stellung fand und verlor. Damit steht er in der Chronik der dreißiger Jahre wahrscheinlich als Unikum da, als der einzige Mann, der in jener Krisenzeit wegen Faulheit arbeitslos wurde. Das kurze Aufflammen seines Ruhmes hatte wohl ein noch kürzeres Aufflammen von Eifer ausgelöst, aber seine Tätigkeit dauerte nur so lange, wie man von ihm sprach. Mr. Ewell fiel ebenso der Vergessenheit anheim wie Tom Robinson. Fortan erschien er wieder wöchentlich im Wohlfahrtsamt, um seine Unterstützung abzuholen, die er ohne Dank und mit heftigem Murren in Empfang nahm: Die Bastarde, die sich als die Herren der Stadt aufspielten, wollten ja einem ehrlichen Mann nicht gestatten, seinen Lebensunterhalt zu verdienen. Ruth Jones, die Leiterin des Wohlfahrtsamtes, erzählte, Mr. Ewell habe Atticus öffentlich als denjenigen bezeichnet, der ihm seine Stellung weggeschnappt hatte. Sie regte sich darüber so auf, daß sie zu Atticus lief und ihm Mr. Ewells Beschuldigung mitteilte. Atticus riet ihr, sich keine Sorgen zu machen. Falls Bob Ewell über die ‹weggeschnappte› Stellung zu diskutieren wünsche, so kenne er ja den Weg zu seinem Büro.

Bei dem zweiten Ereignis ging es um Richter Taylor. Im Gegensatz zu seiner Frau war er kein Sonntagabend-Kirchgänger; er genoß diese friedliche Abendstunde allein in seinem großen Haus. Meistens saß er im Studierzimmer und las in den Werken von Bob Taylor, einem Namensvetter, den der Richter gern und mit Stolz zu seinen Blutsverwandten gerechnet hätte. Eines Sonntags, als er sich wieder einmal an den saftigen Metaphern und der blumenreichen Sprache ergötzte, wurde er durch ein kratzendes Geräusch aus seiner Lektüre gerissen. «Sei still», ermahnte er Ann Taylor, den fetten, aus vielen Rassen gemischten Hund. Dann aber merkte er, daß er zu einem leeren Zimmer sprach. Das Kratzen kam von der Rückseite des Hauses. Richter Taylor humpelte zur hinteren Veranda, um Ann hinauszulassen, und fand dort die Fliegentür sperrangelweit offen. An der Hausecke erspähte er einen Schatten, und das war alles, was er von seinem Besucher sah. Als Mrs. Taylor aus der Kirche kam, saß ihr Mann, in die Werke von Bob Taylor vertieft, im Lehnstuhl, und auf seinen Knien lag eine Schrotflinte.

Im Mittelpunkt des dritten Ereignisses stand Helen Robinson, Toms Witwe. Mr. Ewell war ebenso vergessen wie Tom Robinson, und Tom Robinson war ebenso vergessen wie Boo Radley. Einer aber hatte Tom nicht vergessen: sein Brotgeber, Mr. Link Deas. Er war es, der Helen in seine Dienste nahm, obgleich er sie eigentlich gar nicht brauchte. Er sagte, Toms tragisches Ende habe ihn sehr bedrückt. Wer sich in Helens Abwesenheit um ihre Kinder kümmerte, habe ich nie erfahren. Wie Calpurnia erzählte, mußte Helen täglich einen großen Umweg machen, um den Ewells zu entrinnen, denn die hatten sie am ersten Tag, als sie die öffentliche Straße benutzen wollte, heftig angepöbelt. Mr. Link Deas wunderte sich schließlich, daß Helen jeden Morgen aus der falschen Richtung zur Arbeit kam. Sie wollte ihm den Grund nicht sagen, rückte dann aber doch mit der Wahrheit heraus. «Bitte, Mr. Link, unternehmen Sie nichts», flehte sie. «Und ob ich was unternehme», erwiderte Mr. Link und befahl ihr, nach Feierabend in sein Geschäft zu kommen. Das tat sie. Mr. Link schloß den Laden, drückte seinen Hut fest auf den Kopf und begleitete Helen nach Hause, am Grundstück der Ewells vorbei. Auf dem Rückweg machte er vor dem wackligen Tor halt.

«Ewell», rief er. «He, Ewell!»

Diesmal zeigte sich kein einziges Kind am Fenster.

«Ich weiß, daß ihr alle miteinander auf dem Fußboden liegt! Hör gut zu, Bob Ewell: Wenn sich meine Helen noch einmal beklagt, daß sie diese Straße nicht benutzen kann, dann lasse ich dich einsperren, und zwar sofort.» Mr. Link spuckte in den Staub und entfernte sich.

Am nächsten Morgen ging Helen auf dem kürzeren Weg zur Arbeit. Niemand belästigte sie, doch als sie sich umsah, stellte sie fest, daß Mr. Ewell ihr folgte. Sie zwang sich, ruhig weiterzugehen. Mr. Ewell blieb hinter ihr, bis sie Mr. Links Haus erreicht hatte. Unterwegs hörte sie ihn in einem fort zotige Worte murmeln. Tief erschrocken rief sie Mr. Link in seinem Geschäft an, das sich in der Nähe der Wohnung befand. Als Mr. Link auf die Straße trat, lehnte Mr. Ewell am Zaun. «Sieh mich nur nicht so an, als ob ich Dreck wäre, Link Deas», sagte er. «Ich hab deine Helen nicht besprungen . . .»

«Zu allererst nimm mal dein stinkendes Gerippe von meinem Zaun weg, Ewell. Du machst ihn dreckig, und ich kann mir keinen neuen Anstrich leisten. Und zweitens laß die Finger von meiner Köchin, oder ich bringe dich wegen tätlicher Beleidigung vor Gericht . . .»

«Ich hab sie nicht angefaßt, Link Deas, ich denk nicht dran, mich mit Niggern abzugeben.»

«Du brauchst sie gar nicht anzufassen, für die Klage genügt's, wenn du ihr Angst einjagst. Und wenn tätliche Beleidigung nicht ausreicht, dich für eine Weile ins Kittchen zu bringen, dann gibt's ja auch noch das Frauenschutzgesetz. Also verschwinde! Wenn du nicht glaubst, daß ich's ernst meine, dann belästige das Mädchen ruhig noch mal.»

Offenbar glaubte Mr. Ewell, daß Mr. Link es ernst meinte, denn Helen wurde von da an nicht mehr behelligt.

«Die Sache gefällt mir nicht, Atticus, sie gefällt mir ganz und gar nicht», war Tante Alexandras Kommentar zu diesen Ereignissen. «Der Mann scheint einen unauslöschlichen Haß auf alle zu hegen, die mit dem Prozeß zu tun hatten. Ich weiß, wozu derartige Leute in ihrer Rachsucht fähig sind. Allerdings verstehe ich nicht recht, warum er diese Haßgefühle hat. Der Prozeß ist doch genauso verlaufen, wie er es wollte, nicht wahr?»

«Ja», erwiderte Atticus, «aber vermutlich ist ihm klar, daß nur sehr wenige Leute in Maycomb seine und Mayellas Lügenmärchen geglaubt haben. Er hoffte, als Held gefeiert zu werden, und wie sah der Lohn für seine Mühen aus? Man sagte ihm, gut, wir werden diesen Neger verurteilen, du aber scher dich in deinen Dreck zurück. Jetzt hat er jedem einen Hieb versetzt und müßte eigentlich zufrieden sein. Er wird sich schon beruhigen, wenn das Wetter umschlägt.»

«Ich begreife nur nicht, warum er versucht hat, bei John Taylor einzubrechen. Wahrscheinlich hatte er keine Ahnung, daß John zu Hause war, sonst hätte er es wohl nicht gewagt. Sonntag abends brennt bei Taylors nur auf der Vorderveranda und in Johns Arbeitszimmer Licht.»

«Du weißt ja gar nicht, ob es Bob Ewell war, der das Drahtnetz an der Fliegentür herausgeschnitten hat – niemand weiß das», sagte Atticus. «Falls er's getan hat, sind seine Gründe nicht schwer zu erraten. Ich habe ihn als Lügner bloßgestellt, aber John machte ihn lächerlich. Solange Ewell im Zeugenstand war, konnte ich John einfach nicht ansehen, sonst hätte ich losgelacht. Er betrachtete Ewell mit einer Miene, als hätte er ein dreibeiniges Huhn oder ein viereckiges Ei vor sich. Mir soll keiner erzählen, daß die Richter nicht versuchen, die Geschworenen zu beeinflussen», fügte Atticus grinsend hinzu.

Von Ende Oktober an lief unser Leben wieder in den üblichen Bahnen: Schule, Spielen und Hausaufgaben. Jem schien sich das, was er vergessen wollte, aus dem Kopf geschlagen zu haben, und die Kinder in der Schule waren barmherzig genug, uns nicht an die Verschrobenheiten unseres Vaters zu erinnern. Nur Cecil Jacobs erkundigte sich einmal, ob Atticus ein Radikaler sei. Als ich Atticus danach fragte, war seine Heiterkeit so groß, daß ich mich gekränkt fühlte. Er versicherte mir jedoch, er lache nicht über mich. «Bestell deinem Cecil, daß ich ungefähr so radikal bin wie der Baumwollkönig Tom Heflin.»

Tante Alexandra war wieder obenauf. Miss Maudie hatte wohl die ganze Missionsgesellschaft mit einem Schlag zum Schweigen gebracht, denn unsere Tante herrschte wie eh und je über diesen Hühnerhof. Ihre Erfrischungen wurden womöglich noch köstlicher. Mrs. Merriweathers Vorträge vermittelten mir aufschlußreiche Einzelheiten über das gesellschaftliche Leben der armen Mrunas: Sie besaßen so wenig Familiensinn, daß der ganze Stamm eine einzige große Familie bildete. Jedes Kind hatte so viele Väter und Mütter, wie es Männer und Frauen in der Gemeinschaft gab. J. Grimes Everett opferte sich auf, um diesen Mißständen abzuhelfen, und er bedurfte dringend unserer Gebete.

Maycomb hatte wieder sein altes Gesicht. Alles war wie im letzten und im vorletzten Jahr, abgesehen von zwei unbedeutenden Veränderungen. Die erste war, daß die Klebezettel mit dem Aufdruck NRA* – WIR TUN UNSER TEIL von Schaufenstern und Autos verschwunden waren. Ich fragte Atticus nach dem Grund, und er erklärte, man habe die Zettel entfernt, weil das NRA tot sei. Ich wollte wissen, wer es

* National Recovery Act (Nationales Wiederaufbaugesetz), 1933 unter Franklin D. Roosevelt zur Förderung der Industrie erlassen. (Anm. d. Übers.)

getötet hatte, und er sagte: «Neun alte Männer.»

Die zweite Veränderung in Maycomb war nicht von nationaler Tragweite. Bisher war Halloween, der Vorabend von Allerheiligen, in Maycomb eine völlig unorganisierte Angelegenheit gewesen. Jedes Kind vergnügte sich auf eigene Faust, allenfalls mit dem Beistand anderer Kinder, wenn es irgend etwas zu schleppen gab. (Ich erinnere mich beispielsweise an die Beförderung eines leichten Einspänners auf das Dach des Mietstalles.) Aber viele Eltern waren der Ansicht, im vergangenen Jahr, als der Frieden von Miss Tutti und Miss Frutti gestört wurde, sei der Spaß entschieden zu weit gegangen.

Die Damen Tutti und Frutti Barber waren unverheiratete Schwestern und bewohnten das einzige Haus in Maycomb, das sich eines Kellers rühmen konnte. Wie es hieß, waren die beiden Damen Republikanerinnen, die im Jahre 1911 aus Clanton, Alabama, ausgewandert waren. In Maycomb fand man, daß sie merkwürdige Gewohnheiten hatten. Vor allem wußte niemand, warum sie einen Keller haben wollten. Aber sie bestanden darauf, sie hoben ihn aus, und sie verbrachten den Rest ihres Lebens damit, Generationen von Kindern aus diesem Keller zu verjagen.

Tutti und Frutti (eigentlich hießen sie Sarah und Frances) hatten Yankee-Manieren und waren überdies stocktaub. Miss Tutti leugnete das ab und lebte in einer Welt des Schweigens, aber Miss Frutti, die nicht gewillt war, sich irgend etwas entgehen zu lassen, benutzte ein Hörrohr von derartigem Ausmaß, daß Jem behauptete, es sei der Lautsprecher des Grammophons auf der bekannten Schutzmarke ‹Die Stimme seines Herrn›.

Dieser Tatsachen eingedenk, warteten ein paar unartige Kinder am Halloween, bis die Damen Barber fest schliefen, schlüpften dann in das Wohnzimmer – außer den Radleys schloß nachts niemand die Haustür ab –, schleppten sämtliche Möbel heraus und versteckten sie im Keller. Ich leugne entschieden, daß ich an diesem tollen Streich beteiligt war.

«Ich habe sie gehört!» Dieser Schrei weckte im Morgengrauen die Nachbarn der beiden Damen. «Ich habe sie mit einem Lastwagen vorfahren hören! Wie Pferde sind sie herumgestampft. Jetzt werden sie schon in New Orelans sein.»

Miss Tutti war sicher, daß die reisenden Pelzhändler, die zwei Tage zuvor durch die Stadt gekommen waren, ihre Möbel gestohlen hatten. «Ganz schwarz waren sie – Syrer!»

Mr. Heck Tate wurde gerufen. Er überprüfte das Gelände und erklärte, die Täter könnten nur aus Maycomb stammen. Miss Frutti versicherte, sie wisse, wie die Leute in Maycomb sprächen, und die Diebe in ihrem Wohnzimmer hätten ganz anders gesprochen – ihre

‹R› wären nur so durch die Gegend gerollt. Miss Tutti bestand darauf, daß Bluthunde herbeigeschafft würden, um die Möbel aufzuspüren. Etwas anderes käme gar nicht in Frage, sagte sie. Also mußte Mr. Tate zehn Meilen weit fahren und die Bluthunde von Maycomb County holen.

Mr. Tate setzte die Hunde auf die Fährte, und zwar an der Vordertreppe. Es geschah jedoch nichts weiter, als daß die Tiere zur Kellertür liefen und dort laut kläfften. Nachdem sich das dreimal wiederholt hatte, ging Mr. Tate endlich ein Licht auf. An jenem Tag war um die Mittagszeit kein barfüßiges Kind in Maycomb zu erblicken. Niemand zog die Schuhe aus, bevor die Hunde weggeführt wurden.

So kam es, daß die Damen von Maycomb beschlossen, man müsse Halloween in diesem Jahr anders feiern. Das Programm sah für die Erwachsenen ein Theaterstück in der Aula der Oberschule vor; für die Kinder waren allerlei Spiele geplant: Apfelschnappen, Karamellenziehen, Eselschwanzaufstecken und so weiter. Ferner wurde ein Preis von fünfundzwanzig Cent für das beste selbstgefertigte Halloween-Kostüm ausgesetzt.

Jem und ich murrten. Nicht daß wir besonderen Wert auf die üblichen Streiche gelegt hätten, aber es ging uns um das Prinzip. Jem erklärte, er sei ohnehin zu alt, Halloween zu feiern, und werde sich keinesfalls in der Nähe der Oberschule blicken lassen. Meinetwegen, dachte ich, dann gehe ich eben mit Atticus.

Bald darauf erfuhr ich, daß ich für diesen Abend auf der Bühne benötigt wurde. Unter dem Titel *Maycomb County – ad astra per aspera* hatte Mrs. Grace Merriweather ein originelles Stück verfaßt, in dem ich als Schinken auftreten sollte. Sie fand es ‹allerliebst›, wenn wir Kinder die landwirtschaftlichen Erzeugnisse von Maycomb County darstellten: Cecil Jacobs konnte sich als Kuh kostümieren, Agnes Boone würde als Wachsbohne entzückend aussehen, einem anderen Kind war die Rolle einer Erdnuß zugedacht und so weiter, bis Mrs. Merriweathers Phantasie und der Vorrat an Kindern erschöpft waren.

Wir hatten zwei Proben, und dabei stellte sich heraus, daß wir nichts anderes zu tun brauchten, als von der linken Seite auf die Bühne zu kommen, damit Mrs. Merriweather – sie war nicht nur die Autorin, sondern auch die Sprecherin – uns dem Publikum vorstellen konnte. Rief sie ‹Schwein›, so war das mein Stichwort. Als großes Finale sollten wir alle gemeinsam singen: «O Maycomb County, Maycomb County, dir wollen ewig treu wir sein . . .» während Mrs. Merriweather auf der Bühne die Fahne von Alabama entrollte.

Mein Kostüm machte uns nicht viel Kopfzerbrechen. Mrs. Crenshaw, die Schneiderin, hatte eine ebenso blühende Phantasie wie Mrs. Merriweather. Sie nahm ein Stück Maschendraht und gab ihm die

Form eines geräucherten Schinkens. Dieses Gestell bezog sie mit braunem Stoff und bemalte es originalgetreu. Wollte ich in den Schinken hineinkriechen, so mußte mir jemand die Konstruktion über den Kopf stülpen. Sie reichte fast bis zu den Knien. Mrs. Crenshaw hatte sogar zwei Gucklöcher eingearbeitet. Das Kostüm war ihr großartig gelungen; Jem stellte fest, ich sähe haargenau wie ein Schinken mit Beinen aus. Gewisse Unbequemlichkeiten mußte ich allerdings in Kauf nehmen: Es war heiß unter dem Gebilde, und ich war so eingezwängt, daß ich mir nicht einmal die Nase kratzen konnte, wenn sie juckte; außerdem war es unmöglich, ohne Hilfe wieder herauszukommen.

Der große Tag war da. Ich rechnete fest damit, die ganze Familie bei meinem Debut zu sehen, aber ich wurde enttäuscht. Atticus sagte so taktvoll wie irgend möglich, er sei völlig erledigt und einfach nicht fähig, ein Schauspiel über sich ergehen zu lassen. Er hatte eine Woche in Montgomery verbracht und war erst am späten Nachmittag zurückgekehrt. Wenn ich Jem darum bäte, meinte Atticus, würde er mich gewiß begleiten.

Tante Alexandra erklärte, sie müsse unbedingt früh zu Bett gehen, denn sie habe seit Mittag an der Dekoration der Bühne gearbeitet und sei derart müde . . . Mitten im Satz hielt sie inne. Sie schloß den Mund, öffnete ihn, um etwas zu sagen, brachte jedoch kein Wort heraus.

«Was ist los, Tantchen?» fragte ich.

«Ach, nichts, gar nichts. Eben ist jemand über mein Grab gegangen.» Sie schüttelte das ab, was sie wie ein Nadelstich beunruhigt hatte, und schlug vor, ich solle der Familie im Wohnzimmer eine Vorschau geben. Jem half mir, mich in mein Kostüm zu quetschen, stellte sich an die Tür, rief ‹Schwein›, genau im Tonfall von Mrs. Merriweather, und ich kam hereinmarschiert. Atticus und die Tante waren entzückt.

Ich wiederholte meinen Auftritt in der Küche, und Calpurnia sagte, ich sei wunderbar. Am liebsten wäre ich auch noch zu Miss Maudie hinübergelaufen, aber Jem meinte, sie würde auf jeden Fall in der Vorstellung sein.

Danach war es mir einerlei, ob sie mitkamen oder nicht. Jem war bereit, mich zu begleiten. Und so begann unser längster gemeinsamer Gang.

28. Kapitel

Für den letzten Oktobertag war das Wetter ungewöhnlich warm. Wir brauchten nicht einmal unsere Jacken anzuziehen. Allerdings wehte ein ziemlich starker Wind, und Jem sagte, auf dem Rückweg würden wir wohl naß werden. Der Mond war nicht zu sehen.

Das Licht der Straßenlaterne malte scharfe Schatten auf das Radley-Haus. Jem lachte leise. «Na, heute nacht wird die wohl niemand stören.» Er hatte mir mein Schinkenkostüm abgenommen; es war nicht schwer, aber unhandlich. Ich fand es nett von ihm, daß er den Kavalier spielte.

«Hier ist's immer noch gruselig, nicht wahr?» sagte ich. «Boo tut ja keinem was, aber ich bin trotzdem froh, daß du bei mir bist.»

«Atticus hätte dich auf keinen Fall allein gehen lassen.»

«Wieso nicht? Der Weg ist doch so kurz – bloß um die Ecke und über den Schulhof.»

«Der Hof ist aber nachts mächtig lang, besonders für kleine Mädchen», neckte Jem. «Hast du denn gar keine Angst vor Gespenstern?»

Wir lachten. Gespenster, Dampfgeister, Beschwörungen und Geheimzeichen waren mit den Jahren verschwunden wie Nebel, der sich im Morgenlicht auflöst. «Weißt du noch, Scout, unser alter Reim? Engel so hell, fahr in die Gruft, weich von der Stell, saug nicht meine Luft.»

«Sei jetzt still», mahnte ich. Wir gingen an dem Radley-Grundstück entlang.

«Boo scheint nicht zu Hause zu sein», sagte Jem. «Hörst du die Spottdrossel?»

Hoch über uns ließ der Vogel, ohne zu ahnen, auf wessen Baum er saß, in seliger Unbekümmertheit seine Lieder erschallen. Von dem schrillen Kii-Kii des Sonnenblumenvogels sprang er über zum jähzornigen Qua-ack des Blauhähers und zu dem klagenden Ruf des Poor Will.

Wir bogen um die Ecke. Gleich darauf stolperte ich über eine Baumwurzel. Jem wollte mich am Arm packen, erreichte damit aber nur, daß mein Kostüm im Staub landete. Ich konnte mich gerade noch im Gleichgewicht halten. Wir gingen weiter, verließen die Straße und betraten den Schulhof, auf dem es stockfinster war.

«Wo sind wir eigentlich, Jem?» fragte ich nach ein paar Schritten.

«Wir müssen unter der großen Eiche sein, weil es hier so kühl ist. Gib acht, daß du nicht hinfällst.»

Vorsichtig, mit ausgestreckten Armen, tasteten wir uns vorwärts, um nicht gegen die alte Eiche zu laufen, deren Stamm so dick war, daß zwei Kinder ihn nicht umfassen konnten. Weit weg von Lehrern, ihren Spionen und neugierigen Nachbarn, stand der Baum dicht am Radley-Grundstück. Die Radleys waren nicht neugierig. Der Boden unter dem Laubdach war von vielen Raufereien und heimlichen Würfelspielen festgetreten.

In der Ferne sahen wir die hellerleuchteten Aulafenster der Oberschule, aber das Licht war uns keine Hilfe, es blendete nur.

«Schau nicht geradeaus, Scout», sagte Jem. «Schau auf den Boden, sonst fällst du.»

«Du hättest eine Taschenlampe mitnehmen sollen.»

«Ich wußte ja nicht, daß es so dunkel ist. Vorhin waren noch nicht so viele Wolken am Himmel. Wir kriegen heute nacht bestimmt Regen.»

Plötzlich stürzte jemand auf uns zu.

«Allmächtiger Gott!» schrie Jem.

Ein greller Lichtstrahl traf uns, und dahinter führte Cecil Jacobs einen Freudentanz auf.

«Haha!» triumphierte er. «Ich hab euch erschreckt. Dachte mir doch, daß ihr diesen Weg kommt.»

«Was machst du denn hier draußen im Dunkeln? Hast du keine Angst vor Boo Radley?»

Cecil hatte ungefährdet die Oberschule erreicht, weil er mit seinen Eltern im Wagen gefahren war. Als er uns in der Aula nicht fand, hatte er sich auf den Hof gewagt, denn er wußte ja, daß er uns treffen würde. Er erkundigte sich, warum Atticus nicht bei uns sei.

«Ach was, für den kurzen Weg lohnt das doch nicht», antwortete Jem. «Um die Ecke und über den Hof – wer hat da schon Angst?» Immerhin mußten wir zugeben, daß Cecil einen Erfolg errungen hatte: Es war ihm gelungen, uns zu erschrecken. Natürlich würde er die Geschichte überall herumerzählen – das war sein gutes Recht.

«Du», fragte ich, «bist du nicht heute abend 'ne Kuh? Wo hast du denn dein Kostüm?»

«Hinter der Bühne. Mrs. Merriweather sagt, das Stück kommt erst später dran. Am besten legst du dein Kostüm neben meines, Scout, und dann gehen wir zu den anderen.»

Jem fand den Vorschlag ausgezeichnet, nicht zuletzt deshalb, weil er sich seinen Altersgenossen anschließen konnte, wenn Cecil und ich zusammenblieben.

Ganz Maycomb war in der Schule versammelt, ausgenommen Atticus und die vom Dekorieren erschöpften Damen sowie die Ausgestoßenen und die Eingesperrten. Auch die Landbevölkerung war zahlreich vertreten: Überall sah man Farmer und ihre Frauen im Sonntagsstaat. Die Oberschule hatte im Erdgeschoß eine geräumige Halle.

An den Wänden waren Buden aufgebaut, vor denen sich die Leute drängten.

«O Jem, ich habe mein Geld vergessen», seufzte ich, als ich die Buden erblickte.

«Aber Atticus nicht», erwiderte Jem. «Hier sind dreißig Cent, das reicht für sechs Sachen. Bis nachher.»

«Mach's gut», sagte ich, sehr zufrieden mit meinen dreißig Cent und Cecils Gesellschaft. Wir gingen in die Aula und gelangten durch eine Seitentür hinter die Bühne. Ich entledigte mich des Schinkenkostüms und machte, daß ich fortkam, denn Mrs. Merriweather stand an einem Lesepult vor der ersten Bankreihe und nahm in wahnsinniger Eile letzte Änderungen an ihrem Manuskript vor.

«Wieviel Geld hast du?» fragte ich Cecil. Er hatte ebenfalls dreißig Cent. Wir waren also gleichgestellt. Unsere ersten fünf Cent verpraßten wir im ‹Haus der Schrecken›, das uns gar nicht erschreckte. Es handelte sich um den verdunkelten Raum der siebenten Klasse, in dem uns der augenblickliche Bewohner, ein leichenfressender Kobold, herumführte. Wir mußten mehrere Gegenstände berühren, die angeblich Bestandteile eines menschlichen Körpers waren. «Das sind seine Augen», hieß es, als wir zwei geschälte Weinbeeren auf einem Teller betasteten. «Das ist sein Herz» – es fühlte sich an wie rohe Leber. «Das sind seine Eingeweide», und unsere Hände wurden in kalte Spaghetti geschoben.

Cecil und ich besuchten mehrere Buden. Jeder von uns kaufte sich eine Tüte Schaumgebäck, Mrs. Taylors Spezialität. Ich hätte gern nach Äpfeln geschnappt, aber Cecil behauptete, das sei unhygienisch. Seine Mutter hatte gesagt, er könne sich dabei eine Krankheit holen, weil alle mit dem Mund in dem Kübel herumwühlten. «In der Stadt gibt's ja jetzt keine ansteckende Krankheit», widersprach ich. Doch Cecil berief sich auf seine Mutter, die es unhygienisch fand, etwas zu essen, woran andere schon geleckt hatten. Tante Alexandra, mit der ich später darüber sprach, bezeichnete Leute mit solchen Ansichten als Emporkömmlinge.

Wir wollten gerade Karamelpaste kaufen, als Mrs. Merriweathers Sendboten uns hinter die Bühne zitierten: Es war Zeit, sich fertig zu machen. Der Zuschauerraum füllte sich. Die Kapelle der Oberschule war zu Füßen des Podiums versammelt, die Rampenlichter brannten, und der rote Samtvorhang schlug Wellen von dem Rennen und Hasten dahinter.

Der schmale Gang, der zur Bühne führte, wimmelte von Menschen: Erwachsene mit selbstgefertigten Dreispitzhüten, Konföderiertenmützen, Kopfbedeckungen aus dem Spanisch-Amerikanischen Krieg und Helmen aus dem Weltkrieg. Kinder, als landwirtschaftliche

Produkte verkleidet, standen zusammengedrängt an dem einzigen kleinen Fenster.

«Jemand hat mein Kostüm plattgedrückt», jammerte ich verzweifelt. Mrs. Merriweather galoppierte auf mich zu, brachte den Maschendraht wieder in Form und stopfte mich hinein.

«Wie fühlst du dich darin?» fragte Cecil. «Deine Stimme klingt so weit weg, als wärst du hinter den Bergen.»

«Deine klingt auch nicht näher», erwiderte ich.

Die Kapelle spielte die Nationalhymne, und wir hörten, wie sich das Publikum erhob. Dann ertönte ein dumpfer Trommelwirbel. Mrs. Merriweather, die hinter dem Lesepult stand, rief mit lauter Stimme: «Maycomb County – ad astra per aspera.» Wieder dröhnte die Trommel. «Das bedeutet», sagte Mrs. Merriweather als Erläuterung für die bäuerlichen Elemente, «aus dem Schlamm zu den Sternen. Ein Schauspiel», fügte sie hinzu, was ich höchst überflüssig fand.

«Wenn sie nicht sagt, daß es ein Schauspiel ist, wissen's die Leute ja nicht», flüsterte Cecil, und sogleich erklang ein energisches «Pst».

«Die ganze Stadt weiß es doch», wisperte ich.

«Aber die Leute vom Land . . .»

«Ruhe da hinten!» befahl eine Männerstimme, und wir verstummten.

Auf jeden Satz von Mrs. Merriweather folgte ein Trommelwirbel. Sie erzählte mit klagender Stimme, daß Maycomb County älter als der Staat sei und geographisch zu den Territorien Mississippi und Alabama gehöre. Ferner erfuhren wir, daß der erste Weiße, der die jungfräulichen Wälder betrat – und nie wieder zurückkehrte –, der Urgroßvater des Urgroßvaters vom Untersuchungsrichter gewesen war. Dann kam Mrs. Merriweather auf den furchtlosen Oberst Maycomb zu sprechen, nach dem die Grafschaft benannt war.

Andrew Jackson übertrug ihm die Amtsgewalt, aber Oberst Maycombs irriges Selbstvertrauen und sein schlecht entwickelter Orientierungssinn brachten Unheil über alle, die mit ihm gegen die Creek-Indianer zogen. Oberst Maycomb bemühte sich, das Gebiet für die Demokratie zu erobern, doch sein erster Feldzug war auch sein letzter. Ein verbündeter indianischer Bote überbrachte ihm den Befehl, nach Süden zu reiten. Mit Hilfe der Flechten an einem Baum stellte Oberst Maycomb fest, wo Süden war, wies seine Untergebenen zurecht, die ihn berichtigen wollten, brach zielbewußt auf, um den Feind in die Flucht zu schlagen, und führte seine Truppen geradewegs nach Nordwesten, wo sie sich im Urwald verirrten, zum Glück aber von landeinwärts ziehenden Siedlern gerettet wurden.

Mrs. Merriweather verbreitete sich dreißig Minuten lang über Oberst Maycombs Heldentaten. Inzwischen fand ich heraus, daß ich trotz des lästigen Drahtgestells auf dem Fußboden hocken und es mir mehr oder weniger bequem machen konnte.

Ich lauschte Mrs. Merriweathers Gesäusel und den monotonen Trommelschlägen und war bald eingeschlafen.

Später erfuhr ich, daß sich Mrs. Merriweather der großen Schlußszene mit aller Hingabe gewidmet hatte. Sie flötete vertrauensvoll «Schwein» und ahnte nichts Böses, denn Fichtenbäume und Wachsbohnen waren pünktlich aufs Stichwort erschienen. Nach ein paar Sekunden rief sie fragend: «Schwein?» Als sich noch immer nichts rührte, schrie sie aus Leibeskräften: «Schwein!»

Ich muß sie wohl in meinem Schlummer gehört haben, oder vielleicht weckte mich die Kapelle – jedenfalls wählte ich für meinen Auftritt den Augenblick, als Mrs. Merriweather auf der Bühne triumphierend die Fahne von Alabama entrollte. ‹Wählte› ist nicht ganz richtig: Ich lief einfach hinaus, weil ich sah, daß alle anderen draußen waren.

Man erzählte mir auch, Richter Taylor habe den Saal verlassen, sich vor der Tür auf die Schenkel geschlagen und so schallend gelacht, daß ihm seine Frau ein Glas Wasser und eine Pille bringen mußte.

Nach dem Beifall zu urteilen, hatte Mrs. Merriweather einen Bombenerfolg. Trotzdem stürzte sie hinter der Bühne auf mich zu und behauptete, ich hätte die Vorstellung verdorben. Das schmerzte mich tief. Jem, der mich abholte, war sehr nett zu mir. Woher wußte er wohl, wie mir unter meiner Schinkenhülle zumute war? Jedenfalls versicherte er, ich hätte meine Sache recht gut gemacht und wäre nur ein bißchen zu spät aufgetreten. Jem verstand es schon beinahe so gut wie Atticus, einem neues Selbstvertrauen zu geben, wenn etwas schiefgegangen war. Beinahe so gut – denn selbst Jem konnte mich nicht dazu bewegen, an den vielen Menschen vorbeizugehen. Er willigte ein, mit mir hinter der Bühne zu warten, bis die Leute den Saal verlassen hatten.

«Willst du das Ding abnehmen, Scout?»

«Ach nein, ich behalt's an», sagte ich, denn ich wollte meine Demütigung darunter verbergen.

«Fahrt ihr mit uns nach Hause?» fragte jemand.

«Nein, Sir, danke», hörte ich Jem antworten. «Wir haben's ja nicht weit.»

«Nehmt euch in acht vor Gespenstern», warnte die Stimme. «Oder noch besser, sagt den Gespenstern, sie sollen sich vor Scout in acht nehmen.»

Jem stieß mich an. «Komm, die meisten sind schon weg.»

Wir gingen durch die Aula auf den Flur und stiegen die Treppe hinunter. Draußen war es noch immer stockfinster. Die wenigen

Autos auf der anderen Seite des Hofs waren so geparkt, daß ihre Scheinwerfer unseren Weg nicht erhellten. «Schade, wenn sie anders stünden, wär's günstiger für uns», sagte Jem. «Warte, Scout, ich halte dich an deinem . . . Schinken, damit du nicht stolperst.»

«Ich kann ganz gut sehen.»

«Ja, aber wenn du das Gleichgewicht verlierst . . .»

Ich fühlte einen leichten Druck auf dem Kopf: Jem hatte das obere Ende des Schinkens gepackt.

«Hast du mich verstanden?» fragte er.

«Hm.»

Wir begannen den schwarzen Schulhof zu überqueren und starrten angestrengt in die Dunkelheit.

«O Jem», rief ich plötzlich, «ich habe meine Schuhe vergessen. Sie liegen hinter der Bühne.»

«Dann holen wir sie eben.» Wir machten kehrt, und im gleichen Augenblick ging das Licht in der Aula aus. «Du kannst sie ja morgen holen», meinte Jem.

«Morgen ist doch Sonntag», wandte ich ein, als Jem mich heimwärts steuerte.

«Der Hauswart wird dich schon reinlassen . . . Du, Scout?»

«Ja?»

«Nichts.»

Dieses ‹Nichts› hatte ich lange nicht mehr vernommen, und ich fragte mich, woran Jem wohl dachte. Nun, er würde schon damit herausrücken, spätestens zu Hause. Ich fühlte, wie seine Finger auf das Drahtgestell drückten, wunderte mich, daß er so fest zugriff, und schüttelte den Kopf. «Jem, du brauchst aber wirklich nicht . . .»

Er knuffte mich. «Sei mal 'ne Minute still, Scout.»

Wir gingen schweigend weiter. «Die Minute ist um», sagte ich schließlich. «Was ist denn los?» Ich versuchte ihn anzusehen, aber seine Umrisse waren kaum zu erkennen.

«Mir war, als hätte ich was gehört. Halt, warte.»

Wir blieben stehen.

«Hörst du was, Scout?»

«Nein.»

Nach fünf Schritten hielt er mich wiederum an.

«Jem, willst du mir etwa angst machen? Du weißt doch, daß ich kein kleines . . .»

«Pst», zischte er, und ich begriff, daß er nicht scherzte.

Alles war still. Ich hörte Jem neben mir atmen. Hin und wieder streifte ein Windhauch meine nackten Beine, sonst aber deutete nichts auf den angekündigten Regen hin. Es war die Stille vor dem Sturm. Wir lauschten.

«Vorhin hat da ein Hund gebellt, Jem.»

«Das meine ich nicht. Ich höre es, wenn wir gehen, und wenn wir stehenbleiben, höre ich's nicht.»

«Du hörst mein Kostüm knistern. Ich glaube, dir ist Halloween in den Kopf gestiegen.»

Ich sagte das weniger um Jems willen als zu meiner Beruhigung, denn wir waren inzwischen weitergegangen, und nun hörte ich es auch. Es war nicht mein Kostüm.

«Bestimmt ist das der alte Cecil», sagte Jem. «Na, diesmal fallen wir nicht auf ihn rein. Geh langsam, damit er nicht denkt, daß wir vor ihm wegrennen.»

Wir bewegten uns im Schneckentempo. Ich fragte Jem, wie Cecil es überhaupt anstellte, daß er in dieser Finsternis nicht von hinten in uns hineinlief.

«Ich kann dich doch auch sehen, Scout.»

«Wieso? Ich kann dich nicht sehen.»

«Die Fettstreifen auf deinem Schinken glitzern. Mrs. Crenshaw hat sie mit irgendwas angepinselt, damit sie im Rampenlicht glänzen. Ich sehe dich sogar recht gut, und Cecil wird immerhin genug von dir sehen, um Abstand zu halten.»

Cecil sollte merken, daß wir sein Manöver durchschaut hatten und auf ihn gefaßt waren. Ich drehte mich unvermittelt um und schrie: «Cecil Jacobs ist eine fette, lahme En-te!»

Wir blieben stehen. «En-te» kam das Echo von der Schulhausmauer zurück, und das war alles.

«Ich werde ihn schon kriegen», sagte Jem. «Hal-lo!»

«Hal-lo-hal-lo-hal-lo», antwortete das Echo.

Es sah Cecil nicht ähnlich, sich derart zu beherrschen. Wenn ihm einmal ein Streich gelungen war, wiederholte er ihn immer von neuem. Er hätte sich längst auf uns stürzen müssen. Jem bedeutete mir, stehenzubleiben.

«Scout, kannst du das Ding nicht abnehmen?» fragte er leise.

«Ja, aber ich habe nicht viel drunter an.»

«Hier ist doch dein Kleid.»

«Das kann ich im Dunkeln nicht anziehen.»

«Na, ist schon gut.»

«Hast du Angst, Jem?»

«Nein. Wir müssen jetzt gleich an der Eiche sein. Von da sind's nur noch ein paar Meter bis zur Straße, und dann können wir die Laterne sehen.» Jem sprach langsam, mit matter, tonloser Stimme. Ich fragte mich, wann er endlich zugeben würde, daß es nicht Cecil war, der uns folgte.

«Wollen wir vielleicht laut singen, Jem?»

«Nein. Sei noch mal ganz still, Scout.»

Wir hatten unsere Schritte nicht beschleunigt. Ich war barfuß, und Jem wußte ebenso gut wie ich, daß es in dieser Dunkelheit fast unmöglich war, schnell zu gehen, ohne sich die Zehen zu stoßen, über Steine zu stolpern oder gar hinzufallen. War es etwa der Wind, der in den Bäumen rauschte? Nein, es wehte kein Wind, und außer der großen Eiche standen hier keine Bäume.

Unser Begleiter ging schleppend, seine Füße schleiften über den Boden, als trüge er schwere Schuhe. Und seine Hosen schienen aus dicker Baumwolle zu sein: Das leise Rascheln kam nicht von den Bäumen, sondern von Stoff, der sich bei jedem Schritt an Stoff rieb.

Der Sand unter meinen Sohlen wurde kalt, und ich wußte, daß wir uns der großen Eiche näherten. Jems Hand drückte auf meinen Kopf. Wir blieben stehen und lauschten.

‹Er› hatte diesmal nicht gleichzeitig mit uns haltgemacht. Wir hörten, wie sich seine Hosenbeine aneinander rieben. Dann verstummte das leise, monotone Geräusch: Er rannte, rannte auf uns zu, und nicht mit den Schritten eines Kindes.

«Lauf, Scout! Lauf! Lauf!» schrie Jem.

Ich stürzte vorwärts und taumelte. Blind in der Dunkelheit, unfähig, die Arme zu bewegen, verlor ich das Gleichgewicht.

«Jem, Jem! Hilf mir, Jem!»

Irgend etwas preßte meine Maschendrahthülle zusammen. Metall stieß auf Metall, ich fiel hin, wälzte mich über den Boden, so weit ich konnte, machte verzweifelte Anstrengungen, mich aus meinem Drahtgefängnis zu befreien. Irgendwo in der Nähe hörte ich das Geräusch wild um sich schlagender Beine und Arme, die bald auf die Erde, bald auf Baumwurzeln trafen. Ein Körper rollte an mich heran: Jem. Er sprang blitzschnell auf und zog mich mit sich. Aber obwohl mein Kopf und die Schultern jetzt frei waren, behinderte mich das Drahtgestell so sehr, daß wir nur mühsam vorankamen.

Wir hatten die Straße fast erreicht, als ich fühlte, daß Jem von mir weggerissen wurde und rücklings niederfiel. Wieder hörte ich Scharren und Trampeln, dann ertönte ein dumpfes Knirschen, und Jem schrie auf.

Ich wandte mich in die Richtung, aus der Jems Schrei gekommen war, und lief geradewegs in einen weichen Bauch hinein. Eine Männerstimme sagte: «Uff», und jemand versuchte meine Arme zu packen, die jedoch fest in dem Drahtgeflecht steckten. Der Mann hatte einen wabbeligen Bauch, aber stahlharte Arme, die langsam den Atem aus mir herauspreßten. Ich war keiner Bewegung fähig. Plötzlich wurde er zurückgezerrt und zu Boden geschleudert, so heftig, daß er mich beinahe mitriß. Jem ist wieder auf den Beinen, dachte ich.

Das menschliche Gehirn arbeitet manchmal sehr langsam. Ich stand völlig benommen da, wie betäubt. Die scharrenden Laute erstarben. Jemand ächzte, und dann war die Nacht wieder still.

Still – bis auf die schweren Atemzüge eines Mannes. Er schnaufte und schien umherzutorkeln. Mir war, als ginge er zu der Eiche und lehnte sich an den Stamm. Dann wurde er von Husten geschüttelt, von einem heftigen, röchelnden Husten.

«Jem?»

Keine Antwort – nur das Keuchen des Mannes.

«Jem?»

Nichts.

Der Mann tappte hierhin und dorthin, als suche er etwas. Ich hörte ihn stöhnen. Er schien einen schweren Gegenstand über den Boden zu schleifen. Allmählich wurde mir klar, daß wir nun vier Menschen unter dem Baum waren.

«Atticus . . .?»

Der Mann schritt mühsam, schwankend der Straße zu.

Ich ging zu der Stelle, wo er gestanden haben mußte, und tastete mit dem Fuß über den Boden. Auf einmal stieß ich gegen einen Körper.

«Jem?»

Meine Zehen berührten eine Hose, eine Gürtelschnalle, Knöpfe, etwas, was ich nicht identifizieren konnte, einen Kragen und ein Gesicht. Die Bartstoppeln verrieten mir, daß ich nicht Jem vor mir hatte. Schaler Whiskygeruch schlug mir entgegen.

Ich wandte mich in die Richtung, in der ich die Straße vermutete. Nach all dem Hin und Her war ich meiner Sache nicht sicher, aber es erwies sich, daß ich den richtigen Weg gewählt hatte. Im Licht der Laterne erblickte ich einen Mann. Er ging mit den kurzen Schritten eines Menschen, der eine für ihn zu schwere Last schleppt. Jetzt hatte er die Ecke erreicht, und ich sah, daß er Jem trug, dessen Arm sonderbar lose herabhing.

Als ich an der Ecke war, überquerte der Mann gerade unseren Vorplatz. Eine Sekunde lang stand Atticus in dem Lichtschein, der aus der offenen Tür fiel, dann rannte er die Stufen hinunter und trug gemeinsam mit dem Mann meinen Bruder ins Haus.

Ich betrat den Flur und sah sie in Jems Zimmer verschwinden. Tante Alexandra kam mir entgegengestürzt. «Ruf Dr. Reynolds an!» hörten wir Atticus' erregte Stimme. «Wo ist Scout?»

«Scout ist hier», antwortete Tante Alexandra. Sie zog mich zum Telefon und zupfte besorgt an mir herum.

«Mir fehlt nichts, Tantchen», sagte ich. «Ruf lieber an.»

Sie riß den Hörer vom Haken. «Eula May, geben Sie mir rasch Dr.

Reynolds . . . Agnes, ist dein Vater zu Hause? Mein Gott, wo ist er denn? Bitte, er soll herkommen, sobald er zurück ist. Bitte, es ist dringend!» (Tante Alexandra brauchte ihren Namen nicht zu nennen; in Maycomb kannte einer des anderen Stimme.)

Atticus kam aus Jems Zimmer. Tante Alexandra hatte kaum das Gespräch beendet, als er ihr den Hörer aus der Hand nahm und hastig die Kurbel drehte. «Eula May, den Sheriff bitte . . . Heck? Hier Atticus Fink. Jemand hat meine Kinder überfallen. Jem ist verletzt . . . Auf dem Rückweg vom Schulhaus. Ich kann den Jungen nicht allein lassen. Laufen Sie bitte hin und sehen Sie nach, ob er noch in der Nähe ist. Ich glaub's zwar nicht, aber falls Sie ihn finden, bringen Sie ihn sofort zu mir, ja? Ich muß jetzt Schluß machen. Danke, Heck.»

«Atticus, ist Jem tot?»

«Nein, Scout. Kümmere dich um sie, Schwester», rief er über die Schulter zurück.

Tante Alexandras Finger zitterten, als sie mich aus dem Wirrwarr von Draht und Stoffetzen herausschälte. «Fehlt dir auch wirklich nichts, Liebling?» fragte sie immer wieder.

Ich fühlte mich wie erlöst. In meinen Armen prickelte es, und auf der Haut hatte der Maschendraht kleine rote Sechsecke hinterlassen, die langsam verblaßten, als ich sie rieb.

«Tante, ist Jem tot?»

«Nein, nein, Liebling, nur bewußtlos. Ob er schwer verletzt ist, werden wir erst erfahren, wenn Dr. Reynolds kommt. Jean Louise, wie ist das passiert?»

«Ich weiß nicht.» Sie fragte nicht weiter, sondern holte mir etwas zum Anziehen. Daß es die Latzhose war, die sie mir in ihrer Verwirrung brachte, kam mir damals nicht zum Bewußtsein, sonst hätte ich es Tante Alexandra wohl nie vergessen lassen. «Zieh das an, Liebling», sagte sie und hielt mir das Kleidungsstück hin, das sie am meisten verabscheute.

Sie lief in Jems Zimmer, kam gleich darauf zu mir zurück, streichelte mich flüchtig und rannte wieder zu Jem.

Ein Wagen fuhr vor. Dr. Reynolds' Schritt war mir fast so vertraut wie der meines Vaters. Der Doktor hatte Jem und mich auf die Welt gebracht, uns durch alle erdenklichen Kinderkrankheiten gelotst – einschließlich Jems Sturz aus dem Baumhaus – und dabei nie unsere Freundschaft eingebüßt. Er meinte zwar, wir würden anders über ihn denken, wenn wir eine Neigung zu Furunkeln hätten, aber das bezweifelten wir.

«Großer Gott!» rief er, als er mich erblickte. Er ging auf mich zu, sagte: «Na, du stehst ja noch auf den Beinen» und wechselte die

Richtung. Er wußte in unserem Haus Bescheid, und er wußte nun auch, daß Jem seiner Hilfe dringender bedurfte als ich.

Nach etwa zehn Ewigkeiten kam Dr. Reynolds wieder zum Vorschein. «Ist Jem tot?» fragte ich.

«Ganz im Gegenteil», versicherte er und kauerte sich vor mir nieder. «Er hat eine Beule am Kopf, genau wie du, und einen gebrochenen Arm. Scout, schau mal dahin – nein, nicht den Kopf bewegen, nur die Augen. So, jetzt dorthin. Ja, sein Arm ist gebrochen, wahrscheinlich im Ellbogen. Als ob jemand versucht hätte, ihm den Arm abzudrehen. Und jetzt schau mich an.»

«Ist er bestimmt nicht tot?»

«Nein, nein.» Dr. Reynolds richtete sich auf. «Heute nacht läßt sich nicht viel machen, wir können nur versuchen, ihm etwas Erleichterung zu verschaffen. Nach dem Röntgen werden wir mehr wissen. Wahrscheinlich muß Jem eine Weile mit abgespreiztem Arm herumlaufen. Aber hab keine Angst, er wird wieder so gut wie neu. Jungen in Jems Alter können einen Puff vertragen.»

Während er sprach, tastete er mich sorgfältig ab und strich dann leicht über die Beule, die sich auf meiner Stirn bildete. «Du fühlst dich nirgends zerbrochen, nicht wahr?»

Dr. Reynolds' kleiner Scherz entlockte mir ein Lächeln. «Dann glauben Sie also nicht, daß er tot ist?»

Er setzte seinen Hut auf. «Ich kann mich natürlich irren, aber ich glaube, er lebt. Alle Symptome sprechen dafür. Geh, sieh ihn dir an, und wenn ich zurückkomme, werden wir gemeinsam darüber entscheiden.»

Dr. Reynolds' Schritt war leicht und jugendlich. Mr. Heck Tate dagegen stapfte in seinen schweren Stiefeln dröhnend über die Veranda, und er öffnete ungeschickt die Tür. Er ähnelte Dr. Reynolds nur insofern, als er mich mit dem gleichen Ausruf begrüßte. «Ist mit dir alles in Ordnung, Scout?» fügte er hinzu.

«Ja, Mr. Tate. Ich will gerade zu Jem gehen. Atticus und die anderen sind auch bei ihm.»

«Ich komme mit», sagte Mr. Tate.

Tante Alexandra hatte ein Handtuch über Jems Leselampe gehängt, so daß der Raum nur matt erhellt war. Jem lag auf dem Rücken. Quer über die eine Wange zog sich eine tiefe Wunde. Der linke Arm war vom Körper weggestreckt; der Ellbogen war leicht angewinkelt, aber in verkehrter Richtung.

«Jem . . .?»

«Er kann dich nicht hören, Scout», sagte Atticus. «Als er zu sich kam, hat Dr. Reynolds ihn wieder eingeschläfert, damit er die Schmerzen nicht spürt.»

«Ja, Vater.» Ich trat zurück. Jems Zimmer war groß und quadratisch. Tante Alexandra saß in dem Schaukelstuhl am Kamin. Der Mann, der Jem nach Hause getragen hatte, lehnte in einer Ecke an der Wand. Ich kannte ihn nicht; er sah aus, als wäre er vom Lande. Wahrscheinlich war er in der Aufführung gewesen, hatte auf dem Heimweg unsere Schreie gehört und war eilig herbeigelaufen.

Mr. Heck Tate war auf der Schwelle stehengeblieben. Den Hut hatte er abgenommen. Er trug seine Alltagskleidung, die Hosentasche war von einer großen Stablampe ausgebeult.

«Kommen Sie rein, Heck», sagte Atticus. «Haben Sie etwas gefunden? Ich kann mir nicht vorstellen, wer einer solchen Niedertracht fähig sein sollte, aber ich hoffe, Sie haben ihn erwischt.»

Mr. Tate schnüffelte. Er sah den Mann in der Ecke scharf an, nickte ihm zu und ließ dann seinen Blick umherwandern – von Jem zu Tante Alexandra, von Tante Alexandra zu Atticus, der neben dem Bett stand.

«Wollen Sie sich nicht setzen, Mr. Fink?» fragte er freundlich.

«Am besten setzen wir uns alle», meinte Atticus. «Nehmen Sie den Stuhl da, Heck. Ich hole noch einen aus dem Wohnzimmer.»

Mr. Tate setzte sich auf Jems Schreibtischstuhl und wartete schweigend, bis Atticus zurückkam. Ich wunderte mich, daß Atticus für den Mann in der Ecke keinen Stuhl gebracht hatte, sagte mir aber, daß mein Vater die Gewohnheiten der Landleute besser kannte als ich. Einige seiner bäuerlichen Klienten pflegten ihre langohrigen Reittiere an den Chinabäumen im Hof festzubinden, um mit Atticus auf der hinteren Verandatreppe zu konferieren. Sicherlich fühlte sich auch der Mann in der Ecke am wohlsten, wenn er stand.

«Mr. Fink», begann Mr. Tate, «ich will Ihnen sagen, was ich gefunden habe. Erstens habe ich ein Kinderkleid gefunden – es liegt draußen in meinem Wagen. Gehört es dir, Scout?»

«Ja, Mr. Tate, wenn es ein rosa Kleid mit Rüschen ist», antwortete ich. Mr. Tate benahm sich genau wie im Zeugenstand. Er erzählte die Dinge gern auf seine Art, ohne sich vom Staatsanwalt oder vom Verteidiger dreinreden zu lassen, und mitunter stellte er die Geduld der Zuhörer auf eine harte Probe.

«Ferner habe ich ein paar seltsam aussehende schmutzigbraune Stoffetzen gefunden . . .»

«Das ist mein Kostüm, Mr. Tate.»

Mr. Tate strich langsam über seine Schenkel. Er rieb sich den linken Arm und inspizierte Jems Kaminsims, dann schien er sich für die Feuerstelle zu interessieren. Seine Finger tasteten über die lange Nase.

«Und weiter, Heck?» fragte Atticus.

Mr. Tate fand seinen Nacken und knetete ihn. «Bob Ewell liegt da drüben unter der großen Eiche und hat ein Küchenmesser zwischen den Rippen. Er ist tot, Mr. Fink.»

29. Kapitel

Tante Alexandra, die aufgesprungen war, griff haltsuchend nach dem Kaminsims. Mr. Tate wollte sie stützen, doch sie lehnte seine Hilfe ab.

Atticus blieb sitzen; zum erstenmal ließ ihn seine angeborene Höflichkeit im Stich.

Ich konnte an nichts anderes denken als daran, daß Bob Ewell gesagt hatte, er werde es Atticus heimzahlen, und wenn er den Rest seines Lebens darauf verwenden müßte. Beinahe hätte er es Atticus heimgezahlt, und es war seine letzte Tat gewesen.

«Sind Sie sicher?» fragte Atticus tonlos.

«Natürlich bin ich sicher», antwortete Mr. Tate. «Er ist tot, mausetot. Der wird Ihren Kindern nichts mehr tun.»

«Das meinte ich nicht.» Atticus sprach wie im Schlaf. Er wirkte auf einmal alt, das einzige Zeichen, das bei ihm innere Erregung verriet. Der scharf umrissene Unterkiefer erschlaffte ein wenig, unter den Ohren wurden verräterische Falten sichtbar, und man bemerkte plötzlich, daß er graue Schläfen hatte, während man sonst nur das pechschwarze Haar sah.

«Wollen wir nicht ins Wohnzimmer gehen?» schlug Tante Alexandra vor.

«Mir wär's eigentlich lieber, wir könnten hierbleiben», sagte Mr. Tate. «Vorausgesetzt, daß es Jem nicht schadet. Ich möchte mir seine Verletzungen anschauen, während Scout . . . uns alles erzählt.»

«Darf ich mich vielleicht zurückziehen?» fragte Tante Alexandra. «Ich glaube, ich bin hier überflüssig. Falls du mich brauchst, Atticus, findest du mich in meinem Zimmer.»

An der Tür blieb sie stehen und wandte sich um. «Atticus, ich hatte heute abend eine Vorahnung von . . . Ich . . . Es ist meine Schuld. Ich hätte . . .»

Mr. Tate hob abwehrend die Hand. «Gehen Sie nur, Miss Alexandra. Ich weiß, es ist ein Schock für Sie gewesen. Aber machen Sie sich um Himmels willen keine Vorwürfe. Wenn wir uns immer von unseren Ahnungen leiten ließen, dann wären wir wie Katzen, die ihrem Schwanz nachjagen. Na, Scout, versuch mal, uns die ganze Geschichte zu erzählen, solange die Erinnerung noch frisch ist. Wirst du's können? Habt ihr ihn gesehen, als er hinter euch herkam?»

Ich lief zu Atticus. Er legte die Arme um mich, und ich verbarg den Kopf an seiner Brust. «Wir waren schon auf dem Hof, und da fiel mir plötzlich ein, daß ich meine Schuhe vergessen hatte. Gerade als wir umkehren wollten, ging in der Schule das Licht aus. Jem sagte, ich könnte sie morgen holen . . .»

«Scout, sieh Mr. Tate an, sonst hört er ja nichts», unterbrach mich Atticus. Ich kletterte auf seinen Schoß.

«Dann sagte Jem, ich sollte mal 'ne Minute still sein. Ich nahm an, er wollte nachdenken – ich muß nämlich immer still sein, wenn er nachdenkt –, und nach 'ner Weile fragte er, ob ich was gehört hätte. Wir dachten, es wäre Cecil . . .»

«Cecil?»

«Cecil Jacobs. Der hatte uns schon auf dem Hinweg erschreckt, und wir dachten, er wollte es noch mal probieren. Er hatte sich ein Laken umgehängt. Für das beste Kostüm war ein Preis ausgesetzt, aber ich weiß nicht, wer den gewonnen hat . . .»

«Wo wart ihr, als ihr dachtet, es wäre Cecil?»

«Noch ziemlich nah am Schulhaus. Ich habe ihm was zugerufen . . .»

«Was denn?»

«Cecil Jacobs ist eine fette, lahme Ente. Und als keine Antwort kam, hat Jem hallo oder so was geschrien, laut genug, um einen Toten aufzuwecken . . .»

«Moment mal, Scout», fiel mir Mr. Tate ins Wort. «Haben Sie die Kinder gehört, Mr. Fink?»

Atticus sagte nein. Er habe am Radio gesessen, und Tante Alexandras Apparat in ihrem Schlafzimmer sei ebenfalls in Betrieb gewesen. «Ich erinnere mich daran, weil meine Schwester mich bat, ein bißchen leiser zu spielen. Sie behauptete, der Lärm hindere sie, die Musik zu genießen.» Atticus lächelte. «Ich stelle das Radio immer zu laut ein.»

«Vielleicht haben die Nachbarn etwas gehört . . .» meinte Mr. Tate.

«Das bezweifle ich, Heck. Sie sitzen entweder am Radio, oder sie gehen mit den Hühnern zu Bett. Höchstens Maudie Atkinson könnte noch wach gewesen sein. Sehr wahrscheinlich ist das allerdings nicht.»

«So, Scout, jetzt bist du wieder dran», sagte Mr. Tate.

«Nachdem Jem hallo geschrien hatte, gingen wir weiter. Wissen Sie, Mr. Tate, ich steckte ja in meinem Kostüm, aber ich hab's trotzdem gehört. Die Schritte, meine ich. Sie sind gegangen, wenn wir gingen, und stehengeblieben, wenn wir stehenblieben. Jem sagte, er könnte mich sehen, weil Mrs. Crenshaw mein Kostüm mit so einem Glitzerzeug bemalt hatte. Ich war ein Schinken.»

«Ein was?» fragte Mr. Tate verdutzt.

Atticus beschrieb ihm meine Rolle und die Konstruktion der Drahthülle. «Sie hätten sie sehen sollen, als sie heimkam. Das Ding war völlig zerquetscht.»

Mr. Tate rieb sich das Kinn. «Ich hab mich schon über die vielen kleinen Löcher in seinen Ärmeln gewundert. Und an den Armen hatte er auch ein paar Wunden, die wie Stiche aussahen. Würden Sie mir das Gestell mal zeigen, Mr. Fink?»

Atticus holte die Überreste meines Kostüms. Mr. Tate bastelte so lange an dem Klumpen herum, bis er sich ein Bild von der ursprünglichen Form machen konnte. «Das Ding hat ihr vermutlich das Leben gerettet. Sehen Sie mal . . .» Sein langer Zeigefinger deutete auf eine silbern glänzende Linie, die sich von dem stumpfen Grau des Drahtes abhob. «Bob Ewell wollte aufs Ganze gehen», murmelte er.

«Er muß wahnsinnig gewesen sein», meinte Atticus.

«Ich widerspreche Ihnen nicht gern, Mr. Fink, aber verrückt war der nicht, bloß hundsgemein. Ein niederträchtiger Lump, den eine tüchtige Portion Schnaps mutig genug machte, Kinder umzubringen. An Sie selbst, Mr. Fink, hätte er sich nie herangewagt.»

Atticus schüttelte den Kopf. «Ich kann mir einfach nicht vorstellen, daß ein Mensch . . .»

«Mr. Fink, es gibt Leute, mit denen man nicht lange fackeln darf. Erst erschießen, dann begrüßen. Und im Grunde sind sie nicht mal die Kugel wert. Ewell war einer von der Sorte.»

«Ich dachte, er hätte seine Wut an dem Tag abreagiert, als er mir drohte. Schlimmstenfalls, nahm ich an, würde er *mir* nachstellen . . .»

«Bob Ewells Mut reichte mit knapper Not aus, eine arme Farbige anzupöbeln und bei Richter Taylor einzusteigen, dessen Haus er für leer hielt. Und da glauben Sie, der hätte gewagt, Ihnen am hellichten Tage gegenüberzutreten?» Mr. Tate seufzte. «Na, dann mal weiter. Scout, ihr habt ihn also hinter euch gehört . . .»

«Ja, Mr. Tate. Als wir unter dem Baum waren . . .»

«Woher habt ihr gewußt, daß ihr unter dem Baum wart? In der Dunkelheit konnte man ja nicht die Hand vor den Augen sehen.»

«Ich war barfuß, und Jem sagt, unter einem Baum ist die Erde immer kühler als anderswo.»

«Mir scheint, wir müssen den Jungen zum Hilfssheriff machen. Und dann?»

«Dann quetschte auf einmal irgendwas mein Kostüm zusammen . . . ich hab mich wohl sofort auf den Boden geworfen . . . und unter dem Baum lagen sich zwei in den Haaren . . . so klang's jedenfalls . . . als ob sie gegen den Stamm schlügen. Dann hat Jem mich gefunden. Er wollte mit mir zur Straße, aber jemand – Mr. Ewell, glaube ich – riß ihn zurück. Ich hab sie scharren und trampeln hören, und dann war da so ein merkwürdiges Geräusch. Jem schrie laut auf und . . .» Ich hielt inne. Das war Jems Arm gewesen. «Ja, also Jem hat geschrien, und dann habe ich ihn nicht mehr gehört. Und gleich darauf packte mich Mr. Ewell und versuchte, mich totzudrücken . . . Dann hat jemand Mr. Ewell hingeschmissen. Jem war wohl wieder hochgekommen, denke ich mir . . .»

«Und dann?» Mr. Tate sah mich scharf an.

«Jemand ist rumgetaumelt und hat gekeucht und . . . gehustet, ganz schrecklich gehustet. Zuerst dachte ich ja, es wäre Jem, aber der hustet nie so. Und da habe ich auf der Erde rumgetastet und Jem gesucht. Ich glaubte, Atticus wäre gekommen, um uns zu helfen, und hätte sich beim Laufen zu sehr angestrengt . . .»

«Und wer war's?»

«Na, der da, Mr. Tate. Fragen Sie ihn doch, wie er heißt.» Ich hatte den Arm schon halb erhoben, ließ ihn aber schleunigst sinken, um mir einen Tadel von Atticus zu ersparen. Man zeigt nicht mit dem Finger auf andere Leute – das ist unhöflich.

Der Mann lehnte noch immer an der Wand. So hatte er dagestanden, seit ich im Zimmer war. Seine über der Brust gekreuzten Arme sanken herab, als ich auf ihn deutete, und er preßte die Handflächen gegen die Wand. Er hatte weiße Hände, krankhaft weiße Hände, die kein Sonnenstrahl je getroffen hatte, so weiße Hände, daß sie sich in dem matterleuchteten Zimmer scharf von der cremefarbenen Wand abhoben.

Von den Händen glitt mein Blick zu der khakifarbenen Hose, die mit Sandflecken übersät war, und zu dem hageren Oberkörper, der in einem zerrissenen Zwillichhemd steckte. Sein Gesicht mit dem breiten Mund war ebenso weiß wie die Hände, abgesehen von einem dunklen Schatten auf dem vorspringenden Kinn. Die Wangen waren eingefallen, beinahe hohl, die Schläfen kaum merklich eingebuchtet und die grauen Augen so farblos, daß ich glaubte, er sei blind. Das welke, schüttere Haar wirkte wie Flaum.

Seine Handflächen rutschten an der Wand ein wenig tiefer und hinterließen dunkle Schweißstreifen. Dann hakte er die Daumen in den Gürtel. Ein Schauder überlief ihn, als hörte er Fingernägel auf Schiefer kratzen. Ich starrte ihn mit großen Augen an, und langsam wich die Spannung aus seinem Gesicht. Er verzog die Lippen zu einem zaghaften Lächeln, und über die Gestalt unseres Nachbarn legte sich der Schleier meiner plötzlich aufsteigenden Tränen.

«Hallo, Boo», sagte ich.

«Mr. Arthur, Kindchen», verbesserte mich Atticus sanft. «Jean Louise, das ist Mr. Arthur Radley. Ich glaube, er kennt dich schon.»

Mich in einem solchen Augenblick so ungezwungen mit Boo Radley bekannt zu machen – das brachte auch nur Atticus fertig.

Die Bewegung, mit der ich mich instinktiv dem Bett zuwandte, in dem Jem schlief, war Boo nicht entgangen. Wieder huschte das scheue Lächeln über sein Gesicht. Ich wurde rot und suchte meine Verlegenheit zu verbergen, indem ich Jem zudeckte.

«Vorsicht, faß ihn nicht an», mahnte Atticus.

Mr. Heck Tate betrachtete Boo aufmerksam durch seine Hornbrille. Er setzte gerade zum Sprechen an, als wir auf dem Flur Dr. Reynolds' Schritt hörten.

«Alle Mann raus!» befahl der Doktor. «Hallo, Arthur, dich habe ich ja vorhin gar nicht bemerkt.»

Dr. Reynolds' Stimme klang genauso frisch und munter wie sein Schritt. Man konnte glauben, er hätte diese Worte an jedem Tag seines Lebens gesprochen, und das verblüffte mich womöglich noch mehr als die Tatsache, daß sich Boo Radley in demselben Zimmer aufhielt wie ich. Natürlich . . . auch Boo braucht bisweilen einen Arzt, sagte ich mir. Andererseits kam mir das gar nicht so natürlich vor.

Dr. Reynolds hatte ein großes, in Zeitungspapier eingewickeltes Paket mitgebracht, das er auf Jems Schreibtisch legte, während er seine Jacke auszog. «Na, Scout, glaubst du mir nun, daß er noch am Leben ist?» fragte er. «Mir war das von Anfang an klar, und weißt du warum? Weil er mir Fußtritte gab, als ich ihn untersuchen wollte. Ich mußte ihn erst bewußtlos machen, bevor ich an ihn herankonnte. So, und jetzt raus mit euch.»

«Hm . . .» sagte Atticus mit einem Blick auf Boo. «Am besten setzen wir uns auf die Vorderveranda, Heck. Stühle sind draußen, und warm genug ist es auch.»

Ich wunderte mich, daß Atticus mit uns auf die Veranda gehen wollte, statt ins Wohnzimmer. Dann aber begriff ich: Die Wohnzimmerlampe war entsetzlich hell.

Mr. Tate ging als erster hinaus. Atticus wollte Boo den Vortritt lassen, besann sich jedoch anders und folgte Mr. Tate.

Die Menschen halten selbst in ungewöhnlichen Situationen an den Gepflogenheiten des Alltags fest. Ich bildete da keine Ausnahme. «Kommen Sie, Mr. Arthur», hörte ich mich sagen. «Sie kennen unser Haus nicht genau. Darf ich Sie zur Veranda bringen?»

Er sah mich an und nickte.

Ich führte ihn durch den Flur und am Wohnzimmer vorbei.

«Wollen Sie nicht Platz nehmen, Mr. Arthur? Der Schaukelstuhl ist sehr bequem.»

Die Bilder meiner Phantasie erwachten zu neuem Leben: Er sitzt auf der Veranda ... Herrliches Wetter heute, nicht wahr, Mr. Arthur? ... Ja, ganz herrlich ...

Ich hatte das Gefühl, dies alles sei irgendwie unwirklich, als ich Boo zu dem Stuhl geleitete, der am weitesten von Atticus und Mr. Tate entfernt war. Boo würde sich im Dunkeln behaglicher fühlen.

Atticus saß auf der Schaukel, und Mr. Tate hatte sich neben ihm auf einen Stuhl niedergelassen. Das Licht aus dem Wohnzimmer erhellte die beiden Gestalten. Ich nahm an Boos Seite Platz.

«Nun, Heck», begann Atticus. «Was wir jetzt tun müssen ... mein Gott, ich kann überhaupt nicht mehr denken ...» Er schob die Brille hoch und preßte die Finger auf die Augen. «Jem ist noch nicht dreizehn ... doch, er ist schon dreizehn ... Mir geht alles durcheinander. Jedenfalls kommt die Sache vor Gericht.»

«Welche Sache, Mr. Fink?» Mr. Tate beugte sich vor.

«Natürlich war es Notwehr, das steht einwandfrei fest, aber ich muß erst noch mal im Büro nachprüfen ...»

«Mr. Fink, glauben Sie etwa, daß der Junge Bob Ewell getötet hat? Glauben Sie das wirklich?»

«Nach dem, was Scout erzählt hat, kann es überhaupt keinen Zweifel geben. Sie sagte, daß Jem sich aufrappelte und ihn von ihr wegriß ... Wahrscheinlich bekam er dabei im Dunkeln Ewells Messer zu fassen ... Morgen werden wir ja erfahren ...»

«Halt, Mr. Fink», unterbrach Mr. Tate. «Jem hat Bob Ewell nie und nimmer erstochen.»

Atticus schwieg eine Weile. Er blickte Mr. Tate an, als wäre er ihm dankbar für diese Worte. Dann schüttelte er den Kopf. «Heck, Sie sind ein guter Mensch, und ich weiß Ihre Hilfsbereitschaft zu schätzen, aber fangen Sie nicht mit so etwas an.»

Mr. Tate erhob sich, ging zum Verandageländer, spuckte in die Sträucher, steckte die Hände in die Hosentaschen und pflanzte sich vor Atticus auf. «Mit was?»

«Entschuldigen Sie, daß ich ein bißchen scharf geantwortet habe, Heck», sagte Atticus schlicht. «Aber ich wünsche nicht, daß diese Sache vertuscht wird. Das ist nicht meine Art.»

«Niemand will hier etwas vertuschen, Mr. Fink.»

Mr. Tates Stimme klang ruhig, doch seine Stiefel standen so fest auf den Dielen, als wären sie mit dem Holz verwachsen. Zwischen meinem Vater und dem Sheriff war ein seltsamer Kampf im Gange, dessen Bedeutung ich nicht begriff.

Atticus erhob sich ebenfalls und ging zum Verandageländer. Er räusperte sich, spuckte in den Hof, schob die Hände in die Taschen und stellte sich vor Mr. Tate hin.

«Heck, Sie haben es nicht ausgesprochen, aber ich weiß, worauf Sie hinauswollen. Ich danke Ihnen dafür. Jean Louise», wandte er sich an mich, «du hast doch gesagt, Jem hätte Mr. Ewell von dir weggerissen, nicht wahr?»

«Ja, jedenfalls kam's mir so vor . . . Ich . . .»

«Sehen Sie, Heck? Ich danke Ihnen von Herzen, aber ich will nicht, daß mein Sohn mit einem Fleck auf seiner Ehre ins Leben tritt. Am besten ist es immer, so etwas sofort und in aller Öffentlichkeit zu bereinigen. Die Leute sollen ruhig kommen und ihre Butterbrote mitbringen. Ich will nicht, daß Jem auf Schritt und Tritt übler Nachrede ausgesetzt ist. Ich will nicht, daß es heißt: ‹Ach, Jem Fink . . . Sein Vater hat ein schönes Stück Geld lockergemacht, um ihm aus der Klemme zu helfen.› Nein, Heck, je eher wir die Sache klarstellen, desto besser.»

«Mr. Fink», sagte Mr. Tate unbeugsam, «Bob Ewell ist in sein Messer gefallen. Er hat sich selbst erstochen.»

Atticus ging ans andere Ende der Veranda und betrachtete die Wistariaranken. Einer ist so hartnäckig wie der andere, jeder auf seine Weise, dachte ich. Wer würde wohl schließlich nachgeben, Atticus oder der Sheriff? Der Eigensinn meines Vaters entbehrte jeglicher Hitze und kam nur selten zum Vorschein, aber in mancher Beziehung war Atticus ebenso halsstarrig wie die Cunninghams. Mr. Tates Eigensinn äußerte sich auf eine derbere, ungeschliffene Art, stand jedoch dem meines Vaters keineswegs nach.

«Heck», sagte Atticus, ohne sich umzudrehen, «wenn ich zulasse, daß diese Sache vertuscht wird, mache ich alles zunichte, was ich Jem an Erziehung zu geben versucht habe. Manchmal halte ich mich als Vater für einen völligen Versager, aber ich bin nun einmal alles, was sie haben. Jem schaut immer zuerst auf mich, bevor er sich an andere wendet, und ich habe mich bemüht, so zu leben, daß ich seinem Blick nie auszuweichen brauche . . . Wenn ich in so etwas einwilligte, könnte ich ihm nicht mehr in die Augen sehen, und – das weiß ich genau – ich hätte ihn verloren. Aber ich will ihn und Scout nicht verlieren, denn die Kinder sind alles, was ich habe.»

Mr. Tate stand noch immer breitbeinig da. «Mr. Fink», wiederholte er, «Bob Ewell ist in sein Messer gefallen. Ich kann es beweisen.»

Atticus fuhr herum. Seine Hände krampften sich in den Taschen zusammen. «Heck, wollen Sie nicht wenigstens versuchen, meine Beweggründe zu verstehen? Auch Sie haben Kinder, aber ich bin älter als Sie. Wenn Jem und Scout erwachsen sind, bin ich ein alter Mann, falls ich überhaupt so lange lebe. Vorläufig jedoch bin ich noch da, und ich darf das Vertrauen der beiden nicht täuschen, weil sie sonst keinem Menschen mehr trauen würden. Jem und Scout wissen, was geschehen ist. Wenn sie mich in der Stadt etwas anderes sagen hören als die Wahrheit – Heck, dann habe ich sie verloren. Ich kann nicht in der Stadt so und zu Hause anders leben.»

Mr. Tate wiegte sich auf den Absätzen. «Er hat Jem zu Boden geworfen», sagte er geduldig, «dann ist er über eine Baumwurzel gestolpert und . . . warten Sie, ich will's Ihnen zeigen.»

Mr. Tate faßte in die Jackentasche und zog ein langes Klappmesser heraus. In diesem Moment erschien Dr. Reynolds auf der Veranda.

«Der Sohn einer . . . der Verstorbene liegt unter der alten Eiche, Doktor, am Rande des Schulhofs. Haben Sie eine Taschenlampe? Hier, nehmen Sie meine mit.»

«Ich kann langsam herumfahren und die Scheinwerfer einschalten», sagte Dr. Reynolds, ließ sich aber trotzdem die Lampe geben. «Mit Jem ist soweit alles in Ordnung. Er wird wohl bis morgen früh durchschlafen. Ist dies das Messer, mit dem Ewell getötet wurde, Heck?»

«Nein, Doktor, das steckt noch in ihm. Nach dem Griff zu urteilen, ist es ein Küchenmesser. Ken wird wohl schon mit dem Leichenwagen da sein. Nacht, Doktor.»

Mr. Tate ließ die Klinge herausspringen. «So ist es passiert.» Er hob das Messer und tat, als stolpere er. Während er den Oberkörper vorbeugte, fuhr sein linker Arm schräg nach unten. «Sehen Sie, er hat durch das weiche Gewebe zwischen den Rippen gestochen. Ist mit seinem ganzen Gewicht in das Messer gefallen.»

Der Sheriff klappte das Messer zu und steckte es ein. «Scout ist acht Jahre alt. Sie war so verängstigt, daß sie unmöglich wissen kann, wie sich die Sache abspielte.»

«Wenn Sie sich nur nicht irren», warf Atticus grimmig ein.

«Ich behaupte gar nicht, daß sie etwas erfunden hat. Ich sage nur, sie war zu verängstigt, um alles genau mitzukriegen. Außerdem war es stockdunkel da draußen, pechschwarz. Nur jemand, der Augen wie eine Katze hat, könnte als glaubwürdiger Zeuge auftreten . . .»

«Ich will das nicht», sagte Atticus leise.

«Verdammt noch mal, mir geht's ja gar nicht um Jem!»

Mr. Tates Stiefel stampfte so hart auf die Dielen, daß in Miss Maudies Schlafzimmer das Licht aufflammte. Auch bei Miss Stephanie Crawford wurde es hell. Atticus und Mr. Tate blickten über die Straße und dann einander in die Augen. Sie warteten.

Die Stimme des Sheriffs war fast unhörbar, als er schließlich sagte: «Mr. Fink, ich bedaure, daß ich Ihnen in Ihrer augenblicklichen Verfassung widersprechen muß. Sie haben heute abend mehr durchmachen müssen, als man einem Menschen zumuten dürfte. Wie Sie es fertigbringen, noch immer auf den Füßen zu stehen, weiß ich nicht. Aber ich weiß, daß Sie nicht mehr fähig sind, zwei und zwei zusammenzunählen. Wir müssen die Sache jetzt gleich regeln, denn morgen ist es zu spät. Bob Ewell hat ein Küchenmesser im Leib.»

Mr. Tate fügte hinzu, Atticus könne ihm keinesfalls einreden, daß ein Dreizehnjähriger mit einem zerschmetterten Arm die Kraft habe, einen erwachsenen Mann in pechschwarzer Nacht zu packen und zu erstechen.

«Heck», sagte Atticus plötzlich, «das war doch ein Klappmesser, mit dem Sie vorhin herumfuchtelten. Woher haben Sie das?»

«Von einem Betrunkenen. Hab's ihm abgenommen», antwortete Mr. Tate kühl.

Ich versuchte mich zu erinnern: Mr. Ewell hielt mich umklammert . . . dann fiel er hin . . . Jem mußte wieder auf die Beine gekommen sein. So hatte ich mir das jedenfalls gedacht . . .

«Heck?»

«Ja, ich habe es heute nacht in der Stadt einem Betrunkenen abgenommen. Ewell wird das Küchenmesser wohl irgendwo im Müll gefunden haben. Er hat's geschliffen und seine Zeit abgewartet . . . einfach seine Zeit abgewartet.»

Atticus ging zur Schaukel und setzte sich. Seine Hände hingen schlaff zwischen den Knien. Er sah starr vor sich hin. So langsam wie eben hatte er sich auch in jener Nacht vor dem Gefängnis bewegt, damals, als mir schien, er brauche eine Ewigkeit, um die Zeitung zu falten und sie auf den Stuhl zu legen.

Mr. Tate wanderte hin und her, bemüht, seine schweren Schritte zu dämpfen. «Es ist nicht Ihre Entscheidung, Mr. Fink, sondern ganz allein meine. Es ist meine Entscheidung und meine Verantwortung. Ich weiß, Sie sind anderer Meinung, aber Sie können nicht viel gegen mich tun. Wenn Sie's versuchen, werde ich Sie vor aller Welt einen Lügner nennen. Ihr Junge hat nie und nimmer Bob Ewell erstochen», sagte er langsam, «davon kann keine Rede sein. Er wollte nichts weiter, als sich und seine Schwester in Sicherheit bringen.»

Mr. Tate unterbrach seine Wanderung und trat vor Atticus hin. Er stand so, daß er Boo Radley und mir den Rücken zukehrte. «Ich bin kein sehr guter Mensch, Mr. Fink, aber ich bin Sheriff von Maycomb County. Demnächst werde ich dreiundvierzig, und ebenso viele Jahre lebe ich schon in dieser Stadt. Ich weiß alles, was hier zu meinen Lebzeiten und früher passiert ist. Ein schwarzer Bursche hat wegen nichts und wieder nichts sterben müssen, und der Mann, der daran schuld ist, ist tot. Lassen Sie diesmal die Toten die Toten begraben, Mr. Fink. Lassen Sie die Toten die Toten begraben.»

Mr. Tate nahm seinen Hut, der neben Atticus lag, strich sich die Haare zurück und setzte den Hut auf.

«Ich habe nie gehört, daß es gesetzwidrig ist, wenn ein Bürger sein Äußerstes tut, um ein Verbrechen zu verhindern. Und das ist genau das, was er getan hat. Vielleicht werden Sie jetzt sagen, daß ich die Pflicht habe, die Sache öffentlich bekanntzugeben und nichts zu verschweigen. Aber wissen Sie, was dann geschieht? Alle Damen in Maycomb, nicht zuletzt meine Frau, werden an seine Tür klopfen und ihm Biskuittorten bringen. In meinen Augen, Mr. Fink, ist es eine Sünde, wenn man den menschenscheuen Mann, der Ihnen und der Stadt einen großen Dienst erwiesen hat, ins Rampenlicht zerrt. Es ist eine Sünde, und ich bin nicht gewillt, sie auf mich zu laden. Ja, wenn's ein anderer wäre. Aber dieser Mann . . . Nein, Mr. Fink.»

Mr. Tate versuchte, mit der Stiefelspitze ein Loch in die Dielen zu bohren. Er zupfte an seiner Nase und rieb sich den linken Arm. «Mit mir mag nicht viel los sein, Mr. Fink, aber ich bin noch immer der Sheriff von Maycomb County, und Bob Ewell ist in sein Messer gefallen. Gute Nacht, Sir.»

Er stapfte die Stufen hinunter, überquerte den Vorplatz, schlug die Wagentür hinter sich zu und fuhr davon.

Atticus saß unbeweglich und starrte auf den Fußboden. Endlich hob er den Kopf. «Scout», sagte er leise, «Mr. Ewell ist in sein Messer gefallen. Kannst du das vielleicht verstehen?»

Atticus sah aus, als bedürfe er der Aufmunterung. Ich lief zu ihm, nahm ihn fest in die Arme und küßte ihn.

«Ja, ich verstehe es», beteuerte ich. «Mr. Tate hat recht.»

Atticus schob mich ein wenig zurück, damit er mir in die Augen blicken konnte. «Wie meinst du das?»

«Nun, es wäre doch ungefähr so, als würde man eine Nachtigall stören, nicht wahr?»

Atticus zog mich an sich und rieb sein Gesicht an meinem Haar. Als er aufstand und über die Veranda ging, war sein Schritt wieder jugendlich. Bevor er das Haus betrat, blieb er vor Boo Radley stehen. «Ich danke Ihnen für meine Kinder, Arthur», sagte er.

31. Kapitel

Boo Radley erhob sich mühsam. Auf seiner Stirn glänzte das Licht, das aus dem Wohnzimmerfenster fiel. Er bewegte sich zögernd und unsicher, als traue er seinen Händen und Füßen nicht zu, daß sie Kontakt mit den Dingen finden könnten. Plötzlich schüttelte ihn wieder der schreckliche röchelnde Husten, und er mußte sich setzen. Seine Hand tastete nach der Hosentasche. Er brachte ein Taschentuch zum Vorschein, hustete hinein und trocknete sich die Stirn.

Da ich so sehr an seine Abwesenheit gewöhnt war, konnte ich es kaum fassen, daß er die ganze Zeit leibhaftig neben mir gesessen hatte. Bisher war noch kein Wort aus seinem Mund gekommen. Er erhob sich zum zweitenmal, sah mich an und deutete mit dem Kopf auf die Haustür.

«Sie möchten Jem gute Nacht sagen, nicht wahr, Mr. Arthur? Bitte, kommen Sie.»

Ich führte ihn durch den Flur. Tante Alexandra saß an Jems Bett. «Treten Sie ein, Arthur», sagte sie. «Er schläft. Dr. Reynolds hat ihm ein starkes Beruhigungsmittel gegeben. Jean Louise, ist dein Vater im Wohnzimmer?»

«Ich glaube ja, Tantchen.»

«Dann gehe ich einen Augenblick zu ihm. Dr. Reynolds hat mir ein paar . . .» Ihre Stimme verklang.

Boo hatte sich in eine Zimmerecke zurückgezogen und spähte mit vorgestrecktem Kinn zu Jem hinüber. Ich ergriff seine Hand – eine trotz ihrer Blässe erstaunlich warme Hand. Ein leichter Zug, und er folgte mir willig zu Jems Bett.

Dr. Reynolds hatte eine zeltartige Konstruktion über dem gebrochenen Arm errichtet, vermutlich um die Bettdecke fernzuhalten. Boo beugte sich vor. Auf seinem Gesicht lag ein Ausdruck schüchterner Neugier; man konnte glauben, er hätte nie zuvor einen Jungen gesehen. Sein Mund war leicht geöffnet, als er Jem von Kopf bis Fuß betrachtete. Er hob die Hand, ließ sie aber sogleich wieder sinken.

«Sie können ihn streicheln, Mr. Arthur, er schläft ja. Wenn er wach wäre, würde er's nämlich nicht erlauben», hörte ich meine Stimme. «Tun Sie's nur.»

Boos Hand schwebte über Jems Kopf.

«Tun Sie's ruhig, er schläft ja.»

Er strich leicht über Jems Haar.

Jetzt verstand ich seine Gebärdensprache schon recht gut. Als er meine Hand drückte, wußte ich, daß er gehen wollte.

Ich führte ihn zur Vorderveranda, wo er leicht schwankend stehenblieb. Er hielt noch immer meine Hand umklammert und machte keine Anstalten, sie loszulassen.

«Willst du mich nach Hause bringen?» fragte er leise, fast flüsternd, mit der Stimme eines Kindes, das sich im Dunkeln fürchtet.

Ich hatte den Fuß schon auf die Stufe gesetzt, zog ihn aber plötzlich zurück. Daß ich Boo Radley durch unser Haus geführt hatte, war selbstverständlich; auf der Straße jedoch sollte er mich führen.

«Mr. Arthur, würden Sie mir wohl den Arm reichen? Ein bißchen anwinkeln ... ja, so ist's richtig.» Ich schob die Hand in seine Armbeuge.

Er mußte sich etwas bücken, um sich mir anzupassen. Aber wenn etwa Miss Stephanie Crawford aus ihrem Schlafzimmerfenster schaute, dann konnte sie sehen, wie Arthur Radley mich ritterlich über die Straße geleitete.

Als wir zu der Laterne an der Ecke kamen, dachte ich daran, wie oft Dill hier gestanden hatte, wartend und hoffend, den Arm um den Pfahl geschlungen. Ich dachte daran, wie oft Jem und ich diesen Weg gegangen waren – und doch betrat ich erst zum zweitenmal in meinem Leben Radleys Hof. Boo und ich stiegen die Verandatreppe hinauf. Seine Finger fanden den Türknopf, und er ließ sanft meine Hand los. Er öffnete die Tür, dann schloß sie sich hinter ihm.

Ich habe ihn nie wiedergesehen.

Die Nachbarn bringen Speisen bei Todesfällen, Blumen bei Krankheit und kleine Geschenke, um die Freundschaft zu erhalten. Boo war unser Nachbar. Er hatte uns zwei Seifenpuppen, eine zerbrochene Uhr mit Kette, zwei Glückspfennige, eine Medaille und unser Leben geschenkt. Und die Gegengeschenke, die unter Nachbarn üblich sind? Nie hatten wir ihm als Dank für das, was wir nahmen, etwas gegeben. Nie hatten wir Gleiches mit Gleichem vergolten, und das machte mich traurig.

Links und rechts der Straße, bis hinunter zur Stadt, blinkten Laternen. Zum erstenmal sah ich die Häuser aus diesem Blickwinkel: Miss Maudies Haus, Miss Stephanies, unseres – die Verandaschaukel war deutlich zu erkennen –, Miss Rachels Haus und im Hintergrund das Haus der verstorbenen Mrs. Dubose.

Ich drehte mich um. Links von der braunen Tür war ein hohes Fenster mit geschlossenen Laden. Ich ging darauf zu und lehnte mich an die Hausmauer. Bei Tageslicht, dachte ich, kann man von hier aus gewiß bis zum Postamt sehen.

Bei Tageslicht ... Vor meinem geistigen Auge wich das Dunkel dem Licht, und in der Nachbarschaft regte es sich. Miss Stephanie überquerte die Straße, um Miss Rachel das Allerneueste mitzuteilen. Miss Maudie beugte sich über ihre Azaleen. Es war Sommer, und zwei Kinder liefen einem Mann entgegen, der aus der Stadt zurückkehrte. Der Mann winkte, und die Kinder rannten um die Wette auf ihn zu.

Noch immer war Sommer, und nun kamen die Kinder näher. Ein Junge schlich zum Zaun und schleifte eine Angelrute hinter sich her. Ein Mann, die Hände in die Seiten gestemmt, stand wartend da. Sommer, und Boos Kinder spielten mit ihrem Freund auf dem Vorplatz, führten ein seltsames kleines Drama eigener Erfindung auf.

Nun war Herbst, und seine Kinder balgten sich auf dem Bürgersteig vor Mrs. Duboses Haus. Der Junge half dem Mädchen auf die Beine, dann liefen sie heim. Herbst, und seine Kinder trabten mit ihren Schulbüchern um die Ecke. Ihre Gesichter spiegelten Freude und Kummer des Tages wider. Vor einer Eiche blieben sie stehen, entzückt, verblüfft, erschrocken.

Winter, und seine Kinder standen zitternd am Gartentor, dunkle Gestalten vor dem Hintergrund eines brennenden Hauses. Winter, und ein Mann trat auf die Straße, verlor seine Brille und erschoß einen Hund.

Sommer, und er sah das Herz seiner Kinder brechen. Wieder Herbst, und seine Kinder brauchten ihn.

Atticus hatte recht. Er hatte einmal gesagt, man kenne einen anderen Menschen erst dann, wenn man in seine Haut steige und eine Weile darin herumgehe. Es genügte auch schon, auf Radleys Veranda zu stehen.

Der feine Regen legte sich wie ein Schleier über das Licht der Straßenlaternen. Auf dem Heimweg fühlte ich mich uralt, bis ich entdeckte, daß meine Nasenspitze mit winzigen feuchten Perlen übersät war. Aber das Schielen machte mich schwindlig, also ließ ich es sein. Auf dem Heimweg überlegte ich, was ich Jem morgen alles erzählen mußte. Er hatte so viele aufregende Sachen verpaßt, daß er vor Wut tagelang nicht mit mir reden würde. Auf dem Heimweg sagte ich mir, daß Jem und ich nun bald erwachsen wären und nicht mehr viel zu lernen hätten, höchstens Algebra.

Ich lief die Treppe hinauf ins Haus. Tante Alexandra war schlafen gegangen, und auch bei Atticus brannte kein Licht. Ich wollte nach Jem sehen, schlüpfte in sein Zimmer und fand dort Atticus. Er saß neben Jems Bett und las in einem Buch.

«Ist Jem schon zu sich gekommen?»

«Er schläft fest und ruhig. Vor morgen früh wacht er bestimmt nicht auf.»

«Aha. Bleibst du bei ihm?»

«Nicht die ganze Nacht. Vielleicht noch eine Stunde. Geh zu Bett, Scout. Du hast einen langen Tag hinter dir.»

«Ach, weißt du, ich möchte dir gern noch ein Weilchen Gesellschaft leisten.»

«Wie du willst», sagte Atticus freundlich. Ich wunderte mich, daß er so ohne weiteres zustimmte, denn Mitternacht mußte längst vorüber sein. Er war jedoch schlauer als ich: Kaum saß ich, da überwältigte mich die Müdigkeit.

«Was liest du denn?» fragte ich schläfrig.

Atticus drehte das Buch um. «Es gehört Jem und heißt *Das graue*

Gespenst.»

Plötzlich war ich hellwach. «Warum hast du dir gerade das geholt?»

«Ich weiß nicht, Kleines. War mehr oder weniger Zufall. Eines der wenigen wertvollen Bücher, die ich noch nicht kenne», fügte er anzüglich hinzu.

«Lies es mir vor, Atticus, bitte. Es ist so schön gruselig.»

«Nein, du hast dich fürs erste genug geängstigt. Dieses Buch ist viel zu . . .»

«Ich habe gar keine Angst gehabt, Atticus.» Als ich sah, daß er die Augenbrauen hochzog, versicherte ich hastig: «Kein bißchen Angst, jedenfalls nicht, bevor ich anfing, Mr. Tate davon zu erzählen. Und Jem hat auch keine Angst gehabt. Ich fragte ihn, und er sagte nein. Wirklich gruselige Sachen gibt's ja überhaupt nur in Büchern.»

Atticus öffnete den Mund, als wollte er etwas sagen, schloß ihn aber wieder. Er zog den Daumen aus der Mitte des Buches und schlug die erste Seite auf. Ich rückte dicht an ihn heran und lehnte den Kopf an sein Knie. Er räusperte sich und begann: «‹Das graue Gespenst›, von Seckatary Hawkins. Kapitel eins . . .»

Ich hatte den festen Willen, wach zu bleiben, aber das Rauschen des Regens war so eintönig, das Zimmer so warm, die Stimme meines Vaters so tief, sein Knie so behaglich, daß ich einschlief.

Sekunden später, wie es mir schien, stieß mich sein Schuh sanft in die Rippen. Er richtete mich auf und führte mich in mein Zimmer. «Hab jedes Wort gehört», murmelte ich. «Hab gar nicht geschlafen. Da war 'n Schiff . . . und Drei-Finger-Fred . . . und Stoners Junge . . .»

Er hakte meine Latzhose auf, lehnte mich an sich und zog sie mir aus. Während er mich mit einer Hand festhielt, griff er mit der anderen nach meinem Schlafanzug.

«Ja, und sie haben alle geglaubt, es wäre Stoners Junge, der ihr Klubhaus beschmutzt und mit Tinte bekleckst hatte, und . . .»

Er legte mich ins Bett und schob meine Beine unter die Decke.

«Sie haben ihn verfolgt und konnten ihn nie erwischen, weil sie nicht wußten, wie er aussah, und als sie ihn endlich zu Gesicht bekamen – du, Atticus, der hatte das alles gar nicht getan . . . Er war nett, Atticus, so nett . . .»

Seine Hände streiften mein Kinn, als er die Decke hochzog und um mich herum feststopfte.

«Das sind die meisten Menschen, Scout, wenn man sie endlich zu Gesicht bekommt.»

Atticus drehte das Licht aus und ging in Jems Zimmer. Ich wußte, er würde die ganze Nacht drüben bleiben, und er würde dasein, wenn Jem am Morgen erwachte.

Nachwort zum Film

Es war Zeit für ein Zeichen. 1954 hatte das Oberste Bundesgericht der Vereinigten Staaten nach Rassen getrennte Schulen für verfassungswidrig erklärt, zwei Jahre später – nach einem 381 Tage dauernden Boykott der öffentlichen Verkehrsmittel in Montgomery – wurde die Rassentrennung in Bussen und Bahnen verboten. Die Bürgerrechtsbewegung verzeichnete großen Zulauf, Martin Luther King organisierte den gewaltfreien Protest gegen Rassendiskriminierung, für den er später mit dem Friedensnobelpreis ausgezeichnet wurde, und John F. Kennedy war gerade Präsident geworden. Anfang der sechziger Jahre befinden sich die USA im Umbruch. Nach einer Phase der innenpolitischen Lähmung, mit wahnhaften Auswüchsen wie der Kommunistenhatz unter McCarthy, bestimmen jetzt Forderungen nach Chancengleichheit und einer Bildungsreform die politische Debatte. Nichts davon ist in den Produktionen der großen Hollywood-Studios zu sehen, die, neben einer Handvoll Filmen mit ihren Vertrags-Rebellen James Dean und Marlon Brando, harmlose Komödien herausbringen oder mit knochenharten Western den Entstehungsmythos einer Großmacht durchbuchstabieren, der es augenscheinlich an Orientierung fehlt.
Auch Robert Mulligan knüpft mit seinem Film «Wer die Nachtigall stört» an die Westerntradition an. Die Geschichten über die Siedlerfamilien, die in einer feindlichen Umgebung ein Gemeinwesen etablieren, das sich gegen alle Widerstände am Ende durchsetzt, bilden die Grundfigur seines Films, einer der schönsten Kindergeschichten, die es bis heute im Kino gibt. «Wer die Nachtigall stört», das ist bei Robert Mulligan weniger eine Erinnerung an Kindheit als vielmehr ein Versenken in eine Welt mit ihren eigenen Geheimnissen, mit grauenvollen Gefahren und strahlenden Helden. Und es ist eine Geschichte, in der es um Werte wie Toleranz und Gleichberechtigung, mit anderen Worten: um demokratische Grundrechte geht. Erzählt wird aus der Perspektive der Kinder, und die überträgt sich bruchlos auf ein Publikum, das sich den magischen Momenten jener langen, heißen Sommertage in Alabama nicht entziehen kann. Das Spukhaus in der Nachbarschaft, mit seinem unsichtbaren Bewohner, das Geheimnis des hohlen Baums, die keifende Nachbarin, die Löcher im Zaun, der Schlupfwinkel hinter der Garage und das Baumhaus werden zu Fixpunkten eines Uni-

versums, in dem sich das Publikum bald genauso gut auskennt wie die Kinder.
Dieses Universum hat einen Stern, um den sich alles bewegt. Sein Name ist Atticus Finch, und er ist der Vater von Jem und Jean Louise, die alle Scout rufen. Er ist Rechtsanwalt, und nach dem Tod seiner Frau erzieht er die Kinder allein, unterstützt von einer schwarzen Haushälterin. Atticus, wie ihn Jem und Scout rufen, ist schlank und groß, immer freundlich und ansprechbar, schimpft nie, und wenn er doch einmal seinen Kindern etwas verbietet, tut er das so nachsichtsvoll und einfühlsam, daß kein Kind auch nur auf den Gedanken käme, sich der Aufforderung zu widersetzen. Atticus Finch ist «gut im Erklären», wie Scout nüchtern feststellt; er ist das Idol aller Kinder und – das muß hinzugefügt werden – aller Erwachsenen. Atticus ist so, wie sich Kinder Väter wünschen, und vor allem ist er so, wie sich Erwachsene ihre Väter gewünscht hätten. Atticus wirkt ungefähr so authentisch wie Superman, und das verleiht dem Film seine ungewohnte Leichtigkeit.
Es ist der heiße Sommer des Jahres 1932, der letzte Sommer vor der Einschulung Scouts. Eher zufällig erleben die Kinder den Beginn einer Geschichte, die sie den ganzen Sommer beschäftigen wird; Atticus Finch wird zum Pflichtverteidiger des schwarzen Tom Robinson, der eine weiße Farmerstochter überfallen und vergewaltigt haben soll. Der Fall schlägt hohe Wellen, Lynchjustiz liegt in der Luft, und Bob Ewell, der Vater des Mädchens, bedroht und beleidigt Atticus Finch. Atticus kann in einem aufsehenerregenden Prozeß zwar die Unschuld von Tom Robinson beweisen und den Vater als vermutlichen Täter bloßstellen, muß aber hilflos zusehen, wie die weißen Geschworenen den schwarzen Angeklagten verurteilen. Tom Robinson wird am Abend nach seiner Verurteilung auf der Flucht erschossen. Kurze Zeit später überfällt Bob Ewell Jem und Scout, die von einer Schulaufführung kommen. Doch die Kinder werden gerettet. Der Unbekannte aus dem geheimnisvollen Haus stürzt sich auf den Angreifer und flüchtet mit Jem und Scout. Bob Ewell stirbt bei dem Gerangel, er ist, wie der Sheriff unmißverständlich klarstellt, in sein eigenes Messer gefallen.
Die Geschichte bietet den Stoff für einen spannenden Krimi, einen Courtroom-Thriller oder ein aufreibendes Melodram. Diese Spuren finden sich auch in Robert Mulligans Film, der die verschiedenen Genres zitiert, wenn er die Kinder nachts in den Hinterhalt Bob Ewells tappen läßt, die Gerichtsszene als Justiz-Showdown inszeniert und die Entdeckung des geheimnisvollen Retters fast zur Heimkehr des verlorenen Sohns gerinnt. Doch das Geheimnis dieses Films steckt in den bedeutungsvollen Einzelbeobachtungen, die mit der Vorstellungskraft des Publikums spielen und Erinnerungen an längst vergessene Kinderwelten hervorlocken. Die Orte und Situationen im Film erhalten ihre Bedeu-

tung durch die Wahrnehmung der Kinder. So erscheint das elterliche Grundstück als sicherer Hort, in den die Kinder sich flüchten, wenn Gefahr droht. Der wacklige Zaun ist die Trennlinie zwischen der Welt draußen und der Geborgenheit des Elternhauses. Einmal taucht ein tollwütiger Hund vor dem Grundstück auf, was die Kinder anfangs von der *sicheren* Seite des Zauns aus beobachten. Dann werden sie ins Haus geschickt und sehen kurz darauf, wie der vom Gericht herbeigerufene Atticus den Hund auf der Straße erschießt.

Außerhalb des Grundstücks birgt die Welt Dinge, die den von Atticus vorgelebten Maßstäben und Werten widersprechen, was die Kinder besonders fasziniert. Als Atticus in der Nacht vor der Verhandlung zum Gerichtsgebäude gerufen wird, um seinen Mandanten vor dem aufgebrachten Mob zu schützen, der sich versammelt, um Tom Robinson zu lynchen, schleichen sich die Kinder zu ihm. Sie drängen sich durch die Menschenmenge zu ihrem Vater, von dem sie sich nicht nach Hause schicken lassen. Ihre Weigerung, zu gehen, untergräbt auf den ersten Blick die Autorität des Vaters, dem sie vor den Augen der versammelten Männer widersprechen. Hier treffen die beiden Welten, die von Atticus behütete private und die feindselige öffentliche Welt, aufeinander. Die Kinder können in dieser anderen Welt bestehen; ihre Anwesenheit entspannt die Situation. Wenn Scout sagt: «Guten Tag, Mr. Cunningham. Erinnern Sie sich nicht mehr an mich? Wir kennen uns. Ich gehe mit Ihrem Sohn zur Schule», ist das der beharrliche Konversationsversuch eines wohlerzogenen Mädchens, das sich in einer spürbar aufgeladenen Situation so verhält, wie sie es von ihrem Vater gelernt hat. Die Sechsjährige ist hier die Erwachsene, die den versammelten Männern den Wahnsinn ihres Vorhabens bewußtmacht. Atticus ist stolz auf seine Kinder, sie sind stolz auf ihn – und ein bißchen auch auf sich selbst.

Die zweite Exkursion aus der behüteten Welt stellt die unangefochtene Autorität des Vaters wieder her. Im Gericht verfolgen die Kinder heimlich inmitten einer Gruppe schwarzer Zuschauer vom Balkon herab die Verhandlung gegen Tom Robinson. Atticus, der souveräne Rechtsanwalt, und Atticus, der Geschlagene, der, obwohl die Unschuld seines Mandanten bewiesen scheint, die Niederlage hinnehmen muß, überhöhen das Bild des Rechtsanwalts und Vaters bis an die Grenze des Erträglichen. Als er den Saal verläßt, stehen die Zuschauer auf dem Balkon auf – so verläßt ein Held die Bühne. Hier ist es wieder die Wahrnehmung der Kinder, die dem Vater die Bedeutung zumißt, und unversehens verbindet sich die Perspektive der Kinder mit der des Publikums: Atticus wird tatsächlich zum Übervater.

Doch solche Väter sind im *richtigen* Leben schwach, sie sind nicht zur Stelle, wenn sie gebraucht werden. Auf dem nächtlichen Heimweg vom Schulauftritt lauert Bob Ewell den Geschwistern auf. In unmittelbarer

Nähe des Elternhauses werden sie überfallen, und sie werden gerettet von einem, der sich bisher außerhalb der Kinderwelt befand, weil er nur in Gesprächen zu existieren schien. Boo Radley, der scheue Bewohner des finsteren Nachbarhauses, ist zur Stelle, als er gebraucht wird. Die Szene leitet den Schluß ein, und Mulligan inszeniert sie als Abschiedsblick auf eine unbeschwerte Phase der Kindheit. Die Kindermythen von Jem und Scout haben Brüche bekommen. Die Welt von draußen, von der anderen Seite des Zauns, hat die behütete private Welt erreicht. Boo Radley ist nicht länger der geheimnisvolle Unsichtbare, sondern ein ausgesprochen schüchterner Mann. Die Geheimnisse ihres Alltags haben für Jem und Scout eine Erklärung gefunden. Nichts wird so sein wie zuvor. Die Schätze aus dem hohlen Baum haben ihre Magie verloren.
Die Geschichte stellt pädagogisch mustergültig richtiges Verhalten dar: Alle Menschen sind gleich, egal ob arm oder reich, schwarz oder weiß, Mann oder Frau. Da stört es kaum, daß in der Vaterfigur bei aller Liberalität und Toleranz eine Autorität von geradezu göttlichem Format konstruiert wird. Ohne Frau oder Geliebte von vornherein aller sexuellen und irdischen Freuden und Qualen enthoben, kann sich Atticus – benannt nach Titus Pomponius Atticus, einem von Cicero verehrten Geschichtsschreiber – voll und ganz der guten Tat widmen. Und gerade hier lauert aus heutiger Sicht die unterschwellige Kritik: Die eingeforderten Ideale können nur in der Retorte einer Welt zum Leben erweckt werden, deren Horizont an einer Studiowand endet. Hinter dieser haust eine Gesellschaft, die diese Ideale längst verraten hat. Heute erscheint Mulligans «Wer die Nachtigall stört» als eine Geschichte vom anderen Ende der mythischen Yellow Brick Road, aus einer besseren Zeit, als alles möglich war, weil es Menschen wie Atticus gab.

Robert Mulligan

Als sich in den sechziger Jahren der Generationswechsel im amerikanischen Kino vollzog, gehörte Robert Mulligan schon zu den etablierten Vertretern des «Neuen Hollywood». 1925 als Sohn eines Polizisten geboren, wollte Robert Mulligan erst Priester werden. 1946 arbeitete er dann für sechs Monate bei der *New York Times*, ehe er sich an der Fordham-Universität für Literatur und Journalismus einschrieb, mit dem Schwerpunkt Rundfunkjournalismus. Ab 1952 jobbte Mulligan als Bote bei der CBS, wurde schließlich Produktionsassistent bei Robert Stevens, der für die Fernsehgesellschaft eine Suspense-Serie betreute. Als Stevens CBS verläßt, übernimmt Robert Mulligan seine Stelle und dreht an die hundert Fernsehfilme, bevor er seinen ersten Kinofilm realisieren kann.

Produzent seiner frühen Kinofilme ist der spätere Regisseur Alan J. Pakula («Klute», 1970; «Die Unbestechlichen», 1976). Die Vertreter des Neuen Hollywood, zu denen in den sechziger Jahren Regisseure wie John Cassavetes, Arthur Penn, Sam Peckinpah, Robert Altman oder Francis Coppola gezählt wurden, provozierten nicht den Bruch mit alten Hollywoodkonventionen, sie versuchten vielmehr eine Neuinterpretation der Genres und ihrer Erzählmuster. Mit seiner großen Fernseherfahrung gehörte Mulligan zu den Routiniers unter den Nachwuchsregisseuren, und man sieht seinen Filmen die handwerkliche Sicherheit an. Mit «Fear Strikes Out» («Die Nacht kennt keine Schatten», 1957), der Geschichte eines ehrgeizigen Vaters, der seinen sensiblen Sohn in eine Baseballkarriere treibt, beweist er sein Geschick als Regisseur psychologisch-dramatischer Geschichten. Karl Malden und Anthony Perkins spielen die Hauptrollen. Zwei Jahre später dreht er mit Tony Curtis und Debbie Reynolds die entspannte Komödie «The Rat Race» («Zwei in einem Zimmer», 1959). Robert Mulligan hat in den verschiedensten Genres gearbeitet: Komödien mit Tony Curtis, Steve McQueen, Natalie Wood, Gina Lollobrigida, Abenteuerfilme mit Rock Hudson, Western mit Gregory Peck und Eva Marie Saint, Melodramen mit Richard Gere, Horrorfilme, Adaptionen von Bühnenerfolgen und Bestsellern – und immer wieder gesellschaftskritische Filme, wie der leider ziemlich kitschige Anti-Hollywood-Film «Inside Daisy Clover» («Verdammte süße Welt», 1965) mit Natalie Wood und Robert Redford, oder «The Nickel Ride» («Die Groschenfahrt», 1974), eine recht sentimentale Kritik an der kapitalistischen Welt. Stilistisch hat sich Robert Mulligan im Laufe seiner Karriere dem alten Hollywood mit seiner Vorliebe für Schmalz und Gefühl immer stärker angenähert. «Clara's Heart» («Claras Geheimnis», 1988), die Geschichte eines schwarzen Kindermädchens, deren Zuneigung zu ihrem Pflegekind vom Schicksal ihres eigenen Sohns überschattet wird, machte da keine Ausnahme, obwohl Mulligan mit Whoopie Goldberg eine Hauptdarstellerin von beträchtlichem komödiantischem Talent zur Verfügung stand. So sind es vor allem seine sozialkritischen Filme aus den sechziger Jahren, die Mulligans Klasse – bei allem handwerklichen Geschick – ausmachen.

«Wer die Nachtigall stört» sollte Robert Mulligans erfolgreichster Film werden. Wenn er auch selbst nicht ausgezeichnet wurde, so entfielen 1963 gleich drei Oscars auf seinen Film: Neben Gregory Peck erhielten Horton Foote, für das Drehbuch nach einer literarischen Vorlage, und Alexander Golitzen sowie Henry Bumstead für die Bauten den Preis der «Academy of Motion Picture Arts and Science».

Gregory Peck

Nach Jacques Tourneurs Partisanenfilm «Days Of Glory» von 1944, seinem ersten Film, jubelte die gefürchtete Hollywood-Kolumnistin Hedda Hopper: «*Gregory Peck is the hottest thing in town.*» Das war nicht immer so. Zu den Fehlleistungen des legendären Produzenten David O. Selznick gehört, daß er 1940 bei der Sichtung von Probeaufnahmen in dem aufstrebenden Broadwayschauspieler Eldred Gregory Peck den zukünftigen Star nicht erkennen mochte. Der 24jährige arbeitete zu dieser Zeit unter der Anleitung von Lee Strasberg am New Yorker Neighborhood Playhouse und beschäftigte sich mit «method acting», der von Stanislawski beeinflußten Methode, nach der sich der Schauspieler in die Psyche der jeweiligen Figur hineinzuversetzen sucht. In den folgenden Jahren sollten James Dean, Marlon Brando und Robert De Niro dieser Methode zu großem Ansehen verhelfen. Gregory Peck wurde 1916 in La Jolla, Südkalifornien, geboren, wo er heute noch lebt. Seine Eltern, die eine Apotheke besaßen, ließen sich scheiden. Nach seinem High-School-Abschluß schrieb er sich an der University of California in Berkeley für Medizin ein. Als Mitglied des Ruderclubs der Universität reiste er 1928 nach New York. Ob es an Pecks intensiven Theaterbesuchen lag, daß sein Boot keinen einzigen Lauf gewann, ist nicht überliefert. Doch die Regatta-Pleite blieb nicht ohne Folgen. Peck brach sein Medizinstudium ab, schrieb sich für Literatur ein und trat im Theater der Universität in «Moby Dick» auf, ein Stück, an dessen, wie Peck findet, verunglückter Verfilmung durch John Huston er 1956 als Hauptdarsteller beteiligt war. Nach Abschluß der mit einem Stipendium finanzierten Schauspielausbildung am Neighborhood Playhouse stand Peck in verschiedenen Broadway-Inszenierungen auf der Bühne und wurde schnell populär. 1941 heiratete er die Friseuse Greta Rice, mit der er drei Söhne hat.

Nach seinem erfolgreichen Filmdebüt 1944 folgte eine Rolle als Pater in John M. Stahls «The Keys Of Kingdom» («Schlüssel zum Himmelreich», 1944), die Peck seine erste Oscar-Nominierung einbrachte. Von da an ging es mit der Karriere von Gregory Peck, der den Rat seines Freundes David O. Selznick befolgte, sich nicht auf einen Typ festlegen zu lassen und immer an der Seite einer schönen Frau zu agieren, steil aufwärts. In Hitchcocks «Spellbound» («Ich kämpfe um dich», 1945) stand er an der Seite von Ingrid Bergman, in «The Yearling» («Die Wildnis ruft», 1946) neben Jane Wyman, in «Duell In The Sun» («Duell in der Sonne», 1946) trat er neben Jennifer Jones auf, und in Hitchcocks «The Paradine Case» («Der Fall Paradin», 1947) als Mann von Ann Todd. Da war *hottest thing in town* längst ein Star, der es sich erlauben konnte, Rollen abzulehnen, die ihn zu sehr festgelegt hätten. Darunter war die

Hauptrolle in Fred Zinnemanns «High Noon» («Zwölf Uhr Mittags», 1952), die dann Gary Cooper übernahm, oder eine Rolle an der Seite von Marilyn Monroe in «Let's Make Love» («Machen wir's in Liebe», 1960), die später Yves Montand spielte. Gregory Peck, über dessen Ehe regelmäßig spekuliert wurde, seit Klatschreporter während der Dreharbeiten zu «Roman Holiday» («Ein Herz und eine Krone», 1953) eine stürmische Affäre zwischen ihm und Audrey Hepburn ausgemacht haben wollten, ließ sich 1955 scheiden, um die französische Journalistin Veronique Passani zu heiraten, die er bei einem Interview kennengelernt hatte. Das Paar hat einen Sohn und eine Tochter.

Während seiner gesamten Karriere hat Gregory Peck immer wieder Filmrollen mit klarer moralischer Botschaft übernommen. Gegen den Faschismus, gegen Antisemitismus, gegen den Krieg im allgemeinen und gegen den Vietnamkrieg im besonderen – in solchen Filmen stand der «Cowboy of the Year» des Jahres 1950 immer auf der richtigen Seite. Den Oscar bekam er für die Inkarnation all dieser guten Menschen.

Zum Glück hatte sich Gregory Peck 1928 während seiner New York-Visite mehr ums Theater als um die anstehende Ruderregatta gekümmert. Die Rennruderkarriere war ohnehin nach schweren Rückenproblemen bald zu Ende. Allerdings war Peck noch 1992 im Skiff rudernd in «The Portrait» zu sehen, einem schnulzig-schönen Fernsehfilm von Arthur Penn. Im Film hat der sieche Peck Herzprobleme, im Leben besuchte er 1993 die Internationalen Filmfestspiele in Berlin, wo er mit einer Retrospektive geehrt wurde.

Robert Duvall

Seine erste Filmrolle ist nur wenige Einstellungen kurz, aber sie bleibt nachhaltig in Erinnerung. Als Boo Radley muß er sich als Retter von Jem und Scout loben lassen. Blaß, abgehetzt, hohlwangig und eingeschüchtert steht er, halb von der Tür verdeckt, sprungbereit zur Flucht im Zimmer an der Wand. Später gibt ihm Scout, gespielt von der wunderbar natürlichen Mary Badham, ihre Hand, und wie Duvall die Kinderhand anfaßt, vermittelt sich die Anspannung dieses vereinsamten Boo Radley, der aus seiner Isolation ausgebrochen ist. Der Konteradmiral Duvall hätte seinen 1931 in San Diego geborenen Sohn Robert lieber als Mitglied der Militärakademie in Annapolis gesehen, anstatt als Schauspieler einer Schule, die sich auf die Theorie eines russischen Theaterleiters beruft. Doch Sohn Robert steckte das Studium der Geschichte und Regierungspolitik auf und wurde ins New York Neighborhood Playhouse aufgenommen. Hier kam er mit Strasbergs «method acting» in Berührung, das sich auf die Arbeit von Constantin Stanislawski bezieht. Duvall trat unter der Regie von Sanford Meisner in «Camino Real» von Tennessee Williams auf und in Horton Footes «The Midnight Caller». Nach dem kurzen Auftritt in «Wer die Nachtigall stört» war Robert Duvall weiterhin häufig in Theater und Fernsehen zu sehen, wo er in Serien wie «Nacked City» und «FBI» auftrat. Verschiedene Nebenrollen trugen ihm Oscar-Nominierungen ein, so in Francis Coppolas «The Godfather I und II» («Der Pate I und II», 1971, 1974) und «Apokalypse Now» (1976–79). Für seine Darstellung in «Tender Mercies» wurde Duvall 1983 schließlich mit dem Oscar ausgezeichnet. Die harten, jähzornigen Charaktere sind es, die Robert Duvall immer wieder verkörpert, Typen, die – hin und her gerissen zwischen verborgener Sensibilität und Männlichkeitswahn – den Kontakt zu ihrer Umwelt verlieren. In der Rolle des abgeklärten Polizisten, der kurz vor der eigenen Pensionierung seinen von Sean Penn gespielten jungen Kollegen in den Dschungel des Bandenkriegs von Los Angeles einführt, überzeugte er 1988 in Dennis Hoppers «Colors». Seither hat er immer wieder den *angry old man* gespielt. Duvall: «Gutes Spielen ist gut beobachtetes, wahrhaftes Benehmen.»

To Kill A Mockingbird (Wer die Nachtigall stört)

USA 1962

Regie:	Robert Mulligan
Drehbuch:	Horton Foote, nach dem Roman von Harper Lee
Kamera:	Russell Harlan
Musik:	Elmer Bernstein
Schnitt:	Aaron Stell
Bauten:	Henry Bumstead, Alexander Golitzen
Kostüme:	Rosemary Odell, Viola Thompson
Darsteller:	Gregory Peck, Mary Badham, Phillip Alford, John Megna, Frank Overton, Robert Duvall und andere

Deutsche Erstaufführung: 1963